愛呦文創

Universal — Gravitation

萬有引力

騎鯨南去 / 著　黑色豆腐 / 繪

❬6❭

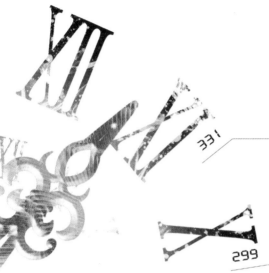

CHAPTER

01:00

賭場是一個碩大無朋的漩渦，
吸進金錢，也吸進人性

由於心緒起伏過大，戴學林脖頸的顏色都透出了紅意。

僅僅是因為南舟沒有在第一時間答應賭局，在短短幾瞬，他就將心如火焚的感覺翻來覆去地體驗了個遍，掌心和喉頭一樣作癢，恨不得抓住南舟，立時將自己失去的積分統統從他身上奪回。

他也意識到了，自己的情緒似乎比平時受挫時更加暴躁，難以控制。可如果就這樣任由他們把時間拖延下去……

一隻柔軟冰冷的手搭在了他的肩上，「……林。」

戴學林偏過臉來，看到哥哥因為發力過度而變得蒼白的指尖，眼圈更是紅了一圈。

他強忍著，生生將湧上心頭的惡意和急迫壓了下去。他想，這是押上了他們肢體的賭注，確實值得謹慎，再謹慎。

誰想，戴學斌和他的思考方向完全不在一條線上。一方面，賭或不賭，主動權的確握在南舟他們手中，他們再逼下去，對自己沒有半分好處。另一方面，戴學斌是被嚇到了。

在賭大小中，他不過是做出了一個小小的決策，就透支了他們自遊戲開始積攢下來的所有積分。這前後的落差太大了，讓他充分意識到了賭博的恐怖。和弟弟蓬勃的戰意相比，退意在他的一顆心中水漲船高，但偏偏他們沒有任何退路。

說好聽點，他是想再深思熟慮一番。

說難聽點，他是想盡可能地避戰。

不過，戴家兄弟都暫時性地選擇了偃旗息鼓。

在達成明日再戰的約定後，南舟自顧自地在三臺機子的最中間一臺坐下了。

李銀航對推幣機瞭解不深，也有看過人在上頭贏過大量代幣的經歷，心裡雖說沒多少底，也不至於多慌，只是擔心南舟的身體：「南老師，研究完了記得回來啊，我給你留門。」

南舟：「嗯。」

$$F_1 = F_2 = G\frac{m_1 \times m_2}{r^2}$$

　　江舫也沒發表什麼意見，步履輕快地走到他身側，俯身跟他咬耳朵。那話說得很輕，又快，完全是情話的情調和節奏。

　　「別逞強。」江舫用溫熱的掌心貼著他的膝蓋摸了摸，「要是找不到辦法，就回來。」

　　近距離捕捉到這句話後，本已陷入沮喪情緒中的高維人精神一振。能得到江舫這樣的評價和認證，也就是說他們在這臺推幣機上確實沒有什麼取勝的可能？

　　南舟點了點頭的同時，仰頭詢問江舫：「有沒有吃的？」

　　他的眼神很純粹直接，像是一隻在理直氣壯索要貓罐頭的家貓。

　　江舫拿了幾樣存入倉庫的甜點，放到了他的手邊，藉著俯身的弧度，公然且紳士地親吻了他的嘴角，「晚安。」

　　南舟認真回覆：「晚安。」

　　戴家兄弟心中焦灼，根本不在乎他們的打情罵俏。

　　李銀航則早就對他們的親密互動看慣了，見怪不怪。

　　至於元明清，還是那個死樣活氣的模樣，彷彿賭局與他無干，但他交背在身後的雙手無意識攥緊了，似乎在擔憂些什麼。

　　只有曲金沙在看到這一幕時，神情微妙地挑了挑眉毛。

　　大家各懷心思，約定明天早上 8 點開賭，隨即各自離開大廳。

　　剛剛回到房間，戴學林便迫不及待地詢問曲金沙：「你預估我們的勝率是多少？」

　　曲金沙說：「0。」

　　曲金沙又說：「因為他根本不會選推幣機去賭。」

　　正常來說，以南舟這種水準的頭腦，他甚至不用去投入那一萬積分進行嘗試。只要試過幾次就不難發現，所謂推幣機，就是一臺再標準不過的

四腳吞金獸。

首先，也是最重要的一點，搖出好圖案的機率是可控的。那三臺機器能搖出小丑圖案的機率普遍偏低。其中一臺籌碼積攢最多、搖出小丑的機率也最低，只有 22%，恰好處於一個偶爾能搖出小丑，但想要三個齊全，除非運勢超絕的區間。

其次，就是推幣機那個循環往復地往前推幣的動作，也是奧妙無窮。推板中央，有一塊略微凸起、看起來不會影響大局的三角形金屬板。這塊板子會對落下的籌碼進行分流，讓籌碼沿著三角形的兩條斜邊向前滑動。

這看似是更好聚力了，然而推板的兩側卻有兩個洩力的隱形洞口，偷偷將許多幣「吞」掉了。

這樣一邊分散力道，一邊悄無聲息地吃幣，真正能到玩家手裡的籌碼，實際所剩無幾。

最後，出幣口的金屬板經過特殊設計，其實是微微翹起的。幣就算到了出幣口，也會形成電玩城裡最常見到的場景，也即一幣疊一幣地疊在邊緣，其實最下面的完全被壓死了，根本動不了。

這樣一來，既能在最大程度上鎖死籌碼下落，也能製造視覺刺激，讓人感覺「就差一點點就能落下來了」，從而不斷投幣，落入無形的死亡陷阱。這三重保險一層層疊加上去，才構成了推幣機不敗的真正奧祕。

雖說知道全部底細，但曲金沙並沒有對這兩位詳說。

反正對於兩位大少爺來說，知道「機率完全可控」，就已經足夠讓他們相信所謂「必勝」了。

不過，為了避免戴學林希望破滅，當場發瘋，曲金沙還是補充了一句：「當然，還有一種可能性。如果他今天晚上把 10000 點積分輸光的話，很可能會上頭。」

這種用一點甜頭釣著，就能迅速成癮的，就是賭博本身的毒性。

戴學斌對此有所質疑：「……會嗎？」

曲金沙聳聳肩，反問道：「你們知道斯納金箱……」

戴學林煩躁地打斷了他的話：「不管是什麼箱，為了避免萬一，你得再想想辦法！」

曲金沙笑一笑，不再詳細解釋：「……好，我想想辦法。」

用腳趾頭想也知道，戴學林所謂的辦法，就是讓曲金沙盯準南舟，趁他離開，把所有機子的機率都進行調整，先誘導他多贏一點，再在正式比賽開始前調回來。

曲金沙滿口答應下來，離開房間，又重新返回大廳。他沒有靠近南舟的意圖，也根本沒有任何打算修改資料的意思。

三臺機器裡，搖出小丑機率最低的是 22%，最高的也只是 42%。如果再繼續調下去就不科學了，傻子才會繼續玩。

更何況，要調機率的話，只能在機器本身上修改。南舟現在還在那裡坐著，他是瘋了才會去找麻煩。

這倒也是件好事。就算戴家兄弟真在背後盯著自己，想逼著他去調資料，南舟不離開大廳，他們對他的消極怠工也只能無話可說。

說到底，曲金沙只是想離開房間透透氣罷了。

南舟坐在三臺機器中的 2 號機，正好是機率最低的那一臺。他兌了 1000 枚藍籌，往出幣口一枚一枚地送，動作很是謹慎。遊戲閃爍不停的彩燈，像是把一整盤色澤繽紛的調色盤傾翻在了他的身上，把他潑灑成了個五光十色的樣子。

曲金沙面上笑顏依舊，心中冷眼旁觀。他喜歡賭場，不僅因為它能帶給自己巨大的收益，還因為它是一個碩大無朋的漩渦，吸進金錢，也吸進人性，而他可以站在渦流的邊緣，看一個接一個的人跳進去，自己不沾身、不染手。

這種感覺很奇妙。而養成賭徒的速度，往往快得令人感覺不可思議。

除非是沒有欲望的人，或者能快速斬斷欲望、自控能力極強的人。但這兩種人相當罕見，幾乎是不存於世的聖人。

面對賭博所能瞬間兌換到手的巨大利益，即使每個人的心思、目的、想法都各有不同，但最後都成了被巨大的乳酪蠱惑、心甘情願地爬上黏鼠板靜待死亡的碩鼠。

只是當他的目光停留到南舟身上時，難免滯了一瞬。這個從書裡走出來的紙人，能走會跳、能思會想，不知道他是會出淤泥而不染，還是任君玷染呢？

他悄無聲息地踏著柔軟的地毯，來到了酒櫃前，剛打算給自己倒杯好酒，就聽到一個冷淡的聲音從他腦袋後傳來：「你好。」

曲金沙嚇得一個哆嗦，「哎呦媽呀。」

南舟端著空盤子，像是一個美麗蒼白的幽靈，站在他幾步開外的餐臺邊，「我來拿甜點。」

曲金沙略微舒了一口氣。反正在賭場裡，NPC 日夜兼職，南舟就算再牛逼，也不可能在這裡殺了他，倒是自己大驚小怪了。

看著南舟一個接一個將草莓小蛋糕像麻將一樣整齊排列在盤子中，曲金沙打算探探他的口風，問：「好玩嗎？」

南舟說：「我剛才試驗過了。裡面的幣沒有磁性。」

「……籌碼不是金屬做的。」曲金沙感到好笑，解釋道：「用磁鐵是沒有用的。」

南舟：「也不能搖晃。」

曲金沙饒有趣味地和他對話：「踢打和搖晃機器，機器就會報警。而且這也是違反賭場規則的行為，一旦發現，會被請出去。」

「哦。」南舟一本正經道：「那很可惜。我本來想試試的。」

這時候，高維人也在全程旁觀這兩人的互動。

「……把鏡頭拉近一點，看看他們在說什麼？」

一道石榴色的酒液注入了杯子。曲金沙呷了一口石榴酒，在酒精的細

微刺激下，發出了「哈」的一聲歡息。

南舟開始在盤子裡放第二層蛋糕，同時垂目問曲金沙：「你為什麼要辦賭場呢？」

曲金沙想了想。他想說些高大上的理由，比如說要給這些處在絕望中的人一點精神的麻醉劑，比如說他能靠這個爬到了單人榜榜首位置，這就是理由，云云。但他還是講了實話。

「我以前就是一家地下賭場的職業經理人。」曲金沙說：「除了這個，我什麼也不會幹了。」

南舟點了點頭，「嗯。可以理解。」

曲金沙看向南舟的目光更加充滿了興趣，「你是第一個說我可以理解的……」

說到這裡，他卡了一下殼，似乎也不能說南舟是「人」。

南舟則轉過身去，往機器方向走去，同時道：「因為這是你的求生之路，當然可以理解。當然，在走這條路的時候被其他人搶光所有的錢，也是可以理解的事情。」

曲金沙坦然地認同了南舟的說法：「說得也對。」

他端著酒杯，跟著南舟，返回了機器前。

南舟投入的硬幣和左右搖動的擺臂失之交臂，他又投入了一枚，在穿梭過鋼珠陣後，籌碼再次落空。

曲金沙頗想指點他幾句，比如要十幾枚幾十枚一起投下，才能提升機率，但話到嘴邊又嚥了下去。

愜意地品過三口酒後，曲金沙的身心也放鬆了下來，從酒精的麻醉間，得到了這兩天裡難得的安寧。因為心情愉悅，他的好奇心也膨脹了起來：「南先生，我想問你一個私人問題。」

南舟注視著在鋼珠陣間來回彈動的籌碼，尾音微微上揚：「嗯？」

曲金沙問：「你和江舫，是怎麼認識的呢？」

南舟搖動搖桿的手微微一頓。

「我倒不是說我有多瞭解江舫。」曲金沙攤了攤手,「可是我和江舫這種人打過交道。他們和很多人都能打好關係,卻絕對不會和人談真心。所以我很好奇,你們之間到底發生了什麼?能讓他這樣的人……」

曲金沙發現,他還是不能對南舟的身分做出一個清晰的定義。這話說出來,就只能是冒犯。

因為對江舫這樣純粹理性、將得失計較到毫巔的人來說,喜歡上一個不同世界的人,是不亞於發瘋級別的可笑荒誕。

南舟陷入了沉默。

曲金沙:「不方便透露?」

這回,南舟的籌碼落入了搖臂的凹槽當中,得來了一輪拉搖桿的機會,眼中不間斷閃爍過小丑和水果的影子。

「……是啊。」

「為什麼呢?」

一輪過後,出現在南舟眼前的是一個葡萄、一個西瓜、一個蘋果。什麼獎勵也沒有獲得。

曲金沙以為南舟是不想和他細談,也不追根究柢,笑著搖晃了酒杯,「好了,我知道是我冒犯了。這樣吧,我給你講一個故事,算是抵消掉我的過錯,好不好?」

南舟:「你說。」

曲金沙:「你聽說過斯金納箱嗎?」

南舟:「……嗯?」

他在他的私人圖書館中的一本書上看過。那是一個心理實驗。簡單來說,就是把一隻小白鼠放進一個箱子裡,然後給牠一個機關。剛開始,只要小白鼠按下機關,實驗者就會給牠投餵食物。

後來,實驗者修改了投餵方式。

小白鼠在按下機關後,實驗者會隨機給牠投餵食物,牠就算辛辛苦苦地按十下,有可能也只能獲得一點點食物。但事實證明,當這個機制開始

起作用後，小白鼠不僅沒有因此降低按下機關的頻率，對機關的依賴性反倒大大提升，按壓的頻率也大幅增加。

想到這裡，南舟操縱搖桿的動作稍稍慢了一下。

如果他沒有感覺錯的話，曲金沙似乎是在提醒他，不要做那隻被機關操控的小白鼠……在勸自己，遠離這個麻煩的推幣機。

但在感知到這點稀薄的善意後，他抬起頭來對曲金沙禮貌道：「對不起，不知道，我也不感興趣。」

因為他感知到了，在不遠處的角落裡，戴學林正靜靜佇立在陰影中，看著他們低頭交談的樣子。

曲金沙似乎也沒有深入講解的興趣，拍一拍他的肩膀，「那就祝你遊玩愉快嘍。」

不遠處，戴學林的身影一晃，消失在了暗影中。

凌晨時分，元明清坐在床邊，衣衫整齊，神情陰鬱，沒有絲毫入睡的打算。他頻頻望向時鐘，坐立不安了好一陣後，才轉頭問李銀航道：「他怎麼還不回來？」

李銀航給在自己枕邊沉睡的南極星蓋上了一方小手巾，問道：「你等他幹麼呀？」

元明清十分不安：「他不會選那個推幣機吧？」

李銀航：「為什麼不會？」

元明清：「他不應該。」

李銀航：「……他為什麼不應該？」

元明清和那兩個姓戴的草包不同，是懂得用腦子的。他知道，這樣的機器必然會由賭場設置機率。

元明清不想看他們好不容易得來的優勢就這樣被南舟白白葬送掉。他

13

剛剛才在戴家兄弟面前把自己的退路堵死，如果南舟送了人頭，又把這差距拉了回去，甚至慘敗，那他要怎麼辦？

但李銀航沒辦法理解他的焦慮，笑道：「和大佬當隊友是很省心的，你不要操沒必要的心啦，早點睡。」

她指一指旁側的床。

江舫已經睡熟了，身形隨著呼吸微微起伏，她把這個當做了不得的鐵證：「你看，舫哥都不擔心。」

元明清：「……」

他無法理解李銀航這種對他人莫名其妙的信任感。正因為無法理解，他和戴家兄弟一樣，一夜不得安眠。

在賭場正式營業開始前的早上 8:00，一行人陸陸續續來到了大廳。

江舫和李銀航是養足了精神的。

曲金沙喝了酒，回去草草交代過南舟還在打遊戲、始終占據著推幣機，沒辦法修改資料後，就心安理得地睡下了。

元明清垂著眉目，也看不大出來他的精神狀況。

相比之下，戴家兄弟雖說是精心打扮，還噴了香水，但面上糟糕的神情，活像是沾了隔夜牛奶後又團起來踩躪過的破抹布。

至於南舟……他一絲不亂地坐在 2 號機前，像一尊光化成的玉人，不管眼前的光芒如何流轉閃爍，都無法摻進他的那股光中，作出一絲半點的瑕質來。

戴學斌、林走近，看見南舟手頭所有的籌碼正好全數告罄，雙手空空，輸得一個不剩。

兄弟兩人對視之餘，心中萌生出一絲混合著不安的竊喜。

戴學斌清了清喉嚨，走上前去，「你做好選擇了吧？」

$$F_1 = F_2 = G\frac{m_1 \times m_2}{r^2}$$

「是的，我已經差不多瞭解了。」南舟說：「我們就賭這個吧。」

元明清喉頭一哽，幾乎要喊出聲來。

然而，在兄弟兩人心中的喜悅還未擴大時，南舟又舉起了手來，「……但是，我有一個條件。」

「這個遊戲，我要我們兩邊都參加。」

南舟說：「時間到今天晚上 8 點鐘截止，比賽時間是十二個小時，以機器中最終掉出來的籌碼數量為準，計算勝負。贏得少的人，就要償還對方投入總數額的五倍。」

「……怎麼樣，要賭嗎？」

十二小時的時限對抗，按最終掉落的籌碼數判斷勝負。以及，不管對方投入多少，敗者都要對勝者的付出買單，進行五倍的賠償……

理論上，只要瘋狂填入本金，提升進入圖案遊戲的機率，比如，一次性投入一百枚甚至一千枚，只要本金經得起這樣的燃燒，那麼獲勝也不是不可能的事情。

那麼，要賭嗎？戴學林有些猶豫。他們浪費了八個小時的時間，就是希望南舟能掉入漩渦，不過他們本人並不想要一塊跳進去。但這局怎麼賭，按照事前約定，本來就是「立方舟」說了算的。

南舟盯著他，目光平靜清寒。因為一夜未睡，他的皮膚缺乏了日照凝聚的血色，愈加像件精美的白瓷。

「有什麼要補充的嗎？」

「有。」戴學林說：「這不公平。」

「哪裡？」

「機器和裡面的籌碼可都是屬於我們『如夢』的。你們一分錢不出，用我們的機器和籌碼參賭，如果最終結果是我們落敗，你們不僅能拿到五倍獎勵，還能拿到推幣機裡掉下的籌碼，這樣談何公平呢？」

南舟：「啊。你已經在想輸了之後怎麼辦了嗎？」

戴學林一雙眼霧沉沉的，頗有些想要當場掐死南舟然後拉了他舌頭的

衝動。說不上為什麼，他現在非常討厭聽到「輸」字，一聽就不自覺想冒鬼火。

「可能你沒有聽懂我的規則。」南舟說：「推幣機裡的籌碼只是工具，和我們的賭局無干。事後有多少，我們都要還回去。我要的，只有你賭輸後給我的五倍本金。」

南舟在氣人之後泰然自若的樣子，堪稱氣人超級加倍，以致於戴學林偏過臉去深呼吸了一口，英俊的面孔才沒有出現過大的扭曲。他沒有別的問題了。或者說，這臺機器本身自帶的規則已經夠多了，他擔心弄得太複雜之後，反倒會弄巧成拙。

接下來，要選誰出戰？他看了一眼戴學斌。昨天剛蒙受過一場慘敗的哥哥立即瞄向別處，眸光閃爍。

懦夫！翻了一個不大雅觀的白眼後，戴學林又看向了曲金沙。這是他的賭場、他的機器，按理說，他該摸得最熟。再者說，他昨天一直作壁上觀，好像這賭局只是一場與己無關的熱鬧一樣。戴學林早就看他這副姿態不爽了。

他開口道：「喂，你……」

話到嘴邊，戴學林驟然一凜，將這個念頭強行斬斷了……他為什麼要這麼信任曲金沙？

往遠了說，在他們第一次找上門告知曲金沙合作事宜時，他就故意交出了 200 點積分，致使他們的積分低於「立方舟」，讓官方根本找不到理由宣布他們勝利，不得不開啟加時賽，間接造成了現下的麻煩。

往近了說，昨天他當眾承認出千，害他們痛失了大筆積分。還有他端著酒杯和南舟交頭接耳的樣子，戴學林還記在心上呢。他根本就是一個不值得信任的老油條！

曲金沙笑咪咪地望著他，等待著他的下文：「嗯？」

戴學林平復了一下呼吸節奏，剛想開口，便聽到身後傳來衣料摩擦的窸窣聲……

$$F_1 = F_2 = G \frac{m_1 \times m_2}{r^2}$$

　　南舟居然離開了 2 號機，轉而坐到了 1 號機前面。他正像鋼琴家整理燕尾服一樣，讓自己的西服風衣襬優雅地順著坐凳後方垂下。

　　曲金沙眉心一動。1 號機，是搖出小丑機率第二高的機器，35%，比 2 號機的 22% 要好得多了。

　　戴學林不知道這其中的彎彎繞，但還是不由得大皺其眉，脫口問道：「你要換位置？」

　　南舟只用一句話就把戴學林的質疑堵死了：「有規定我必須只能坐 2 號機嗎？」

　　然後他轉向了江舫，「舫哥，請幫我兌三千個幣來。」

　　江舫用食指和中指抵在太陽穴，瀟灑地衝他飛了一個禮，「收到。」

　　戴學林暗暗咬緊了牙關。昨天晚上，他夜不成寐，索性在暗處做了南舟一晚上的背後靈，為的是避免他對機器動什麼手腳。

　　南舟的確在每個機器面前都玩了一遍，但都只是在普通地玩遊戲而已，並沒有什麼多餘的動作。因為他坐在 2 號機前的時間最長，而他又把相當數量的籌碼都投入了 2 號，所以他默認南舟是認準了 2 號機。

　　南舟已經選定了機臺，時針眼看也要跨越 8 點的界限了。現在，箭在弦上，不得不發了。

　　戴學林走近一步，用高大的身形迫近了矮而敦實的曲金沙，形成了一個高位者的凌逼姿態，「曲老闆，你建議我選哪一臺機器呢？」

　　曲金沙毫不在意，把聲音壓到最低，給出了非常正確的答案：「2 號別坐。3 號不錯。」

　　兌換籌碼後，戴學林坐定了陌生的彩光機器前，將掌心搓熱，搭放在了機臺邊緣。

　　機器感應到了賭客的到來，發出了悅耳的女聲：「歡迎遊玩哦。請投入籌碼，開始一場愉悅的博彩之旅吧。」

　　戴學林的視線落到了右手邊。那裡從右至左，依序排列著一枚紅色的放幣按鈕，和四個藍色搖桿。

紅色按鍵的作用，是在把想要投入的籌碼幣全數送入機器後再使用。點擊過後，籌碼就會從面板上方的下斜通道中同時滑出，通過擋板，在鋼珠陣和擋板中穿梭下落。

而藍色拉桿的作用有兩點。其中三個，可以在籌碼下落的過程中操作三面小小的擋板，幫助籌碼落入左右橫跳的搖臂凹槽。最中間的搖桿則幾乎毫無作用，只需要在觸發圖案小遊戲後象徵性地拉一下⋯⋯傻瓜級別的操作。

戴學林大致瞭解了這個遊戲後，想放個嘲諷，輕蔑地乜向南舟，「就這種幼兒玩具，你能玩八個小時也不膩嗎？」

南舟並沒有匀給他哪怕一個眼神。他已經投入了第一個籌碼，單手在三處搖桿間來回挪移，精細且快速地掌控著籌碼的下落節奏。

籌碼在被鋼珠和擋板輪番碰撞出刷拉拉的細響後，準確無誤，一頭扎入了移動的搖臂凹槽中。介面上跳出了一張小丑的臉，喜氣洋洋地拉出了一條手幅：準備好幸運之旅了嗎？準備好了的話，請拉下中心搖桿，找到我吧。

戴學林心尖一悸，捉住搖桿的手不自覺收緊了——南舟這麼快就觸發了圖案遊戲？

可惜，機率並不站在南舟這邊。南舟這一輪雖說搖出了兩個蘋果，但因為互不相連，一頭一尾，所以不算數。

戴學林將目光轉回了自己的螢幕。

——冷靜。就如同之前的推斷一樣，獲勝的關鍵，就在於短時間內大量觸發圖案遊戲。

像南舟這樣一分一厘地計算，固然穩健，但就算他彈無虛發，每一枚籌碼都能準確無誤落入搖臂中，可在圖案遊戲中獲勝的機率永遠是那麼低，毫無效率可言。與其一遍一遍精準操作，做無用功，不如⋯⋯

戴學林開始往推幣機中投入籌碼。一枚、五枚、十枚、三十五枚⋯⋯一百枚。第一次，他就投入了 100 幣，整整 1000 積分。他按下了紅色按

$$F_1 = F_2 = G\frac{m_1 \times m_2}{r^2}$$

鈕，嗶——他眼前的面板像是發生了一場小型的洩洪，大量籌碼幣嘩啦啦傾瀉而下，你擁我擠，爭相下落。

由於一次性投入的籌碼密度過高，很多幣甚至本身就擔任了鋼珠的干擾功能，擠擠挨挨，熱鬧非凡。戴學林甚至沒有必要多此一舉，去操控三個擋板的起落。

最終，有十二枚幣都落入了搖臂之中。最下方的六臺水果燈被輪番觸發，加起來足足有十七次。明滅不休的彩色光輝把戴學林嘴角漾出的一縷得色映照得格外分明。

也許是昨日霉運罩頂，今天，幸運大大眷顧了他。他有了進行十二次圖案遊戲的機會。在第三次和第十次，他觸發了「檸檬」的二連連線獎、「西瓜」的三連幸運獎。第九次的時候，他甚至獲得了一個小丑。

可惜的是，那小丑出現在第三位，按照規則，不予獎勵。連線獎，是本機「檸檬」累計分數的兩倍；幸運獎則是「西瓜」累計分數的五倍。

戴學林輕輕一笑，高傲地睨了一眼南舟，發現他還在和單個籌碼較勁。雖然他仍是百發百中，可這又有什麼用呢？迄今為止的三次圖案遊戲，他全部落空。

戴學林往椅背上一靠，喜滋滋地等待著自己的獎勵從天而降。然後，他就看見十六枚籌碼從兩側幣道稀稀疏疏地滑落，落到了不斷前推的幣盤前方。

這可憐巴巴的十六枚幣匯入了幣盤之前的幣海中。淤積在出幣深淵邊緣的籌碼們受到後來的力道衝擊，稍稍往前一衝了半公分，冒了個頭……結果是無事發生，連一枚幣都沒有落下來。

戴學林滿心的歡喜頓時去了一半。他注視著螢幕，甚至沒能緩過神來……沒了？1000點積分，就這麼沒了？他甚至連個響都沒聽到？！

這就是曲金沙說的，3號不錯？他憤怒地扭頭，看向了曲金沙。

曲金沙挺無辜地攤了攤手，示意他仔細去看面板數據。按照推幣機的規則，籌碼幣在被玩家投入、從面板內部下落的過程中，會有機會掠過下

19

方隨機亮起的水果燈。當籌碼幣每擦過亮起的水果燈一次時，本機上的對應水果，就會積累上 1 分。積攢得越多，當搖出連貫水果時，翻兩倍、翻五倍的獎勵也會越多。

但是只要水果攢夠 100 分，積分就自動清零，從 0 開始。而 3 號機上，「檸檬」圖案的後面只有 3 分。「西瓜」更可憐，只有 2 分。更噁心的是，「西瓜」剛才明明有 98 分。因為戴學林一次性投入了太多，四次掠過了隨機亮起的西瓜燈，導致積分當即清零，從 1 開始。

戴學林之前沒有把推幣機的具體功能放在心上，更沒有參與的打算，如今才開始關注每臺機器上面的水果積分。當他把目光投向一旁的 2 號機時，馬上移不開視線了。

2 號機上的六種水果，少的是七十多分，多的是八十多分，都是相當給力的資料。尤其是幣盤前方堆積的將落未落的籌碼，比 1、3 號機都要豐裕得多。這些都是南舟昨晚輸掉的，在燈光輝映下，間斷地閃爍出誘人的釉質。

戴學林撤回了視線，盯著自己的面板，讓動搖的心志逐漸歸位。冷靜，不要胡思亂想。這只是一個誘餌而已。如果 2 號機那麼好，南舟為什麼要離開？這不合常理。

所以，專注眼下才是最正當的。自己的機器剛剛才出過一個小丑，因此能搖出小丑的機率肯定不小。再說，這臺機器可是曲金沙指定的……

……曲金沙？戴學林的目光陰晦難明起來。他昨天，究竟和南舟在說些什麼？當時南舟坐的，好像正好是 2 號機吧？

戴學林逼迫自己把注意力放回 3 號機本身。這種猜忌除了徒增困擾之外，根本毫無意義。更何況，他相信曲金沙沒有那個公然背叛他們的膽子。他們是一條船上的，如果「如夢」輸了，就意味著他苦心經營的「斗轉」也將一朝葬送。

戴學林拾起了一把籌碼，收緊掌心，用疼痛提醒自己要收心。但問題是，和其他賭博遊戲不同，玩這個遊戲並不需要特別專心。在重複機械式

$$F_1 = F_2 = G \frac{m_1 \times m_2}{r^2}$$

地往幣口裡投幣時，戴學林的心思又出現了短暫的動搖──曲金沙真的有把他們當過自己人嗎？

這條船，從來不是他自願上的。曲金沙畢竟是人類，而且是一個越交往越讓人摸不清楚他的立場的圓滑人類。對曲金沙來說，最具性價比的做法，是兩邊都不得罪，甚至偷偷偏幫南舟他們一把。這樣一來，他兩邊都不會得罪。不管是誰輸了，他都能討到好處。

這麼想來，昨天的那 20 萬積分，難道就是他對「立方舟」繳納的投名狀？不，如果那算是投名狀的話，20 萬也太多了⋯⋯

除非曲金沙從一開始就選定了立場，暗自站到了南舟那邊，要給他們放水，讓人類方獲得勝利。

人類是由原初數據中誕生的分支。高維人即使算是他們的半個造物主，也讀取不出人心中幽暗隱祕的數據。誰知道他們到底是怎麼想的呢？

打斷戴學林的胡思亂想的，是 1 號機方向再次傳來的圖案遊戲觸發音。南舟往 1 號機裡同時填入了兩枚籌碼。兩枚籌碼雙雙落入了搖臂凹槽，讓他獲得了進行二次圖案遊戲的機會⋯⋯當然，這兩次下來，南舟也沒有任何斬獲。

燃起的危機感暫時壓倒了猜忌。把手頭的一百枚籌碼盡數填入機器後，戴學林坐正了身體。

結合曲金沙在遊戲中表現的所有歷史資料來看，他就是純粹的利益至上主義者。只要自己獲了勝，他自然沒有倒向「立方舟」的理由！想到這裡，戴學林握緊了搖桿。

荒謬。真是太荒謬了。在昨天之前，他們還把元明清視作「如夢」預備隊的一員，認為他隨時有可能回到高維，戴罪立功，讓這因為利益暫時結合起來的四人小分隊當場崩塌。結果事實是，元明清根本看不上「如夢」。而曲金沙，反倒成為了「如夢」的一個不安定因數。

賭骰子也就算了，這種不需要技術含量、只拚機率的遊戲，他怎麼可能會輸？他的運氣難道會比南舟差？戴學林帶著發了狠的決心，用力拍下

了紅色的出幣鍵。

藍色的幣瀑傾瀉而下，彷彿是在人的神經上肆意彈跳舞蹈，釋放出讓人神經突觸不自覺跟隨著一抽一抽的暗示性電流。

戴學林的食指搭在搖桿上，無意識地一點一點。快點。再快點。

由於投幣完全依靠手工，「投入一百枚幣」這個動作本身，就是一件非常耗費時間的事情。而多達百枚的籌碼爭相下落時，放幣的斜坡出口又只有那麼大，許多幣淤塞在唯一的出口處，導致通路不那麼順暢。

在戴學林等待幣下落的過程中，南舟操縱著他的兩枚籌碼，又成功進行了兩輪圖案遊戲。而且這一次，他有了收穫。兩個「柳丁」順利連在了一起。

「噹噹噹噹——」

「恭喜獲得 2 連連線獎哦～」

戴學林心臟猛地一跳，身體後仰，看向了 1 號機「柳丁」的累計分數——50 分？獎勵翻倍，那就是一百個籌碼……要死！

這次籌碼吐出的聲音，要比戴學林獲得的十幾個幣要熱鬧得多。然而，百川匯海，終歸無形。1 號機幣盤前積攢的籌碼不算很多，平平的一薄層，又經過兩側祕口和金屬三角的分流泄力，最終順著邊緣叮噹落下的，只有區區五枚籌碼。

看到這個結果，戴學林緊繃得不見半個褶的面孔終於有了一絲放鬆。

——哈，不過如此。

然而，南舟似乎對此毫無波動。贏或者輸，他都是這樣一張平平靜靜的臉。他是由光而生的怪物，身體內的血彷彿是消耗型物品，隨著精力的消耗同步扣除。

平時，南舟的膚色就是清雪一樣的白，但當褪去血色後，他裸露在外的皮膚彷彿被剔除了表面的釉質，露出了內裡銀色金屬一樣冷淡、無機質的質感，甚至對遊戲機中輪番閃爍的彩光形成了奇特的反射效果。

而經過一輪用時不短的等待，3 號機也給出了這一輪投籌的成果。掉

入搖臂凹槽中的籌碼是十一枚。和上次相比，少了一枚。水果燈被觸發的數字也少了，只有十五次。

這點細微的落差，完全是在合理的機率變化範圍之內的。但是，對身陷賭局中的人來說，這樣的差距，足夠讓人的心情跌入惡劣的低谷。

而更惡劣的事情還在後面。

戴學林第一次拉搖桿，落空。第三次，繼續落空。隨著落空次數的疊加，戴學林的神情變得愈發不可思議起來——不會吧？怎麼會這麼背？

十一次進行圖案遊戲的機會，在第九次時終於出了成果……還是一個可憐的「香蕉」二連。

這十一次機會消耗殆盡時，戴學林甚至沒能看到小丑。

不過，3號機上「香蕉」的積分不錯，有42分。翻上兩倍，就是八十二枚籌碼。

籌碼劈裡啪啦的下落聲，多少弭平了戴學林心中的焦躁。在這八十二枚籌碼幣的拱動下，總共有七枚被拱出了邊緣，落入了幣箱當中。

好！這樣就在最開始超越了南舟了！就算只是兩枚籌碼，那也……

「噹噹噹噹——」

「恭喜獲得3連幸運獎哦～」

戴學林的歡喜還沒來得及落到實處，就被這歡愉的女聲給打了個粉身碎骨。

——南舟怎麼又中了？！這回還是「柳丁」。五倍的獎勵，兩百五十枚籌碼！

身處局外的李銀航看戴學林頻頻往南舟的方向張望，滿臉不爽，不覺好奇。她看得很清楚，南舟走的是小而精的路子，和戴學林的大抓大放完全不同。

按照計算，戴學林和南舟成功落入搖臂凹槽中的幣數，相差並不多。戴學林中標二十三次，成功搖出了三次獎，更是在第一輪就見到了小丑。南舟中標十四次，搖出了二次獎，到目前為止連小丑的影子都沒見過。

相比之下，戴學林的運氣其實還要比南舟好一些。而且他的投入比南舟更多。

到現在為止，南舟總共投入了 140 點積分，戴學林則已經扔進了 2000 點。這也就意味著，一旦戴學林最終獲勝，南舟要付出的積分，將多到足以讓比分成功逆轉。

在李銀航看來，該著急的應該是南舟才對。

她偷偷問江舫：「形勢不是利好他嗎？他著什麼急？」

江舫笑望著南舟的背影，「妳不在賭桌邊，不明白。」

在南舟擇定推幣機作為本輪的賭博用具時，江舫就猜到了他的用意。

南舟花了一個晚上在這三臺機器上，不僅是在揣測求勝之道，也不僅是為了守住機器，避免有人動手作弊，更是在身臨其境地研究它對情緒的影響。

高維人的確是數據，但同樣擁有喜怒哀樂。之所以這麼說，是因為他們如果是能瞬間做出一切冷靜判斷的機器的話，早在發現人類在廢棄副本中創造出屬於自己的文明時，就該冷酷地做出判定，消滅對他們存在威脅的人類。只要他們有情緒、有欲望，那很多事就好辦了。

在經歷過前一日的挫敗後，推幣機這樣的遊戲，對精神易感的戴家兄弟，會是一場漫長而充滿趣味的折磨。而經過 12 小時累積下來的負面情緒，也必然會影響到下一場賭博的品質。最妙的是，即使戴學林對此有所意識，他也根本無法規避。

兩百五十枚籌碼，足足推出了二十一枚籌碼。當籌碼幣落入南舟專屬的幣箱時，那聲音就像是小錘子，一下下擊打在戴學林的中樞神經上。

戴學林心中焦慮萬分，手中卻沒有絲毫停頓，持續往入幣口內塞入籌碼幣。由於一口氣抓得太多，他的手有些拿不住幣，有幾枚從他指縫中漏了下來，三三兩兩地滾了出去。

——煩死了！

李銀航能注意到的事情，他哪裡注意不到？

戴學林反覆提醒自己，別著急，沒有必要著急。南舟的優勢，不過是經過了一晚上的訓練，能做到操縱兩枚籌碼，彈無虛發，再加上每個水果的分數都不低，所以看上去才比較有贏面。但優勢實際上是在自己這邊的！自己就這樣堆機率下去，準沒錯！

他板著一張晚娘臉，俯下身去撿掉落的籌碼。

戴學斌也看出了弟弟的焦慮，走上前，也拾起了一枚，塞到他的掌心，想給他一點安慰，「你別著急，慢慢來。」

然而情緒就是這麼奇妙的東西。往往越安慰，越提醒，效果越差。就比如說現在的戴學林，就無端地被提醒出了一頭鬼火──這麼簡單的事情，需要你教我？

他不理會戴學斌，一把奪回了籌碼，返身繼續重複塞入的動作。

正在戴學林心浮氣躁之際，南舟卻悠悠然站起了身來。凳腳輕微的拖拉聲，幾乎是碾著戴學林的聽覺神經轟隆隆開過去了。他警覺回頭，「你去哪裡？」

本來對他毫不關心的南舟看向他，平靜道：「我拿一點吃的⋯⋯需要我幫你帶嗎？」

戴學林：「⋯⋯」他冷漠地撇過臉去，「不需要。」

這是示威嗎？稍稍占了一點便宜之後，就向他展示自己想要贏有多麼輕鬆？！

想到這裡，戴學林加快了往機器裡塞籌碼的動作。

──那我就讓你看看，小看我是多麼愚蠢的行為！

外人光靠看，是很難 get 到其中的緊張刺激的。再說，比賽剛開始不到一個小時，完全還沒到要寸步不離機器的地步。因此李銀航更關心南舟一夜未睡的身體能不能支撐得住。她關切詢問：「還要打十多個小時，沒問題嗎？」

南舟捧著加了冰球的橘子氣泡水，像是剛剛結束了一場無關緊要的遊戲，跑來放放鬆。他表態道：「我沒有問題。」

在《永晝》中，每月一次的極晝之日，經常讓他處於長達 24 小時的生命威脅和精神高壓當中。他的抗壓能力還是不錯的。

江舫適時地走上前來，遞過來一盤小蛋糕。趁他低頭進食時，江舫放肆地撫摸起了他的髮尾。

南舟沒有反抗，只是把頭低了下來，遷就默許了江舫的安撫和按摩。

戴學斌在弟弟那裡碰了一鼻子灰，見南舟和自己的隊友站到了一起，便故作鎮靜地豎起了耳朵，靠近幾步，想竊聽到一些有價值的情報。令人失望的是，南舟閉口不談自己的策略，只是專心地吃喝，補充能量。

臨走前，江舫替他擦乾淨了嘴角的一點奶油，又提了個小建議：「……上個色？」

在南舟困惑地眨眼睛之際，江舫走上前來，吻住了他的唇畔，並動用了牙齒和一點舌尖，在他唇畔撩撥出了薄薄的紅意。

吃飽喝足，又小小地談了個戀愛後，南舟抿著一張紅唇，折返回了 1 號機前。這回，他取出了三枚籌碼，同時投入了機器當中。

將他的動作盡收眼底後，一個新的問題在戴學林心中浮現。

這個問題，讓他的身心沉沉地往下一墜——他到底能同時操縱幾枚籌碼，落入搖臂？

三塊擋板，伴隨著遊戲音此起彼落。三枚圓形籌碼像是扁平的檯球，在彈珠密密織出的小叢林間閃轉騰挪。籌碼一多，彼此之間自然會產生額外的碰撞，為順利下落製造出麻煩。

不過，當第一枚籌碼搖頭擺尾地一路向下，掙脫無序排列的鋼珠、錚然落洞後，剩下兩枚的下落就變得方便許多了。

南舟手邊還放著紙杯蛋糕和石榴水，一眼不多瞧旁邊，完全是在全身心地享受這個玩彈球的過程。

$$F_1 = F_2 = G \frac{m_1 \times m_2}{r^2}$$

　　半小時後，他把一次性投入的籌碼數加到了四個。

　　戴學林對此嗤之以鼻。他可沒有那樣的閒情逸致，他的目標明確，思路清晰。水果不過是佐料，小丑才是重點。只需要一個出現在首位的小丑圖案，就能輕鬆斬獲一千枚籌碼獎。水果的那點分數，他根本看不上眼。然而，也正是因為目標明確，當那個目標始終被死死框定在機率的框架中時，他也無可奈何，只能等待。

　　上手玩過幾把後，戴學林對推幣機的機制已經有了大致的瞭解。推幣機，不是紙牌、不是麻將，沒有千變萬化的花頭，甚至沒有什麼可以動腦子的餘地。哪怕是老千聖手來，面對這麼一臺沒有生命、只會按照固定程式對你說「歡迎光臨」的機器，也不敢說自己有絕地翻盤的絕對把握。

　　曲金沙是賭場老闆，但凡腦子正常一點，都不可能把某一臺機器出小丑圖案的機率調得特別高。於是玩家能做的事情只剩下一件：等待，然後祈禱好運的到來……道理他都懂，可是，為什麼還不來？

　　因為閒下來實在太容易亂想，戴學林忍不住想，自己要不要學著南舟，試著操縱擋板，讓更多的籌碼落進去？他把指尖往掌心合了兩把，擦去了內中的一層薄汗，握上了搖桿。

　　看南舟操作，好像是一件無比簡單的事情。但實操起來，戴學林才發現，自己和南舟的玩法完全不是同一回事。

　　南舟一次投入少量籌碼，視野是清晰的，對於籌碼下落的軌跡也能夠較為自如地進行預判。但自己投入的籌碼密度太高了，根本沒有可操作的餘地，還起到了反作用。

　　經過一通不熟悉的推拉搖移，原本不少可以落入搖臂凹槽中的籌碼，被他落下的擋板抽飛了。結果就是，這一輪玩下來，一百枚籌碼成功入洞的更少了，只有七枚。

　　——玩你媽。

　　戴學林咬著後槽牙，老老實實地放棄了不必要的操作。

　　好在他有自己的優勢，大量下落的籌碼，讓他的水果燈漲分速度飛

快。就連最開始積分清零、讓他吃了個啞巴虧的「西瓜」，目前也漲到了20多分。但戴學林很快也高興不起來了，漲分速度快，意味著歸零速度也變得一騎絕塵。

原先有70多分的「檸檬」，積分眼看著逼近了100，但機器始終沒有任何要搖出「檸檬」的意思。他只能眼睜睜看著「檸檬」後那誘人的數字閃了閃，啪的一聲，回歸了「0」。

相比之下，除了一次不小心失手、一枚籌碼沒能落入凹槽外，南舟幾乎是百發百中。他的水果數量始終沒有增加，大多數水果都保持在50分，70分以上的有四個。就算他抽出連線獎這種最低等級的獎勵，也能心安理得地吃保底。

小丑始終不來，頻繁出現的水果連線獎，根本不足以填補戴學林內心被逐漸挖開的缺口。不到百枚的獎勵，也根本不足以推動這沉重無濤的幣海。他和南舟的比賽，都是在慢吞吞地推進度，誰也不比誰強，始終拉不開大的差距。

而在這種情況下，南舟還能因為命中率高，水果基礎分高，輕鬆騎在他頭上蕩腳。就像他現在一樣，在一局終了後，還有閒心進行簡單的能量補充，吃著紙杯蛋糕，雙腳勾在椅子兩側，自在地晃晃蕩蕩。

這樣的焦慮、這樣的壓力，讓戴學林控制不住地去懷疑一切。

時間宛如他注入機器中的籌碼，流水一樣地來，又涼涼地走。

轉眼間，三個小時過去了。「紙金」外的白日是透不進漆黑的幕牆中的，身在「斗轉」，黑白難辨，光陰難鑑。

戴學林心中的雜念宛如荒疏蔓草，望風而長，節節而高。他忍不住想，這樣繼續玩下去，是否正確？

他們如今的積分處於嚴重的劣勢，即使他馬力全開，毫不休息，一局

一百枚籌碼，光是馬不停蹄地塞入就要塞上個 2 分鐘。籌碼下落需要時間，圖案遊戲搖拉桿也需要時間。他最高記錄是一次中標十五枚。最快一局終了，也需要 8 分鐘左右。

而南舟塞籌碼的速度很快，且早已經開始用五枚籌碼進行五線操作了。他用時最長的一局，最多 4 分鐘。突出的是一個短、平、快。由於用時短，再加上命中率高，南舟搖出水果獎勵的機率和自己始終處於同一個水平線上。

這具高度模擬的人類軀殼，也給了戴學林太多的拖累。頻繁投入籌碼，導致戴學林的虎口發麻，大拇指根也開始痠脹，嘴唇因為長期沒有攝入水分變得開裂，裂開的嘴皮，讓他忍不住在等待的間隙焦慮地去撕扯，把指尖都染成了紅紅白白的樣子。

在投餵籌碼時，戴學林總感覺自己像是在飼虎。一隻張著流著涎水的嘴巴，靜靜蟄伏，隨時準備將自己一口吞噬掉的老虎。為了緩解這樣的錯覺所引發的恐慌，戴學林只能不斷寬慰自己。

平均一下，就算自己 10 分鐘開一局，每 10 分鐘支出 1000 點積分，如果一刻不停地玩上十二個小時，就是 72000 點積分。

南舟玩了這麼久，才用了不到兩百枚籌碼、2000 點積分。

如果贏了，自己不僅能收回本，還能吃下這五倍賠償，用 35 萬積分一舉翻盤。如果因為一點差距落敗，他們最多只用賠 4 萬積分。即使輸，也不算慘輸。到晚上 8 點，安排給他們的替補小分隊怎麼樣都會來了。到時候，他們一定還有機會！

戴學斌見弟弟連續作戰三個小時，精神已經在亢奮間透出了一點神經質，忍不住提議道：「我替你一會兒吧？」

結果，聽到他們對話的南舟只用一句話就打消了他們換人的心思：「那我可以換舫哥來嗎？」

江舫的難對付程度，他們昨天已經見識過了。讓他插手，只會徒增更多難以預料的變數。

而在三個小時的等待後，戴學林的機器裡，陡然發出了一聲拖了長音的怪笑。

　　「哈哈哈哈——」

　　小丑！一枚小丑圖案，之前總共出現五次但都沒能出現在首位的小丑，赫然出現在了首位！

　　戴學林興奮得直接站起了身來，握住搖桿的單手微微發抖。第二個也一定要是小丑！求求了，要是小丑！

　　但他很快冷靜了下來，往後一靠，重新坐定，在心中自言自語：怎麼可能是小丑，真是想多了，要是小丑的話，他倒立吃搖桿。現階段，他不能給自己太多的希望，否則就只是徒增失望罷了。

　　果然，出現在第二位的，是一根孤零零的「香蕉」。戴學林歡喜的心情像是被潑了一盆冷水。但他還是努力自我安慰道：看吧，果然不是。

　　無論如何，差距可以從這裡拉開了！就是現在！戴學林不自覺瞄向了南舟，想從他臉上看到一絲動搖和不安，來擴大自己的喜悅。

　　誰想，南舟還是那張萬年不變的撲克臉，指尖像是最精密的制動儀器，用擋板把六枚籌碼玩出了千淘萬漉的效果。六枚籌碼紛紛入洞。他也舒了一口氣，捧起旁邊李銀航剛給他倒的加了冰糖的菊花茶，熱騰騰地喝了起來。

　　呵呵，故作鎮靜罷了。戴學林不大甘願地扭過頭來的瞬間，耳畔再次響起了小丑的狂笑。他嘴唇下意識揚起，難道第三個也抽中了……

　　然而，目光在聚焦到他自己的面板上後，他的笑容僵住了。

　　笑聲，是從 1 號機的方向傳來的。

　　南舟捧著茶杯，對著首位跳出來的小丑圖案，發出了一個短促的感歎詞：「……啊。」

　　他轉頭對江舫說：「舫哥，搖出來了一個一連線的小丑彩金。」

　　江舫正在用賭場自帶的廚房 DIY 馬卡龍。他遠遠地讚揚了一聲：「喲，不錯嘛。第幾次看到小丑了？」

$$F_1 = F_2 = G\frac{m_1 \times m_2}{r^2}$$

南舟低頭計算了一下，「七次了。」

剛剛自覺拉開了差距的戴學林，再次被一腳踢回了懸崖邊緣。

七次？他的小丑才出現過六次！這就是曲金沙說的「3 號機不錯」？

實際上，這完全是合理的。3 號機出現小丑圖案的機率設定最高，是 42%，1 號機略遜一籌，是 35%，總體來說相差並不算大。因此，在 200 抽之內，因為機率，出現一到二個小丑的差距，也完全是合理範圍之內的變動。

更何況，南舟的小丑，其實和戴學林一樣，總共只出了六個。高維人的彈幕間也發現了這一點，紛紛刷著「錯了」、「是六個」。

但因為只有一個小丑之差，誰都不知道南舟是不是故意說錯的。在賭局之外有上帝視角的旁人看來，一個並沒有出現首位的小丑根本是毫無意義。哪怕南舟算錯了，又能左右什麼大局？但對戴學林來說，這一個小丑的差距，意義非凡。

他一時間沒能控制好自己的情緒，一拳擂上了擂臺邊緣，打得機臺猛地一顫。機器上流轉閃爍的彩燈為之一震，旋即齊齊轉紅，呱啦呱啦地大叫起來。被籠罩在刺目的血紅燈光下，他的神情也變得猙獰起來。

南舟終於從他快樂的搖桿遊戲中分神，偏頭看了他一眼。

南舟朝向曲金沙，指了指肩膀微微起伏的戴學林，告狀道：「老闆，他破壞機器。」

一直作壁上觀的曲金沙被突然點名，一時愕然。

南舟說：「你昨天晚上跟我說的，踢打和搖晃機器是違規行為。一旦發現，是要清出去的。」

……啊這。曲金沙搔了搔臉頰，公然地護了一次短，「我們開門做生意，如果客人只是正常的情緒宣洩，我們也沒有立刻趕出去的道理，是不是？何況戴先生這回也沒有震掉籌碼，所以我們先警告一次，可以嗎？」

說著，他朝向了戴學林，「戴先生，請注意，如果再破壞機器，我們的比賽就立即中止。」

戴學林本來就處於崩盤邊緣的心態更加不穩。他死死盯住了曲金沙，目光陰鷙。他的注意力，並沒有放在「曲金沙迴護了他」這件事上。關注的是，昨天晚上曲金沙果然有提醒過南舟，給南舟講解過推幣機的規則！如果他不講，南舟自己摸索，一旦抓住這個把柄，不就可以直接把他踢出局去了嗎？

　　想到這裡，疊加上之前被他強行壓下去的猜忌，讓曲金沙一切的告誡在戴學林這裡都失去了信用度。

　　他抱著籌碼桶，沉默地坐上了他早就更加看好的 2 號機。幣更多，水果分數更多，誘惑也更大。

　　南舟看他突然坐了過來，發出了一聲小小的疑問：「唔？」

　　戴學林哂笑一聲：「怎麼，這裡不能坐嗎？」

　　曲金沙笑容未改，心中想道：送死。但他卻並未對此進行任何勸阻，而是折回酒吧，給自己斟了一杯酒。這是他最好的酒，以往他都不捨得喝，如今在這種情況下入口，倒別有一番滋味。

　　作為隊友，戴學斌覺得這很不對勁。剛才弟弟和南舟同樣搖到了小丑彩金，也同樣得到了一千枚籌碼獎勵。最後，在這一千枚幣的助力之下，被推離幣盤的籌碼，南舟是一百二十九枚，戴學林是一百三十六枚。

　　他不明白，為什麼在這種有利的條件下，戴學林會放棄 3 號機，非要上 2 號機不可？但他也沒打算去問曲金沙。曲金沙這個市儈說的話，他和弟弟同樣不相信。

　　他快步走上去，拉了凳子在戴學林身邊坐下，低聲道：「怎麼突然換了機子？」

　　戴學林一心一意往機器裡塞入籌碼，「……你別打擾我。」

　　戴學斌伸手捂住了入幣口。

　　戴學林連貫的投幣動作被打斷，不由怒視哥哥，「做什麼？！」

　　戴學斌一把把他拖離檯面，拖到了賭場一角。他想要和精神狀態顯然有異的弟弟開上一場簡短的商議會。

$$F_1 = F_2 = G \frac{m_1 \times m_2}{r^2}$$

　　走到一處較安靜的地帶後，戴學斌馬上提出了局外人看來無比正常的質疑：「這臺機器南舟一直在玩，要是能贏，他為什麼換位置，又憑什麼讓給你？」

　　出乎他意料的是，戴學林雖然急躁，但對於更換機器這件事，確實是有自己的一番思考的。

　　「機子一共有三臺，它們的機率一定不同。」

　　「南舟昨天可是玩了一整晚，對每臺機器的機率肯定都有數。」

　　「如果他故意選了機率第二的 1 號機，空出實際機率最高的 2 號機來，然後和我們隊的人勾結，誘導我去選機率最低的 3 號機呢？」

　　戴學斌一時語塞。這還真有點道理，他聽戴學林說過，曲金沙昨晚是和南舟有近身接觸的，不能排除他們有什麼祕密交易。

　　戴學斌提議：「我去找曲金沙套套話……」

　　「找他？他會承認嗎？」戴學林不屑一顧，「他要是對我們足夠坦誠，第一天就不會嘗試和江舫用那種奇怪的語言交流了。」

　　戴學林瞥了一眼曲金沙的方向，「……再說，如果我真犯了大錯誤，曲金沙該攔我，不會跑去喝酒。」他下了定論：「他分明是心虛。」

　　待兄弟兩人盤出了個大概的思路，哥哥被弟弟說服，兩人欲舉步回到推幣機前時，他們轉頭過去，雙雙一愣……

　　南舟居然坐在了 2 號機前，膝蓋上放著籌碼桶，整個人在彩燈之下，像一張剔透七彩的玻璃糖紙。

　　戴學林一步跨上前去，皺眉道：「你做什麼？」

　　南舟問：「你還要用這臺機器嗎？」

　　——他關心這個幹什麼？

　　「你投了多少幣？」南舟說：「我也想選這臺。你往裡面投了多少幣，我可以換給你。」

　　見他反應如此可疑，戴學林心頭一喜，微微抬起下巴，倨傲道：「讓給你？可以啊。」他豎起了三根手指，「我投進了五十個幣，要換機器，

你得給我三十倍，你給嗎？」

對戴學林溢於言表的敵意和抗拒，南舟一愣，神情看起來煞是無辜，「……我只是問一問。」

戴學林睥睨著南舟，冷聲道：「如果你給不出，可以從我的機器前面站起來嗎？」

南舟用極誠懇的語氣說：「這臺機器，可能有問題。」

他表現得越是在意，戴學林越是想要放聲大笑。他語帶笑意地反問：「哦？有問題的話，你為什麼還要坐到這邊來？」

「昨天我在這裡浪費了很長時間。」南舟避而不答，說：「我……」

戴學林回身對坐在吧檯內的曲金沙揚聲道：「曲老闆，南先生說『斗轉』裡的賭具有問題，你怎麼說？」

曲金沙遠遠答道：「不會的。南先生，你放心吧。機器都是正常的。你昨天也試玩過的，不是嗎？」

「聽到了沒有？」戴學林轉向了南舟，「無論好壞，盈虧自負，不要賴在機器上。現在，請你離開我的機器。」

南舟乖乖地挪了位置。

他的馴從，這讓從剛才起就吃癟不停的戴學林感到了一絲快意。但在明確了南舟的去向後，戴學林的面色微微地起了變化。

南舟抱著自己的籌碼桶，沒有回到 1 號機，而是挪去了 3 號機前。

戴學林一時錯愕：「你……」

南舟指尖夾著一枚籌碼，正送到了 3 號機的出幣口。

感受到戴學林的欲言又止，他側過頭來，目光和剛才一樣的清明，「怎麼，要換回來嗎？」

戴學林原本還算平靜的心緒頓生波瀾。

怎麼回事？2 號機，難道不是機率最高的嗎？曲金沙說「不要選 2」，他難道說的是真話？不是特地誘導自己去選差勁的 3 號機的話術？那，2 號機是真的不能選的垃圾機器嗎？

$$F_1 = F_2 = G \frac{m_1 \times m_2}{r^2}$$

　　不，或者說，這又是一個陷阱？南舟故意說 2 號機有問題，又特地選擇了自己剛玩的機器，是不是想讓自己產生動搖，放棄其實機率最高的 2 號機？

　　在戴學林一片凌亂時，南舟已經用實際行動宣示了他對 3 號機的主權。閱閭。是賭籌落入機器時獨有的鋼鐵吞嚥聲。

　　戴學林眼睜睜地看著南舟換了賭法。他和自己一樣，一口氣往機器中塞入了一百枚籌碼。然後他和剛才的自己一樣，身體後撤，放棄了任何多餘的操作，注視著一百枚籌碼轟然湧下。

　　南舟居然開始加碼了？這是源於自信，還是某種威脅的信號？

　　戴學林越想越是緊張，心中泛起了密密麻麻的恐慌，幾滴熱汗涔涔地順著頭皮滑了下來。

　　2 號機到底是南舟特意留出來的寶藏機器，還是一個純粹的陷阱？他垂下雙目，不再細想，將一枚枚籌碼依序向內填充而去，可他的手和心神一樣，都很難再保持穩當了。

被他們懷疑的在逃 boss，
說不定才是真正能拯救他們的人

見南舟虛晃一槍，直接劍走偏鋒，占據了3號機，戴學斌心中也隱隱慌張起來。他有心想去問一問曲金沙，但曲金沙的話究竟有多少水分，戴學斌心裡也沒底。

　　賭場中，一股莫名的壓抑感朝四下蔓延。而本該處於中心風暴點的曲金沙始終保持坐山觀虎鬥的架式，穩坐釣魚臺。

　　直到一句幽幽的溫州話從他身後傳來：「曲老闆，2號機的機率，到底設定了多少啊？」

　　曲金沙：「……」

　　他手裡連絲兒波紋都不見的酒杯蕩出了一個明顯的漣漪……這兩人連嚇人的方式也出奇一致，都喜歡突然在別人背後說話。他回過頭去，笑著用溫州話答道：「這可不能說啊。」

　　江舫取來一方空杯，熟練地用小冰櫃裡的冰柱冰了一下杯，又自顧自取來曲金沙的寶貝藏酒，大大方方給自己斟了半杯。在近距離的接觸中，曲金沙嗅到了他手指上沾染的淡淡的杏仁粉的香甜味道。

　　曲金沙是喜歡江舫的，這種喜歡到今天也不改。在現實世界裡，他的取向也是同性，最喜歡那些五官漂亮、精力充沛，能讓他一解空虛寂寞的年輕男人。

　　當初，自己起意邀請江舫參賭，也是因為看中了他的臉。事實證明，他看走了眼，江舫並不是他能夠輕易掌控的角色。他年輕，但他的心思是一渠不見底的深潭，是能將善泳者輕鬆溺斃其中的水準。於是曲金沙選擇了偶加欣賞、敬而遠之。

　　「看來應該是不低。」江舫依舊和他用方言對話：「不然你為什麼不去勸告小戴先生呢？」

　　「我不是他的父親呀。」曲金沙嘆了一聲，說話的樣子像極了一個被處於叛逆期的小輩頂了嘴的慈祥長輩：「再說，我不管說什麼，他們也是不聽的。」

　　江舫用食指在杯口敲打了兩下，突然換用了普通話微笑道：「哦，是

這樣嗎？」

　　如果曲金沙真的想取信於「如夢」，在一開始，他就不會用高維人無法第一時間理解的語言，向「立方舟」傳達一句其實完全無關緊要的話──「再見。小心有鬼」。

　　提前暴露出自己會一門不通用的方言，既不能在必要的時候幫助到「立方舟」，也會導致「如夢」對他的信任值大幅流失。

　　換言之，曲金沙從一開始就沒打算取得「如夢」的信任。他效忠的，或許不只有絕對的利益。他是在最大限度維護自己利益的前提下，堅定站在了人類立場上的惡人。

　　對江舫的反問，曲金沙把胖胖的身軀靠在了吧檯上，笑咪咪道：「不然，還能因為什麼呢？」

　　戴學斌豎著耳朵，參考著連夜補習的溫州話詞典，旁聽了兩人全部的對話，結果他只聽出了一頭霧水。最後還是策略組幫忙打了配合，艱難地進行了一番翻譯後，最終得出的內容，也還是沒能解答戴學斌的疑竇。2號機，到底是好，還是壞？

　　另一邊，戴學林懷著一顆亂糟糟的心，開始了在新機器上的遊戲。

　　不曉得是不是因為對操作的要求降低了，南舟開始頻頻關注他的螢幕，看起來特別在乎他是否取勝。

　　而戴學林也不負所望，輸得頭罩黑雲。自從坐上 2 號機，戴學林連投了兩輪幣，只搖出了一個水果的二連線獎勵。

　　2 號機本來就是機率最低的機器。當然，這一點也體現在了對水果的控制上。之前在 3 號機上，戴學林也曾遇到過一百個幣下去，一個圖案遊戲都沒中的情況。但是同樣的情況出現在新換的 2 號機上，就讓戴學林無法忍受了。

連續吃下兩百個幣後，機器依舊如同泥牛入海，還把兩個原本在 80 分以上的水果燈刷成了 0。

他越來越感覺自己是被耍了。

連戰連敗，還被南舟背後靈似地盯著看，戴學林滿心鬼火，終於忍耐不住，張口罵道：「你他媽的看什麼？」

南舟平靜回敬道：「可你剛才也在看我。」

戴學林：「……」

一句罵人的話噎在喉嚨口，吞也吞不下，吐也吐不出，憋得直咬牙。

時間一分一秒過去，戴學林的焦躁之情水漲船高。

南舟在用無腦填分，把 3 號機的水果燈的分數刷高後，又開始了他那一套精兵簡政的微操玩法。他曾經嘗試一口氣操控七枚籌碼，但發現自己最多可以做到讓六個籌碼落入搖臂、一旦七線操作就可能導致全域崩盤後，他果斷切換回了六線模式。南舟的選擇永遠異常簡潔，如果一條路走不通，就果斷放棄。

眼看著自己已經在這臺機器上浪費了將近半小時，還是連一個水果三連幸運獎都刷不出來，戴學林意識到，自己八成是受騙了。他自認為不是那種不懂推幣機、把一切都歸結為是自己運氣不好的無腦賭徒。這種機率上的差距，但凡坐在 2 號機上玩上幾把就能感受到了。

在浪費了半小時寶貴光陰後，他強忍著心中的挫敗，選擇壯士斷腕，坐上了南舟之前坐上的 1 號機。

見他又要挪動，南舟看起來輕鬆了不少，可他偏偏又好奇地「嗯」了一聲：「你不玩這臺機器了嗎？」

——演。你繼續演。

戴學林認定他是在嘲諷自己，一時間掐死他的心都有了。可惜他連掐死他的時間都不能多浪費。戴學林黑著臉，一語不發地在 1 號機上重開了遊戲。

在旁遠觀的曲金沙暗自點了點頭。

1 號機和 3 號機搖出水果和小丑的機率差距其實並不很大。事到如今，最重要的還是要看幸運女神是否肯眷顧。

當遊戲推進到下午 3 點左右時，南舟從遊戲中抬起了頭，他問李銀航：「幾點了？」

李銀航特意折返回了房間，確認了一下時間。比賽時間已經過半，距離結束，還有五個小時。在 2 號機上浪費的半個小時，也並沒有大大拉開他們之間的分差。

迄今為止，他們誰都沒有搖出第二個小丑彩金。

南舟手中獲得的獎勵籌碼是三百一十二枚。戴學林經過一番追趕，也突破了三百大關，達到了三百零一枚。比較下來，南舟仍是占了一絲先。但戴學林想翻盤，可能只需要一局。

然而，一件匪夷所思的事情發生了。

在從李銀航口中得知了現在的準確時間後，南舟站起了身來……拿著自己的全部籌碼，在戴學林無比詫異的目光中，坐在了 2 號機的面前。

薄醺中的曲金沙放下了手頭杯子。

除了杯底叩擊櫃檯的聲響有些重之外，他的表情並沒有大幅度的變化，心潮卻難掩澎湃激蕩。這是瘋了？身為老闆，他再清楚不過，三臺推幣機裡，最差的機臺就是 2 號機。

從賭局伊始，曲金沙就不想獲勝，只是想和和氣氣地輸掉而已。南舟這個荒謬的舉動，完全是破壞了他的計劃。

他不動聲色，側身詢問身側的江舫：「為什麼又換位置了？」

江舫剛剛回了一趟廚房，把烤好的裙邊蓬鬆的馬卡龍進行精細的擺盤。聞言，江舫挺輕鬆地一聳肩，「我不知道啊。」

曲金沙皮笑肉不笑道：「那你倒是不著急。」

江舫不回應曲金沙的嘲諷，將杯子裡的琥珀殘酒一飲而盡，還給了曲金沙一盞空杯。

　　趁著距離的拉近，江舫在曲金沙的耳邊輕輕緩緩地開了口。

　　「曲老闆，你別看我這樣，其實我對輸贏沒有什麼興趣。」

　　「輸就輸了，贏就贏了，我要是在意這些東西，我這些年就不會過得這麼無聊。對我來說，我最想要得到的，我已經得到了。」

　　「所以這個遊戲完不完結，由誰完結，我都不在意。」

　　曲金沙端著酒杯，對江舫這番突如其來的自白，一時間有點發木。

　　「你是不是和很多希望我們能贏的人一樣，對我們有誤解？覺得南舟是能夠被我們兩個人類教化的，所以，我們或許是可信的？」

　　「其實不是這樣的。」

　　江舫道：「因為南舟他有自己的想法，他從一開始就不討厭人，他想贏比賽、他想要許願，所以我才是現在的立場。如果沒有他，我什麼都不會在乎。」

　　「所以，對我來說，他只要玩得開心就好。我不管你是什麼立場，希望你不要干擾他的遊戲。」

　　做完這一番發言後，江舫撤開身體，還是那副美豔又溫柔的樣子。他很客氣地按了按胸口，行了一個偏西式的禮，隨即端著盤子，步伐輕盈地離開了。

　　曲金沙呆望著江舫的背影，癡愣了一會兒，才勉強笑了一聲。

　　對於他們這些玩家來說，這恐怕才是真正的恐怖吧。被他們寄予希望的人的良心，其實是稀薄無比的。被他們懷疑的在逃 boss，說不定才是真正能拯救他們的人。

　　最妙的是，南舟應該也知道江舫是這樣的人。但因為他那一點非人的屬性，他對此一點都不在乎。

　　南舟理解和尊重江舫的一切，包括他心中隱祕的黑暗。而江舫給南舟賺來資本，供他享受他從未見過的放縱和繁華。

42

曲金沙本來想去細細研究一下 2 號機的玄虛，被江舫這樣警告過後，
也暫時歇了這顆心，轉而思考起另一樁事情來。

江舫這樣習慣獨行、習慣拒絕一切的冷血生物，南舟是怎麼讓他認清
楚自己的心呢？曲金沙愈發感興趣起來了。

南舟的選擇，也成功讓戴學林犯起了嘀咕。然而，在發現他和自己上
2 號機時一樣，連戰連敗，他的心態慢慢又平衡了下來。

南舟為什麼這麼執著於 2 號機，究竟是怎麼計劃的，戴學林不清楚。
他只知道，南舟又用回了他那種粗放式的玩法，一口氣投一百枚幣，然後
放棄操作，靜靜注視著面板上跳動的籌碼。

在這 40 分鐘內，戴學林又搖出了一次小丑彩金，而且是二連線的。
他籌桶裡的籌碼瞬間超過了南舟兩百枚，這讓他終於心曠神怡地舒了一口
氣，調動已經被興奮感刺激到異常活躍的大腦，清醒地做出了一個判斷：
南舟是想騙他。

曲金沙的話是對的，2 號機肯定是最差的機臺。南舟想要表現出對 2
號機格外在意的樣子，誘騙自己坐到 2 號機前去。可笑的是，南舟恐怕還
不知道自己的伎倆已經被人識破，還是頂著那張平靜無波的臉，和 2 號機
死磕，彷彿「斗轉」賭場現在立即倒塌，也不能動搖他半分的心智。

滿打滿算，他輪番對著這 3 臺推幣機，已經足足研究了十三個小時有
餘。變化的只有機臺的號數，不變的是那霓虹流彩的光。他的眼睛已經乾
淨透明到了毫無內容的程度，睫毛在眼下投了一層薄薄的光影，像是入定
的僧人。

下午 3 點鐘，正是「斗轉」賭場開業的時候。昨天的大敗，讓大家原
本對「如夢」寄予的一點希望全數破滅。

「如夢」原先擬定好的計劃實際上已經破產。

倘若他們占優，或是雙方的比分勉強持平，正常玩家或許還會因為對
「立方舟」的懷疑而主動參與到這場賭局中，幫「如夢」一二。但陡然拉
開的差距，給了這些人當頭一擊大棒，一個個都蔫了下去，不再打算平

白獻身來填這方無底洞。

　　若是自己此時和南舟還是戰勢膠著，戴學林恐怕還會為此心焦一番。但現在，他占了優勢，且是大大地占了優勢。他不在乎了，甚至愉快得想叫出聲來。

　　什麼叫絕地翻盤！什麼叫自尋死路！

　　心態好起來了後，他感覺自己運勢也緊跟著好了起來。

　　籌碼一點點被從邊緣推下來，落在合金的籌桶內，又落到他的耳裡，是世上最悅耳的奏鳴曲。

　　戴學林賭得起興，痛快淋漓到出了一身大汗，又在空調房裡慢慢乾燥，衣物冰涼地貼在皮膚上，異常爽快。他遭逢兩次大衝擊，這是第一次從賭博中獲得樂趣。

　　這一點甜頭，甚至讓他忘記了，自己巨大的投入，和他收穫的那寥寥幾百枚幣相比，完全是泥牛入海。推幣機就是一處徹頭徹尾的無底深淵。

　　可那又有什麼要緊呢？南舟親自定下的規則，就是誰最終拿到的籌碼多，誰就能贏下本金的五倍！只要能勝過南舟，他就開心、就歡喜！他晃了晃空蕩蕩的籌桶，炫耀一樣向旁側平伸出去，幾乎要碰到南舟的胳膊。

　　戴學林志得意滿，整個人飄飄然得幾乎要飛起來，「哥，再給我兌一點籌碼來！」

　　因為心情放鬆，他甚至願意在遊戲的間際對南舟搭上兩句話。他態度散漫道：「你就這麼喜歡這臺機器啊？」

　　出乎他意料的是，南舟給予了他回應：「嗯。」

　　戴學林覺得有趣，索性把這場對話繼續了下去：「為什麼？」

　　南舟答：「因為這臺機器最好。」

　　戴學林輕輕嗤了一聲：「那最開始為什麼不用啊？」

　　南舟目不轉睛地盯著他的螢幕，含糊道：「唔，怕你發現它很好。」

　　到現在還在演！戴學林從這番對話裡品出了一點垂死掙扎的意味來。

　　像推幣機這種機器，上手玩上幾個小時，哪怕不能摸透其中所有的巧

思，也能把裡面的門道找出個七七八八。他看得出來，南舟自從上了這臺機器，這臺機子就開始瘋狂吞吃他的籌碼，卻只肯吐出少少的回報，明擺著是賠本的買賣。

戴學林帶著嘲諷說：「那你可千萬守好了，別把這臺機子讓給任何人玩啊。」

南舟說：「你說得對。」

戴學林只是隨便說說，告知南舟他的計劃不中用了。誰想南舟像是真跟這臺 2 號機較上勁兒了，寸步不離，不惜大把大把投入籌碼，甚至到了瘋魔的地步。

他比剛才的自己更加不管不顧，一口氣投入的籌碼數越來越多。起初是一百枚，然後是兩百枚、三百枚。

搖臂內的凹槽，能一次性容納的籌碼數畢竟有限，盛放到二十枚就要往外溢，南舟這樣一口氣投入大量籌碼，雖然每局都能玩二十次以上，但實際上是浪費了大量本不應該浪費的本金的。

機率不慣著他，和他不停地開玩笑。籌碼嘩啦啦當頭淋下，又大批大批地消失，他的眼睛都不眨一下，像是一尊漂亮的機械人偶，沒有感情、沒有思想，不斷重複著程式規定的機械動作。

南舟的舉動看得元明清一時好笑，一時又真以為他有什麼本事，一顆心揣在胸腔裡，咚咚的總不安分。

今日開張後，陸續有兩三隊賭客到來，給「斗轉」帶來了微不足道的進項。這些進項又很快化成了被投入推幣機裡的籌碼。這些人也是帶著任務來的，並不干擾賭局，只站在遠處探頭探腦，並在世界頻道內悄悄通報現在的賽況。

在這群人裡，混跡著預備隊「虹霓」。

　　按照高維的指示，他們暫且蟄伏，端看情況。如果這場賭局以「如夢」大贏作結，他們甚至沒有加入的必要了。

　　群狼環伺下，李銀航表現得格外坦然。

　　「虹霓」對元明清來說是熟面孔，如今正有一眼沒一眼地窺視著他，再加上賭局前途未卜，元明清無論如何也坐不穩當。

　　見她安之若素，對比之下，元明清覺得自己這副焦灼心思都被襯托得可笑起來。他不大甘心，再次詢問：「妳就真的一點都不擔心？」

　　「……擔心啊。」

　　左右這段時間沒有事情，李銀航索性用便條紙記錄下了「斗轉」裡裡外外的所有賭具，並一樣樣地清點比較，順手把暫時用不到的簽字筆橫插在了丸子頭裡，害得抱著她丸子頭睡覺的南極星唧了一聲，換了個方向，屁股朝上臉朝下地掛在筆端，呼呼大睡。

　　近來牠格外愛睡，原因不明，李銀航也拿牠沒有辦法，索性由得牠去。她自言自語地煩惱著：「……下一場賭什麼呢？」

　　元明清抱臂提醒她：「小姐，610 對 356。戴學林手裡的籌碼快要超過南舟一倍了。」

　　李銀航：「哦。他一定有主意的。」

　　元明清不懂他們之間的羈絆，認為這是一種盲目且沒有邏輯的相信，從鼻孔裡哼了一聲，不再發表意見。

　　李銀航倒很理解他的焦躁，剛想多說兩句話穩住這個盟友的心，抬眼一看，越過了元明清的肩膀捕捉到了一雙身影，眉目間便添了些驚喜，「啊，是你……們？」

　　這兩日光景，陳夙峰都守在對面的咖啡廳。

　　在這期間，一個幾乎把可疑寫了滿身的怪人，不分白天黑夜地戴著口

$$F_1 = F_2 = G \frac{m_1 \times m_2}{r^2}$$

罩，裹著厚實的衣服，寸步不離地坐在距離他幾步開外的地方。

經歷過那一次死中求生的副本，陳夙峰自然以為這是遊戲方派來盯住他、不叫他和「立方舟」合作的人，索性和他打起了僵持戰。但他遲遲不動手，眼看賽點將至，陳夙峰便也橫下一條心，進入了「斗轉」。

沒想到，他也跟著自己進來了，且和自己搭上了同一班電梯。當兩人並肩出於同一個密閉空間時，陳夙峰問他：「你是誰？」在發出疑問時，他一隻手背到身後，執握了匕首。

對方深吸了一口氣。然而他一出口，那股神祕的氣勢便洩了七分：「……你，要來這裡，我知道。我也要進來。因為你盯著看，賭場。」

這番顛三倒四、結結巴巴的發言，讓陳夙峰愣住了。他這副沒把人話學好的樣子，讓陳夙峰在內心重新排列組合了好一陣，才勉強懂得了他的意思：「你是說，你也想要進賭場來，因為我在看賭場？」

口罩男人：「嗯。」

陳夙峰心中疑竇仍然沒有消除：「你自己不會過來嗎？」

口罩男人：「我，不會。」

陳夙峰：「……不會什麼？」

口罩男人走到電梯操作盤，戳了戳那幾枚按鈕。

陳夙峰懵了很久，很突然地靠著廂壁笑了起來。

自從虞哥死後，他沒有笑，也沒有哭過，整個人繃得像是一根上滿了的發條，草木皆兵，風聲鶴唳。結果他碰到的其實是一個不知道怎麼進入賭場的年輕人。他用手背擦掉笑出來的眼淚，往後一仰，「哎。你就跟著我走吧。」

李銀航正是看到了陳夙峰，又緊跟著看到了身後的邵明哲，迎來了雙重的驚喜。

陳夙峰也已經大致弄清了賭局的現狀，短暫的寒暄後，便徑直切入了主題：「現在很難辦？」

李銀航看不大懂目前的賭局，只知道南舟落後了一半，目前也說不好

有什麼反超的方法，就統一含糊道：「還好啦。」

邵明哲很專注地看著在她丸子頭上翹起的那一撮毛茸茸的小尾巴，張口道：「妳⋯⋯」他的話沒能說下去。

「哈哈哈——」

在下午 6 點，距離賭局還有兩個小時就要結束的當口，2 號機裡終於跳出了一連線的小丑彩金。

戴學林正勝得志得意滿，陡然聽到這個動靜，心中撲通一悸。驚了一下後，他又覺得自己這份恐慌來得好笑。一個小丑彩金而已。他前前後後都搖出來三次了，二連線的彩金也不過落下了兩百餘枚⋯⋯

當看到那多達一千枚獎勵金蓄勢待發時，戴學林還挺不屑地撇了撇嘴。然後，他的耳畔嗡的一聲起了鳴音。這鳴音伴隨著籌碼嘩啦啦墜入深淵、落入出幣口的傾瀉聲，長久不休。

100、300、500。

藍色的籌碼洶湧而出，彷彿是發生了一場意料之外的山洪，將戴學林本來還算清明的神志埋葬其中，帶來了一派黑暗與窒息。

2 號機落出籌碼的數量還在往上增加，竟然逼近了千數！

——憑什麼？為什麼會發生這樣的事情？

這樣的突變，大大出乎了在場除了「立方舟」三人的預料。

南舟還是那張平靜到了極致的臉，任 2 號機上閃爍的光圈在他身上刻鍍下霓虹的光影。

江舫靠著吧檯位置，執著一杯蘋果酒，一隻手撐在下巴上，望著南舟淺淺地笑了。

李銀航則是看向了呆愣的元明清，聳聳肩，意思是「別擔心，你看吧，他多行」。

曲金沙瞠目結舌之餘，快步走到了三臺機器前，對 2 號機定睛審視一番，卻什麼問題都沒瞧出來。他繞著三臺機器轉了三、四圈，以資深賭客的身分進行了一番精密審視，終於看出了一些玄虛。

$$F_1 = F_2 = G \frac{m_1 \times m_2}{r^2}$$

他在心底哈了一聲——什麼叫「他玩得開心」就好？明明是又要開心，又要他贏。江舫對他放出那番似是而非的威脅的話，就是讓他不要靠近南舟，免得他當著那倆兄弟露出破綻，方便他們的計劃執行而已。

戴學林完全駭住了。他的手哆嗦了一陣，一把扯住了南舟的前襟，手指簌簌地發著抖，「你的機器有問題！」

「我告訴過你的。」南舟道：「這臺機器很好。」

戴學林的勝勢被徹底打斷，喉間血氣翻湧，嚥了好幾下，才勉強吞下了這一腔憤懣。

到底是怎麼回事？他明明上過 2 號機，他也用過的！

從昨晚開始，對南舟的一舉一動時時盯著，他根本沒有去修改機器的機會。而機器如果被外力破壞，會發出讓人無法忽視的警報音。所以，為什麼會這樣？！

南舟望著 2 號機上小丑面頰上塗抹的燦爛油彩和不斷張合的鮮紅嘴巴，臉上一派寧靜，在心裡則默默舒出了一口氣。好險！果然，他的判斷是正確的。不管是 1 號機和 3 號機，最終都是靠不住的。

昨晚，他用 10000 點積分，對這三臺機器進行了充分的研究。在三臺機器前輪玩了一遍，耗費了整整六個小時後，南舟初步得出來的結論是，2 號機最差，1、3 號機的機率不相上下，很難判斷哪臺更好。

這讓南舟推導出了計劃的第一步：他決不能一個人賭。如果他是單方面進行投入，不管是和 1、2、3 哪臺吞金獸對抗，他必然血本無歸。他要拉「如夢」的人一起下水。

拉誰呢？讓曲老闆出戰雖然最為合理，但鑑於他這兩天的種種表現，他很大機率不會被「如夢」信任。而戴學斌剛剛經歷了一場慘敗，看模樣受挫不小，短時間內或許沒有再戰的勇氣了。所以，不出意外的話，他明天的對手應該是戴學林。

當對著機器認認真真吃完了一角草莓蛋糕後，南舟腦中已經勾勒出了比賽規則的大概藍本。既然要比最後機器吐出來的籌碼誰多誰少，那要怎

麼作弊才好呢？

　　打從一開始，南舟就知道這不是一場公平的賭局。所以，他要想辦法出千。而且還要當著身後窺視著自己的戴學林的面出千。

　　南舟並不知道 1 號機和 3 號機哪臺機器最好，只能說試出了最差的。曲老闆作為「斗轉」的所有者，則一定知道所有賭具的虛實。

　　南舟不能確定曲金沙想不想輸，但他能確定的是，在正常情況下，曲老闆這種擅長在逆境中自保並全身而退的人，絕對不可能去討戴家兄弟的不痛快。

　　2 號機雖然籌碼積累得最多，但搖出好東西的機率有多垃圾，一試便知。以他的性格，就算有心要幫助「立方舟」，也絕不會對戴家兄弟撒這種一戳即潰的謊。

　　所以，在曲金沙的指點下，只要自己不選，2 號機是不會有人碰的。也就是說，他和戴學林，在賭局剛開始的時候，是必然鎖死在 1、3 號機上的。然而，對於 1、3 號機的機率，僅僅通過短時間的測試，南舟實在看不出來哪個更好。

　　南舟的規則中，特意設定了不管本金投入多少，贏家最後都能收回五倍報酬。這本質就是在引誘戴學林「多投」。

　　戴學林一來沒有經過籌碼的微操練習，二來被規則背後蘊藏的巨大利益引導，三來性格急躁，沒有做水磨工夫的耐心，選擇一口氣大量投入籌碼才是常情。

　　事實上，戴學林也的確這麼做了。

　　南舟知道，自己的優勢不多，只能通過這一晚上緊急練成的多線操作籌碼的手法，和戴學林比拚一下。或許，在正式比賽時，自己的運氣會特別好。或許 1 號機就是比 3 號機好。但這終究只是「或許」而已。既然選定了這種遊戲方式，那麼他不要「可能會勝」。他只要「必勝」。

　　在這種賭場天然占優的機率遊戲中，他追求的「必勝」，只能通過作弊獲得。

$$F_1 = F_2 = G\frac{m_1 \times m_2}{r^2}$$

南舟不是江舫，他會用自己的思路解決難以解決的問題。既然無法修改機率，那麼，他就修改一些別的東西。

同理，既然機器本體一旦被外力破壞就會發出警報，那麼，他大可以破壞一點別的東西。

昨天晚上，當戴學林瞪著一雙眼睛、從後面狙擊手一樣死死盯著他的一舉一動時，南舟的腳點在柔軟的地毯上，緊貼著 2 號機前方兩腳的支架，不著痕跡地向下發力。

南舟腳上有數。在逐步發力間，南舟也做好了玩崩盤的心理準備。如果他發出巨大的響動，不慎把腳下這塊地板踏碎了，或者 2 號機失去支點，直接倒塌或是出現了明顯的歪斜，那他就不玩推幣機了。

好在南舟的力氣拿捏得不錯，而「斗轉」的地磚品質也的確出眾。他生生用蠻力，將那兩塊支撐著 2 號機前腿的地磚踏得微微下陷了一點。這恰到好處地抹平了那讓海量籌碼壅塞在邊緣位置，卻無法順利下落的微妙角度。這樣一來，只要一次性贏下一次勝額較大的賭籌，虛堆在前排、積攢日久的籌碼就很容易被推落。

南舟特意去餐臺多次取用食物和飲料，目的是通過不同角度，確認這點傾斜度從外觀看是否會引人懷疑。好在三臺機器只是並排擺放，並不挨著，2 號機的輕微歪斜，沒有干擾到其他兩臺機器，這一點點的前傾幾乎無法發現。

這就是計劃的第二步，也是最重要的一步。

第三步，南舟開始在每個機器上依次動作，盡可能把兩臺機器的初始的狀態調整得更利於自己——他早已經為自己選定了 1 號機，並打算把 3 號機留給戴學林。

所以，他通過操作擋板，把 1 號機的水果分數刷成了高分，又把 3 號機的水果分數刷成了看似喜人但分數相當極端的狀態——部分水果燈只要再被觸發一兩個，就會立刻歸零。這正好可以克制戴學林那種大批投入的打法，也能搞他的心態。

他又把第 2 臺機器的分數故意刷成相當可疑的高分，爭取讓 2 號機看起來非常像一個陷阱。

他的目的，就是讓戴學林離 2 號機越遠越好。

第四步，在把 1、3 號機的資料刷到理想狀態後，南舟把手頭所有籌碼，一幣不剩，盡數投入了 2 號機中。2 號機來者不拒，發揮了吞金獸的職能，盡數吞沒。他通過這一過程，不斷試驗，對 2 號機進行了更加深入的探索。

2 號機機率不僅是最低的，推力也是相對最弱的。這一點需要詳細且長時間的觀察。南舟是在所謂「無所事事」、「補充能量」的間隙中，仔細甄別三臺機器所得出的結論。

同樣品質的籌碼，當推盤施力時，新掉入的籌碼會有一個慣性前滑的動作。但因為籌碼堆得相當密集，這個前滑的力道，很容易被堆在前方的籌碼影響，非要找準時機，仔細觀察，才能發現 2 號機裡，籌碼的平移距離比其他兩臺機器更短。

推力不足，加上機率很低，這會導致 2 號機檯面上的籌碼積攢得極多，層層疊疊，對新手來說，會形成非常誘人的視覺衝擊。如果南舟沒有猜錯的話，2 號機的日常上機率肯定很高。而這些籌碼堆疊在一起，看似搖搖欲墜，實則以上壓下，聚沙成塔，更加難以移動。

低機率、低推力，再加上三角金屬和兩側的暗格幣口分別洩力，讓 2 號機滿滿堆蓄在出幣口的籌碼成為了一排名副其實的「死亡之塔」。

即使南舟把機器進行了物理修正，造成了一定的傾斜角，但因為它的推力堪憂，沒有小丑彩金級別的千枚籌碼進行推動，它還是一道難以逾越的壁壘。

南舟的計劃，至此完全成型。如果他運氣足夠好，那他就在 1 號機上跟戴學林決勝。如果直到下午 3 點，「斗轉」開門，他們兩人的籌碼還是不相上下，沒有拉開足以致勝的差距，那他就賭一把，到自己準備的 2 號機上，用五個小時等一個小丑彩金，或者慢慢堆夠能夠推翻「死亡之塔」

$$F_1 = F_2 = G\frac{m_1 \times m_2}{r^2}$$

的數額。

然而，在實際執行的過程中，還是出了一點小小的紕漏。

第一，戴學林的運氣勝於南舟，3 號機才是機率最高的那個。第二，戴學林對曲金沙的不信任度完全超過了南舟的想像。

在戴學林通過一連串看似縝密的腦補、心態崩掉後，居然跑到了一看就是陷阱的 2 號機上……連南舟都想問問他到底是怎麼想的？這才是南舟那個時候頻頻關注戴學林的原因。

如果那個時候戴學林在 2 號機上贏得的籌碼超過了南舟原本預留給自己的臨界點，那麼，他自然會發現機器的祕密。南舟所精心籌劃的局，就是白白給別人做了嫁衣。

好在機率相當公平，沒有在不該到來的時候給予眷顧。而南舟也將計就計，利用了戴學林的心思，給他演了一齣真假參半的戲，讓他以為，2 號機本身就是一個南舟精心策劃，用來引君入甕的陰謀。

戴學林這隻小王八還挺乖覺，吃了虧就跑，非常利索，利索到根本沒來得及發現這臺機器的異常。最終，這一臺機器中寄予了無數其他賭客希望和怨念的果實，被南舟一次採擷到手。

事到如今，戴學林心裡火亮亮地洞明一片，也看出哪裡是癥結所在──不是什麼狗屁機率，是機器本身出了問題。

他指尖發力，死死攥緊了南舟的領口，大有要把南舟當場勒死之勢，咬牙切齒，「南舟！！你……」

南舟單手扶住機臺，「你說。」

戴學林心裡像是下了一場火，燒得他眼前一片發白。他甚至無法懷疑是南舟動的手腳。機臺的傾斜很有可能是賭場養護不善導致的，只是先前沒有發現罷了。無數痛罵宣洩的話烙鐵一樣燙在他的舌尖，又痛又麻，讓他說話都有了障礙：「機器……有漏洞！」

南舟把腳在地毯上輕輕蹭了兩記……象徵性心虛一下。他回應道：「嗯，我發現了。」

　　戴學林被心火灼燒得口乾舌燥，一張面皮被眼前機器散發出的機械熱度烤得直發緊。南舟恐怕在昨晚就發現了2號機的問題。所以他才敢選推幣機。這就是他的底氣。他的確有心誘導自己，但卻不是去2號機，相反，他希望自己遠離2號。

　　所以當自己坐到2號機前時，他開始觀望自己，擔心著自己會歪打正著，摸清他的底牌，但自己卻理解失誤，以為他是故意誘騙自己坐到最壞的2號機，便主動放棄了這大好優勢。這一切，都是因為他太過傲慢和自負。如果他昨天晚上也跟著南舟一起玩的話……

　　戴學林昏昏沉沉地後悔著，渾然忘記了，南舟昨晚並沒有拍板敲定今天要玩推幣機。從謹慎的角度考慮，戴學林也沒有足夠的底氣和本錢，陪南舟一起燒錢，研究出機器的弊病。

　　可以說，戴學林猜中了大半真相，只是結論跑偏了。他認為，是對機器太過自信，沒有事先檢查機器，讓南舟鑽了空子。畢竟正常人不會想到對方能活活把地板磚給踩凹下去，從而送他們全隊物理超度。他搖搖晃晃地站起身，垂死掙扎道：「這是機器問題！！比賽不能算數！」

　　出乎他意料的是，明明大贏了的南舟並沒有窮追猛打，而是挺平淡地確認道：「是不比了嗎？」

　　戴學林野牛一樣咻咻喘著粗氣，剛才的得意早就順著毛孔，和著四肢百骸的力氣一道流失。

　　「還有什麼比的必要嗎？你從一開始就占了優勢了！！」

　　南舟發出了來自靈魂的拷問：「我沒有優勢。很公平。剛開始2號機我可是空出來的，中間你也有選擇的機會，你為什麼放棄了？」

　　戴學林無法反駁。他現在只有一個訴求，不能比了。如果繼續比下去，他和哥哥都會被這幾臺小丑推幣機吞噬！早在看到上千枚籌碼湧出時，戴學林的戰意就已經被深埋其下，粉身碎骨。

　　他咬牙強調道：「機器有問題，賭局不算了！作廢了！」

　　「哦，你是這麼想的。」南舟挺痛快地點點頭，「那我們這一局就不

$$F_1 = F_2 = G \frac{m_1 \times m_2}{r^2}$$

算數了。」

啊？就這麼輕易……放棄了？為什麼？他不抓著自己的出爾反爾兜頭痛打嗎？如果易地而處，自己根本不可能放棄這個機會，非要把南舟趕盡殺絕不可……

在戴學林茫茫然想不出原委時，戴學斌快步上前，一把攫住了弟弟的手臂，疼得他的神智都回籠了些。

戴學斌咬著字，一頓一頓道：「學林，現在，下午六點一刻了！」

距離他們的比賽結束，只剩下了半天時間！戴學林驟然出了一身冷汗。他想明白了。想明白南舟為什麼不從一開始就霸占 2 號機，而是要和他迂迴作戰了！

時間！他要吞噬的，不只是籌碼，還有時間。南舟的賭局，最好的情況，是能用出問題的 2 號機，把他們贏個傾家蕩產。最壞的情況，就是自己抵死不認賭局，然後，大家各自悉數取回籌碼，本局作廢。而他們的時間，就在這個過程中白白浪費掉了。

這才是南舟所追求的「必勝」！

戴學林身體一歪，胸口發出如同哮喘發作一樣的劇烈起伏。先前反超帶來的大喜，和如今的大悲，兩重沉重得過了分的情緒在他腦中對衝，像是一套過分敏感的免疫系統，將他的身體和精神自內而外地殺了個七零八落。從一開始，他就不可能贏，比賽的決勝權自始至終都握在了南舟的手心裡，端看他打算什麼時候發難。

遊戲進行到這一步，「如夢」已經被徹底逼上了絕境，眼下似乎只有一條路可走。

放棄比賽，自願認輸。

思及此，一管鼻血汩汩湧出，打濕了戴學林的膝頭。前所未有的挫敗感把他周遭和肺裡的氧氣一併抽空了。直到一股力道攀上了他的手臂，在他瘋狂掙跳的脈搏處發力握緊了，「……深呼吸。」

六神無主之際，從哥哥掌心傳來的一點溫度，讓戴學林頓時感到了一

絲安慰，難得聽話地貼近了哥哥。

戴學斌用手帕替他擦拭了從鼻子裡湧出的鮮血，看似臨危不懼，周到體貼。但很快，戴學林就發現了不對⋯⋯戴學斌，好像也在發抖。

賭到這個份兒上，誰都知道，他們獲勝的機會已然堪稱渺茫。如果是平常，遊戲玩成了這個狗德行，不管是戴學斌還是戴學林，早就罵一聲運氣不好，然後認輸退賽了。但是，這比賽的重要性不言而喻。策略組以相當強硬的措辭告知戴學斌，他們不准認輸。他們還有後備隊，還有十幾個小時的時間。

江舫僅用幾個小時，就能贏走 20 多萬積分，更證明在賭場裡，可能性是無限的。他們就不可能在這十幾個小時內翻盤嗎？上面施加的壓力，江舫獲勝的先例，加上一浪三疊，直湧上心頭的不甘心，讓兄弟倆人無論如何都不願就這樣直接退場，草草收尾。

和弟弟的互動和對視，讓戴學斌也看到了從他枯木一樣的雙眼裡重新迸發出的一點火星。兄弟倆就這樣無聲地彼此安慰著，漸漸壓制下了內心的恐懼。

在他們默然無語時，南舟一邊盯著他們瞧，一隻手還在慣性地搓著 2 號機的搖桿，把它盤得一圈一圈地轉。

當戴學斌調整好情緒、以最堅定冷毅的目光看向南舟時，南舟就把那隻手默默撤了回來，端莊斯文地搭在了膝蓋上。

戴學斌清了清嗓子，按照策略組的指示，先給予了禮節性的誇獎：「南先生，你打得很好。」

南舟也禮貌地點了點頭，「是的，托小戴先生的福。」

——你禮貌嗎？

戴學斌無視了他的話，努力擺出體面的笑臉，不過因為是硬拗出來的，怎麼看怎麼僵硬而官方：「我們兩個人商量過了，可以接受你的提議。我們就此作罷，這一局是機器的原因，算我們兩邊誰都沒有贏。」

南舟也不說話，靜待下文。

戴學斌略尷尬地用指腹擦了擦鼻子，強作鎮定道：「……我希望下一局儘快開始。」

南舟終於有反應了。

「哦。」他平聲道：「我不接受了。」

這句話秤砣似的，把剛剛勉強冷靜下來的兄弟倆又齊齊砸懵了。

戴學林從牙縫裡擠出一句疑問：「……為什麼？你不是說過……」

南舟：「我是說過『賭局不算數了』，但我的條件還沒有說。」

戴學林腦袋嗡了一聲，剛剛消下去的冷汗再次捲土重來。他用舌尖頂開了不自覺咬死的齒關，發聲問道：「你要我們的……身體？」手臂、腿腳，甚至……心臟？

「不，我不想要你們的手和腳，那沒有意義。」南舟說：「我要你們認輸。」

戴家兄弟齊齊一哽。機器雖然出了問題，然而如果南舟咬死要賭下去，他們的確無計可施。認輸反倒是對他們最好、最體面的結局了。

但認輸是不可能認輸的。

戴學斌還想負隅頑抗一下，強辯道：「機器是不平衡的，這場賭局本身就不成立。」

南舟早就把自己的退路留足了，因此他有足夠的餘裕和底氣同兩人舌辯。他重申了自己的意見：「在賭局剛開始的時候，我並沒有使用 2 號機。小戴先生同樣有選擇 2 號機的機會，但他放棄了。」

「我也說過，2 號機有問題，是最好的機器，小戴先生依舊選擇放棄。我認為，已經完全盡到了事前告知的義務。」

「對了，小戴先生還讓我千萬不要把這臺機器讓給別人。」

「如果你們不肯認輸，我們還可以這樣繼續玩下去，也許你們運氣很好，能搖出三連的小丑彩金，還有翻盤的機會。」

南舟的話，字字切中要害，堵得兄弟兩人無話可說。倘若他們真的寄希望在那虛無縹緲的「三連小丑彩金」上，那才是真正的愚不可及，記吃

不記打。

「……那麼，如果我們接受現階段的比分，只在推幣機上認輸呢？」戴學斌吞嚥了一口口水，調動著僵硬的舌頭，重複了策略組的要求：「南先生事前制訂的推幣機規則裡，應該沒有約定過一方不能提前認輸吧。」

南舟頓了一下。還別說，這的確是出乎了他的預料的。

在他看來，「如夢」已經是必輸的了，沒有頑抗到底的必要，因此也沒有趕盡殺絕的必要。

他粗略地心算了一下自己投入的籌碼。前期，他為了和戴學林持平，採用了精數量、保品質的打法，投入的籌碼較少，加起來總共也不過四百枚左右。後期，因為 2 號機的機率低到不可控，他開始溢量投入籌碼，一次性投入一百到三百枚，這麼打了許久，才搖出了一連的小丑彩金。

兩相疊加，南舟一共投入了三千六百多枚籌碼，四捨五入，就是 36000 積分。再乘以五倍，就是整整 18 萬積分，夠買他們三顆心臟，還搭上一條半胳膊的了。

不過，鑑於「如夢」手中還有本金，倘若在這裡認輸，他們那些能調動的本金就只剩下一星半點。

南舟認為他們沒有非要硬著頭皮賭下去的理由。

戴學斌見南舟難得陷入了沉默，努力調動已經發麻了的面部肌肉，作出一個笑臉來，「這你也不同意嗎？」

南舟問：「你們確定？」

「再賭下去，你們就只能賭自己了。」

兄弟兩人已經無心去消化南舟的善意了。他們胸中敲的鼓點，一個賽一個密集。策略組究竟在搞什麼？但賭局不是他們一個人的事情。

事情，早就由不得他們左右了。

戴學斌只能化作一隻盡職盡責的金剛鸚鵡，以盡量坦然的姿態學舌道：「其實，在和曲老闆聯絡之前，我們就已經和另外一個雙人隊『虹霓』達成共識了，而且他們已經到場。他們會加入我們，南先生不必擔

$$F_1 = F_2 = G\frac{m_1 \times m_2}{r^2}$$

心，我們手裡還有本金。」

這張本該在關鍵時刻逆轉戰局的底牌，只能在這個時候被他們毫無排面地親手掀出。

說到這兒，戴學斌底氣不足地梗起了脖子，像極了一隻瀕死的鴨子，「所以，南先生，不管你現階段投入了多少，我們都可以賠。」

南舟垂著長睫，沉思了。對「如夢」來說，這是壯士斷腕，及時止損。但對南舟來說，這算是一種威脅。據元明清交代，在他們周邊，還有不少高維的雙人隊混跡，他們也都在關注著這場比賽的勝負。

距離比賽結束還有一個多小時，如果自己堅持繼續下去，只需要往機器裡投入大量籌碼就行。但機器的運載能力相當有限，而且圖案遊戲也的確殺時間。他頂多再投入三次三百枚籌碼，或四次兩百枚籌碼，為「如夢」多加上 6 到 8 萬積分的壓力。

這樣一來，「如夢」手頭上可用的積分必然告罄，他們也的確有希望搞死「如夢」中的一個人。但是，看他們這頑抗到底的架式，自己真這樣做的話，反倒是給「如夢」騰地方了。

「如夢」減員一人，就有機會再補充進一名新的高維生員，甚至有可能出現滑稽的忒彌斯之船現象——「如夢」成員全部大換血，但他們的對手還是「如夢」。到那時，賭博仍然沒有盡頭。與其那樣，還不如保留著被打到殘血的戴家兄弟，讓他們占一個坑位。

南舟思忖片刻，看向了江舫和李銀航，用目光徵詢他們的意見。李銀航自然是看眼色行事，沒有任何意見。江舫微笑著對他點了點頭。

南舟這才鬆了口：「可以。」

戴家兄弟渾然未覺策略組這一席安排背後的險惡用心，各自鬆弛了下來，並且搞不大明白，明明南舟拒絕他們的提議，繼續賭下去，對他們更有利，他為什麼要放棄？

戴學斌一邊流汗，一邊還要強撐著場面裝逼：「下一局的規則，是我們說了算，是嗎？」

59

　　他回頭看向了江舫、李銀航和元明清，又對隱藏在人群中的「虹霓」招了招手，示意他們可以一起來聽。

　　「虹霓」那兩人被突然暴露了身分，也沒有繼續隱藏下去的價值了，只好僵著面孔，聽話走了過來。

　　剛和江舫他們寒暄過的陳夙峰，本來規規矩矩地站在了人群後面，卻被江舫拉住袖子，一併向前走去。

　　李銀航還沒來得及跟邵明哲說話，只好匆匆留下一句：「你在這裡等我們一下哈。」

　　被扔下的邵明哲，遙望著趴在李銀航腦袋上酣睡的南極星，把戴了連指手套的手塞入口袋，也慢慢地跟了上來。

　　看到對方也加入了新的生員，早就輸麻了的戴家兄弟愣了愣，倒也沒有太強烈的反應。

　　戴學斌深呼吸一記後，說：「下一局，我們玩國王遊戲吧。」

　　國王遊戲，是朋友聚會中最常見的一種桌面遊戲。有撲克牌玩法，也有專業的桌遊牌。玩法和角色也相當簡單。一群人面對面，輪番抽籤，假設有八個人玩，那麼牌面就分為紅桃 A—7，和一張代表「國王」身分的 Joker 牌。

　　顧名思義，國王遊戲，「國王」最大。抽到「國王」牌的玩家，在本場遊戲中占據絕對主動權，可以指定任意兩個數字的人做任何事情。比如說可以讓紅桃 A 和 7 接吻，也可以讓 2 去搧 3 的耳光。

　　這種象徵著絕對權力、又帶有相當互動性和不確定性的遊戲，既有可能成為互相暗戀的小情侶們感情的催化劑，也有可能成為友誼破裂的開始。而他們要玩的國王遊戲，是改良更新版。

　　戴學林一邊組織語言，一邊宣讀著規則：「抽到『國王』牌的人不允許參加遊戲，但可以用數字指定對抗方、設定比賽規則、訂立賭籌。」

　　「在保證基本公平的基礎上，規則可以非常簡單，排除我們之前比過的輪盤賭、賭大小和推幣機，國王有權選擇『斗轉』裡現存的一切道具都

可以用來進行賭博決勝，哪怕是石頭剪刀布也可以，只要是帶有競技性的遊戲都可以。」

「如果想要打麻將或者鬥地主，還可以指定四個人。」

「反正每一場小比賽最後只能有一個明確的贏家。」

「每場遊戲時間有限定，不能超過半個小時。」

「『國王』可以設置 1 萬以上、10 萬以下任何金額的賭籌。哪怕是一局定勝負的石頭剪刀布也可以設置十萬點積分。」

南舟磕了個 mm 豆，若有所思地「唔」了一聲。

也就是說，每一局最低也要押上 1 萬分，封頂 10 萬。對火燒眉毛的「如夢」來說，這的確是性價比最高的玩法了。搏一搏，是有可能在短時間內回本的。而且「國王」理論上是不知道每個人的牌面的，且是事前制訂規則，完全不能根據雙方的特點進行針對性組局。

這為遊戲增添上了無限的不確定性。甚至有可能出現一方作為「國王」，設定了自認為能獲勝的規則，結果恰巧撞上了對手擅長的領域，被反殺獲勝的情況。

大概是之前吃了暗虧，「如夢」這回是明明白白把所有規則都提前擺了出來。

「『國王』不可棄牌；任何被『國王』指定的人也不可棄牌，一旦棄牌，就認定為本輪失敗。」

「可以休息，但是要在一局遊戲結束之後統一休息，休息時間也不超過 15 分鐘。」

「上了牌桌後，不能明牌，不能彼此溝通……」

「啊。」南舟挺驚訝地問了一句：「你們不打算出千了？」

還打算侃侃而談的戴學斌：「……」

這句話臊得面皮微紅的戴學斌從牙縫裡擠出幾個字：「事前搜身，可以了嗎？」

江舫也舉手提問：「誰來洗牌？」

　　洗牌在國王遊戲中是很重要的環節，可以說關乎賭局的勝負。不管交給雙方的誰，對方都不會放心。

　　「可以找路人。」

　　戴學斌按照策略組的即時交代講到這裡，也愣了一下，但還是繼續說了下去：「我們一起確定一個數字，一起發到世界頻道裡，想要參與的人可以自願來搶。誰順位搶到那個數字代表的位置，就算『中標』。」

　　江舫笑咪咪的，「挺好，到時候還能給你們送 200 點積分。」

　　曲金沙適時插入了對話：「裁判官本人可以免費入場。這點許可權我還是有的。」200 點積分的入場費用，也左右不了他們的賭局。

　　戴家兄弟則沒管曲金沙的大方，統一地犯起了嘀咕。策略組是怎麼想的呢？把抽牌發牌的機會留給不相干的第三人，這樣還有必勝的機會嗎？不過，兄弟倆人對一對眼神，暫時壓下了心頭的疑惑。別著急。策略組給出這個提案，一定有他們自己的想法。

　　的確，策略組心裡很有數。

　　早在「如夢」鎖定推幣機的敗局後，他們就找到了一名高維人，臨時讓他們拆了組。之前他們的主要任務是文化調研和人類生態觀察，而並非遊戲，積分排名始終處於吊車尾狀態，因此在衝頂時，節目組並沒有把他們納入考量之中。

　　雖然是「搶座位」一樣的玩法，看似隨機，但不管他們確定了哪個數字，最後搶到那個數字、擔任發牌人的，一定是他們定好的人。那個位置已經提前被鎖定好，任何人都沒辦法和他們搶。只要把發牌人安排成自己人，那就好辦了。

　　在聽完規則後，「立方舟」表示，他們對遊戲規則沒有異議，方方面面都挺清楚的。在他們使用世界頻道發出公開徵集令後，搶到第 123 位的玩家，就可以獲得國王遊戲的主持發牌權。當然，如果被抽到的玩家不想參與，也可以放棄。

　　當徵集令發出時，原本沉寂了不少的世界頻道裡像是巨石投水，瞬間

$$F_1 = F_2 = G \frac{m_1 \times m_2}{r^2}$$

起了反應。

大家心知肚明，距離三天之期只差十幾個小時，這很有可能就是「如夢」和「立方舟」的最後一戰了。

不想參與的人紛紛閉麥，想要見證這一刻的人則踴躍刷起了頻道。十數秒間，參與人數已經逼近了 123 大關。

高維人對這個位置志在必得，所以並不著急，得空還交流了幾句，好確認這個局有沒有還需要補充的方面。

然而，事態再度出現了他們預料之外的變化。

當策略組的組長藉由戴學林的眼睛、清清楚楚地看到最後究竟是誰「中標」後，數據都紊亂了一瞬，「……怎麼可能？！」

中標的人情緒倒是相當不錯。

易水歌：啊呀。運氣真好。

易水歌：能帶家屬嗎？就一個。

易水歌：不能的話，可能需要等我 45 分鐘。

這不是那個……誰？修基站的那個人類？怎麼會輪到他？是哪裡出了問題？策略組頓時慌亂起來，想去細查一查，可惜以他們如今的處境來說，完全是有心無力。

因為要躲開那些自發組成的監察組，他們單獨分出來了一支，和其他主要團隊完全分割開來，能動用的許可權相當有限，只能在無傷大雅的地方動一點小手腳，就連在世界頻道的設置上，也只讓一個高維員工臨時添加了一串簡單的提高優先順序的小代碼。怎麼會這樣？

易水歌合上了從林之淞那裡借來的電腦，輕輕鬆鬆地從床上站起，赤腳走向浴室方向，步伐愉快，帶著微微的彈性。

推開門後，襲來的是一陣迷濛的水氣。他摘下被霧氣籠罩的鏡片，然

後才清晰地捕捉到了那個人影。

謝相玉正扶著牆，勉力清洗腿上流下的殘跡，聽到門口的動靜，扭頭看了一眼，又把臉轉了回去，用後背給了個大大的「拒絕」信號。只是他忘了自己此時寸縷不著，泛著水光、濕濕浮漾的後背，反倒更近似於一種邀請。

他背對著易水歌，問：「幹什麼？」

易水歌笑盈盈的，「我要出去一趟。一起啊。」

謝相玉冷淡道：「不去。滾。」

易水歌：「不問我去哪裡？」

謝相玉終於沒忍住，在水霧朦朧間翻了個白眼，「你認為我沒有世界頻道嗎？」

易水歌：「真不去啊？可以看看熱鬧的。」

謝相玉強忍著心中的喜悅，想著這老王八蛋總算要滾了，心情相當不錯。他冷著一張血色全無的臉，「你管我？」

「……啊，這樣。」易水歌隨口感嘆了一聲，旋即用腳勾住了門，讓浴室門緩緩合攏，順便把眼鏡放上了浴臺。

謝相玉隱隱察覺到了一絲不妙的氣息，攥著浴巾的手瞬間收緊。等他惶然回頭時，一隻手已經押著他的手腕，把他面朝前摁在了浮滿水珠的瓷磚牆壁上。

謝相玉在狂亂中咬上了易水歌的嘴唇。然而，兩分鐘後，他完全被自己的身體和慾望控制，軟靠在易水歌懷裡，在帶著一點血氣的吻中斷斷續續地嗚咽出聲：「我不會跑！我不跑了行不行？！」

「你他媽的，啊——」

易水歌清醒的聲音混著笑意在他耳畔響起：「對不起，不相信。」

通過一番粗暴的作為，提前斷送了他出逃可能的易水歌愜意地離開了賓館。

大概是因為知道遊戲接近了尾聲部分，大多數玩家都像是大災前的動

$$F_1 = F_2 = G \frac{m_1 \times m_2}{r^2}$$

物，各自尋好了藏匿地點。

往日「紙金」熱鬧喧嚷的街道上寥寥無人。易水歌信步走在街道上，與他擦肩而過的只有醉步踉蹌的 NPC。他目不斜視，一路向前。

夜色之中，有層層逡逡的黑色人影正在暗處悄悄窺視著他。交縱的巷道中，步履無聲而匆匆，織就了一道追蹤網。

易水歌確認自己被七、八個人同時包圍，是 5 分鐘後的事情了。那些人並不是高維招來的，都是人類玩家。

他們立在夜色中，神色凝重，面目模糊。

「我們不能讓你去。」領頭的人面對著易水歌，道出了自己的來意：「你以前幫過南舟，我們不計較；可你要是現在還幫『立方舟』，我們所有人就完了。」

這批人是堅定的反南舟黨，而且全都參與了「千人追擊戰」，其中有兩人還曾是《萬有引力》的玩家，打團圍殺過南舟，對南舟可謂是新仇疊舊恨。還有另外一組和他們關係不錯的玩家，被捲入了那場九十九人賽中，最終因絕望自殺在了比賽中。

他們對南舟抱有濃重的不信任感，並堅信「如夢」正是和他們目的一致的戰友，是為了阻止南舟才和「斗轉」賭場的曲金沙聯合、挺身而出的正義人士。他們不能坐視邪要勝正！

「斗轉」不允許動武，但要阻止「立方舟」的外援，在他們看來，還是有希望的！

讓他們意外的是，易水歌並沒有表露出任何意外之色，也沒有任何想要說服他們的意思。他摘下了眼鏡，隨手放在了旁邊的臺階上，又扯鬆了自己的黑色領帶，纏在了自己的指關節上。

「我就知道會有人想攔我。」他自言自語地喟嘆了一聲，「所以才沒讓他出來。」

「他好不容易學好一點，要是再見了血，可不好。」

失去了茶色墨鏡的遮掩，他雙眼中迎光微明的光絲交叉浮動著，給他

含笑的面容添上了一絲詭譎非人的光彩。

「你們是要一個一個來？還是一起上？」

在等待易水歌到來的過程中，「立方舟」和「如夢」雙方又在互相交流的基礎上，補充了幾條規則。

第一，到手的牌可以交換，但必須要徵得雙方的同意，而且在換牌前，雙方都不能給對方看自己的牌面。

第二，玩過的遊戲，不能再玩第二次。

第三，相同類型的遊戲，在三局之內不能重複。譬如說，如果第一局玩了撲克牌，在接下來的兩局內，就不能再使用撲克牌了。

而在世界頻道接受入局邀請 45 分鐘後，外援荷官易水歌也準時踏入了「斗轉」。易水歌用食指捺下茶色墨鏡的鏡框，籠統地對所有人打了個招呼：「喲。」

「路上遇到了一點事情。」他語調輕快：「不過還算準時哈。」

江舫搭了搭他的肩膀，意有所指：「能順利到就好。」

易水歌笑容滿面地一攤手，「提前量都打好啦。」

隨著這個動作，南舟注意到，他中指關節夾縫裡殘留了一點血跡。

很快，那隻手就被易水歌意態悠然地揣進了口袋，同時附贈了南舟一個輕快的眨眼。他又轉向了李銀航：「李小姐好啊。」

「還有我的份啊。」李銀航摸了摸鼻子，「易先生好。」

目光落到陳夙峰身上時，易水歌沉默了片刻。他關注榜單的一切變動，自然知道在他身上發生了什麼變故。易水歌斂起不正經的笑容，對他微微一點頭。

陳夙峰也回給了他一個禮貌的點頭禮。

一轉臉，易水歌又看到了立在角落裡的元明清。對於元明清，易水歌

$F_1 = F_2 = G \dfrac{m_1 \times m_2}{r^2}$

未見其人，只聞其名，而且看上去十分乖順，挺像易水歌自家那個一見生人就害羞的遠房侄子。

至於那名立在李銀航身後不遠處、除了眉眼之外全部裹得嚴嚴實實的奇怪男人，也分走了他一兩分的注意力……是個完全沒見過的生面孔啊。

易水歌有如交際花般跟熟悉的人打過招呼後，便風風火火直入主題。

「……具體要怎麼玩？」

大致瞭解了所有規則後，易水歌隨手拿起一副撲克牌，在指尖顛來倒去地把玩了一會兒，「撲克牌我可不怎麼會玩。我只會接竹竿。」

江舫說：「無所謂。你只要正常理牌派牌就行了。」

另一邊，「如夢」的眉毛已經皺成了鐵疙瘩。策略組在搞什麼？提出讓場外人參與，最終卻選定了一個立場偏向「立方舟」的人來發牌？

就算易水歌是真的對棋牌一竅不通，那對於處於劣勢的「如夢」也是大大的不利。策略組只能從他們的視角觀局，如果發牌的人不有所偏向，那麼在賭桌上什麼變故都可能發生。對現在的他們來說，失去一點點的優勢，都有可能是致命的威脅。可是，事已至此，多說無益了。

十人圍坐在一方臨時收拾出來的檀木圓桌前，心思各異，情緒各異。只有新手荷官易水歌很快樂，把玩著手中拿到的十張牌。一張 Joker 代表「國王」，紅桃 A 到紅桃 9，代表被「國王」驅使的「民眾」。

易水歌在自己不擅長撲克牌這一點上並沒有撒謊。他洗牌的手法相當生疏，儘管不至於笨手笨腳，漏牌掉牌，但動作只能勉強算作流暢。不過他氣氛組的功力還是相當強的。

他轉向了那五張相對陌生的面孔，「是『如夢』吧？」

四張冷淡的晚娘臉齊齊對向了他，毫無感情。只有曲金沙微微笑著回應了他的招呼：「易先生好。我見過你。」

易水歌認真洗牌，「是嗎？您還記得我？」

曲金沙說：「賭場剛成立的時候，你是常客，但你只是來這裡看看，不參賭，所以我有點印象。」

「那個時候啊……」易水歌注視著手中的牌面，露出了一點懷念的神情，「我是來踩點的。」

曲金沙以為自己聽錯了：「……什麼？」

易水歌面朝了曲金沙，笑露出了一點牙齒，在親熱中，帶出了一點陰森森的意味，「我知道賭博會害人，本來是想殺了你的，但是賭場裡安排有 NPC，你又總是不出來，我找不到機會動手，又不想白白斷送了自己，所以就放棄了。」

說著，他露出了一點憾色，「啊，早知道當初動手就好了，今天的賭局是不是就不存在了？」

聽了這番細思極恐的發言，曲金沙並不生氣，只是單純驚訝於易水歌的坦誠。反正想殺他的人從不止易水歌一個。

曲金沙聳聳肩膀，理解道：「做這一行啊，謹慎是常態。不好意思，當初進進出出的，倒是讓易先生破費了。」

易水歌言笑晏晏的：「不用客氣。」

新加入的「虹霓」中的文嘉勝聽不下去這無聊的插科打諢了：「喂，開始了。」

易水歌瀟灑地彈了一下手中的牌面，歪頭對文嘉勝一笑，試圖搭訕：「哎，你們想要『國王』嗎？」

文嘉勝懶得理會他，別過臉去，看到了戴家兄弟的倒楣相，在心中暗暗喊了一聲。

那邊，易水歌也理牌完畢了。他把十張薄薄的牌捧在掌心，按要求，重申了一遍比賽的規則。

至於比賽什麼時候終結，按照國王遊戲的規則，只要所有人達成一致即可。但鑑於兩邊不可調和的矛盾，這「一致」註定是無法達成的了。誰是這場加時賽的冠軍，會在這一場又一場的國王遊戲中決定。

賭命的局，就在這樣似輕鬆、內間浪波洶湧的氣氛下，正式開始。

第一輪，拿到「國王」牌的是南舟。南舟把血紅的 Joker 抵放在唇

邊，目光在在場的九人身上逡巡了一番。

第一步，要選擇對抗雙方。

由於那十張牌從開始就始終掌握在易水歌手裡，而且是全手動發牌，南舟無從判斷每個人的手牌，便隨便報了兩個數。

「A和7。」他想通過言語試探，看出是誰拿了這兩張牌。可惜大家都學乖了。一半人木著一張撲克臉，毫無表情。另一半人的目光四下遊移，想確定兩個對局的人是誰。

第二步，選擇一個賭博方式。

在短暫的思考後，南舟給出了一個最簡單的對抗模式：「掰手腕。」

第三步，確定賭籌。

南舟選擇了最小值：「1萬。」

「國王」下令完畢，所有人同時放下手中的撲克牌——A是曲金沙，7是戴學林。

CHAPTER

03:00

三家包我一家，
有點困難啊

在看到曲金沙那張胖臉後，戴學林的表情走向差點沒控制住。一番緊張統統都白費了。

國王遊戲一旦變成內部對抗，比賽就變得毫無意義了，反正誰贏都一樣。曲金沙沒做什麼掙扎，就輸給了戴學林。

戴學林煩躁地抽回手，把掌心裡沾到的手汗嫌惡地用手帕擦掉，迫不及待地把牌推了回去，「再來。下一場。」

休息也要徵得雙方同意，戴學林表現得如此踴躍，「立方舟」當然也沒有辦法通過休息來拖延時間。收牌，洗牌，發牌，快速推進。很快，每個人手裡又都握了一張牌。

有了第一局做示例，文嘉勝起先疑心是易水歌偏幫「立方舟」，故意把牌發得有利於「立方舟」。然而，看到自己手中的「國王」牌時，文嘉勝先是一怔，繼而一股喜悅混合著惶恐湧上心頭。

之前圍觀時，他覺得戴家兄弟玩得宛如腦癱，喜怒無定，直到這牌轉到自己手上，他才覺得手心滾燙，面頰冰涼，無窮的憂慮和興奮一齊湧上心頭。

擲下牌表明身分時，他的手指都是顫著的。他吞嚥了兩口口水，才為舌頭勻出了活動的空間。

文嘉勝自認為腦子不錯。易水歌第一次拿牌，所有人都不知虛實，只能盲猜盲想。可一局開過，再收牌時，牌的次序就清楚了。他特意觀察過易水歌的洗牌方式，記下了兩三張牌的位置。於是，自信滿滿地指定了比賽雙方：「5 和 7。」

如果他沒記錯的話，這一輪裡，李銀航手裡的牌面是 5，自己的搭檔姜正平手裡的牌是 7。果然，聽到他念出數字後，李銀航舔了一下嘴唇，這完全是無意識的行為，因為她馬上又老老實實地把舌尖藏了回去。

開局得勝！不過，文嘉勝有些遺憾。剛剛南舟用掉了「掰手腕」這個最簡單的力量對抗型的競技項目，「三局之內不能重複」的規則，偏偏在這時候發揮了作用。要是比拚力氣的話，李銀航可不就是輸定了？

$$F_1 = F_2 = G \frac{m_1 \times m_2}{r^2}$$

剛才，他也瞭解了一些賭法，但在吸取了「如夢」慘敗的教訓後，文嘉勝認為，如果把規則複雜化，反倒不妙。左右其他那些項目，他們也不能算是擅長……經過一番計較後，文嘉勝下定了決心。

「石頭剪刀布，五局三勝。」他說：「賭注是 5 萬積分。」

反正李銀航是這五個人裡最軟的那個柿子，怎麼捏都不像是會出事的樣子。

李銀航扔下牌，心臟狂跳，震得桌子下的雙腿也跟著微微發顫。價值為 5 萬積分的石頭剪刀布？瘋了嗎？

相較於緊張得睫毛都在抖的李銀航，扔下「7」牌的姜正平雙臂交叉，身體靠後，審視著這個還沒開始比、心態看起來就崩了一半的女人。但在戴家兄弟眼裡，這兩人才是病得不輕。

「腦子有病嗎？」坐在文嘉勝左手邊的戴學林一把扯過他的肩膀，咬牙切齒地貼耳道：「賭勝率更大一點的啊！」

文嘉勝冷淡地睨了他一眼，坐正了些身體，和他拉開了距離。

「規則本來就是要求『公平』。託你們的福，我們現在還有什麼『勝率大』的項目嗎？」

戴學林被諷刺得臉色發白，剛燃起一點的氣焰也迅速消弭殆盡。他們身上所有能作弊出千的道具都沒了。這糟糕的逆風局，也的確是他們自己胡亂使用出千道具後一力促成的。

一旁的元明清看到戴學林被懟得無話可說的模樣，撇開了臉。同為高維人，他很理解文嘉勝的心理。

在「虹霓」看來，他們是被臨時調來救場的，扮演的是「救世主」角色，天然地優越了一頭，很難和「如夢」立即團結起來，也無法理解他們的恐慌。而且，他們顯然是急於立功，想扭轉頹勢的，這樣能在好好表現一番自己的同時，也讓隊伍回血。不過，石頭剪刀布，的確是絕對的公平了。誰都有可能獲勝，勝負無尤。

姜正平率先起立，擺出了競賽的姿勢。李銀航眉心凝著愁雲，不情不

萬有引力

願地站起了身來。她比身量高大的姜正平小了足足一頭半，氣勢也天然地輸了一截。

姜正平冷冷地瞟了這個弱小的人類一眼，興趣不大：「開始吧。」

李銀航看上去相當緊張，額角已經泛起了薄薄的一層冷汗，在燈光下爍出晶晶亮的一片光澤，「石頭，剪刀……」

喊到這裡，李銀航突然出聲了：「欸。等等。」

已經做好了準備的姜正平皺眉，「幹什麼？」

李銀航仰視著他，「我們先規定一個節奏吧，石頭、剪刀、布，我們一起喊，免得有人慢出。」

姜正平：「什麼意思？」

李銀航單手虛虛比出了「剪刀」的手勢，一邊念，一邊敲起了節奏，「石頭——剪刀——布。」

她似乎很在意是否慢出，把這個節奏點重複了兩遍。

在這些細枝末節上糾結有什麼意義嗎？

姜正平一點頭，「沒有問題。」

「那我們一起。」李銀航用兩根手指點了點胸前，「石頭 —— 剪刀——布。」當「布」字落下，第一局也有了結果。

李銀航出了石頭、姜正平出了剪刀。

兼任裁判的易水歌從倉庫裡摸出了一支小口哨，興致勃勃地一吹，「第一局，李小姐獲勝！」

姜正平看向了自己的指端，一股異樣的感覺浮現在了他的心頭——怎麼回事？

當他心思複雜地看向李銀航時，李銀航也仰頭看了回來。她依然很緊張，緊張得攥出了一把手汗。

李銀航說：「下一把，你要出什麼呢？」

她又說：「我下一把要出剪刀了哦。」

南舟和江舫同時交換了一下目光……這不是很會玩嗎？

　　姜正平一愣，心中再掀波瀾。

　　她難道真的會老老實實出剪刀？既然她極有可能說的是假話，當下選擇就只剩下了兩個，是石頭，還是布？但萬一她是詐自己呢？嘴上說不出，誘導自己出別的，實際上就是要出剪刀？對壘雙方天然的不信任感，將姜正平進一步迫入了焦灼的心境之中。儘管不解其意，姜正平還是冷冷淡淡地回敬道：「妳以為我會相信妳嗎？」

　　「這……」李銀航弱弱地給了回應：「……你最好還是相信我吧。」

　　姜正平哼了一聲：「那這一局，我也出剪刀。」

　　李銀航愣了一愣：「哦，那很好啊。」

　　姜正平胸中已經擬出了計劃的藍圖。虛虛實實，她不過就是想騙自己出石頭罷了，而她到時候必然會出布。自己想要反制她，只需要真實地出剪刀就行了。

　　到時候，自己是依約而行，能夠體面獲勝。她使詐失敗，體面全無，落了大大的下乘，到那時，自己還能諷刺她幾句。

　　懷著那一點看透對方小心思的得意，他節奏輕快地跟著李銀航念出了聲：「石頭——剪刀——布。」

　　下一秒，姜正平微微上揚的唇角凝固了……自己出了剪刀，李銀航則出了石頭。

　　面對這樣的結果，李銀航都看愣了。她的計劃其實挺簡單的，自己先誆姜正平一把，自稱要出剪刀，用這投石問路的辦法，哪怕能對他的判斷進行三分干擾，也是好的。

　　如果他相信了自己的話，想要防守的話，可能會出剪刀；想要進攻的話，可能會出石頭。他不相信自己的話，那彎彎繞可就多了，不管出石頭、剪刀、布，都有可能。

　　把這兩類綜合一下，自己出石頭，勝率總會高一點。

　　她沒想到的是，對方言出必行，說出剪刀就出剪刀，一點兒不摻假，讓李銀航贏得都添了幾分愧疚之情。憋了半天，她由衷地憋出了一句誇

奬:「……你真老實啊。」

姜正平:「……」妳罵誰呢?

憋了一口老血之餘,姜正平的後背上也如萬蟻攢動地酥麻,一顆心像是被薄薄地澆了一層滾油,外裡煎熬得滋滋作響,內裡卻是涼透了的。

兩局過得飛快,一轉眼間已到了賽點。姜正平臉色晦暗不明,旁邊的戴家兄弟一張臉也臭得可以。這兩個新人一來就翹著尾巴,著實討嫌,兩人倒是有心想讓他們受一受挫,但他們如今也算是一個整體,一損俱損,兄弟倆也沒蠢到為己方的慘敗而歡欣鼓舞的地步。

第三局開始前,文嘉勝拉住了姜正平,好一陣竊竊耳語。兩人都不是坐以待斃的性格,必須要在這絕地裡設法突圍。

另一邊,李銀航背在身後的手也跟著哆嗦,不斷重複著石頭剪刀布,好通過活動緩解緊張到阻滯的血液流通。

說實在的,李銀航自覺自己這手根本不算什麼大本事,小聰明罷了。之前最大的用處,就是和大學同寢小姐妹在「誰去拿大家的外賣」這個問題上進行 PK。她甚至沒有三板斧可用,因為她們宿舍的規矩一般是三局兩勝。

她踮著腳,貼著桌緣,身體往前一聳一聳,好像是個面朝前、背朝後立在懸崖邊緣的人,一定要做點什麼,好把自己從那種隨時會墜落深淵的不安境地中解救出來。

她這樣不停的小動作,讓站在她身後觀戰的邵明哲,把注意力從拿她丸子頭做窩的南極星轉移到了她本人身上。他困惑地看著那兩片往後緊緊夾著的蝴蝶骨,好奇地用指尖作叩門狀,篤篤地敲了她兩下。

邵明哲大大方方地提問:「妳在害怕什麼?」

李銀航被敲得縮了一下脖子,老老實實地回答:「我怕輸。」

邵明哲不大明白她的焦慮:「你們,有很多積分。」

李銀航:「對,我們是有很多。但我還是很怕輸啊。」

……這樣啊。

$$F_1 = F_2 = G\,\frac{m_1 \times m_2}{r^2}$$

邵明哲說：「你想要贏，我有一個辦法。」

李銀航回過身來，「什麼？」

邵明哲說：「妳把他兩隻手，手指全部扭斷。他就只能出布了。」

李銀航：「……」

遠遠聽到了的姜正平臉色一青，「……」媽的哪裡來的神經病。

他罵了一聲：「你又不賭，和你有什麼關係？」

邵明哲根本不聽他說話，連個眼神都懶得分給他，只看著李銀航一人。李銀航卻像是受了什麼提點，用拳頭在掌心輕捶了一下，「對啊，規則裡也沒有說不能扭斷別人的手指。」

姜正平：「……」

邵明哲把手從口袋中掏出，指關節擠壓著手套的皮質，摩擦出咯吱咯吱的細響，「需要我幫忙嗎？」

李銀航突然笑出了聲來。

「謝謝你啦。」她回頭看向邵明哲，「是開玩笑的，我不緊張了。」

李銀航最擅長的本事，就是感知善意、惡意與說話人的目的。邵明哲的提議雖然偏於殘酷，但是很符合他對於「競賽」直來直往的認知，他最終想要得到的結果，也是為了她好。她雖然不打算聽從並執行，卻也感謝他的心意。

邵明哲一愣，注視著她翹起的嘴角，突然就沒了坦蕩注視的心氣兒。挪開視線時，他自己都覺得自己這心緒來得莫名其妙，語氣中也多了幾分躲閃：「……隨妳。」

不同於這兩人的大聲密謀，「虹霓」兩人在短暫地耳語一陣後，姜正平重返賭桌。

李銀航繼續使用她的回鍋式心理迷惑戰術，開口道：「我這一回，還是出剪刀。」

但完全是心外無物狀態的姜正平完全無視，只一心一意平視著李銀航舉在身前的手指動向，同時用左手托住了自己的右手腕部，右手有規律地

晃動著，一下下打著節拍。

他拳心虛握，食指和中指略略鬆著，看樣子是打算隨時彈出一個剪刀，又或者是純粹的迷惑動作。

「石頭。」

「剪刀——」

為了能卡住「布」的落點，念到「剪刀」口令時，李銀航背在身後的手便從身側遞了出來。

她雖然同樣虛握著拳心，出手的速度也很快，但在抵達和姜正平面對面 PK 的落點前，她的食指和中指就已經向外頂出了一節。

姜正平緊盯著她手勢的變化，反應迅速，猛地攥緊了拳頭。李銀航的剪刀，就這樣正正好地撞上了他的拳頭。

只這一合，南舟就看出了「虹霓」的策略——姜正平在觀察李銀航的出手一瞬那微妙的手勢變化，想要和她硬拚反射神經。這偏偏就是李銀航的弱項。

李銀航顯然也發現了這一點。因為在第四局時，她果斷放棄了「把手從背後抽出」這一容易暴露自己目的的動作，完全模仿了姜正平的姿勢，一手托住另一手腕部，鬆弛手指，拳心和姜正平相對，竭力試圖迷惑姜正平的判斷。

然而，李銀航擅長耐力，的確不擅長神經反射。當她的手指出現變向的一刻，姜正平即刻變換策略。石頭對布，李銀航再次輸掉。在可被預測到的前提下，一切理論的作用都化為烏有。

運勢洶洶地來，又滔滔地走，在兩人之間來回穿梭。兩人分別抵達了賽點，走到了一局定勝負的地步。

這一回，李銀航再次改換了策略。她左手握拳，同時用右手牢牢擋在了左手前面，試圖阻擋姜正平的視線。

姜正平在心中嗤笑一聲。李銀航的個子在人類女生裡的確算中等偏高挑的，可在他眼裡，就是一隻小母雞。他居於高點，能清晰捕捉到她隱藏

了一半的左手全部細微的小動作。

　　他全神貫注地盯準了李銀航的左手，冷靜地用目光切割開她的皮肉，分析出內裡每一絲肌肉的走向，全神期盼著屬於自己的勝利到來。

　　在無聲的電光石火間，兩人同時出手。一方默然無聲，一方志得意滿。然而，這一回，李銀航沒有用慣用的左手……她用了那隻擋在她左手拳鋒前的右手。

　　布對布，兩人打平。還沒等到姜正平從錯愕中醒過神來，李銀航第一時間搶抓先機，猛地加快了報口令的速度。

　　「石頭剪刀布！」五個字被她念得密不透風、毫無間隙，姜正平被打了個猝不及防，只得倉皇應戰。他再也沒有餘裕去觀察李銀航手部的肌肉走向，被逼著和她一起在極短的時間內出拳、收回、再出拳。

　　兩人以極快的速度，連平兩局。這是不過腦子、毫無策略、純拚運氣的對壘。熱血江河一樣轟轟地湃然湧動，但又在真正決出勝負的那一刻，驟然剎車，萬籟俱寂。

　　沉寂。四周是久久的沉寂，連她的心跳聲都被牽絆得慢了下來。直到一聲哨響吹起，她才如夢方醒，看向了自己僵硬地比在半空中的剪刀。

　　姜正平已經收回了拳頭，一臉自得地仰靠在座位上，只有額角一線已乾的白汗跡，能看出他在最後一局高頻的刺激下所產生的心緒動搖。

　　旗開得勝。雖然開局大不利，但終歸是他們絕地翻盤，贏了這一局。在這最後一場毫無算計可言的對壘中，是他的運氣更勝一籌。

　　李銀航三負兩勝，惜敗。李銀航往後一仰，坐倒在了柔軟的圈椅上。待撲通撲通跳動的心落了停，緊接而至的就是一陣陣的肉疼和愧悔，壓得她連頭都抬不起來了。

　　她輸了五萬啊！從進賭場以來，這是他們最大的損失了。

　　丟了積分的李銀航難過得想掉眼淚，可她知道，自己又不能表現得太頹喪，因此在眾人出言安慰她前，勉強抬起頭來，朝大家努力露出了一個抱歉的笑容。

邵明哲想，她不開心了。他又看向了姜正平……早知道就該扭斷他的手指。

「如夢」如今占了優勢，自然是不肯休息，要乘勝追擊下去。

第三局抽到了「國王」的人，是元明清。他手持著代表至高令的Joker牌，卻沒有馬上安排賭局。他想到了在比賽正式開始前，他們聚在一起，開的那最後一場短會。

「等到正式開局，我會提出三局一換牌，也就是說，我們除了第一局是盲猜之外，接下來的兩局都可以根據荷官洗牌，或多或少地記住幾張牌面，知道下一輪某些人會拿到哪些牌。所以，為了方便我們抽到『國王』後安排賭局，說一件你們擅長的賭博吧。」

在提出這一要求後，江舫率先表態：「我的話，只要是賭場裡的道具，什麼都可以。」

南舟說：「我也什麼都可以。我可以學。不過，如果想要穩妥一點的話，可以安排我做力量類的競賽對抗。」

李銀航挺不好意思地摸摸從丸子頭一角落下的南極星尾巴，「我……什麼都不大行，但我努力吧，如果想要我上場，就儘量給我安排一點規則簡單的……」

元明清答得最簡短：「隨便。」

最後，輪到了最晚入隊的陳凤峰。他說：「我不大懂賭博。但是，既然是賭局，應該賭什麼都可以，對吧？」

「如果有那種可以考驗體能的，危險又簡單的賭局，我可以試一試。比如說，架起一道鋼絲，從『斗轉』走到對面的樓上，看誰先掉下去摔死……這種賭局，可以安排我試一試。」

他蒼白地笑了笑，「我知道，我現在的情緒很糟糕。你們可以隨便利用我的這種情緒，我沒有任何意見。」

元明清即使閉著眼睛，也能感受到數道目光炙烤在自己身上的熱度。天知道，他最不想抽到的就是「國王」牌。

$$F_1 = F_2 = G\,\frac{m_1 \times m_2}{r^2}$$

　　他提前表態拒絕加入「如夢」，從另一個角度來說，也是為節目組節約時間，讓他們儘快放棄在自己身上的押寶，趕快去找其他人來填充「如夢」的空缺。

　　他一直在默默尋求平衡，儘量讓自己的行為，站在高維的角度，可以進行某種善意的解讀。

　　可現在已經是第三局，他早摸清了某幾個人身上有什麼牌，他無法裝傻充愣，卻也不想格外偏袒「立方舟」，讓高維對自己恨上加恨，他畢竟還是要回去的。所以，要怎麼規劃一個相對合理又公平的賭局，能兩邊都不得罪，卻又能讓「立方舟」贏面更大一點呢？

　　一番審慎的思考後，處於夾板煎熬中的「國王」元明清，徐徐吐出了一口氣。

　　「我選擇 4 和 7。」

　　「這一局的賭法，是俄羅斯輪盤賭。」

　　「賭注是……0。」

　　聽到「俄羅斯輪盤賭」這個名字，江舫執牌的手一頓，用一雙煙灰色的冷眼越過手牌，審視地對準了元明清。

　　手持紅桃 3 的曲金沙則丟下牌面，同樣定定打量著元明清。少頃，他笑顏舒展，語帶拒絕之意：「元先生，你可能理解錯了。我們有最低的賭注限額。」

　　元明清說：「那我再追加一條規則：雙方玩家隨時可以退出遊戲，但需要支付退出金 10 萬積分。」

　　曲金沙用手指刮了刮剃成了短茬的頭皮，「不好意思，元先生，我們這裡沒有……」

　　「曲老闆，你有。」元明清冷靜地打斷了他：「你要是沒有這樣的賭具，你一開始就會說。」

　　他的一雙眼睛，沉靜得像是一渠不見底的冷潭，「欺騙客人，是『斗轉』的待客之道嗎？」

曲金沙嘆了一聲，道了一聲「稍等」，起身暫離。「國王」的命令，本來就是不可違抗的。

李銀航被這兩人的對話搞得一頭霧水。由於先前南舟玩過輪盤，她自然而然認為所謂「俄羅斯輪盤賭」是一種基於普世輪盤賭規則上的俄羅斯式玩法。但這麼一來，曲金沙提出的意見就顯得格外奇怪了——元明清提出的明明是「賭注 0」，為什麼曲金沙話裡話外的意思，是認為元明清把賭注限額設高了？

另一邊，曾在此道上吃過大虧的戴學林聽到「輪盤」兩字，不由得雙腿一緊，不等在大腦中檢索一番，便率先提出了抗議：「這個不是已經賭過了嗎？」

戴學斌捉住了他的手掌，使暗勁兒捏了一捏，神情帶了幾分肅穆，示意他先查查資料再說話。

南舟和江舫輕聲咬耳朵：「具體規則？」

在江舫側身和南舟講解規則時，戴學林也檢索到了「俄羅斯輪盤賭」的基本規則。經過一番簡單瀏覽，他也和哥哥一樣默然了。

賭局的唯一道具是一把左輪手槍。六個彈槽裡，只填一顆子彈。填充完畢，封閉彈匣，雙方輪番旋轉轉輪後，用槍對準自己的太陽穴，盲開一槍。這是一場本質上用大腦做賭注的賭博，贏了得錢，輸了沒命。

如今每個人身上或多或少都自帶了積分，一旦博弈雙方中有一方不幸大腦中彈，雙方剛成立的五人隊就立刻會陷入五缺一的狀態。元明清所設置的 10 萬積分的賭金，說白了，就是買命錢。這場比賽的本質，就是比誰先膽怯，誰先放棄。

「如夢」在揣測元明清進行這番設置的用意，一時也咂摸不出來是好是壞。「立方舟」這一方，不管是誰，哪怕是新入隊的陳夙峰，積分都要高於 10 萬。只要他們死了一個人，「如夢」都算大大地占了便宜。

然而，規則卻是要求雙方玩家自行開槍。他們是高維人，如果進行數據自殺的話，就不只是「輸掉遊戲」那麼簡單了。他們會被預設啟動了自

82

毀程式，會當即崩潰成一捧消沙，橫死在這場遊戲裡，和那些以千、以萬計死去的人類玩家一樣。

至於「立方舟」這邊，元明清的心思，江舫和南舟全都清楚。按理說，他們雖然輸了一局，運勢稍抑，但無論如何都沒有到要賭命的地步。站在他的立場上，元明清顯然是想向高維示好。然而，高維人又絕對是惜命的。在這一點上，元明清的思路相當清晰，就是為了逼迫高維人知難而退，自行放棄。

雖然這明擺著就是拿陳夙峰的命做局，但既然陳夙峰提前同意過，那他們也無權置喙。至少陳夙峰在聽完規則後，目前沒有提出任何意見，只是垂著眼睛，望著桌邊的綠絲絨布，雙眼皮的痕跡在燈光下顯得又深又長，一直延伸到了眼尾。

選擇高維人做隊友，的確需要承擔一定的風險。

很快，曲金沙去而復返，帶來了迄今為止他們最簡單的賭具。一把烏油油、沉甸甸的左輪手槍橫臥在賭桌中央，旁邊放著一顆黃澄澄的黃銅子彈。一冷一暖，兩種色調，槍身的油光和子彈的釉光彼此呼應，彼此吞噬著對方的光輝。

江舫空手拿起了左輪手槍。槍道是通暢的，沒有異物堵塞，火線也完整，不存在炸膛的風險。烤藍味兒很新，大概從這玩意兒到手後，曲金沙就從來沒用過，但保養必然是一次沒落過。他用指尖轉動了彈匣，確定運轉流暢，毫無阻滯。

確認沒有問題後，他又把槍交給「如夢」，讓他們派代表出來檢查。文嘉勝滿腹狐疑地接過，也按照腦海中的槍械知識細查一番，生怕江舫在其中多動手腳。

看到雙方彼此提防的樣子，曲金沙苦笑一聲，「這的確是我用積分兌換來的賭具，但是是防身用的，買回來之後還沒用過，幾乎是全新的。」

文嘉勝充耳不聞，自顧自低頭檢查。曲金沙清晰地感覺到，不管是「立方舟」還是「如夢」，都在並駕齊驅地往深淵裡滑去了。

　　一開始，不管是志得意滿的戴家兄弟，還是前來挑戰的江舫南舟，大概都不會想到，他們會走到放任自己人用槍頂頭，以命相決的地步。

　　他也坐在這輛開往地獄的馬車上，隨著他們一起往深淵盡頭出發，去見證人性博弈的結果。但曲金沙並不恐慌，周身反倒開始燃起興奮的暗火來。對他來說，這就是賭博的恐怖，也是最高的魅力啊。

　　陳夙峰將紅桃 4 輕輕放在桌沿，用食指點住邊緣，緩緩向前推去，四下尋找著「7」的主人。他這回的對手，正是上一場剛剛捲走了李銀航 5 萬積分的姜正平。

　　姜正平雙手抱臂，打量著陳夙峰，和對付李銀航一樣，試圖從裡至外，對他做一場解剖。從骨相看，陳夙峰應該不超過 22 歲，按人類年紀計算，應該是整個賭桌中年紀最小的人。只是他眼裡的光很奇特，一半掩在垂下的眼皮間，看不分明；另一半，像是死灰的餘燼，偶爾捲起一點黑紅相間的光色，無法窺破他的內心。

　　姜正平問：「誰先？」

　　都是六分之一的機率，一輪一轉，誰先誰後，其實沒有多大意義。

　　陳夙峰沒有說話，探身去抓住了槍柄，用槍口支住桌布，當做身體的支點，緩緩起立，他輕聲說：「姜先生，我不會填彈，教我一下。」

　　填充了那六道彈槽中的其中一個後，陳夙峰合上鏡面一樣的槍蓋，把槍交給了易水歌。

　　「請易先生幫忙轉一下吧。」

　　易水歌一聳肩，「好啊。」

　　為示公正，易水歌背過身去，用黑布蒙上了眼睛，把輪盤似的槍匣隨手一轉，在格楞格楞、宛如鐘錶走字的細響中，又一把握住了轉動的槍匣。這樣一來，哪怕是動態視力和判斷力最好的人，也無法判斷這枚子彈現如今的位置了。

　　手槍交到了陳夙峰的手中，陳夙峰不大嫻熟地用指尖勾住了扳機。姜正平敏銳地注意到了他手臂肌肉的顫抖，嘴角不自覺地帶了一絲笑。槍本

身的分量不輕，但以陳夙峰一個成年男子的臂力來說，他不至於顫抖得這樣厲害。是啊，他年輕，他怕死。

　　但姜正平並不知道現在的陳夙峰在想什麼？

　　陳夙峰的確年輕過。那是陳夙夜第一次帶虞退思回家來，只有高中生年紀的陳夙峰躲在房中，避而不見。

　　午後，咚咚咚的籃球聲拍在地板上，拍打出了少年的滿心憤懣。那時的陳夙峰，妄想通過噪音打斷他們的談話。平白在空調房裡累出一身臭汗後，門從外篤篤地響了兩下，身穿白襯衫的虞退思靠在了門邊，問他：「要喝可樂嗎？」

　　他氣鼓鼓地瞪著這個陌生又漂亮的男人，試圖從他身上挑剔出哪怕一點不如人意的地方。鬥雞似地瞪了一陣，他突然洩了氣，用雙手把籃球摟在懷裡，「喝。」

　　他也怕死過。那天，只受了一點輕傷的自己，只能抖著手，簽下哥哥的死亡通知書，和虞退思的病危通知書。

　　虞退思被從 ICU 轉出來的第一天，還需要全面的觀察。當夜，虞退思又發起燒來，躺在病床上，臉和被子是同一種雪白顏色，燒得神志不清，並把他誤當作了哥哥。

　　他沙著嗓子，笑著問：「你怎麼來了？以前你最怕鬼，自己怎麼變成鬼了？」即使在混沌中，他也還是清醒的，不肯分毫地欺騙自己。對他來說，陳夙夜就是死了。

　　陳夙峰嚥著聲音，不敢哭出聲來，低聲道：「我來看你……就是想，看看你。」

　　虞退思不說話了。陳夙峰垂著眼淚，努力模仿著陳夙夜的口吻，撒著自欺欺人的謊：「我來你的夢裡喊喊你，退思，你該醒了，只要醒過來，

什麼都會好了⋯⋯」

　　如果不是因為自己非要和虞退思鬧脾氣，哥哥也不會特地策劃這場親子旅行。此刻的陳夙峰不知所措，卻知道什麼是痛徹心扉。

　　虞退思注視著他的眼神慢慢發生了變化，像是從一團亂麻中找到了那個線頭，徐徐扯下，露出了背後的真相。他注視著他眼角的一滴淚水，無力替他擦拭，只輕聲說：「對不起，你不是他，我認錯人了。」

　　「謝謝你。夙峰。」

　　陳夙峰是真的很怕死的。但他從來不怕自己死，只怕別人死。他沒有對任何一個人提起，他在上一個副本中遭遇了什麼。那是一場帶時限的人質解救賽，模式類似於他之前跟著哥哥和嫂子看的電影《電鋸驚魂》。

　　行動不便的虞退思，從一開始就和他強制分開了。他一路心急火燎地卡著時限，帶著一身傷、一心火，一路闖到了終點。只差一關了。只需要他把僅有的三支箭射中靶子，跨越單憑人力無法靠近的一條距離，讓那不斷轉動的齒輪停下。這樣，被安放在天臺邊緣的虞退思，就不會從不斷向深淵底部傾斜的鐵板上跌落，掉下那百丈的高樓。

　　陳夙夜生前是射箭俱樂部的成員，很喜歡在節假日和三五好友去玩一玩。50 公尺的靶子，他略微瞄一瞄，就能正中紅心。每當那個時候，他都會歪著頭，俏皮地對虞哥一笑，空留少年陳夙峰為哥哥的偏心吃醋而咬牙切齒。

　　可陳夙峰不行。就像虞退思說的，他不是哥哥，即使他已經長大了，他終究也不是哥哥。而且，他的右手早就應該抬不起來了。

　　右臂表面的皮膚腫脹了一大片，熟爛地透著紅，表皮看上去無損，內裡的肌肉卻已經受了嚴重的損傷，他抓弓的手顫得根本沒有瞄準的可能。但陳夙峰不記得這一點，他只記得自己的無能為力。

　　他抬起來，又放下，窮盡了全部的力量去抓自己的右手腕，試圖用更強烈的疼痛，喚醒肌肉的行動力。

　　肌肉一跳一跳地發著顫，他窮盡全身力氣舉起弓來，低而輕地念著對

$$F_1 = F_2 = G\frac{m_1 \times m_2}{r^2}$$

方的名字，試圖給自己的精神找出一個支點。

「……虞哥。」

「虞哥。」

但不行就是不行的，陳夙峰垂下了手臂。箭筒裡已是空空蕩蕩，只剩下一張空弓。

而一直等著他來的虞退思也已經到了極限。他的身體隨著金屬板抬起的角度向後伶伶仃仃地倒仰著，像是一只薄薄的風箏。

虞退思遙遙地注視著陳夙峰，目光裡的內容，遙遠得讓陳夙峰讀不清楚。他對陳夙峰說了一些話，陳夙峰不懂唇語，只依稀記得，那句話不短。而在留下那句話後，虞退思的身體越過了最後一寸平衡點，向後重重翻去。

在那之後，陳夙峰就只剩下一個人了。

他的一顆心生生裂作了兩半，但他還活著。

他應該活著，他應該加入「立方舟」，他應該還要許願。陳夙峰的思路如此清晰，活下去的欲望卻是如此淡薄。

「你是想要拖延時間嗎？」

姜正平的聲音，把他從迷思的泥淖中拖了出來。他看著自己的手，以為自己又回到了那個命懸一線的時刻。當那幻覺中巨大的虛脫和疼痛離開自己後，他平靜地調動了早已在治療下恢復正常的肌肉，對準自己的太陽穴，扣動了扳機。

耳畔久久寂然無聲。他垂下手臂，輕輕抿著嘴笑了一聲。閻王不收，無可奈何。

他把槍推到了姜正平眼前，「輪到你了。」

看陳夙峰拿槍對自己的額頭比比劃劃時，姜正平還不覺得有什麼。六分之一的機率，要撞上也是有困難的。直到冷冰冰的槍口，槍身難聞的油氣混合著生澀冰冷的獨有氣味撲鼻而來時，他的腿本能地被催軟了。這是任何生物面對死亡都應有的恐懼。

　　他吞嚥下了一口唾沫，卻第一次發現唾沫裡滋味豐富複雜，裡頭還摻雜了一點淡淡的血腥氣，嗆得他喉嚨疼痛。腳下的地毯變得格外柔軟，重力在此時完全失效，人像是沒有根似的，腳明明白白地踏在地上，人卻煙似地往上飄。

　　姜正平一口氣卡在嗓子眼裡，怎麼都舒不勻，那隻穩穩勾住擊發器的手指也受了情緒影響，壓得扳機微微下陷，可就是無法實實在在地扣下去。萬一呢？萬一這一槍下去，真的讓他碰到了壞運氣，他就會變成一團數據垃圾……值得嗎？然而姜正平沒有允許自己細想下去，手指先於思維動作，啪地扣下了扳機。

　　咔噠。空槍。

　　姜正平的理智和思維到此時才真正就位，一陣近乎窒息的恐懼後知後覺地決堤而來，逼得他上氣不接下氣地大喘起來。然而，不等他喘勻一口氣，陳夙峰速度極快地從易水歌手裡接過調整好的槍，對準自己的太陽穴，猛開一槍。

　　當熟悉的卡頓聲響起後，這位年輕的亡命徒抬起眼睛，沒有威脅，只有悲憫。只是那份悲憫是空洞的，不是對著他，好像是對著空氣中的某個遊魂。他把槍交還回去，用平板的語氣說：「……又輪到你了。」

　　姜正平攥著兩把手汗，試圖從陳夙峰的眼中看出些許強撐使詐的樣子，好安慰自己那一顆撲通亂跳的心。然而，他目之所及的只是一片令人心驚的空茫。

　　陳夙峰身上屬於人的感情像是早早地從七竅中流出去了，只剩下這一身頎長而空洞的軀殼。

　　姜正平沒能尋找到陳夙峰的破綻，因此他的恐懼更是徹底失去了共鳴。去摸槍的時候，他的手被心跳帶得一顫一顫。這事情經不起想，想了，就要怕。

　　他命令自己什麼都不要想，緊接著，對自己潮熱一片的太陽穴開出了一槍。在扳機下陷的一瞬，他下意識地閉目偏過頭去。六分之一的機率，

　　果然不是那麼容易觸發的。只是那槍聲不響，卻在一瞬之後，讓他的心內響起了山呼海嘯的噪音。

　　作為高維人，他們的意識寄存在虛無的網路安全箱內。只要不違背基本規則，不自願放棄生命權，他們就能活得很久，活到數據逐漸超載，在無聲的爆炸中歸於虛無。

　　像姜正平這樣的高維人，尚屬「年輕」之列，從來沒想到過死。

　　為了一場遊戲，自己要走到賭命的地步嗎？10 萬的贖命點數，他難道給不起嗎？

　　陳夙峰接過了槍，卻沒有像第二次一樣快速擊發。他把槍抵在眉心，但像是覺得不順手的樣子，又換成了太陽穴。最匪夷所思的是，他現在是有想法的，腦中有著一整套清晰的計劃。他要留給對方足夠的思考時間，讓姜正平一點點權衡這場賭局是否值得。

　　人往往是越權衡，越會害怕，很多事情都是頭腦一熱去做了，把「怕」留在事後。

　　陳夙峰就是在等姜正平腦中的熱度漸冷，一鼓作氣，再而衰，三而竭。這是虞哥教他的：一鬆一弛，才能更好拿捏人心。

　　當然，這心理戰最終是否奏效，得看他手中這一槍會不會奪走自己的命？陳夙峰起了一點玩心，在扣下扳機的時候，突然抬高聲音，配了個音：「嘭──」

　　對面的姜正平肩膀陡然一緊，一瞬間的表情，活像是他自己迎面挨上了那一槍。他甚至錯覺自己看到了迸射的鮮血和腦漿。

　　然而，槍並沒有成功擊發。姜正平睜開了半闔的眼睛，確定了剛才所見的情景只是一場幻覺。或者說，那是這場荒謬的賭命之局必然會有的後果，只是這鮮血和腦漿，最終是誰流出，就未可知了。

　　陳夙峰好模好樣站在原地，手裡舉著槍，微微咧開嘴，「開個玩笑。嚇到你啦？」

　　這時候，陳夙峰終於遲鈍地露出了一點男大學生的頑劣可愛，卻偏偏

是那麼不合時宜，所以看起來更加令人毛骨悚然。

姜正平沒有理會他的玩笑，凝視著易水歌重新轉動彈匣後，他又把槍接了過來。一切看起來都是那麼流暢，這場賭局就會在這樣的你來我往中，以其中一方的死亡作結。

姜正平看起來相當胸有成竹地用槍口對準了自己的太陽穴，把那裡的皮膚都頂得凹陷了下去，隱隱帶了股一往無前、死拚到底的狠勁兒。所以，當他認輸的時候，在場的所有人，包括他的對手陳夙峰，都沒能反應過來。

「你贏了。」姜正平嚥下了口中分泌旺盛的唾液說：「願賭服輸。」撂下這句話，他往後一仰，嘴角抿出了個不痛快的弧度，但眼中卻滿滿地寫著如釋重負。

陳夙峰在反應過來後，徐徐地吐出了一口氣，欠了身，對他輕輕一躬。從哥哥死後，他身上那些幼稚的銳氣和鋒芒便被盡數折斷。他跟著虞退思，至少是學會了以禮待人。

前三局完成，耗時不到 40 分鐘。「如夢」方一勝兩負，倒欠 5 萬積分。戴家兄弟已經輸麻了。他們甚至覺得只輸了 5 萬積分，還行。但「虹霓」接受不了。

5 萬是他們親手贏來的，10 萬又是他們親手輸掉的。這等於是他們剛剛嘗了甜頭，又被人一拳打過來，硬生生把還沒消化的好處吐了出來。他們不甘心。只要不再玩「俄羅斯輪盤賭」這種搏命的局，兩人相信，他們未嘗沒有獲勝的機會。

雙方各自花費了 10 分鐘整頓精神。

第四局，易水歌重新換了一副手牌。這就意味著一切都要從頭開始，至少在第一局裡，大家都是盲猜啞想，因此賭得格外有限。

第一局，是壓著 1 萬積分的線賭的，「國王」又是文嘉勝。他選來選去，選了平板支撐，結果一雙手臭得可以，不幸挑中了曲金沙和南舟。南舟剛剛站起來，曲金沙就利利索索地當場認輸。

　　因為第一局又失了利，因此「如夢」開始不約而同、攢著勁兒記牌。
然而他們眼力有限，頂多能在流水似的洗牌間記住一兩張牌的走向，還難
免岔眼出錯。而易水歌又是個學習能力超群的主兒，四、五局下來，他的
手法明顯嫻熟了很多。

　　好在，「如夢」裡有個姜正平。他的腦子不像戴家兄弟，平時是一扔
不用，臨了了還想拍拍灰撿起來，指望它還能繼續轉。

　　他的眼力是最好的，記憶力也是鍛鍊過的，就是性子太穩，不愛冒
進，更不愛招尖，一招尖就壓力倍增，反倒會影響他的狀態。這本事恰好
在此時用得上，可惜「國王」遲遲輪不到他，讓他白白算了兩局，賭局倒
是叫他連著趕上了兩場。

　　姜正平集中全部精神，全程緊盯易水歌的動作。當易水歌切牌的手停
下，他的心一悸，然後迅速地狂跳起來！

　　如果這回易水歌是按照逆時針的順序挨個派牌的話，這回的「國王」
就會是……下一秒，他就看到那張代表了「國王」的牌倒扣在了自己面
前。他凝視著那張牌，心思開足馬力活動起來。

　　選誰呢？江舫是最不好惹的，要儘量規避他。南舟在姜正平眼裡，是
一個未知的 X，還需要一點時間來探看他的虛實，輕易還是不要招惹。陳
夙峰是個瘋子，姜正平對他尚存一線忌憚，在心理上繞路而行。

　　元明清……他著意看了他一眼。上一局的大失利，其實是由他而起
的。結果，到現在姜正平都不知道是應該怪他，還是謝他。總之，他的心
機相當深沉，能把事情做得滴水不漏，還能讓人疑心他是對自己好。和他
與唐宋當初聯手暗算「朝暉」時一樣的伎倆。這人是不顯山不露水的陰
險，姜正平也無心把他劃為盟友。

　　那麼，他們要捏的那個軟柿子，就已經敲定了。至於賭局要玩些什
麼，他也想好了。21 點。

　　姜正平萬事求穩，而 21 點恰好是賭局中相對最為穩妥的遊戲，甚至
可以靠計算和記憶來拉高勝率。他打算策劃一個四人局，一個莊家，三個

閒家，體體面面地打一場包圍戰，把失去的都贏回來。

　　他站起身來，清了清嗓子：「2、3、5、7，四個人。賭法是用一副牌的 21 點，規則就按照基本的來，時限半個小時，每局賭注 1000 起步，上不封頂，玩到 10 萬就收手。」

　　看大家都沒有什麼意見了，他正要坐下，就見一隻手高高舉了起來。

　　「稍等。」江舫眼裡帶著明亮無心機的笑，「我要換牌。」他衝李銀航輕輕巧巧地彈了一下舌尖，「銀航，妳的牌給我。」

　　姜正平的心狠狠往下一沉。他們先前的規則約定，只要還沒有明牌，只要雙方達成一致，就完全可以換牌。

　　李銀航自然是不會違抗江舫的，乖乖地接過了他手裡的 A。江舫拿到牌後，看了一眼上面紅桃 3 的數字，便輕巧地往桌面上一擲，引得持牌人不得不紛紛亮牌後，他就微笑著游移著目光，看向了他本局的對手們……文嘉勝、戴學林和戴學斌。2、5、7 的持有者。

　　江舫把拳頭湊到唇邊，輕笑了一聲：「你們在搞團建嗎？」

　　三人對視一眼。面對江舫，他們的心內雖然有些虛，但細想一想，也沒有什麼可怕的。

　　他們三對一，可以算是包夾合圍。江舫他還有贏的可能嗎？

　　賽前，他們各自開了一個簡短的會。因為 21 點是賭場中難得可以靠腦子的賭博，姜正平向隊友們共用了幾本專門分析 21 點規則，以及如何玩轉機率的書籍，讓他們抓緊時間動用資料庫，在腦內過一遍。

　　至於「立方舟」這邊，李銀航知道自己是被當軟柿子捏了，江舫臨陣換牌，算是為自己解了圍，要不然，現在的她估計也只有乾瞪眼的份兒了。她無以為報，只好聽江舫的，給他倒了一杯溫水來。

　　江舫用大約 50 度的溫水淋遍了雙手，把一雙手從指縫到指甲都清潔了一遍後，又用賭場免費的溫毛巾仔仔細細地擦拭，相當忙碌。

　　南舟問：「有把握嗎？」

　　做完清潔工作後，江舫活動著指腕，把一雙手分別扳抵貼近了手腕位

$$F_1 = F_2 = G\ \frac{m_1 \times m_2}{r^2}$$

置，「三家包我一家，有點困難啊。」

江舫的手柔軟靈活得驚人，被他拉伸的時候，給人的感覺像是躺在曬燙的岩石上曬太陽的毒蛇在愜意地伸懶腰，把關節抻出了劈劈啪啪的細響。南舟好奇地用指尖點住了他的指尖，他便不動了。

南舟覺得有趣，又俯身下去，親吻了他的指背。於是那被親吻的地方迅速地聚起了血色，變得粉紅起來。

任何被對方掌握主動權的親吻，都會讓江舫臉紅。

偏在這時，他的臉皮就變成了紙糊的，那笑容也不再市儈精明，而是像個情竇初開的大男孩了。

南舟像是對著許願池許願一樣，剛才的親吻就是他投下的硬幣，低聲道：「要贏。」

江舫也回了他兩個字：「會贏。」

南舟沒忍住好奇：「能怎麼贏呢？」

江舫貼著他的耳朵，熱熱地耳語了一句：「只要不用洗牌機。」

臨陣抱了一陣佛腳，又有機率撐腰，哪怕是在江舫手下吃過重虧的戴家兄弟，也覺得自己行了。

江舫絕口不提自己「不上洗牌機」的要求，因為他知道這麼說，對方絕對不會答應。

他主動從己方陣營走向了被其餘四人孤立的曲金沙，用雙臂壓上桌角，「怎麼不讓曲老闆上啊？」

只要江舫想，任何人都可以被他用推心置腹的好友的架式對待。不過，也徒然是一個架式罷了。

曲金沙揚眉看向他，長久地凝視了一會兒，聳聳肩，大致明白了他特來撩閒的目的，苦笑道：「以前在撲克牌上可是輸過你一次的，你就當我是怕了吧。」

江舫托腮笑道：「正好可以趁機扳回一局啊。」

曲金沙擺擺胖手，「還是不了。」

江舫蠱惑他：「我們這回用機器啊。」

曲金沙苦笑一聲：「上次我們難道沒有用嗎？你會怕機器？」

江舫煞有介事地：「怕啊，特別怕。」

曲金沙儘管已經猜到了他的七分目的，卻還是欣賞他這份恰到好處的矯揉造作：「你小子啊。」

這一番對話，斷斷續續落入了不遠處四個高維人的耳中。不管文嘉勝和姜正平怎麼想，聽到江舫這麼說，戴家兄弟立時打起了鼓來。江舫說這話，他們是信的。

之前的輪盤賭、賭大小還有推幣機，「立方舟」全都是在他們原本勝券在握的機器上勝過了他們。這三次慘痛的經歷，讓他們不得不警惕。機器是一頭怪獸，一旦拉扯不住韁繩，就會敵我不分地啖盡血肉。

於是，他們坐上了一張普通的賭桌。

文嘉勝主動提出：「每局都是莊家洗牌，輪流坐莊。」

輪番洗牌，而且牌都在明面上，就不必擔心有人做手腳。他們也並不打算換牌，半個小時的時限不長，把一副牌玩到底就行。

對 21 點來說，想要成功記牌，最重要的一點就是不能換牌。在這一點上，江舫和三人倒是不謀而合了。

江舫遙遙望了一眼不遠處的全自動洗牌桌，目光中流露出了一點恰到好處的惋惜：「……那好吧。」

第一名莊家通過扔骰子來決定，點數大者為勝，接下來，就是按順時針的順序，輪流坐莊。

這一回，江舫沒有隱藏自己擲骰的本事。當然，他也沒有任何隱藏的必要了。

南舟站到了江舫身後觀局。

三枚骰子被江舫在指尖捏了一捏，並作一排，帶著流水似的寸勁兒。然後他隨手一滾，三枚齊齊向上的「6」點，成功把他保送上了第一局的莊家之位。自此，21 點遊戲，正式開始。

　　江舫從盒中取出一副完全嶄新的撲克牌，慣性地用食指一彈，一指在桌面上抹開，輕巧靈活地用尾指挑起了一張紅 Joker。那薄薄的一張卡片像是無形中生了翅膀，垂直向上飛去，被南舟一把夾在了指尖。另一張黑 Joker 也如法炮製，險伶伶地落到了南舟手裡。

　　江舫回身一眨眼，穠秀的眉睫間自帶了一段風流，吩咐道：「幫我們拿好啊。」

　　元明清腦海中不合時宜地跳出了一個人類社會的形容詞，可以精準概括江舫此時的行為：孔雀開屏。

　　然而，下一秒，那 52 張牌就像是一把綺羅扇，蓬地一下在江舫掌心開了扇，是圓滿有序的扇形，像極了孔雀迤邐的尾巴。他把牌面朝向了對面的三人，「沒有問題，驗驗，是新牌。」

　　三人對他的動作是下意識的鄙薄，因為這實在太像是炫技。只有逐漸上道的姜正平冷眼旁觀，一雙眼睛明亮像是預備狩獵的鷹隼。

　　江舫這一番作態，必然是有所圖謀的。不過，這恰恰好落入了姜正平的彀中。他還沒忘記最初的規矩，如果抓到賭客出千，規矩是 1 賠 25。要是一局的賭注能抬到 1 萬，江舫就需要倒償他們 25 萬積分。

　　這才是姜正平追求的絕殺。

　　江舫把 52 張牌面向自己，順順溜溜、敞敞亮亮地開始了洗牌。

　　姜正平眼前一花，只見江舫用首部的紅桃 A 一撩，52 張牌頓時像是鋼琴內部密密排布的琴弦，帶著一點演奏的韻律，被勾成了漂亮的拱橋狀。紅桃 A 由頭部變成了尾部，江舫甩手一敲一打尾牌，藉著一點挑勢，一遛撲克牌便被他整副執握在了單側掌心。

　　牌身倏然一晃，姜正平的目光甚至來不及聚焦，那牌便一張張地互相穿篩，他甚至沒能來得及眨眼，就遺失了所有牌的定位……看來他還是太高估自己了。

　　一張牌的頭似乎是緊緊叼著另一張牌的尾的銜尾蛇，天衣無縫，密不透風。大浪淘沙一樣地洗牌完畢，又平放在桌上橫切過三次，江舫便撤回

手來，在桌面上點敲兩下，以示洗牌完畢。隨即，他為自己先取了最上面的兩張牌，在自己面前擺成了一明一暗。

四人局的 21 點，發牌規則是這樣的：

每一局開場，莊家在洗牌後，都要給自己發兩張牌，牌面一張向上，一張倒扣，算是明牌加暗牌的組合。然後，莊家要為三名閒家各發兩張牌，兩張牌的牌面都要向上，算是明牌。

而江舫翻出的明牌，讓在座的其他人都吃了一驚。是 A。

在 21 點的規則中，J、Q、K 三樣牌的點數統一算作 10，2 到 10 則按牌面的數字計數。A 最特殊，可以算 1 點，也可以算 11 點。抽出的牌面的數字相加，就是 21 點獲勝的關鍵。

不管是莊還是閒，抽到的牌數字相加，越接近 21 點，越能獲勝。但一旦超過 21 點，就算「爆牌」落敗。

莊家和閒家的玩法又不大一樣。對三個閒家來說，他們需要在到手兩張明牌後，根據牌面數字下注，選擇自己是否要跟牌，要牌的次數不限，但每次要牌，都得是明牌。直到認為自己的牌足夠大，比如到了 19、20 的時候，為了避免爆牌，閒家可以選擇停止跟牌。但如果超過了 21 點，就直接輸掉。

至於莊家，江舫需要在對面三個閒家都停止要牌後，再揭開手中的暗牌，並繼續一張張要牌。如果他手裡的總點數相加，小於等於 16 點，比如是 13、15 點，就必須繼續從牌堆裡拿牌。如果相加的點數大於 16 點，他就必須停牌，不能再拿。

最後，莊閒雙方比較手中牌面的最大值。一對三，如果三家中的最大值小於江舫手裡的牌，江舫勝；大於的話，就是閒家勝；持平，則是平局。每一局基本的賠率是 1 比 1。

可是，這裡有一個通用的隱藏玩法。因為 A 可以視作 1，也可以視作 11，和 10 相加，可以直接算為 21 點。閒家開局抽中「黑傑克」的話，可以直接獲勝。所謂「黑傑克」，就是開局恰好抽中了一個 A，一個 10，

$$F_1 = F_2 = G \frac{m_1 \times m_2}{r^2}$$

湊成一個 21 點。

而當莊家第一輪明牌為 A 時，閒家就必須先下注「買保險」，猜莊家手中那張暗牌是不是 10，能不能湊出一個「黑傑克」來。閒家如果猜對了，本局閒家勝。閒家如果猜錯了，就輸掉保證金。

江舫開局見 A，不管是觀戰的姜正平，還是對面的三位閒家，第一反應都是他出千了。因此，在江舫準備給其他三名閒家派牌時，私下裡交換過眼色的文嘉勝抬手摁住了他的手腕。

他虛虛扶住江舫的袖口下方，有意發力捏了一捏，卻沒能摸到想像中的牌狀物。文嘉勝不由皺眉，難道不是用藏好的牌替換嗎？他不動聲色地收回了力道，說：「我們自己取牌。」

江舫也跟著笑盈盈地活動了手腕，「好啊。」

因為完全信不過江舫，三家閒家各自動手，抽了兩張牌。很快，他們面前都放上了兩張明牌，但他們的臉色反而更加難看了。

戴學林最先按照順序抽牌，面前是黑桃 6 和黑桃 9。戴學斌第二個，面前是方塊 5 和 10。文嘉勝面前是梅花 7 和 8。每個人手裡所有的牌，不僅花色一致，且兩兩相加，都是 15，只要再抽上一張稍大點的牌，就有超過 21 點爆牌輸掉的風險。

他們更加疑心江舫是出了老千。可江舫把動作都擺在明面上，是正大光明地洗牌。就算他能出千，可按照他那種全盤打亂的洗法，怎麼會變成現在這樣子？難道他真的能將撲克牌玩到如臂指使的地步？

偏偏江舫在審視了一遍牌局後，還笑咪咪地說起了風涼話：「幾位果然是心有靈犀，連抽的牌都是 15 啊。」

說著，他又側身支頤，輕輕地把玩起耳骨輪廓來。他的耳垂和耳骨上各有一個耳洞，那是他年少輕狂時的產物。他順勢用指尖點了點自己暗牌的一角，「買保險嗎？猜猜我這張牌底下是什麼？」他壓低了聲音：「……會是『黑傑克』嗎？」

三人對視，暗自互換情報。他們早在賽前就約定好了一些簡單的暗

號。姜正平作為軍師，縱觀全域，心思澄明。如果江舫控牌的本事真的有控骰那樣高明，那他想要 10，就能拿到 10，這牌能構成「黑傑克」的可能性不容小覷。

可如果他們買了保險，就會有兩種結果。第一，閒家猜對，暗牌的確是 10，江舫就會輸掉遊戲，並且支付 1 賠 2 的賭金。第二，閒家猜錯，暗牌不是 10，閒家輸掉一點保險金，遊戲繼續。

姜正平想，如果他有江舫的本事，他傻了才會摸暗牌做 10。選擇權握在他們手裡，江舫根本無法預測他們會不會買保險。那麼只有不選擇 10，他才能立於完全的不敗之地。

他故意把所有閒家手裡的牌湊成 15，之前也是百般作秀，就是要充分展示他的牌技，誘導大家以為他手裡的暗牌數值是 10。但只要細想一想就能知道，只有第二種對他才是最妥當的。

文嘉勝也是這麼想的，用尾指輕輕敲擊了桌面，這是「無事，繼續」的意思。

他說：「我們不買保險。繼續吧。」

說罷，三人不去看江舫的臉色，各自默默抽牌。因為他們的分數都卡在 15 這個不尷不尬的位置，只能繼續要牌，不能停滯於此。

三人下注 1000 後，各抽一張。這回他們學乖了，並未按順序抽。

戴學林運氣不好，抽中了一個 K，K 數值算作 10，當場爆牌出局。戴學斌則抽中了一個 3，來到了 18 點。文嘉勝則從牌尾，摸到了一個 5，看清數值後，他的心登時狂跳起來。15 加 5，20 點，只比 21 點差一點點！他當即表示，不要牌了。

戴學斌也繼而決定不再跟牌。江舫神情間也流露出了一絲意外，把手抵在了自己的暗牌上，準備翻面。

文嘉勝越過桌子，按住暗牌的另外一角，阻止了他的動作，他笑裡藏刀：「怎麼不問我加不加注？」

「……好。」江舫頓了頓：「文先生加不加注呢？」

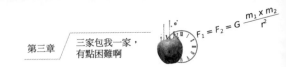

$$F_1 = F_2 = G \frac{m_1 \times m_2}{r^2}$$

「我加。」文嘉勝冷靜道：「我加到 5000 點。」

這也是他們事先約定好的。這是姜正平的戰略，為求最大限度的穩妥，就算加碼，人數最多不能超過兩人，籌碼也不能加到超過 5000。

「5000 啊。」江舫突然抬起手，捉住了文嘉勝的手指，似笑非笑道：「少了點兒吧。」

這話一下撩起了文嘉勝的雞皮疙瘩。可還沒等他分析出江舫此話何意，江舫就用文嘉勝的手，反挑開了他那張倒扣著的暗牌。紅桃 10。

「Black Jack。」江舫用食指和中指夾起那張牌，對他們親親熱熱地招呼道：「不好意思，僥倖了。」

姜正平呆住了……江舫是怎麼想的？怎麼敢把 10 堂而皇之地放在這個位置？他怎麼能預測他們不買保險？

看到江舫把牌擲入牌堆，笑意盈盈的樣子，姜正平立即在心中重整了旗鼓。還好，損失不多，反正下一局也不是由他洗牌了。他倒要看看，牌落在他們手裡，江舫還能怎麼出千！

第一盤下來，「如夢」淨虧損 7000 分。以順時針為序，下一盤洗牌的是文嘉勝。他展開牌面，意態悠然地看了一眼，記住了幾張重要的牌面，並確認數量無誤後，就合攏了掌中牌面。

上一輪用過的十四張牌被清了出去，餘牌只剩下了三十八張。因為 21 點本來就是算牌和運氣相疊加的遊戲，他們事前約定，每玩過兩盤，就重新碼回五十二張牌，再玩一輪。

三十八張牌，相比之下就好洗許多了。文嘉勝的模仿能力不差，略青澀地洗了幾把後，漸漸上手，速度也越來越快，數張硬質的牌在他掌心彈拍出唰啦唰啦的細響，宛如擊鈸輕歌。

然而，在洗牌中，他也暗藏了一點心思，獨藏了一張梅花 10 在牌

首、一張方塊 A 在牌尾。任其他牌風雲變幻，這兩張巍然不動。

其他兩人則雙手交握，默念算 10 法的法則。目前牌的數量只剩下了三十八張，那局面就容易測算得多了。

四種花色的 10 點牌，也即 10、J、Q、K，已經十六去其三，剩下十三張。其餘牌還剩二十五張。

在當前的牌堆裡，兩者的比例是 25/13=192。在他們使用的參考書《擊敗莊家》中，作者提供過一張資料表格，結果顯示，192 的比例，已經使常態下玩家大致的獲勝優勢上升到了正向區間的 0% 至 2% 之間。

這個比率，在賭場設置的各類賭局當中，相對來說已經很是理想了。換言之，他們只要和莊家打好配合，同時結合自己的手牌，就能有效提升自己的勝率。

姜正平對這局面也是相當滿意。戴家兄弟雖然是對只會靠攻略過關的蠢貨，但這種不大動腦、按圖索驥的事兒，他們總會幹吧。更何況，他對文嘉勝有充足的信心。

三道保險，已經可以正式對江舫形成圍殺包夾了。他信心滿滿地看向江舫，卻不覺一愣。

江舫應該是在沉思，煙灰色的眼睛躲在淡色的長睫後，沉在陰影裡，沒有任何笑意，像是一對沒有活氣的石頭。可在自己看向他的不到片刻，江舫嘴角輕輕一挑，桃花一樣，像是有人看著，才願盛放。

姜正平卻無心欣賞這美感。他感覺這笑容是演出來的——因為感受到了自己的視線，所以江舫要演出這樣一張完美的面具。

這讓姜正平平白覺出了幾分恐怖。他以為江舫會把全副精力都放在牌面上，不會注意到自己的窺視。這是因為江舫有十足的信心，還是……

在姜正平陷入日常的不安時，文嘉勝也洗牌完畢。他動作優雅地將牌一字抹平後，從牌首摸了一張牌，明牌放置。他又將手探向了牌尾自己早已設置好的方塊 A，口中說道：「我占一個頭尾啊。」

然而，在他的指尖觸到最後一張牌時，一隻手毫無預兆地探出，扼住

$$F_1 = F_2 = G\,\frac{m_1 \times m_2}{r^2}$$

了他的手腕。

兩人的雙手在牌尾交匯，文嘉勝的指尖已經點在了最後一張牌上，卻無法寸進分毫。

和陡然出手的江舫對上目光時，文嘉勝心中微悸。難道他發現了自己藏牌的事情？不過這有什麼要緊？剛才自己已經在表面上將牌切得極亂，他不信江舫能看出來什麼。再說，就算方塊 A 真就在尾端，那也只是「巧合」，算不得他出千。

文嘉勝一瞬間想好了無數種應對的藉口……直到他感到江舫的食指抵在自己腕部，徐徐摩挲，和他剛才驗證江舫有無在袖口藏牌的動作一模一樣。當然，除了稍快一些的心跳，他是什麼也摸不到的。

什麼都沒有摸到的江舫縮回了手，落落大方地一笑。

這笑容直接堵住了文嘉勝的嘴，讓他連質疑都說不出口，不然只會顯得心虛。他冷嘲一句：「江先生可真是記仇啊。」

江舫笑答：「禮尚往來嘛。」

04:00

南舟想，
人心果然是很複雜的東西

　　有驚無險，文嘉勝最終還是成功取走了尾牌。將暗牌放定之後，他的心也緊跟著定了，他贏定了。

　　「黑傑克」是 21 點中最大的牌面，而且他這回的明牌數值是 10 而非 A，雖然跳過了「買保險」這個可以額外盈利的步驟，但頗具迷惑性。

　　剩下的牌裡，A 只剩下了三張，按機率算，暗牌是除 A 之外的其他花色的牌面的可能性太高了。就算江舫僥倖，也在他洗好的牌中抽中了 21 點，那最多也只是平局而已。

　　文嘉勝甚至開始希望江舫抽到更大的牌。抽到大牌好啊，多押一些，輸得更慘。

　　文嘉勝從來不是吃虧的性格。

　　上次，江舫在「黑傑克」上得了便宜，他就要讓江舫在「黑傑克」上老老實實地把分數吐出來！

　　莊家定牌後，其他閒家依序抽牌。

　　最後一位的江舫也沒有按順序抽取。這個動作讓姜正平心中突地咯噔了一下。倒不是有什麼特別不對勁的，畢竟從上一局開始，其他人都是這麼摸的，但那是建立在對江舫的不信任上，最合情合理的應對方式……

　　那他們為什麼會對江舫產生不信任呢？因為預先得知江舫曾經從事過賭場工作，並且……

　　姜正平心臟猛地一抽。一種尖銳的恐慌平地而起，像是指甲刮擦過黑板一樣，剒過他的耳膜，旁人是聽不到的，於他而言卻是萬丈驚雷。

　　並且，江舫還在賭局開始前，毫無意義地玩了一通花牌。他展示這一手的目的何在？究竟是為了顯示他有能力，還是為了在三人心中植入懷疑的種子，讓他們無序抽牌，好為後面的賭局打下基礎，讓他自己也自然而然地擁有了可以隨便抽牌的自由？

　　姜正平在一通胡思亂想中，冷汗漸生。可在看清江舫這回抽中的明牌牌面時，他的心神略略一鬆——一張 J、一張 6。無論如何都算不上特別好的牌。

$$F_1 = F_2 = G \frac{m_1 \times m_2}{r^2}$$

比較之下，戴學林的牌就相當不錯了，他抽中了一張 3 和一張 4。比起戴學斌的一張 9 和一張 Q，是目前所有人中得分數最少、最安全、最遠離「爆牌」可能的人了。

戴學斌定下了 19 點的點數，不再要牌。

戴學林則大受鼓舞，腦子也越轉越開。

現在，原本就少的十三張 10 點大牌，又沒了三張。但其他種類的牌少了四張，也不大妙。

一路作弊的戴學林，在盲抽啞選中，終於感受到了後背汗毛微微起立的感覺。賭博帶來的對腎上腺素的刺激，一波一波地上湧，刺激得他坐立不安。

他將心魂一半寄託在機率，一半寄託在運氣上，用發汗的指尖交錯搓了幾下，以近乎虔誠的心境，從牌堆中抽出了一張。待他看清上面的數字，他快樂得幾乎要喊出聲來。

4！自己的總點數加起來只有 11，這一輪下來，以江舫目前的手牌，爆牌的機率又將大大提升！

16 點，本來就處在一個尷尬的臨界點上。

只要他抽出一個大於 5 的數，他就會當即爆牌落敗。要是他謹慎一點，現在就該糾結是否棄牌了。但不知道是幸還是不幸，這一輪江舫摸到了 2，他的分數來到了 18 點。

戴學林嘴角已經抑制不住地往上揚起了。

18 點！只比已棄牌的戴學斌小一點！如果他放棄在這裡要牌，那他的分數就連戴學斌也比不過，直接輸掉！但要是繼續要，他爆牌的可能性就瞬間提升了不止一倍！

三家，總有一家比他大！這就是圍殺的快感嗎！

這下，江舫的確是猶豫了。他回頭叫南舟：「南老師、南老師。」

專注於牌局的南舟：「嗯？」

江舫把雙手壓在椅背上，用下巴點住手背，仰頭望向他，像極了一隻

小銀狐在用 puppy eye 向人撒嬌示好，「你說這局我下多少注啊？」

南舟也蹲了下來，兩人形成了一個大聲密謀的姿勢。

南舟問：「賠率多少？」

江舫：「莊家賠閒家，閒家賠莊家，都是 1 賠 1。我下多少，對方就要給我多少。」

南舟想了想：「那就 5 萬吧。」

江舫一口答應：「好。」

他轉過身來，面對了三雙不可思議的眼睛，面不改色地歷歷數出等額的籌碼，放在了賭盤上。

戴學林頗感不可思議：「你還要繼續要牌？」

江舫理不直氣也壯：「你沒有聽到嗎？是我朋友要我繼續要的。」

瘋了嗎？18 點，爆牌的風險以機率而言，不說是板上釘釘，也是刀尖起舞了。他是瘋了才去碰這種死局。

還是說，他早有算計？

5 萬積分……一下子被迫涉及上萬的積分，戴學林又給整不會了。他回憶起了先前被江舫搖骰子支配的恐懼，骨子裡滋滋溜溜地開始往外泛酸，甚至握不住牌，想要直接棄牌算了。棄牌的話，他們只需要各自交付手上的 1000 點積分即可。

何必要去冒這個險呢？

看到戴學林動搖的眼神，文嘉勝滿心不滿，用尾指敲了敲桌面——給我繼續！冷靜！不過是想要詐牌，逼著他們棄牌而已！你們兩個廢物信不過自己，難道還信不過我？最多是平局，有什麼好緊張的！

大概是忘記了向幸運女神祈禱，戴學林渾渾噩噩地抽了個 8 點出來，恰和戴學斌 19 點分數持平。

得到文嘉勝的眼神示意後，他也選擇了不再跟牌。場上只剩下了江舫，文嘉勝示意他繼續。

江舫探手到了最後一張牌的位置，指尖懸在上方，虛空敲擊了兩下，

選擇了最後一張，明牌展示在了所有人面前。

等滿心閒適的文嘉勝看見他的牌面，他頓失風度，霍然起身。椅子隨著他的起立，像是一個低血糖發作的病人，轟然向後倒去，悶悶的聲響，把本來就緊張得像兩隻鵪鶉的戴家兄弟駭得更是說不出話來。

江舫雙肘支撐著牌桌側面，笑意盈盈把那張被文嘉勝視作王牌的方塊A放在眼前，十指各執一側，用食指緩緩撫摸著紙牌邊緣，卻像是一把帶了放血槽的刀刃，貼著文嘉勝的心臟徐徐劃過。

「這張A，我作1算了啊。」

文嘉勝愣在原地，內心的萬丈波瀾，落到臉上，也只是面部神經的微微抽搐而已。

方塊A，是他的保命底牌。現在，它赤紅似火地被握在江舫手上。為什麼？是自己記錯了、洗錯了，還是……

自己和江舫的最後一次肢體交集，就是在牌尾，他突然出手按住了自己的手腕。那也是江舫最有可能動手腳的時機。他是在那時偷換了牌序嗎？可明明當時自己的手都已經按在牌面上了，他是怎麼做到在自己的眼皮底下進行偷換的？

不，這些對現在的他來說，都不重要。不管那時候江舫有沒有出千，只要沒有當場捉到，他都有餘地可以辯駁。

更何況，他如果現在揭穿江舫出千，那他私藏最後一張牌的事情也會暴露，不僅毫無意義，還損人不利己。

最重要的是，現在倒扣在自己面前的暗牌，會是什麼？他竟然已經失去了去翻動它的勇氣，掌心溝壑裡淋淋漓漓的淨是汗水。

文嘉勝下意識地探手去取，手背卻驟然一痛，像是被火灼了一下……江舫不知何時取來了放在桌側的金屬籌碼鉤子，隔著大半張桌子，不輕不重地在文嘉勝手背上抽了一記。

他用叉鉤優雅地輕敲著自己的掌心，一下一下的，表情悠然。

「文先生，要做什麼？」他說：「我才和兩位戴先生剛剛打平，還沒

說要不要跟牌了呢。」

因為心神受到了太強的震撼，文嘉勝直接跳過了憤怒這一情緒。是，江舫抽到了 A，如果算 1 的話，他的分數也剛剛和戴家兄弟的分數一致，是 19 點了。但他現在還敢要嗎？他的自信從何而來？

除非，他對這副牌中每一張牌的方位都瞭若指掌。可眼前這牌明明是文嘉勝自己親手洗過的，怎麼會……？

場外觀戰的姜正平也是頭皮一陣陣發麻，一顆心下面支了一座酒精燈，吱吱地將他自內而外煎了個透徹。

說話間，江舫從牌堆中穩穩抽出一張來，又是一張梅花 A。

姜正平猛然踏前一步。不過，在他發出聲音來，文嘉勝已經和他同步做出了選擇：「我棄牌！」

5 萬的積分，他到底是透支不起。文嘉勝至今也不確定，是不是自己在無意間洗錯了牌。但他知道，自己手中的暗牌能是 A 的可能性少之又少。果然，當他麻木著指尖，將暗牌翻過來，映入他眼簾的是一張 7。

21 點規定，莊家手牌超過 16 點，就不能再抽牌。也就是說，這根本不是什麼必勝的保障，而是一手必敗的臭牌。一想到剛才自己仗著這副臭牌老神在在的樣子，他就尷尬得恨不能腳趾抓地。

「啊。」江舫再次回身，眼巴巴地語帶遺憾：「差一點就贏了。」

南舟抬手摸摸他的腦袋，表示安慰，「還可以繼續。」

「如夢」三人組各自輸了 1000 分。10 分鐘的牌局，他們已經輸了逾萬點積分。

在戴學林心驚膽戰地整了整餘牌，開始嘗試著洗牌時，姜正平的頭腦裡正轉著一場小型風暴。他知道文嘉勝先期這樣自信，必然是對那張藏起來的暗牌頗富信心。結果，那張牌卻出現在了江舫的手裡，這是摧毀文嘉勝信心的關鍵一擊。

然而，如果江舫真的對這副牌如此瞭若指掌，當時已經擁有了 18 點積分的他為什麼不抽 3，湊足一個 21 ？哪怕抽中另一張 A 或者 2，也是

好的。為什麼偏偏要抽中方塊 A？

　　讓文嘉勝繼續對手中的牌保有信心不好嗎？騙他對自己的暗牌繼續抱有絕對的信心，等他翻過牌、再目睹他驚駭的表情不好嗎？為什麼非得是方塊 A 不可？

　　或許，是巧合？江舫抽中什麼牌，全憑運氣？還是他其實早就預料到自己會有此一想，故意為之，讓自己依然誤以為他並不具備出千記牌的能力，逗弄著他們一直陪他玩下去、輸下去？

　　一時間，姜正平難以取捨，心急之下，抬手摁住了已經將牌洗到一半的戴學林的手。

　　頓時，賭桌內外，十數道目光齊齊對準了他。

　　「換牌。」姜正平努力平穩下聲線，下達了新的命令：「我們要求換兩副新牌。」

　　這個決定，倒像是出乎了江舫的意料之外了，揚起了眉毛。之所以說是「像」，是因為姜正平已經不敢信任他每一個細微的表情變化了。

　　果然，這個命令過於突兀，不等江舫抗議，場外的李銀航先開口了：「為什麼？之前不是說過要一副牌玩到底嗎？」

　　姜正平掌心中攥著汗，面上卻是不動聲色：「……我是『國王』。」

　　南舟慢悠悠地接過話：「就算是『國王』，也不能破壞自己一開始定好的規則吧？」

　　江舫也跟著嘆息道：「這不公平哎。」

　　他用下巴點住交疊支撐在桌側的手背，明明是和南舟撒嬌時一樣的動作，投向姜正平的目光裡卻帶著令人心悸的審視和冷靜，「如果每個『國王』都可以在遊戲的任何階段修改規則，下次，如果抽中了銀航和你比力氣，『國王』是不是可以臨時追加規定，誰輸了，誰獲勝？」

　　姜正平何嘗不知道這是破壞公平的行為，可是以當前狀況，他不得不為。他暗自計算過，一副牌，或許江舫還有計算的心力。兩副牌，一百零四張，以人類的心智和眼力極限，要如何算盡、看盡？

但還沒等姜正平想好措辭，就聽江舫又幽幽嘆息一聲：「算了。」

賭桌上的其他三人一齊疑惑了——「算了」是什麼意思？

江舫很快就為這兩字加了註腳、做了解釋：「換牌也行，兩副牌也行。但是，你加了兩個條件，我也要加兩個。」

江舫說：「第一，我要任何人都不能棄牌。」

「第二，我要把最低的賭籌，加到 10000。」

聽到他無比自然地跟著自己的要求提出新要求，一瞬間，姜正平起了徹底放棄「21 點」的心思。

自始至終，江舫從來沒有過大動搖、大疑惑，始終是這樣笑微微的，讓姜正平疑心，自己是落入到了一個密不透風的圈套裡去。然而，不管他如何衝撞，實際上始終處於他人的掌心之中。

如果江舫是故意的呢？故意讓自己疑心，故意做出他能記牌的樣子，誘導自己臨時修改規則，再若無其事地覆蓋上他的規則，將原本就嚴密的網羅再織密一層。

只要他答應，那他們就無法再棄牌，每局必有勝負，且要背負上更多的風險。

但是，就算他現在提出放棄，姜正平也知道，江舫的回答也只會有一個：「我不放棄。」

賭局的終結，必須到規定的半小時時限，或者四人同時同意終結。

他們只有兩條路。求穩，然後用這一副極有可能已經被江舫玩熟了、看透了的牌一直輸下去。前進，賭江舫沒有那個記住一百零四張牌變化的腦力，三家合圍，險中求勝。

原本並不掌牌的姜正平，卻已經置身於賭局之中，汗透後背，卻無知覺。他要怎麼選？

然而，不等他做出選擇，他的搭檔已經有了選擇。

文嘉勝一掌拍上了戴學林的手腕，讓本來就只是被他鬆鬆攏在掌心的牌頓時飛出，攤滿了一桌。

他字字咬在齒間，說：「好。我答應。」

江舫雖然的確從事過相關職業，且足夠聰明，但據文嘉勝所知，人類的大腦有極限，一百零四張牌在短時間內的穿插變幻順序，已經超出了相當一部分人的極限。

他願意冒著風險去賭一賭。

除此之外，文嘉勝肯答應的理由，不只是因為他被江舫戲弄過，是因為他們的時間所剩不多了。

姜正平心心念念想的是保本，而他們要做的，實際上是翻盤。文嘉勝知道老友的性格，輕易不肯犯險，索性替他做了決斷。

江舫捏了捏鼻梁，笑說：「我以為我的條件挺嚴苛的了，這你們也肯賭。」他往後一靠，「好。既然如此，那我們各憑運氣吧。」

舊牌被理好，兩副新牌被放上了桌面。

牌經過兩方公平公正公開的檢查，確定都是新牌後，兩副牌便被交疊著送到了戴學林手中。

戴學林洗了足足 3 分鐘，直到確保把所有牌洗透，才送上了桌面。

戴學林自知手法拙劣，出老千被抓住的機率絕對比成功的機率更高，索性也不搞什麼花頭，老老實實地抽了頭部兩張，一明一暗，擺放在自己面前，滿懷不安地坐好了莊。

面對著明牌 2，他仍抱著一絲期望。上次，他的牌可是相當不錯，希望好運能延續到這一盤裡。

等到戴學斌拿走屬於他的兩張明牌後，就輪到江舫了。江舫卻並不急於先選牌。

「賭多少呢？」江舫思忖道：「先賭個 10 萬吧。」

對面三人心中齊齊一驚。難道他們賭錯了？江舫的腦子，強悍到能記住一百零四張牌的次序變化？？

然而，在放下賭籌後，江舫卻沒了進一步的動作。

面對著一字排開的牌，他似是陷入了久久的沉思，拿捏不定的樣子，

仍叫人看不出來他的心思。

末了，他往後一靠，有點委屈地嘆了一口氣，又用椅背做枕，仰著脖子，對南舟撒嬌：「你幫我選一張吧。」

江舫身上的衣服是白色的，落在對面三人眼中，整個人像是一團刺目的驕陽。但在南舟眼裡看來，他就是一隻眼睛濕漉漉的銀狐……很可愛。

南舟很平靜地在那牌堆中看了一圈，「你想要什麼？」

江舫雙手合十，抵在唇邊，淘氣地作許願狀：「南老師、南老師，給我個黑傑克吧。」

在眾人震驚欲絕的目光中，南舟說：「可以的。」他沉吟了片刻，指向了其中一張，「左起第六張。你掀開看看。」

南舟手裡拿著兩張 Joker 牌，學著江舫的樣子，在掌心緩緩洗搓。這兩張被江舫交到手中的牌，讓他直觀地感受到了牌的厚薄。而剛才江舫的充分展示，已經讓南舟記住了一副新牌是什麼樣子、如何排序的。就算再加上一副牌，對南舟來說也是一樣的。

江舫如他所說，穩穩地拿出了一張紅桃 A，攤放在了桌面上，他輕輕吹了一聲口哨。

南舟摸了摸他的後頸，有種想把他像捉小狐狸一樣、提起後頸來晃一晃的衝動，但末了，他還是把手乖乖垂了下去，用食指和拇指輕擦了擦褲縫線。

那紅意狠狠灼痛了姜正平的眼睛，臉色歸於慘白，張口結舌：「……你們違規了！」

「為什麼？」南舟態度良好地反問。

「本局之外的人不能干涉賭局！」

南舟說：「從你剛才插嘴的時候開始，我以為你已經默許了任何人都可以干涉賭局。不然你剛才在幹麼？」

姜正平直接被堵啞火了。

江舫扯扯南舟的風衣衣角，又開始雙手合十，笑咪咪地拜拜他，示意

他幫自己選下一張牌。

這回，南舟沉默了好一會兒。

江舫也不催促，只含笑等待，是百分百的信任姿態。

南舟也不負他所望，給出了答案：「試試第十六張。」

當江舫的手按上第十六張牌時，姜正平先他一步按住了牌的彼端。

江舫用指關節發力抵住牌的一角，好避免他偷牌換牌，「怎麼了？姜先生，又要修改規則啊。」

姜正平沉默不語，只是愈發用力地按捺了牌緣，彷彿那是他最後的一根救命稻草。

短短幾瞬，姜正平就已經站在了黑暗的邊緣。最可怕的是，他不知道那無底的淵藪，到底是在前還是在後。自己是該前讓一步，還是後退一步？還是說，不論前後，淨是深淵？

他定定望著南舟，啞聲道：「怎麼做到的？」

南舟也不大清楚自己是怎麼做到的，他的大腦本來就構造奇特，尤其對於紙類格外敏感。

他事先已經知道了紙牌的順序、紙牌的厚薄，就在腦中自然建立起一個類似書本的立體模型。

戴學林的洗牌動作相當於把書拆了，對牌的方位不斷做出修正，他當然記得每一頁紙去了哪裡。

除非是江舫那種完全接近人體極限的高速洗牌，才會對他的建模速度造成干擾。

南舟籠統地答道：「這很簡單。」說著，他又看向了戴學林，「你切牌的速度也……」

等他注意到戴學林的面色已經接近了鐵青，看上去隨時會窒息暈厥，考慮到接下來的遊戲可能還需要他，於是他斟酌了語氣，客觀道：「不是很快。」

江舫噗哧一聲笑了出來。

實際上，姜正平也並不很想知道南舟是怎麼做到的，他只想為自己多爭取一點思考時間。

21 點記牌，從來不違反規則。

自己作為場外之人，也插過嘴干擾過賭局，也根本沒有指責南舟的行為。在賭注上，他還是可以提出意見的。

之前規定了每局最高賭注為 10 萬積分，江舫這回直接喊到 10 萬，加上先前他贏的 1 萬，已經超過應有的上限了。

可江舫就算減去 1 萬賭注，9 萬積分和 10 萬積分相比之下，對身為莊家的戴學林來說，也是致命的。他在先前的幾盤賭局中輸得體無完膚，根本給不起這麼高的賭注！

姜正平正心驚間，指背忽然火燎似地一痛。趁他本能一縮手的間隙，江舫在拿回了牌勾的同時，也取回了排位第十六張的牌。

黑桃 10 加紅桃 A，一副標準的「黑傑克」。

他用食指在並排而立的兩張牌緣上輕輕一撩，抬起眼睛，看向對面已經面若金紙的戴學林，和他面前那張可憐巴巴的「2」。無論如何，他也拿不到比「黑傑克」更大的牌了。

江舫還什麼都沒有說，戴學林胃裡就像是被一隻巨手攥了一把，一陣尖銳的刺痛後，翻江倒海地鬧騰起來。他發顫的膝彎慌亂地懟著椅子往後一退，來不及撤身，就哇的一聲吐了一地。

他身邊的文嘉勝、戴學斌紛紛驚立。整張牌桌上，只有獲勝的江舫不動如山，依舊穩坐原處。

因為過度緊張，戴學林吐了個頭腦空白，直起腰來時，隔著朦朧的視線看去，只覺天地都在變形，柔軟如蛇地此起彼伏，眼前的地毯、桌面，統統變了形狀，顛簸著扭曲著鼓起、陷落，把他漸漸包裹在中間，麵團一樣揉擠按壓。

他的指尖摳緊了桌縫，指尖充血，猶自不覺，「我……付不起……」

江舫已經把自己的牌擲回了牌堆中，把桌面上所有的牌都整攏在一

起，用左手單手掌握，一張張從左手彈射向右手。速度是卡著對面戴學林的心跳鼓點，一下，又一下。

戴學林囁嚅：「我沒有 10 萬積分……」

江舫擺出了很好商量的架式：「9 萬也行。」

戴學林幾乎要把頭窩進胸口裡去，機械地重複：「沒有……」

江舫笑意不改，語氣輕快地提議：「你不是還有手和腳嗎？」

戴學林嘴巴微微一動，看起來還想嘔，可惜胃已清空，吐無可吐。

江舫打量著他，口吻彷彿是在掂量肉架上懸掛的片豬：「……按照之前的估價，手腳加起來一共值 4 萬積分，心臟值 5 萬，正好 9 萬呢。」

姜正平一愕之下，後背密密麻麻地攀上了雞皮疙瘩，腦中的邏輯鏈也逐環連通。這人惡毒得簡直像是計算好的一樣！

打從進入賭場那一刻起，江舫就從沒打算和他們玩機率。先前，他毫無保留地展現能力，一是為了贏，二是讓他們儘快注意到規則中的漏洞，引誘他們修訂規則。

然後，他就可以以此為要脅，趁機補充上他想要的規則，利用他們求勝求翻盤的心理，然後，在輪到戴學林這個已經積分幾乎告罄的玩家時，實現這絕對的一擊必殺！

9 萬積分，不多不少，剛好夠買山窮水盡的戴學林的一條命。

江舫繼續用循循善誘的語氣，說著令人膽寒的話：「哎呀。好像剛剛好呢。」

聽了江舫的話，戴學林鼻中陣陣發酸發熱，熏得他頭暈眼花。

之前甘願當手當腳，是因為他以為自己還有獲勝的可能，手腳不過是翻盤的籌碼。直到真正有可能失去手腳甚至心臟，他才慌了神。如果他是因為自願和人做交易，從而死去，他就像唐宋一樣，真正地變成回收站裡的數據垃圾了！

種種不確定，讓他軟了手腳，跌坐在椅子上，愣了許久，才一把抓住了身旁發怔的文嘉勝，把他活活拉了個趔趄。

戴學林的聲音低不可聞:「借我……」

文嘉勝也正在驚惶不安中,一時間沒能反應:「啊?」

「借我!」戴學林炸雷似地喊了起來:「借我積分!我不想死!」

文嘉勝被吼了個莫名其妙,本能地想要拂開他的手,卻發現那雙手鋼鐵似的,不可動搖。

戴學林怒道:「是你先答應他們的狗屁規則的!你答應的,你就得負責任!我們是一體的,不是嗎?我們的積分就該放在一起用啊!」

文嘉勝的襯衫被戴學林沾了一點嘔吐物的手弄髒了,他心裡作嘔得很,神情愈發反感冷淡,「是我答應的,可你也同意了!」

見文嘉勝竟然流露出了不肯相借的意思,戴學林愈發慌張:「你現在不是『如夢』的嗎?你難道不想贏嗎?!我要是死了,還怎麼贏?」

文嘉勝也是有苦說不出。

「國王遊戲」,已經葬送了他們 5 萬的積分,要是乖乖交付了這 9 萬積分過去,他們還有什麼贏的餘地?

戴學林死了,高維還可以設法送進新人來。

積分告罄,他們就徹底完蛋了。難道他們真的要像個窮途末路的賭徒,陪著戴家兄弟一起賭手腳不成?

見文嘉勝沉默不語,慌了神的戴學林撲向戴學斌,眼淚汪汪地乞求:「哥!哥!」

戴學斌也是滿臉頹唐,愛莫能助。就算他們加起來,把四肢都當了去做人彘,也只有 8 萬點積分。

戴學林很快也意識到了這一點,困獸一樣在原地兜轉了兩圈,目光鎖定了一旁的曲金沙,登時雙目放光。

「押他的!」他猛然指向了曲金沙,「他的腿、他的手,也值個 4 萬,是不是?!還有他的心臟……」

曲金沙寒了面目,可也只是一瞬而已。

因為江舫的聲音相當平靜地響了起來:「不,我不要他的。」

$$F_1 = F_2 = G \frac{m_1 \times m_2}{r^2}$$

　　他一點也不著急，甚至帶著溫和的笑意，卻毫不留情地摧垮了戴學林最後一點精神支柱：「我就要你的。」

　　想到自己的未來，戴小少爺終於精神崩潰，不管不顧地脫口大喊：「我不玩了！」

　　這一刻，他把耳畔策略組的怒吼全部拋諸腦後。管他什麼勝不勝利的！關他屁事！他憑什麼要乖乖去死，等新人補位？他要退出，要認輸，要回家！

　　「哦——」江舫撫了撫下唇，「『如夢』的代表之一說他不玩了。」

　　他看向曲金沙，「曲老闆，你怎麼說？」

　　曲金沙把那張羅漢的冷臉又轉換成了佛陀一樣的笑顏，「願賭服輸啊，我這裡一直是這麼個規矩。」

　　文嘉勝臉色大變，揪住了要繼續後退的戴學林，「喂！你瘋了？」

　　姜正平也扯住了他，儘管他心中清楚，江舫的誅心計已經成功，他還是不肯就這樣任由亂局繼續發展下去，「別……」

　　下一秒，他突覺臉頰微微一痛，像是有人輕輕往上抽了一巴掌。

　　一張紅桃 A 從他面頰上滑落，落到他的腳尖前。同時滑落的，還有打到文嘉勝臉上的黑桃 A。

　　緊接著，他看到一張梅花 A 也彈上了戴學林的眼睛，他吃痛地「啊」了一聲，捂著眼睛彎下了腰。

　　江舫舉起掌中的牌，對準了戴學斌的臉，指尖微微曲握，猛彈出了一張方塊 A，同樣打在了戴學斌的右臉蛋上，留下了一片紅跡。

　　用四張牌打過四個人的臉後，江舫冷冷地睨向這場鬧劇，第一次收斂了笑臉，「我說，我沒同意你們認輸吧？」

　　「誰都不許認輸，給我接著玩。」

　　一言之下，無盡的沉默伴隨著強勁穿梭在賭場中的冷氣，大面積彌漫開來。

　　「斗轉」之內，人造的光芒像是鋪陳在天際的小型銀河，可光芒再

盛，卻也只能局限在這一片小小天地中，照不透那一片將「斗轉」內外分割開來的漆黑窗扇。

就連在旁圍觀的玩家都被這樣的壓迫感所懾，一言不發，連呼吸的節奏和力道都儘量放輕。

此時，一隻NPC小貓從立簷外小步躍過，踩碎了一小渠空調水。牠不知道一窗之隔的小世界裡即將發生什麼，只俯下身來，啜飲著屬於牠的一灘月亮。

而在所有人靜音肅立時，元明清心中已經浮現出了一個答案：贏定了。身為高維人，他太明白自己的同類即將做出的選擇了。

姜正平拾起打在自己臉上的紅桃A，放在了賭桌一角。他努力維繫著最後一絲體面，輕聲說：「我們不賭，你也沒有辦法逼我們。」

可即使聲音放得再輕，他也從中聽到了一絲不堪的顫抖。他的喉結勉力做出了個吞嚥動作，儘量讓自己的吐字清晰起來：「我們『如夢』，交付最後的9萬積分，然後……向『立方舟』認輸。」

他們無視了通信器裡傳來的怒聲。

高層的事情，就留給高層去解決。事實是，江舫這一手，徹底誅了他們的心，斷了他們的念。

他們可以繼續賭下去，可以送戴學林去死，可以讓新人去頂替。但即使這樣，戴學斌也還在，兄弟兩人雖然吵吵鬧鬧，可仍是兄弟。

當內訌漸起，當他們內部不再是鐵板一塊，那麼，他們早晚也會像戴學林一樣，輸到除了販賣自己的手腳心臟、別無他法的地步。他們可以幫節目組救場，但絕不可能為了一個遊戲去死。

江舫注視著那張紅桃A，將手中的兩副手牌放下，緩緩起身。剛才他面上的冷淡、威脅，被一股乍然而至的春風一掃而空，好像那樣極端的神情從不曾出現在他臉上似的。

「恭喜你們。」江舫將手按在胸口，向面前四位剛剛才被自己用撲克牌彈臉的對手輕鞠一躬，「……你們懂得賭博怎麼結束了。」

凡是賭博，唯有自己肯喊停止損，才能終結。

話音甫畢，一道冷冰冰的機械音傳導至所有玩家耳中……聽聲音還頗有些心不甘情不願的意思。

【恭喜「立方舟」，由於「如夢」積分清空，「立方舟」在加時賽中獲得勝利】

【恭喜「立方舟」成為全球區服中第一支超越基準隊、成功登頂的玩家隊伍】

【「立方舟」將隨時可以選擇進入最終關卡，迎接終極挑戰，獲得許願資格】

【請各位玩家拭目以待】

絲毫不興奮地念出「拭目以待」四個字後，啪咻一聲，廣播果斷切斷。像是再多廣播一秒，那邊的播報員就能給他們表演一個當場氣死。

姜正平和文嘉勝還知道要臉，不覺塌了肩膀，畏縮起來，好躲避從四面八方圍繞著他們的鏡頭中投來的每一道或嘲諷、或冷淡、或失望的視線。然而這聲音落入戴家兄弟耳中，如聞天籟，將他們四肢百骸裡灌注著的鉛一樣沉重的物質一掃而空。

他們的噩夢終結了！能全手全腳走出遊戲，對他們來說已經是最好的事情了。去他媽的贏不贏，讓那些喜歡躲在後面指手畫腳的人自己煩惱遊戲的勝負去吧！

世界頻道內，相較於以往得到大範圍廣播通知的人聲鼎沸，這回，在接到通知的相當長一段時間，頻道內都是寂寥無聲的。

大家在努力消化這一訊息。如果「立方舟」在那所謂的「最終關卡」輸了呢？到那時，會怎麼樣？是遊戲重啟，是讓「全球玩家」展開新一輪的登頂競爭，還是……人類方就此輸掉？

對於這些玩家們來說，對「立方舟」的態度，不管是信任還是厭惡，他們現在唯一的希望就只剩下了他們。

他們的確需要足夠的時間來整理思路。

對「立方舟」而言，這個突如其來的消息也很快抵消了戰勝「如夢」的欣喜。

李銀航還沒來得及高興，一盆冷水就活活地兜頭潑上，將她的快樂滅了個青煙縷縷……還沒完？又是加時賽，又是「最終關」，到時候是不是還得有個【附加關】？

易水歌倒是完成任務，功成身退。他雙掌合十，輕巧地一拍，「挺好，速戰速決。回去他大概還在睡覺。」

簡單地和幾人作別後，他輕捷地來，又輕捷地走，彷彿自己並不是來見證什麼決定遊戲走向的大事件，也沒有拆解掉遊戲方的某個陰謀，只是單純來賭場裡走一趟、玩一趟罷了。

花了三天光景、把自己的所有積分都在這銷金窟中付之一炬的四人，則選擇了狼狽且沉默地退出了賭場。

他們最在意的、高維人面對「低維人」的體面和尊嚴，也在博弈中輸了個一乾二淨，片瓦無存。

事已至此，這匆匆拼湊成的「如夢」隊伍，也就這樣應聲散落，各自隱匿在了「紙金」無邊的霓煌燈彩中。他們自身難保，更不會有心思去管一個同樣自身難保的人類。

從方才起就選擇靜靜旁觀的曲金沙，終於舒展了眉眼，打出了一個暢快的酒嗝，裡面都是上好的金錢的味道。從今天開始，吞噬了無數性命、積分的「斗轉」帝國轟然倒塌。

所謂賭場，需要有足夠資金支撐，才能運轉。他簽訂的合約，也建立在他必須擁有定額的積分，賭場的經營權才屬於他。他現在輸了個兩袖清風，兩手空空，倒也痛快。

他取出只剩下小半瓶的愛酒，正考慮著要分兩杯，還是一杯飲盡，就見一只空玻璃杯伸到了自己面前，示意著晃了晃……挺好，省下糾結了。

曲金沙給自己倒了半杯，給江舫倒了半杯。

叮。兩人碰了一記杯，酒液在杯中被激蕩起小小的、漂亮的漣漪。

$$F_1 = F_2 = G \frac{m_1 \times m_2}{r^2}$$

曲金沙聲音中似有無盡遺憾：「多好的酒啊，以後再也喝不到了。」

江舫的回應，是將一面盛放著一百枚紅籌的賭盤放在吧檯邊，向他推去。整整 10000 點積分。

江舫飲下一口酒，雙眼平視前方，說：「過了 12 點，加上你推幣機裡那些散碎零錢，至少能把今天的場地費付清吧。」

曲金沙心算一番，答：「差不多。」

江舫抿唇一笑，誠心建議：「行，那走吧。躲起來吧，躲得認真點兒。畢竟這塊地皮收回後，你就沒有地方可以藏身了。想殺你的人，應該從不缺少吧。」

曲金沙沒有虛偽地客套或是推拒，非常直接地把賭盤拉到自己面前，「謝了。」

江舫擺了擺手。

曲金沙環視了四周那很快就將與己無關的金碧輝煌，慨嘆一聲：「我在『斗轉』裡，用了我半輩子可能都用不上的心血，就這麼沒了。」

江舫輕巧地斜他一眼。

他的確用了心血沒錯，但那也同時是用別人的血灌的，只是江舫無心跟曲金沙說教，便轉而開了個玩笑：「如果曲老闆想要更多積分，我也不能給你呀。我們還不知道能不能用得上呢。」

「不要、不要。我的遊戲就到這兒了，你們的還沒完呢。」曲金沙注視著他英挺悅目的頰邊曲線，「小心點，別死了。」

江舫的回答是喝了一口酒，也不知道聽沒聽進去。

曲金沙知道，或許今日一別，以後，不管生死，不管成功還是失敗，他們可能再沒有相見的機會了。他藉著酒勁兒和滿心好奇，湊身過去，「哎，想好沒有，要許什麼願望？」

江舫對他勾了勾手指，曲金沙附耳過去，江舫壓低了聲音：「⋯⋯不能告訴你呀。」

曲金沙一愕，繼而爽朗大笑，十足的中氣震得天花板都嗡嗡作響。笑

罷後，他一抹眼角的淚花，「那我能問你另外一個問題嗎？」

江舫抿掉最後一口酒，回身向後，做好了回到南舟身邊的準備，點點頭，「你問。」

曲金沙望著他，問道：「你這樣的人，到底是怎麼允許自己愛上一個根本不會和你有結果的人呢？」

江舫嘴角的笑容略往下放了一放。他一半身體朝向曲金沙，一半身體朝向南舟。

他垂下眼睛，「因為啊……」

隨著江舫的回答，曲金沙詫異地睜大了眼睛。

曲金沙發出的動靜，惹得南舟往他們那邊看了好幾眼。元明清拿籌碼去兌換積分了，而陳夙峰束手站在幾人身後，很是乖巧。李銀航正在詢問他這幾天住在哪裡，並巧妙地避過了關於虞退思的一切問題。

南極星終於睡醒一覺了，大夢初醒時，抱著李銀航的丸子頭大大打了個哈欠，恰和不遠處的邵明哲對上了眼。如此近距離地和邵明哲目光相觸，牠好奇地歪了歪腦袋，似乎是在努力回想些什麼，但顯然是無果而終。牠三跳兩跳，蹲在了南舟肩膀上，兩隻細細的小爪子踩在南舟的鎖骨上，擺出踩奶的架式，想要討食物吃。

南舟碾碎了餅乾，剛餵了牠兩口，便眼看著江舫結束了和曲金沙的對談，向他們走來。

南舟也向他迎出了幾步，卻不意迎來了一個滿懷的擁抱。

被江舫摟在懷裡的南舟，「嗯？」

懵了一會兒後，他沒有問緣由，而是伸展開雙臂，平靜又踏實地回應了這個擁抱。待到他手臂放鬆開來，南舟才問：「和曲老闆談完了？」

江舫點一點頭，勾住了他的肩膀，招呼了所有人，「走吧，我們先找個地方休息一會兒，然後，我們再決定什麼時候開始我們的最後一關。」

遙遙望著一行人並肩而行、踏出「斗轉」，曲金沙掏了掏耳朵。

「斗轉」的末日，就這樣在即將到達沸點的夜生活中悄然而來。啪咯

愛呦文創　f 愛呦文創　Q

一聲，曾經熱熱鬧鬧地照亮半條街道的輝光，像是一顆燃燒到了盡頭的小
行星，就此熄滅了。

　　駐足在空有繁榮表象的街道上，南舟駐足回望。他親眼見證了「斗
轉」隕落、燈光熄去的那一瞬間。這一刻好像也沒有什麼特殊的，只是月
色比剛才更加明亮了一些。

　　南舟又轉了回來，看到江舫正在和李銀航討論去哪裡吃飯，嘴角帶著
半永久的笑。

　　自從離開「斗轉」後，江舫就沒有再回頭看上一眼。那杯價值數百積
分的美酒，那個臨走前和他碰杯、看似親密的曲老闆，那個被他們親手毀
掉的銷金窟，在江舫脫身走出後，已經不值得他投以任何的一瞥。

　　南舟愈發好奇。他知道江舫冷情、多疑、自私，甚至有時候還狡詐、
卑鄙、惡毒，但南舟從不討厭這樣的他。在南舟眼裡，人類都是異常脆弱
的生物，只要在不主動傷害他人的前提下，他們有充足的理由用各種各樣
的手段保護自己。

　　江舫只是其中那個能把自己保護得很好，還有能力對他好的人，這就
已經非常好了。

　　只是，正如曲金沙疑惑的那樣，這樣一個人，為什麼會有喜歡別人的
餘力呢？尤其那個人還是自己。南舟倒不是自卑，只是單純的困惑。

　　在思索間，南舟忽然聽得一個聲音近了：「南老師？」

　　他抬起臉來，險些和江舫的臉貼了臉。

　　江舫用食指輕輕對他的額頭點推了一記，「走了。」

　　南舟把他的動作軌跡看得一清二楚，卻也由得他把自己的腦袋點得向
後一仰。

　　他摸著額心，問：「去哪裡？」

「慶功宴啊。」

雖然接下來等待著他們的還有一個完全未知的副本，但這回出征賭場，他們的確是獲得了前所未有的大成功，以勝利者的姿態全程碾壓，幾乎可以說是掠奪走了「斗轉」的全部，手頭積分直接翻了倍。這的確值得小小慶祝一場。

南舟垂下手去，「好。我們去哪裡？」

「家園島」的夜，帶著草木、露水、星月的香，每一樣都生動又迷人。某隻不知名的、長了一張小黃嘴的山鳥仰著脖子，興致勃勃地千囀不窮，可叫了半晌，彷彿才記起這時候不是任牠喧嚷的時辰，頓時羞澀地收了聲，無地自容，張開翅羽，撲棱棱飛走了。

和「紙金」不同，「家園島」從來不是屬於夜的城市。到了夜間，商戶都關門落鎖了，大家各自回家安睡，把夜交還給自然。但這樣的靜謐，恰好適合用來抖落一身從「紙金」帶來的繁華和疲憊。

在布滿夜露的空曠草坪上，鋪墊了一層巨大柔軟的隔水布，做了野餐墊。墊子的邊緣放著一打果子酒，這是在「紙金」買的，度數極低，說是酒，其實就是果味的氣泡水。一排均勻鋪陳的炭火，烤出了瀰漫天地的肉香。柔和的月光則做了他們的天燈。

南舟咬著蘋果，平躺在野餐布的一角，心平氣和地仰望著將圓未圓的月亮，耳旁是並不吵鬧的絮絮人聲。

陳夙峰蹲在一邊串籤，把穿好的肉串、雞翅和蔬菜整整齊齊地擺放在了鐵盤上。

李銀航面對著滋滋流油卻被烤糊了一角的雞翅愁眉苦臉，用剪刀小心翼翼地偷剪去了烤焦的一角，好掩蓋自己的失誤。

南舟翻了一個身，看向了草坪另一端。

$$F_1 = F_2 = G\frac{m_1 \times m_2}{r^2}$$

　　元明清因為知道自己與他們格格不入，索性盡全力降低了自己的存在感，靜靜坐在草坪上，想他自己的心事。

　　邵明哲則終於和他心心念念的南極星對上了面。一人一鼠蹲踞在草坪上，面面相覷，觀察彼此，姿態和神情都是一樣的，試探中帶點戒備。還是邵明哲主動伸出了手指，輕輕懸到了南極星額頭上。

　　南極星歪了歪腦袋，覺得自己明白了他的意思。牠一張嘴，啊嗚一口把邵明哲的手指咬出了血……邵明哲愣住了，回過神來後，他沉默地追得南極星在草坪上上躥下跳。

　　一片柵欄狀的雲層淡淡囚住了月光。

　　南舟深呼吸了一記，近在咫尺的泥土、草根的濕潤氣息撲入他的鼻腔，讓他的神經一點點軟化下來。忽的，他身邊添了一道溫暖。

　　江舫側身躺到了他的身邊，「還記得嗎？這裡是易水歌的手筆。」

　　南舟當然記得。初見易水歌的那天，他就自報過家門，他是《萬有引力》中「家園島」模組的設計顧問。

　　在他手中，「家園島」的 NPC 和玩家們過著田園牧歌一樣的生活，日出而作，日落而息，只要計劃得當，每個人都能過上自給自足的好日子。當然，生活裡還是會有一些挑戰，比如說當選擇塔防遊戲時，玩家有受傷的風險，當然也有機率爆出稀有種子。

　　對大多數玩家來說，這裡只是一個能大大滿足他們收集癖的安樂鄉，比「紙金」、「鏽都」更貼近自然，比「松鼠小鎮」更具有現實價值，比「古城邦」更少紛爭。

　　南舟不由想到了那個戴著茶色墨鏡，始終開朗卻也始終樂於做一名手染鮮血的義警的年輕男人。這片世外桃源，就是易水歌夢中的「家園」嗎？南舟想，人心果然是很複雜的東西。以殺止殺的易水歌嚮往田園生活，向來務實的江舫也會喜歡小紙人。

　　由於南舟望著他的眼神過於專注，被敏銳的江舫輕而易舉地抓住了端倪，笑問：「在看什麼？」

南舟直白道：「看你。」

江舫把聲音放得很輕：「看我的時候在想什麼？」

「在想你喜歡我。」

說話間，南舟下意識摸著小腹，沿著江舫曾頂進去的痕跡和形狀慢慢描摹。那只是一場發生在夢裡的交匯，但南舟的繪畫天賦和記憶裡，足以讓他完美還原當時的每一下起伏和動作。他是一點也不知道自己的動作有多麼天真和淫靡。

注意到他的動作，江舫的喉結微動，輕咳一聲，握住了他的手腕，剛想說點什麼來分散一下注意力，就聽到南舟問：「……可是，為什麼？」

之前，南舟從來沒有深入思考過，為什麼江舫要喜歡他。如果只是童年時嚮往的夥伴，為他種下一顆蘋果樹，也就夠了。而江舫給他的感覺，是在兩人在大巴上相見之前，他就愛他。

結合上下文，江舫明白了南舟的疑問。但在涉及「喜歡」這個話題時，江舫還是有些不願表達。

他繞過了直球：「怎麼，覺得自己不好看嗎？」

南舟肯定道：「好看。」

江舫忍俊不禁：「這麼有自信？」

南舟靠近了江舫，小聲並篤定道：「我跟其他人類對比了一下，我是好看的。」

江舫忍著笑提問：「覺得自己性格不好嗎？」

南舟：「我覺得還可以。」

江舫：「覺得自己不夠聰明？」

南舟：「不覺得。」

江舫：「好看，聰明，性格好，那還不夠讓人喜歡嗎？」

南舟心裡記掛著一件事，說：「可是我……」

沒等南舟把話說完，李銀航就端著第一盤新鮮出爐的烤肉，煙熏火燎地回過頭來，「吃飯啦。」

$$F_1 = F_2 = G \frac{m_1 \times m_2}{r^2}$$

邵明哲遠遠坐在了一棵樹上，修長雙腿自然垂下，在空中盪鞦韆似地一晃一晃，並無意參與他們的聚會。

其餘五人圍坐在一起。這五人成分極度複雜，人、高維人、紙片人，關係也分親疏遠近、各有不同。但在同一片天空下自由地擼串喝酒的時候，他們的心境不約而同地向彼此貼近了些許。

李銀航一口喝掉了果子酒，沁涼的感覺一路滲到了胃裡。

微微上泛的一點酒氣，讓她發自內心地「哈」了一聲，問：「你們都想許什麼願望啊？」

不管遊戲方打算給他們安排什麼么蛾子，目前看來，他們距離最終勝利，大概只剩下一個副本了。他們的五人隊伍也集齊了，談論一下願望，她覺得不過分。

她比比劃劃道：「既然是每個人都能許一個願望，那只要我們的願望不互相衝突，是不是就能組成一個很大的願望了呢？」

這的確是非常理想的。但有一句話，大家都沒有說出口。能順利許願的前提是，他們五個人都必須活著通過最後的關卡。當然，誰都不會挑在這種時候說煞風景的話。

李銀航率先積極表態：「我希望所有因為《萬有引力》死去的人都活過來。」

元明清咬了一口肉，細嚼慢嚥了一番後，道：「我的願望……我還沒有想好。」

他的確在猶豫，到底是要解除合約，還是要救唐宋。他補充道：「……總之不會傷害到你們的利益就是了。」

江舫笑說：「沒問題，到時候元先生就第一個許，就算你許了什麼不利於我們的願望，我們至少可以許願，讓你的願望不成真。」

元明清知道自己的立場不值得信任，對於江舫的戒備，他只禮貌地揚一揚嘴角，並不反駁。

「虞哥的願望一開始就許好了，是復活我哥。」陳夙峰也開口道：

萬有引力

「我呢，本來也早就想好了，想要虞哥的腿好起來。現在是出了一點小問題，李小姐如果能讓所有死去的人復活，那我就讓我哥哥活過來。再怎麼說，總要完成一樣心願才行。」

他舉起四周浮了一圈冰涼露珠的酒杯，一飲而盡後，抹一抹唇角，語焉不詳道：「只要能活過來，就好。」

話說到這裡，氣氛便有些凝重下來了。

江舫托著腮：「我嘛，我還沒有想好。畢竟只有一個願望，怎麼說都應該好好選才對。就先跳過我吧。」

他看向南舟：「南老師，你呢？」

南舟說：「我的願望，一開始在許願池那裡就許好了。」

江舫笑問：「是什麼啊？」

以往在詢問他這個問題的時候，南舟的選擇往往是避而不答。但這回，南舟給出了誠實的答案：「我想要變成人。」

這下，李銀航是真的好奇了：「為什麼啊？」

她的確記得，南舟是在遊戲一開始就許了願的，還抽中了一個沒什麼卵用的彩蛋。可在那個時候，按時間線推算，他剛從【永晝】中逃離不久，願從何來呢？

聽到這個心願，江舫在賭場中從頭至尾都穩得驚人的手像被針刺了一下似的，猛地一抖，潑出了些酒液來。

只是在夜色中，沒人注意到他的失態。

「我不大清楚。」

南舟努力回想，卻只剩下一點影影綽綽的印象。在被告知「許願就可以實現」時，浮現在南舟腦中的第一個願望，就是這個。

究竟是因為什麼呢？南舟努力回憶，卻發現那個答案宛如針刺，落在心上的時候有點疼。

他略撫了撫胸口，答道：「好像是因為，有人跟我說過，如果我要是人，就好了。」

$$F_1 = F_2 = G \frac{m_1 \times m_2}{r^2}$$

野餐墊上的眾人各自沉默，各有想法。

陳夙峰輕聲發問：「做人，真的會快樂嗎？」

南舟搖頭，誠實答道：「我不知道。」

他知道人有貪嗔癡怨，有饑寒苦恨，有爾虞我詐，也有辛苦奔忙。

「但是做人在滿月的時候不會難受，說話的時候有人回應，不用一輩子待在同一個地方，不用擔心有人半夜殺掉你，吃東西能嘗出來味道。」

他口吻平淡地陳述著自己曾經在那紙紮的虛擬小鎮裡的生活。那些日子很遠，那些日子又彷彿就在昨天。做人或許有種種不好，但可以和舫哥一起不好，南舟覺得這樣就不壞。

在大家難免動容時，江舫把酒杯抵到嘴邊，接上了他的話：「……但是做人要控糖。」

南舟：「……」

他開始認真反思自己要不要堅持做人。

大家轟然笑開了，略微凝滯的空氣重新開始恢復流通。但在所有人看不到的地方，江舫放下酒杯，身體仰後，望向琅琅天際。思索一陣後，他打開了自己的物品欄，將指尖探入只剩下一點的【真相龍舌蘭】，發力攥緊了酒瓶口。

另一邊，渾然未覺的南舟給陳夙峰出主意：「你可以許願讓那場車禍沒有發生過。」

這樣不管是陳夙夜還是虞退思，就都能保住了。

陳夙峰呼出一口微熱的氣流，坦言：「我想過。但是，我擔心會發生蝴蝶效應。」

可以說，陳夙峰之所以是現在的陳夙峰，根源就是那場車禍。哥哥的死亡，換來了他的成熟。如果哥哥還在，陳夙峰還會是那個任性、頑劣，讓人頭痛的弟弟。

到那時候，一個是成熟的陳夙峰，一個是天真的陳夙峰，兩個人是會奇妙地合而為一，還是分裂成兩個不同的存在？

陳夙峰又喝了一杯果子酒，玩笑道：「……真麻煩。要是沒有我攔在中間就好了。」

但如果實在不能兩全的話，陳夙峰覺得南舟的提議也不錯，可以作為備選。

另一邊，李銀航在笑過之後，也開始暗自思考一個問題……如果南舟變成人走了，南極星要怎麼辦呢？

牠不會說話，近來又格外愛睡，沒心沒肺的，現在又不知道跑到哪裡去玩了。牠和南舟不一樣，只是一段屬於《萬有引力》的數據而已。和他們在一起的這段時間，對牠來說，或許只是滲入了新的一段數據而已。把牠留在這裡，一旦他們走出《萬有引力》，這個遊戲會被永遠封閉，他們也不會再有相見的機會了。

即使牠只是一段數據，但南舟和牠相處了這麼久，好像並沒有關心過牠的去向。明明從大巴上開始，牠就和南舟在一起……想到這裡，李銀航還沒來得及替南極星不平，心念突然一轉，滑向了一個奇怪的思考方向。

對啊，為什麼？據南舟自己說，在出走後，他就失去了所有的記憶。但南極星從頭至尾一直跟著南舟。那雙亮晶晶的眼睛，或許目睹過所有曾在南舟身上發生過的事情。說不定牠知道所有的一切，但從沒有人問過牠。李銀航坐不住了，站起身來，打算去尋找南極星。

在和陳夙峰說完話後，南舟就有些倦了，他本來就對酒精格外敏感，果子酒的度數已經足夠讓他昏昏欲睡。他枕上了一邊江舫的肩膀。

注意到他泛紅的眼尾和面頰，陳夙峰放下了杯子，不大敢置信：「這就喝多了？」

江舫摸了摸南舟的髮旋，抄扶起他的腰來，對其他人點點頭後，把他抱到了野餐墊的另一邊，自己也在南舟身側躺下。

背後是散發著熱力的臨時燒烤攤，是酒瓶碰撞的細響，是夜露從樹梢落下的細微滴答聲。他們的上方，是灑滿了一天的星辰，窮人的珍珠在天空熠熠生光。

$$F_1 = F_2 = G \frac{m_1 \times m_2}{r^2}$$

　　兩個人就這樣面對著面，各自枕著手臂，把一切熱鬧都拋在背後，是十分的美好和溫柔。

　　在似有還無的醉意中，南舟輕聲問道：「你肯對我說了嗎？」

　　在江舫及各色人等的描述中，南舟知道，江舫是他的蘋果樹先生，也曾經是被高維人意外選中的《萬有引力》的受試人員。在那場版本測試中，也只有江舫一個人存活了下來。

　　南舟從來沒有問過，在那段受試的時間裡，你見過我嗎？

　　之前，他每一次想問，江舫都狡猾又溫和地將這件事情輕輕帶過。南舟看出來了，但他不說。

　　以前，易水歌也看出了這一點，但南舟對易水歌說，他會告訴我的。時至今日，他還是一樣自信。

　　南舟藉著醺醺然的勁頭，和他用耳語的聲音對話：「那時候，我跳下陽臺去撿蘋果，門後的人是你嗎？」

　　江舫：「是。是我。」

　　那本來是一場蓄謀的獵殺，但卻被江舫演繹成了一場至為浪漫不過的初遇。

　　因為喝了酒，南舟的思維難免帶著鈍感。他把自己埋在江舫的肩膀間，頗為遺憾地感嘆：「啊，我都忘記了。」

　　「沒事。」江舫把他垂下的鬢髮撩起，別在了耳後，又輕輕撫摸了他被酒力醺得熱軟的耳垂，「我幫你想。我們一步一步來。」

　　南舟說：「我是怎麼出來的？」

　　江舫：「我把你放在了儲物格裡。」

　　江舫：「因為當初警惕你，還把你關在格子裡，關了很久。」

　　所以，江舫和他再遇見時，即使是做試驗，也不肯再讓他進入那宛若禁閉室的地方。

　　和南舟重新相見的第一天，也是江舫第一次嘗試放棄他警戒和猜忌的本能，進入儲物格。置身於狹窄窒悶的空格間，他卻沒有在觀察周遭的環

境。江舫透過四周的空白，看到了一個孤獨地盤腿坐在那裡，等待著有人來接他出去的、過去的南舟。

很快，那形影消散了。

江舫敲了敲那封閉起來的格子，對外面的南舟說：「對不起。」

可惜，那時候的南舟並沒有聽見。

聽到這裡，南舟不大生氣地評價：「那很過分啊。」

江舫帶了點撒嬌的語氣，和他貼了貼面頰，「原諒我吧。」

江舫提供的資訊已經很多了。南舟以此作為憑據，努力回憶起來，然而努力無用，對他來說，那段記憶仍是空洞一片。

自他身在【永晝】之中，發現了新來的入侵者們，為了撿那被萬有引力牽引掉下的蘋果，縱身跳入陽臺後，南舟就陷入了記憶的空洞，無止境地下墜。直到落到那輛大巴的座位第一排，好像只是一瞬間，又好像過了好幾年。

因此南舟只能靠想像還原自己當時的心情……然而他怎麼想都覺得江舫故意把自己關起來很氣人。那時候，他是因為什麼沒有攻擊江舫，還願意乖乖跟在他身邊呢？

南舟認真思考了一會兒，得出了答案：「我剛見到你，就很喜歡你吧。」他又補充了一個更合適的詞：「……一見鍾情。」

江舫的回答是：「不。是我對你一見鍾情。」

南舟端詳了江舫片刻，又湊上去嗅了嗅。他提問：「你又喝那個龍舌蘭了嗎？」

江舫拿出了那瓶龍舌蘭，放在了南舟手邊，供他檢視。裡面的酒液和之前相比，一點都沒有減少。

南舟抱過了瓶子，抬眼望向江舫，卻獲得了一記溫柔的額頭吻。

「這種事情，總要慢慢習慣才好。」江舫說：「我還有很多話想要慢慢跟你說，出去之後，總不能靠著它才能跟你講話吧。」

南舟低頭看向自己的手腕，黑色的蝴蝶振翅欲飛。他想要弄明白這個

刺青的來源，他想知道他們是怎麼分開的，他還想知道，為什麼他們還會
在大巴上相遇。

　　但是，在此之前，他有更重要的問題要問。

　　他開口詢問：「……你知道南極星……」

　　話音剛啟，一聲槍聲便擊碎了夜的靜謐。在槍聲的餘韻一圈圈波紋向
外擴散開來時，南舟已經先於所有人查清了在場人數。

　　「……銀航呢？」

　　五分鐘前。

　　李銀航終於找到了南極星。

　　更準確地說，是牠先找到李銀航的。

　　在茫茫草地間，李銀航突然覺得腳面一重，一低頭，就見到南極星蹲
在她的腳上，前爪扯住她的褲腿，尾巴啪啪地拍打著她的鞋面，嚶嚶地撒
嬌。李銀航的心一時間軟得一塌糊塗，打算彎腰把牠抱起來時，忽然聽到
上方傳來一聲冷冰冰的批評：「嬌氣。」

　　在找到南極星後，她又找到了邵明哲。

　　那棵樹不低，樹冠又擋去了大部分的月光，只有他一雙三白眼在居高
臨下間愈發顯得凌厲而閃亮，像是棲居在林間的某種精怪。

　　要是放在平時，李銀航肯定打個哈哈，轉身就走。人說酒壯慫人膽，
這果子酒裡的一點酒氣，也勉強讓她的膽子支棱了起來。

　　她不僅不走，還叫了他一聲：「哎。」

　　邵明哲不理她。

　　李銀航抱著樹晃了晃，試圖喚起高冷的邵明哲的注意。本來已經看向
別處發呆的邵明哲詫異地低頭看她。

　　她問邵明哲：「你不來吃燒烤嗎？我給你留了一點。」

邵明哲扭過頭去，沉默以答。

「問什麼都不回答。」李銀航嘀咕道：「你也很嬌氣啊。」

邵明哲：「……唔？？」

既然都開了口，李銀航索性把自己好奇的幾個問題統統問了一遍。

「你以後有什麼打算，就跟著我們走了嗎？」

「可你也不能跟很久，我們隊裡的人都齊了，馬上就要下副本了，到時候你要去哪裡？」

「你是從哪裡來的？」

「你到底是什麼人啊？」

看起來，對於她的一連串疑問，邵明哲一個都不打算回答，並再次扭過了臉去。

李銀航一口氣問完了心中的疑惑，反正也沒指望著能從這只悶葫蘆裡倒出什麼內容來，自己過了嘴癮，也算是暢快了不少。她摸著樹皮，輕拍了拍，作了一句總結陳詞：「……你真的很奇怪。」

說罷，她就把拽住褲腿要往上爬的南極星撈上了肩膀，打算離開。說起來，最近南極星是愈發懶了，連蹦蹦跳跳的流程都省了，只往那裡一趴，等著人來抱。

這種情況是從什麼時候開始的呢？好像是從【邪降】副本之後，牠就一直這樣懶洋洋的。

李銀航還記得第一次在大巴上見到牠，牠生龍活虎地和南舟搶蘋果的樣子，再對比一下現在軟趴趴的鼠餅樣，難免覺得好笑。她拿指尖逗弄了一下牠的鬍鬚，牠也沒有太大的反應，一心沉睡，不管其他。

在她身後的邵明哲則摸了摸癢絲絲的鼻尖，看著李銀航的後背，心中泛起了微微的波瀾。

他輕聲道：「我……」

李銀航當然肯聽他說話，回身望向他，等待著他的下文。

邵明哲扶住樹幹的手指發力收攏。眼睛稍垂下一點時，他三白眼中的

$$F_1 = F_2 = G \frac{m_1 \times m_2}{r^2}$$

凶光也淡化了許多。

「我不回答妳，是因為我真的，不知道。」

「但應該，只差一點，我就能想起來了。」

「……只差一點。」

他不知道自己為什麼要對李銀航多嘴解釋這些。就像他不知道，明明自己最討厭謊言和欺騙，卻還是不由自主找到了第一次見面就欺騙了他的「立方舟」。

李銀航覺得新奇：「你也不記得你的過去了？」

南舟是這樣，邵明哲也是這樣。失憶或許真的是古往今來的主角標配，她一個小配角，這輩子恐怕也不能理解這種奇特的煩惱。

邵明哲正欲接話時，他身後叢生的樹枝忽然晃動了一下。這晃動很普通，一陣微不足道的風，也足以造成這樣的響動。

然而，只這一下，邵明哲卻霍然轉身，順勢轉為蹲姿，宛如狩獵的虎豹，徑直向林木深處撲去！

只是他的速度，終究略遜一籌。

一顆子彈目的明確，穿林打葉，直奔李銀航的前心而來！

CHAPTER

05:00

**任何人都鎖不住他的心，
除非肯用心來鎖**

當子彈即將沒入李銀航的身體時，尖銳的槍聲才從數十公尺開外轟然炸響。

邵明哲動作為之一滯。他只是先察覺到了襲擊者的存在，便下意識衝向襲擊者的方位，全然沒想到，對方手上會有遠端武器。可他選錯了邊，再想回身援救，已然來不及了！

好在，李銀航惜命，「立方舟」也都替她惜命，身上幾乎攜帶了「立方舟」主動、被動的所有防具。當她還未察覺到逼命的危險迎面而來時，一道傘狀的波光已經自動從她的尾戒中蓬地綻放開來，光芒包裹了激射而來的子彈，將它的動能盡數柔化吞噬。

嗡——被乍然攔截的子彈和波盾摩擦出了尖銳的鳴響。最終，盾光吞沒了子彈的去勢。而耐久度只剩下一格的戒盾也瞬間崩解，方戒碎裂成了幾片金屬破片，紛紛落在了她的腳尖前面。

確定李銀航暫時沒有危險，邵明哲便繼續衝向林間，野獸一樣，惡狠狠撲倒了那端著槍準備向他射擊的男人。

在那人反應過來前，邵明哲就沉默而冷靜地單手扶住槍托，以迅雷不及掩耳之勢擊碎了他的下巴，雙手各握槍身一端，在喀啦的骨響中用槍帶利索地絞住了他的脖子，縱躍到他背後，繞纏一圈，瞬間勒斷了他的喉骨和氣管。

然而，不等他喘勻一口氣，另一個方向，槍響又至。樹林中的不同方位，埋伏了兩個人！

邵明哲頭皮一緊，他們顯然是要置李銀航於死境！

但她也不傻，戒指碎裂的當下，她就一個箭步躥到樹下，用粗大的樹幹做了掩體，堅決不挪動分毫。那槍只削掉了李銀航藏身樹木的一截樹皮，飛濺的木屑打到了她的臉上，把脖子割出了一點血。

李銀航強自控制住呼吸的節奏，轉動大腦，竭力思索自己的退路。她的來處是一片開闊地，現在往南舟他們那裡跑，對方手裡有槍，自己跑出去等於是活靶子。在原地等待，或許還有救。

$$F_1 = F_2 = G\frac{m_1 \times m_2}{r^2}$$

　　不過，當她聽到大步奔近的腳步聲時，心像是注入了一大股鉛，沉甸甸地往下直墜而去！

　　密林中搞伏擊，有樹葉障目，所以他們不得不盡可能拉近伏擊的距離，這雖然會加大自身被發現的風險，但是，遠攻一旦不成，他們還可以選擇近戰！

　　當李銀航還在物品欄裡手忙腳亂地尋找可用道具時，一道銀光已經倏然來到面前。她矮身一避，勉強閃過了刀鋒，滾了一身的潮濕泥土。她雖然有了應敵的策略，知道要把「跑」作為最優先順序的策略，然而她的體力、反應力也只是平常的水準。當重新站穩腳跟，準備撒腿狂跑時，一線寒芒已經直直落向了她的頭頂！

　　本來蹲在她的肩膀上昏昏欲睡的南極星，在極限的顛簸中，只來得及用細爪楔緊她的衣服，免得自己掉落。等到牠的視野終於恢復清晰和正常時，殺機也已經來到李銀航的背後。

　　南極星的眼裡，清晰地映出了那一把長刀的落向軌跡，戰鬥的本能立時被喚醒，腦袋像是充了氣的氣球，一瞬變大。牠張開大嘴，狠狠向來人咬去！

　　雪亮的刀鋒未及落到李銀航後背，便錚然一聲，連帶著那人的手臂，一起落了地。李銀航的肩膀一輕，而身後消失的追擊聲、響起的痛呼聲，也讓她有了一絲危機解除的慶幸。

　　她剎住步伐，回頭看去，卻看到了讓她心跳為之一停的場景……

　　一個陌生男人捂著斷臂，痛得滿地打滾。而恢復了正常體型的南極星，小小的身體趴伏在新泥之上，隨著呼吸，只剩下細微的起伏。牠試圖起身，身體卻重新跌倒了土中，牠的爪子神經質地抽搐著，像是即將耗盡電池的玩具。

　　「南……」

　　「……極星？」

　　待所有人趕到時，李銀航手裡正舉著一塊鋒銳的石頭，一下下砸向那

個斷臂的男人。她雪白的面頰和側頸上都染上了噴濺的血跡，神情帶了點呆怔怔的木然，但她下手絲毫不見手軟，異常凌厲。

元明清直到跑近，才認出了那個腦殼已經被砸得陷下去一半的人，是一組高維人中的其中一個。看起來，這兩人得到上級授意，抱著最後一絲希望，進行了這一場獵殺，想要在這功敗垂成的前夕，再對「立方舟」發動突襲，哪怕能帶走一個人也好。可惜，他們又一次失敗了。

高維人的精神還躲在這具軀殼內，想嘗試做出最後一搏。無奈，他的身體被活活砸成了爛泥，已經徹底失去了使用的價值。在承受了幾下劇痛難忍的打擊後，他倉皇逃出這具軀殼，退出了遊戲。

南舟拉住了李銀航的手臂，「銀航。可以了。」

李銀航用手肘擦了擦血，手有點軟，但勉強還能活動，她用雙臂支撐著自己，從那具屍身上爬了下來，輕聲道：「看看南極星。」

她不知道在南極星身上發生了什麼變故，只是本能地覺得，南極星不好了。牠側躺在地上，四肢輕輕動彈著，想要爬起來，卻始終無法動彈分毫，像是那最後的一絲精力也被消耗殆盡。

南舟走到了牠的身前，南極星喘息著，望了他一眼，那是很深、很認真的一眼，南舟曾經見過這樣的目光。

那是在「千人追擊戰」中，易水歌提議，讓南極星把腦袋變大，讓他們躲在南極星的嘴巴裡，方便將他們帶離「紙金」，脫出眾玩家的包圍圈。那時候的南極星，用一種憂鬱的目光注視著他們。但最終，牠還是同意了這個提議。

彼時，南舟不懂這目光的含義。現在，他明白在南極星身上發生了什麼事，牠使用自身能力的次數，是有極限的。現在，那個極限到了。

南舟感覺到，有一個溫柔的魂靈潛伏在南極星的身體裡，牠在用目光對自己進行告別。南舟不理解這樣的告別為何會到來，他有些困惑地叫牠的名字：「南極星。」

在這隻小鼴鼠出現在永無鎮上的那一天，南舟將牠視為了自己的朋

$$F_1 = F_2 = G\,\frac{m_1 \times m_2}{r^2}$$

友。牠和自己搶蘋果，牠把腦袋變大陪自己玩耍，牠和自己一樣愛吃甜，牠喜歡打瞌睡。就連南舟失憶之後，牠也和他出現在了同一輛大巴上。南舟認為，牠理所應當要一輩子陪在他身邊，牠牽繫著自己的靈魂一角，牠和自己是一體的。

在許願池前，南極星撈到了彩蛋【幸運女神的金幣】，據說具有幸運加成的作用。南舟把「加成」用在了南極星身上。所以，當時，南舟許下的完整心願，是希望自己能帶著南極星，一起變成人。

而現在，他的南極星就躺在地上，眼睛逐漸閉合成了一線。

南舟又叫牠：「南極星。」

當初，他把南極星帶到了永無鎮的圖書館，要給牠起個名字。南極星心不甘情不願地用小爪子一拍書頁，拍到了 South Pole Star 上。南極星是最靠近南天極的行星，這是上天掉落到他身邊的一顆星星。

南舟伸手試圖觸摸南極星的身體。然而，就在南舟觸碰到牠的一剎那，在牠的誕生地、「家園島」的樹林之中，小小的南極星的身軀，毫無預兆地化作了浮空的星甸。

星沙隨風而動，卻盡數沒入了從林內深一腳淺一腳走出的邵明哲體內。邵明哲一個踉蹌，在眾人面前單膝跪倒。他口罩的耳掛，已經在搏鬥中被扯斷，純金色的細長鬚面紋，在月光之下變幻流轉。

南舟愣了半晌，似有所感。他站起身來，走向跪倒在地、肩膀隨著不規律的呼吸徐徐起伏的邵明哲。南舟捧起了他的臉，替他摘去了帽子，又扶著他的下巴，抬起了他的面孔。

邵明哲沒有反抗，乖得異乎尋常，任由南舟在他身上動作。一頭澄淨的金髮，因為被藏在帽下，被壓出了鬈髮的弧度。英俊的黑皮少年呈動物的蹲姿，眼睛中一半盛著月色的餘暉，一半盛著南舟，他輕聲說：「南舟，我找到你了。」

南舟有些不確定，輕聲喚他：「……南極星？」

邵明哲把下巴壓在了南舟的掌心，有點羞澀地點點頭，嗯了一聲。然

後他偏了頭，看向了發呆的李銀航。他的嘴巴微微一抿，似乎是想起來剛才自己評價撒嬌哼哼的南極星「嬌氣」一事。

他往後一縮，離開了南舟的掌心，走到了李銀航身邊，擦掉了她臉上的血跡和剛剛凝結在睫毛上的眼淚。

「我……回來了。」他的口吻有些彆扭，輕聲安慰：「李銀航，妳不要哭。」

李銀航看著比自己高大出一頭有餘的邵明哲，張了張嘴。

「南極星？」

「嗯。」

「……邵明哲？」

「……嗯。」

江舫神情微動，他終於理解，自己再見到南極星時，那總存在的微妙的違和感是來自哪裡了。在他的印象裡，南極星畢竟是個副本小 boss。牠貪嘴，愛甜，卻也彆扭、固執、脾氣壞、武力值超群，動不動就想把人的腦袋當瓜子磕。

可再和牠重逢時，「南極星」就只剩下了撒嬌、貪嘴這一面的性格。而在【邪降】中他們遇到的邵明哲，則完全占據了另一半的性格，有高度的戒備心、冷酷、彆扭、行動力和武力值一流。

準確來說，邵明哲並不是失憶。

因為不管是和他們在大巴相遇的「南極星」，還是在【邪降】碰面的邵明哲，他們就只是各自分裂的一半而已。

南極星和邵明哲分離的記憶需要時間融合。因此，在與李銀航對視時，他的腦中仍然轉著一場百轉千回的小型風暴。

南極星，年歲難考。牠是「家園保衛戰」的遊戲地圖中，按照既定程

式隨機組合、自動生成的怪物小 boss 之一。系統賦予了每隻「南極星」一定的智慧。當然，那不是為了讓牠思考自己生從何來，死往何處。

　　牠們擁有欲望，這讓牠們會主動和遊戲玩家爭搶資源。牠們會有痛覺和對死亡的恐懼，這樣就不會無腦衝鋒。牠們具有學習能力，是為了快速適應不同玩家的大招。牠們武力值和機動性強，是為了讓牠和玩家周旋，提升玩家的樂趣。牠們具有自行重組和編輯自己軀體的能力，從而給玩家製造危機感。牠們是為玩家服務的玩物，誕生於世，就是為了迎接死亡、為了去搶一個莊園裡的蘋果，被人炸成一片不沾襟的數據血霧。

　　南極星以前也是這樣無名無姓的小怪物。誕生，然後消亡，是牠應得的宿命。然而，當牠被人提拉著後腿、在脖子上打上一個圓滿的蝴蝶結當做禮物時，牠是懵逼的。沒人告訴牠，牠會有這樣的宿命。醒來後，發現自己置身於一個全新的陌生環境中，更是讓牠困惑難解。

　　但強烈的食欲還是讓牠咬斷了身上的繩子，爬上蘋果樹冠，抱起一顆蘋果，狼吞虎嚥起來。在陶醉地把一顆蘋果吃得只剩下果核時，牠被人捏住了命運的後頸皮。

　　南舟好奇地探身出窗，捉住了這隻未曾謀面的小動物。

　　他問：「……你是誰？」

　　牠的回答是把腦袋乍然變大，打算對南舟來個一口沒。其結果相當慘烈。牠的下巴被南舟隨手一推，卸歪了。牠受了重傷，還大大地丟了人，嘴巴怎麼也合不上，只好躲在樹葉一角，瞪著南舟嚶嚶地抽泣，肩膀一聳一聳，眼淚汪汪，幾乎要把自己活活氣死。

　　南舟不知道牠的小心眼裡在計較些什麼，他把蘋果搗碎成果泥，用小碗盛了送過來，「對不起，我不知道你想跟我玩。我以為你想吃我。」

　　牠氣得用屁股對準了南舟，一邊舔果泥吃，一邊用尾巴啪啪抽打著樹幹，表示憤怒。

　　南舟一點也不介意，用指尖逗著牠的尾巴玩。

　　這是一個奇妙的小鎮，有數據侵入的痕跡，但卻沒有那麼強烈。這正

好能夠讓牠這樣一個數據生物活下去。牠在這個小鎮裡提心吊膽了好幾天，都沒有崩解潰散的感覺，那點狡黠的小心思又開始活絡起來。

和家園島裡不一樣，小鎮裡只有一棵蘋果樹，就長在南舟家樓前。牠來偷吃幾回，就要被南舟 rua 幾回。可以說是沒有一頓蘋果是白吃的。被 rua 毛了，牠也會怒從心頭起，對南舟大叫「死開死開」，試圖把他咬死，獨占這棵蘋果樹。

然而，南舟根本聽不懂牠的語言。他把牠按倒，摸著牠毛茸茸的大腦袋，捋著氣得一撲棱一撲棱的耳朵尖，誇獎牠：「好乖。」

牠一面氣憤，一面不受控地被他撸出了呼嚕呼嚕的低音。牠忘記了自己是什麼時候懂得分享的。好像是蘋果樹上只剩下了一顆蘋果，而距離下次果實成熟期還有兩天。南舟左右斟酌後，切了一半給牠。牠乖乖叼走了屬於自己的那一半，心平氣和地抱坐著比牠還大一圈的蘋果，和南舟一人一半，吃得毫無占有欲。

牠也不大記得自己是什麼時候肯睡到南舟身邊的。好像是一場大雨，下得天地間都是白茫茫的一片。牠吱吱地哼唧著，縮在南舟的窗戶與雨簷之間，卻仍然被風潑雨瓢地澆成了落湯鼠。好像世界要以這種方式、清洗融化掉牠這個本不應該存在於此的錯誤。

牠在瑟瑟發抖間，身後窗戶洞開，光明和溫暖一齊從後面襲來。南舟什麼都沒有說，把牠拎進來後，用小毛巾細細擦乾，順手安置在了牆角的一方舊枕頭裡。

第二天一早醒來，南舟看到，原本擺在牆角的舊枕頭不知什麼時候挪到了他的床邊。黑金色的小蜜袋鼯蜷著爪子，趴在枕頭上，睡得香甜。

南舟趴在床邊，睡眼惺忪地注視了牠一會兒，然後把牠抱了起來。牠下意識地偏頭要咬人，可齒鋒抵在了那人的虎口，聞到那清淡的蘋果香，牠的齒關鬆了開來……牠學會了克制。

幾天後，南舟把牠帶到了圖書館。

從那天起，牠有了名字，叫做南極星。

$$F_1 = F_2 = G \frac{m_1 \times m_2}{r^2}$$

　　南極星開始蹲在南舟的肩膀上，陪他一起看書。牠的腦袋還是全新原裝的，用起來時頗有幾分小心翼翼，但不得不說，還挺好用。

　　南極星沉默地學習著，這個從鴻蒙裡長出來的小怪物，逐漸變得聰明智慧了起來。牠也逐漸學會在睡覺時袒露出肚皮，四腳朝天，呼呼大睡。牠學會了什麼是安全感。

　　牠幫南舟攻擊那些意圖攻擊他的玩家，不吝咬下他們的頭顱，事後伸著腦袋，任由南舟給牠擦嘴。而牠則睡在南舟的枕頭邊，抱著他的一縷頭髮，帶著嘴裡的血腥氣安然入眠。牠學會了保護。

　　牠和南舟一起並肩坐在屋頂上，看著天上雪白如畫的殘月。南舟把一個爬上屋頂、意圖攻擊他的光魅擰了脖子，讓他昏睡了過去。南極星跳到他的身上，從他的衣袋裡翻出了一根菸，好奇地從菸屁股吃起，剛啃上兩口，就被嗆得呸呸地吐了出來。牠氣得用菸去打那人的腦袋，直到被南舟捉回來，重新安放在肩上，牠才乖了。

　　這時，一隻雪白的小蝴蝶搧動著翅膀，棲息在牠的鼻尖上。南極星呆呆地注視著那近在咫尺的蝴蝶，動也不動，連呼吸都放輕了。

　　南極星發現，自己在遇到美好的事物時，牠的心也是會撲通跳起來的。牠學會了憐弱。

　　一人一鼠，相偎相依……直到那人帶著一批被困的玩家，來到了永無鎮。南極星其實已經不大記得當初把自己綁架到這裡來的人長什麼樣子，因此牠看江舫，也只是隱隱的眼熟和心虛而已。

　　南舟趴在廚房窗外，看著江舫烹調做飯，南極星有點嫉妒。牠一直以為自己是南舟最好的朋友。但在吃到江舫做的水果餡餅後，牠覺得牠也可以試著把江舫作為自己最好的朋友。

　　然後呢？然後南舟跟著江舫走了，自己跟著南舟走了。

　　一切都是那麼順理成章，就像天上的南極星就應該追著地球轉。他們見到了廣闊的天地，那裡有更多的危機、更多的死亡、更多的鮮血。好在，還有一個南舟。

對一隻始終長不到一隻手掌大的蜜袋鼯來說，牠蹲在南舟肩膀上，就感覺自己已經走遍了世界。牠學會了分享、克制、撒嬌、保護、憐弱。

然而，在某一天，牠把自己這些部分全都毅然決然地切割了出去。牠把自己的動物性與人性精準切分，把強與弱也切分開來，一半留在了南舟身邊，另一半消失在了茫茫的數據海洋之中。如果牠是別的生物，是絕做不到把自己活活打碎這一點的。可牠是虛擬生物，這是牠最擅長的……數據重組。

分離開來的另外一半，就叫做邵明哲。

而當兩者在「家園島」的小樹林中再度合二為一時，那個名叫「邵明哲」的單人玩家，就消失在了榜單之中，好像從未存在過。

同樣對邵明哲的真實身分感到震驚欲絕的，是正在觀察他們一舉一動的高維人。在這之前，他們始終查不出邵明哲的來歷。因為他是突然出現的，像是一段流浪的數據，在茫茫的數據海洋中勉力掙扎出了個人形。

根據資料顯示，他第一次以這張臉出現在《萬有引力》中，是在「千人追擊戰」時。他出現的地點是「紙金」，他打劫了一個玩家的衣服，把赤裸的自己全副武裝了起來。當夜，這樣的小型搶劫層出不窮，因此沒人會在意。

對於這個突然出現在遊戲中的「人類」，彼時，系統是讀取到了他的存在的。但經過一番運算後，系統自動把這個陌生的白板號判定成了新加入的玩家，給了他一個新身分。

畢竟那時，為了獵殺南舟，安全點變成了一個大型的副本，正是數據變亂、流動最多的時候。換言之，他鑽了遊戲特殊時間點的 bug。

為了避免高維人的追殺捲土重來，「立方舟」一行人回到了「古城邦」的免費賓館，下榻入住。

$$F_1 = F_2 = G\frac{m_1 \times m_2}{r^2}$$

　　金髮黑皮的英俊青年坐在床邊，垂著眉眼，消化著這些時日以來自己對一個女孩子投懷送抱的事實，面無表情地臉紅著。好在他是一身深色皮膚，就算臉紅，頂多是面上的金紋微微泛著些光而已。

　　對於南極星變人這件事，南舟並不多麼震驚。從小到大，他經歷過的怪事太多了，因此他關心的問題相當劍走偏鋒：「你為什麼管自己叫邵明哲？」他擔心南極星不喜歡自己給他起的名字。

　　邵明哲，或者說南極星，輕聲答道：「因為我以為我的名字，應該是S開頭的。」

　　在把自己分割開來後，因為把記憶都留在了小鼴鼠身上，南極星遺忘了有關於自己國王的一切。他只隱約記得，有人把一本書攤開在自己面前，要他自己來選名字。他好像是把爪子按在了一個「Sou」開頭的字母上。所以，在被莫名其妙地分配到一個白板號時，他選擇了「邵」這個最接近「South」發音的字元。

　　邵明哲一直在竭力尋找著他誕生於世的理由。他知道，自己產生意識的時候，就一直在數據之中周遊。他的頭腦是一片茫然，不知道自己為什麼會在這裡，只知道自己身上帶著很重要的東西。而當他出現在「紙金」街頭時，他又恢復了一點記憶。記起來，自己要去找一隻小鼴鼠。

　　現在，他終於弄明白了自己誕生的意義所在。

　　南極星望著南舟，說：「我要保護你……的記憶。」

　　「南舟，你的記憶，在我這裡。」

　　聞言，江舫原本平靜的眉心微微一動。他用指尖輕招了一記，以壓下心裡已經生出的萬丈驚濤。他想把南舟的記憶經由自己口述出來，不僅僅是因為自己曾說過一些愚蠢的錯話。

　　南極星又盯準了南舟，說：「可是記憶的事情，我只能跟你說。」

　　在場的都是會看眼色的人。元明清、陳夙峰和李銀航聞言，同時起立，三人成列，準備出去。

　　江舫卻沒有動，只是換了個姿勢安坐。

南舟也對江舫的存在毫無芥蒂，對南極星說：「他也是我。」

但南極星莫名堅持，和江舫對視，就是不肯放鬆分毫。在短暫的對視後，江舫會意，起身對南舟道：「出去給你弄點吃的？」

他要留，南舟不在意；他想走，南舟也不強求，他只說：「我要果仁蜜餅。」

待江舫掩門離去，南舟才轉向南極星，「他也不能聽嗎？」

南極星從江舫離開的背影上收回視線，「不能。」

南舟：「討厭他？」

南極星搖頭，並不。他只是認為，在把記憶還給南舟時，南舟和江舫不應該待在一起。

南舟看似在城鎮中長大，但實際上一直身處危機四伏的叢林。這決定了他的性情即使再像人，也和人有根本的區別。比如，他在受傷時，更習慣找個角落躲起來舔舐傷口。南極星見過他受傷的樣子，因此想為南舟留下這一片餘地。

待房間被清空後，南極星走到了南舟面前，乖順地蹲了下來，把手指搭放在了南舟的膝蓋上。

南舟則用心打量起自己的小鼴鼠變成人後的模樣。

當他渾身上下一絲不露，只露出一雙三白眼時，給人的感覺只有凶悍冷淡。但當他露出所有的五官時，一切又都奇妙地圓融了起來。他並不是凶，只是單純的專注和執拗。南舟又開始蠢蠢欲動地想摸摸他的耳朵和肚子，想像他用這張英俊又冷淡的臉發出呼嚕呼嚕的聲音，

兩人就這樣對視了近 3 分鐘。

3 分鐘後。

南舟：「你說啊。」

南極星：「你接啊。」

南舟、南極星：「……」

主寵兩人一個坐在床畔、一個蹲在床下，面面相覷，思考究竟是哪裡

出了問題。

南極星畢竟是小動物出身，還不能運用複雜的詞彙，尤其是在著急起來後。很多事情他心裡分明清楚，可說不出來。

他努力運用自己薄弱的語言組織能力，斷斷續續地解說了半天，卻把南舟越說越迷惑，他只能明白一件事，南極星想要直接把記憶還給自己，不是「告知」，而是「傳輸」。

他和南極星雖然同樣都是《萬有引力》遊戲中的一員，但兩人的根本性質不同。南極星是完完全全的數據生物。南舟則是另一維的存在，他們根本是完全不同的物種。

而南極星卻說，他拿到了自己的記憶。也就是說，自己的記憶，是以數據的形式存儲在了南極星這個數據的身體裡。自己的記憶，曾經被從體內提取出來，變成過數據。

為什麼會出現這樣的情況？是高維人的手筆嗎？畢竟在《萬有引力》中，也只有高維人能做到這樣的事情。但他們絕對不可能擁有隨便抽離走別人記憶的自由。要是他們能做到這樣的事情，也不會出盡百寶、使盡解數來針對自己了。

就像那位無聲無息地侵入了永無鎮的人類遊戲工程師。南舟想，他能讓自己不死，應該是設定了某個外部程式，在判定自己即將受到致命傷害時，就會令副本時間暫停，讓玩家獲勝，並及時將玩家傳送走。

玩家走了，那些入侵的數據就會自動消失，對南舟身體的傷害，也只會局限在皮肉傷。這種束手束腳的行為，甚至會造成一定的 bug。譬如說，有一次，某幾位玩家明明對他造成了致命傷，完成了任務，卻在等待傳送的過程中被暴起的他擰斷了脖子。

由此可知，那名工程師根本沒有善後的許可權。那些本該致命的傷口，都是南舟自己躲在暗處，慢慢養好的。高維人也應該是一樣的。

他們對環境具有一定的操控權，卻始終無法操控人本身。如果他們想要實現完全的操控，就只能讓人自願開放自己身上的許可權，主動交付一

些權利給他們——那就是所謂的「許願」嗎？

南舟冒出了一個奇異的念頭……自己是不是曾主動對高維人許了某個願望，代價是自己的記憶？可自己的記憶有什麼特殊的價值嗎？

南舟這邊廂已經想通了大部分關竅，然而南極星這邊明明對一切心知肚明，偏偏一張嘴不爭氣，情急之下，氣得大叫出聲：「汪！」

這一聲把他自己叫得更生氣了。這充分證明他還是說不了人話。

然後他就把人高馬大的自己團在了床頭櫃邊，生悶氣……蜜袋鼯的氣性還是很大的。

他隱藏在披散的金色鬃髮中的耳朵變成了獸耳，垂了下來，沮喪地拍打著節奏。但南舟並沒有因為記憶無法找回而難過，而是好奇地拎起了他的耳朵，擼了兩把，「還能變回去嗎？」

在房間內的主僕兩人陷入僵局中時，外間，江舫問元明清：「關於『邵明哲』，你們知道多少？」

元明清側臉看他，正在思考怎麼出言婉拒回答，就聽江舫似笑非笑道：「那個時候，你們是對付我們的第一主力，所以，和我們相關的一切情報，你們都應該是知道的吧。」

元明清乾笑了兩聲。別說，他還真知道。

在那個虛造的【末日症候群】副本前，他們還是被高維人寄予厚望的奪冠隊伍。【邪降】副本發生恰好在【末日症候群】之前，所以，他和唐宋都是知道有關那個突然出現的「邵明哲」。

儘管元明清所知的情報也是有限，但結合目前情況，「邵明哲」就是南極星的話，已經足夠他盤順很多事情的邏輯。

當初，南舟一定是發生了什麼事情，向高維人開放了自身的許可權，代價是自己的記憶。而南極星設法在交易過程中，奪走或者說複製走了他

$$F_1 = F_2 = G\frac{m_1 \times m_2}{r^2}$$

的記憶，同時把自己一切兩半。

　　跟著南舟的蜜袋鼯南極星，是被真正「分離」出來的那個。牠攜帶了自身的記憶，和全部的溫柔和忠誠，守在了南舟身邊。而充滿野蠻、警惕和武力值的另一半，小衛士一樣懷抱著南舟的記憶，沉睡在了數據海中。

　　他用自己的沉睡，完成了一場神鬼不覺的搶劫。他本來就是精於搶掠、偷襲的小 boss，去搶別人手裡的東西，這算是他的老本行了。這甚至欺騙過了當時和南舟交易的高維人。

　　小蜜袋鼯身上帶有三次可以重組數據、用來保護南舟的機會，每使用過一次，牠就會衰弱一點，這也就證明南舟遇到了一次難解的危險。數據向來穩定守恆，此消彼長。小蜜袋鼯的衰弱，換來的是對那沉睡著的數據的刺激。

　　在【千人追擊戰】中，小鼯鼠南極星因為要把腦袋變大，被解開了第一層禁制。於是，「邵明哲」誕生了。他被帶到了南舟當時所在的「紙金」，同時恢復了一點記憶，知道了自己要去找自己失落的另一半。找到了小蜜袋鼯，就是找到他自己，找到南舟。

　　這本來應該是一件簡單的事情。兩個南極星本就是一體，以至於遊戲池的隨機系統，都受到一絲奇異的感應和牽引，把「立方舟」和「邵明哲」分配到了一起──那就是【邪降】副本。

　　只是事情沒有他想像得那樣順利。第二次，他們在【邪降】中相遇了，不僅相見不識，還彼此戒備。南極星為了擺脫降頭的圍殺，再次發動了攻擊，和他在卡車上相見。

　　南極星不認得這個已經變成人形的自己，打完架就忙著回家，想看看南舟、江舫和李銀航是不是安好。「邵明哲」則以為那小鼯鼠是副本中的生物，在旅館附近費力尋找，卻始終無果，直到遊戲自動結束，而他也被傳送回安全點。不知道他站在安全點的長街上時，心中有幾多悵惘。

　　好在，這一次過後，「邵明哲」覺醒了更多。當「立方舟」和「亞當」結盟、「斗轉」的曲老闆突然和「如夢」聯合，雙雙衝至榜單頂端、

二虎相爭時，世界頻道上一時全是關於他們的討論。

其他玩家說，「立方舟」一定會去「斗轉」。

那種對「立方舟」莫名的親近感，驅使著邵明哲笨拙地找上了門，蹲在「斗轉」對面的咖啡館，眼巴巴等待著他們。儘管他也不知道自己守株待兔的原因和結果會是什麼。

元明清一一想來，覺得南極星這番尋鄉之旅，跋涉得的確辛苦萬分。不過，如果高維沒有決定圍殺南舟，「立方舟」也不會剛下副本，就被團團圍困在「紙金」，情勢危急。

他們不被困在「紙金」，就不會遇上易水歌。沒有易水歌的協助，他們就算想利用南極星的嘴巴從包圍中逃生，也很難實現。如果南極星不嘗試把腦袋變大，「邵明哲」就不會被召喚出來。那樣，什麼都不會發生。

這樣想來，一切似乎都是冥冥之中註定好的。一環套一環。該遇見的人，始終都會遇見。

想到這裡，元明清反倒感興趣起來。南舟失落的那段記憶，究竟會是什麼呢？他懷著如此大的期望，以至於重新進入房間，得知南舟根本不知道那段時間發生了什麼時，元明清那最擅長的溫和假笑也差點垮掉。

小小的蜜袋鼯正蹲在南舟肩膀上，垂頭喪氣。

不過江舫並沒有對南舟沒能成功恢復記憶的事情表示失望。餵他吃過睡前甜點，推他去洗漱，又把一張床鋪得暄暄軟軟，江舫把一切事情都做得自然流暢。對江舫來說，不管恢不恢復記憶，南舟都是南舟。

既然沒人責備牠，南極星也很快從自己的小情緒中走了出來。牠如往常一樣，手腳並用，勤奮地給自己在南舟的枕頭上刨了個軟坑，又叼了一方小手巾，美滋滋地做足了睡覺的準備。誰想到，南舟剛睡下不久，江舫就提著牠的尾巴，把牠毫不客氣地扔下了床。

在地上滾了兩圈的南極星屁股著地，雙爪撐著地面，「……唧？？」

牠正要發作，就見江舫豎起手指，抵在唇邊，對牠輕輕噓了一聲。

南極星這兩天是睡足了甜覺，可牠知道，南舟已經有一天多沒有睡過

$$F_1 = F_2 = G\ \frac{m_1 \times m_2}{r^2}$$

一個整覺了。

南極星提起的一口氣就這麼洩掉了。

——哼，不上去就不上去，明天讓南舟花你的積分給我買好吃的。南極星酸溜溜地想著，叼著自己的小被子，溜出了套間。

因為「立方舟」成員數量大增，他們這回換了一間兩室一廳的公寓式套間。南舟和江舫睡一間，李銀航單獨睡一間，元明清和陳夙峰睡客廳。

在崇尚武力的「古城邦」裡，住處的安保措施也是做得最到位的。像「家園島」裡那樣的埋伏圍殺，想要發生也難。不過，高維人裡應該只剩下了廢柴小夫妻那組。高維人就算派他們來，他們大概也只會直接躺平裝作信號不好沒接收到命令。

客廳沙發上的元明清心安不少，把「既來之、則安之」這一原則貫徹得徹徹底底，枕頭加墊了兩層，被子也是極盡柔軟。被趕出門來的南極星在沙發下偷偷觀察元明清。

元明清也知道牠在觀察自己，並打定了要裝睡的主意，並不打算和牠發生什麼交集。

誰想南極星也就是觀察了他幾秒鐘，就把他的肚子做了墊腳的蹦床，三下兩下蹦上了沙發靠背，一溜煙跑了。牠踩得元明清費了好大工夫才沒哼出聲。

站在沙發靠背的盡頭，南極星看向了睡在行軍床上的陳夙峰。對陳夙峰，南極星不大熟。他雖然閉著眼睛，但南極星知道，他在失眠。他或許是在戒備高維人元明清，或許是在思念某個人，誰知道呢。南極星猶豫了一陣，也沒有去打擾他。

牠選中了另外一條細窄的門縫，扭動著身軀，硬是把自己擠了進去。

李銀航也一樣睡不著。她也不知道自己為什麼睡不著，或許只是不睏，總保持著一個姿勢，一動不動，她也有些熱了。誰想剛回了個身就嚇了一小跳。南極星正用兩隻細細的小前爪扒著床沿，雙腳離地，像是一架小鞦韆，在空中懸著。牠把臉壓在床畔，偷看她。

李銀航和牠就這樣對視了一會兒。

她小聲問：「他們不讓你一起睡？」

南極星懷著無限委屈，點了點頭。倒也合理，任何人知道自己的對象養的寵物有可能在半夜變成一個金髮黑皮的英俊青年，都不會允許他在臥榻酣睡的。

李銀航想了想，伸手給自己的枕頭摁了個小窩。

南極星眼前一亮，咬著自己的小被子，興沖沖地手腳並用爬上了床。

李銀航望著天花板問：「你不會突然變成人吧？」

南極星：「……」弱弱地唧了一聲。

李銀航鬆了一口氣，拿出一個蘋果，晃了晃。黑暗中，一隻小爪子接過了蘋果，抱在了懷裡。

身邊多了一點小小的熱源，她突然有了點睏意。可是，下一秒，小爪子放下了蘋果，轉而搭上了她放在枕邊的無名指。李銀航一愣，再轉眼去看時，南極星已經閉上了眼睛，彷彿已經睡著了，只有牠面上的金紋，似有光華流轉。

另一間房中。

江舫單手枕在腦後，溫柔地去捲南舟垂下枕邊的髮絲。

「他走了。」閉著眼睛的南舟微微睜開眼睛，「你有話要對我說，我可以聽了。」

江舫纏繞他頭髮的小動作一停，南舟側過身來，眼中毫無倦意。

江舫還是本能地畏懼這樣毫無目的的視線。有目的的眼光，可以用心計應對。然而無目的的眼光，是江舫最難應對的情深。

他下意識想要抽回手指，然而手掌退縮到一半，便翻覆過去，自然地用溫熱手心貼住了南舟的耳朵，「不睏？」他需要勤加練習。

$$F_1 = F_2 = G\frac{m_1 \times m_2}{r^2}$$

南舟搖頭，「我在想你。」悄悄拉近了一點和江舫的距離，說：「想得睡不著。」

儘管知道他在說什麼，江舫的臉還是控制不住地微微發燒，只能倉促地用習慣的笑容作出應對：「又不是很久不見了。」

南舟卻說：「我們，應該是有過很久不見的時候吧？」

兩人間一時無言。江舫的尾指輕撩著南舟的耳廓，自上而下的，珍惜呵護的。

江舫說：「你說說看，你猜到了什麼？我擇情補充啊。」

南舟沉默了一會兒，在腦中對自己想要說的話進行了簡單的歸類整理，說：「我知道，你是蘋果樹先生。是你在我窗前種了蘋果樹。」說完，他細細看江舫的臉，想等他的回饋。

江舫笑：「嗯。」

即使是在《萬有引力》的正式遊戲裡，他也在自己的儲物格裡種了一棵蘋果樹。雖然一年光陰不到，還結不出果子，但那顆為他種蘋果的心，卻是從見他的第一面前就有了的。

得到江舫的肯定後，南舟繼續道：「南極星也是你送給我的。」

南極星是「家園島」攻防戰副本裡的生物，牠沒有理由會出現在自己的世界，牠和蘋果樹一樣，都是被從異鄉帶來的禮物。

做出判斷後，南舟又好奇起來：「那時候，為什麼躲著我？為什麼不出來見我？」

江舫心中猛然一緊。那時候，他知道南舟在被其他玩家圍殺。

玩家們在諸多攻略帖中，熱火朝天地討論著這個副本 boss 是如何難以預測，或是辱罵狡猾的 boss 又坑他們的選關卡，或是讚美南舟的設計、即時應變能力過於真實且逆天，堪稱遊戲史上的奇跡之一。

江舫全都看在眼裡，但他沒有多管、沒有插手。對他來說，那只是一個遊戲角色而已。

即使在隔著圖書館的窗戶，看到他衣服下並未癒合的傷口，江舫也以

萬有引力

為這只是遊戲的演算，是某種精巧的設計。於是，那目睹傷口的一瞬心痛也變得好笑起來——他是個虛假的人物呢，你也太認真了點。

而現在，那個人就大大方方地躺在自己面前。因為睡姿，腰間的白襯衫向上翻捲起來，露出柔韌的腰線。江舫的手緩緩下滑，扶住了他的腰身，那裡的皮膚帶著一種異常的柔軟和吸附力。

江舫摩挲著他的腰際，答道：「我以為，你是假的。」

——所以，在你最需要的時候，我袖手旁觀了。在你最孤立無援的時候，我分明看到了，但我什麼都沒來得及做。

聞言，南舟一愣，旋即若有所思地「啊」了一聲。

江舫目光下移，試圖逃避他眼中可能會有的失望，卻不慎看到了他從衣裳下襬延伸出的猙獰傷痕。江舫的心臟剛剛一痛，就聽到南舟得出了論點：「那我一定是很重要的。」

江舫：「……唔？」

南舟拋出了論據：「你認為我是假的，可是，你給一個虛假的人送了蘋果樹和南極星。」

江舫：「……」

然後，他又發出了靈魂的一問：「你給其他遊戲角色送過這些嗎？」

可以說是論點精準，論據詳實，反問有力。

江舫心中一輕，扶在他腰際的手指輕輕敲了那側躺時仍然漂亮流暢的腰線，「沒有。」

——就在你身上犯過一回傻。夠了。

南舟倒沒有很感念的樣子，只是平靜地陳述下去：「我很想蘋果樹先生，所以我畫了你的畫像，一開始，我在街道上畫，但後來有很多人來永無鎮了，他們都想殺我，我擔心你會被認出來，所以我把街上的畫擦掉了，只在日記裡畫你。」

江舫心中微酸，「我知道。」

他曾經入侵過南舟的閣樓，看過他的日記。他還記得翻到某一頁時、

156

$$F_1 = F_2 = G \frac{m_1 \times m_2}{r^2}$$

不意和「種蘋果樹的少女」面對面的那點錯愕和吃驚。

南舟：「畫得不好看。因為畫來畫去，你都不來。」

南舟：「然後，你就來了。」

「易水歌說，《萬有引力》遊戲失控後，你是唯一的倖存者。」

「算一算時間，永無鎮有很長一段時間沒有再進入新玩家，但是，有一天，我注意到有一隊新玩家突然出現。」

在那個極晝之日，他追著自己的蘋果跳下屋頂，落入陽臺，推開門扉，撿到了他的好朋友。

「……那間房間裡有你，對不對？」

江舫沒有點頭，也沒有搖頭，只溫柔地望著他。

「然後你就帶我走了。」南舟說：「因為一見鍾情，我也願意跟著你走。那個『。』，也是我們，是嗎？」

是。

「。」就是他們。這個句號，是江舫給自己的隊伍起的名字。他希望終有一天，他們能為那不明緣由、卻無盡無窮的死亡和輪迴，畫上一個圓滿的句號。「。」的存在，是一個祝福。

接下來的日子，便是慢慢彼此試探、彼此信任，然後在生死之間築起了牢不可破的紐帶。當然，還有一些別的東西在悄然而生。江舫逐漸意識到，南舟是有體溫的、有感情的人。他會因為自己被關在儲物格裡的心機生氣。他醉倒的時候，會把酒氣吹到自己臉上。他會抱著自己，口口聲聲說要給自己上色。

江舫再也無法說服自己，南舟只是少年時期可望不可及的童話，是他要拯救的王子。南舟現實地躺在自己懷裡，坐在他的對面，有點苦惱地在酒後抱怨道：「我好像對你有生殖衝動了。」

南舟猜測道：「我們應該一起走過很長的一段路，我應該非常喜歡你，然後，我們遇到了某種困難……應該是絕路吧。我選擇用我的記憶，和高維人做了交易，就和你分開了。『。』也就這麼散了。」

而高維人也以「。」那半年來的積分，來作為正式版遊戲的基準線。南舟能推測到的事情，也就到這裡為止了。

江舫卻在這時做了一個評價：「真傻。」

這個評價不知道是對誰的，因為他說這話時，目光並不對著南舟。但南舟卻領受了這個評價，認真反駁：「不傻。」

江舫問他：「值得嗎？」那時候幼稚、膽怯、不願為南舟付出的自己，值得南舟為他付出一切嗎？

南舟說：「我喜歡你呀。」

江舫明顯一噎。

「那個時候，應該也是很喜歡的。」

即使那片本該存在記憶的地方像是覆蓋了經年的落雪，空蕩一片，但南舟仍然可以確定地做出推測。他自言自語道：「就是不知道那個時候有多喜歡，會不會像現在這樣……」

江舫捂住了他的嘴巴，臉頰火燒火燎地灼燙。

南舟用眼神詢問自己是不是有哪裡說錯了。

江舫鼻尖已經燒得發了麻，「……你不要說了。」

南舟抬起手來，試一試江舫的臉頰溫度，會意了。他自覺主動地把嘴唇抿成一線，自我封閉了起來。但他很快覺得不對，又豎起了一根手指，示意自己想說一句話。江舫被他的小動作惹得忍俊不禁，摸摸他的嘴角，算是替他解了禁。

南舟知道的事情，到這裡也就基本說盡了。

「我知道的說完了。」南舟說：「輪到你了。」

江舫也花了些許時間醞釀情緒，輕緩地開口。

「我啊……」江舫說：「我對你說過很傷人的話。」

「比如呢？」

江舫苦笑一聲：「我說過，如果你是人，就……」

南舟恍然大悟了：「原來是你啊。」

$$F_1 = F_2 = G \frac{m_1 \times m_2}{r^2}$$

　　江舫頓了頓，說出了那句遲了很久的抱歉：「對不起。」

　　但南舟的回答是毫不猶豫的：「沒關係。」

　　他們之間，有很多很多的喜歡，就算有那麼一點溝壑，一句道歉，也足以抵消。

　　更何況，他們為了到達對方身邊，跨越的何止是千山萬水那麼簡單。

　　江舫：「不生氣？」

　　南舟理性分析：「我知道你父母的事情。你不能接受我們做朋友，是很正常的一件事。」

　　江舫提醒他：「那時候我沒有講給你我父母的事情。」

　　南舟代入了一下，便答：「啊，那我會有一點生氣。」

　　「只有一點嗎？」江舫笑，無奈道：「你那個時候都已經生氣到決定要離開我了。」

　　南舟：「唔？」

　　江舫回憶起了那個和南舟並肩站在彩色玻璃前的夜晚。昨日如新，就連聽到他打算離開的消息時的一瞬心冷和心悸，都是嶄新的。

　　江舫難得願意把自己的陰暗和自私剖開來給南舟看。他開誠布公道：「那個時候，我想把你關起來，不許你走。」

　　聽到這樣的發言，南舟非常認真地告訴他：「不會的，你關不住。」

　　江舫笑著望向南舟的臉，唉了一聲：「都說我傻了。」

　　江舫剛才說傻，評價的其實是他自己。

　　江舫說：「我早就應該想到，我跟高維人做過交易後，他們也同樣會找上你。」

　　南舟一愣，直起了半個身體，「你也和他們做過交易？」

　　南舟的動作，擋住了從窗外投射而來的月光，讓江舫的面目沉在了陰影裡。這讓他淡色的眼珠失卻了平時的溫和，徒留下一線令人膽寒的鋒利。他清清楚楚地回答：「是的，我做過。」

　　「……是什麼？」

「我……用我自己，交換了你。」

江舫的聲音放得很輕，像是怕嚇到了南舟：「我向高維人許願，條件是，我願意成為副本生物，為他們測試副本，一生一世。我換來的結果是，不論什麼時候、不論什麼地方，我都會是和你同種性質的生物，我會永遠出現在有你的地方。」

南舟一時茫然。

他輕聲問：「為什麼？」

「因為，你在那時候已經死了。」

南極星在一場兵荒馬亂的亂夢中倏然一驚，翻身坐起。因為牠整隻鼠抱著李銀航的手指，又臉皮薄，不好意思貼人太近，所以幾乎是橫著睡的，一雙後爪就搭在床沿。牠這一坐，把自己直接摺到了床底下去。

他暈頭轉向地爬起身來時，光裸的胳膊搭上了床沿，另一手扶上了額頭。他看清楚自己的人類手指時，他面上的金紋騰地一下亮了起來……糟了，他早已經習慣了人類的模擬體，這一摔，他無意識又把自己變成了人形。他急忙看向了李銀航，希望自己的窘態沒被她瞧見。結果他一抬臉，就和一直沒能睡著的李銀航撞了個大眼瞪小眼。

南極星愣了許久，金紋一瞬間亮得像是小夜燈。他明明答應過她不會變成人……

他乍然變人，身無寸縷，張口結舌半晌，索性一矮身，刺溜一下鑽到了床底，把腦袋往合抱的胳膊裡一扎，擺出打死不肯再出來的架式。

李銀航只是閉目假寐，被他發出的動靜吵醒後，只瞧到他裸著半個身體，呆呆地坐在地上望她。她還沒反應過來，人就自覺主動地消失了。

李銀航愣了一會兒，沒生氣，反倒被他的反應逗笑了。南極星被她笑得滿面通紅，亂蓬蓬的金髮都被映亮了一角。隔著一層柔軟的床墊，他能

$$F_1 = F_2 = G \frac{m_1 \times m_2}{r^2}$$

感覺到床上的李銀航動了，似乎是移動到了床邊位置。

她輕聲喚他：「喂。」

南極星眼睛一閉，一心裝死。

李銀航敲敲床頭櫃，「出來嘛。」

南極星羞恥得連怎麼編碼都忘了，把熱氣滾滾的臉埋在臂彎裡，甕聲甕氣道：「等我，變回去。」

李銀航欠身，遞了一方毛巾被進來。

李銀航：「不用。你自在一點就好啦。」

3分鐘後。

用被子把自己從頭到尾牢牢包裹在中間，只露出一張冷淡俊臉的南極星，和倚著床頭的李銀航對視。為了表示坦然，他死死盯著她，堅決不肯主動挪開視線。

看著他金光泛泛的面頰，李銀航都有些於心不忍了，說：「我睡不著，我們說說話吧。」

一提到「說話」，南極星就不開心，鬱悶道：「我不會，說話。」

「慢慢說。」李銀航看著那沮喪的青年金髮兩側垂著的耳朵，寬慰他道：「沒事，你一點點說，我一點點聽。」

「……夜很長的。」

南極星抱膝，把下半張臉埋在柔軟的被子間，「我，說什麼呢？」

離得這麼近，李銀航才發現他連睫毛都是金色的。

她輕聲鼓勵：「沒事。你想說什麼，我都聽。」

南極星這回沉默了很久。沉默到李銀航以為這場對話要在僵持中以他們中的某個人先睡過去為止時，他說：「我跟妳說說，他們的事情吧。」

南極星無法使用複雜的詞彙。牠的心思一直是簡單的，偶爾會因為沒能準確撲到南舟的手上而生氣，或是因為蘋果不夠甜，抱著蘋果，鬱卒萬分。即使是在牠最難過的時候，只要南舟肯過來，用指端摸摸牠的腦袋，一切就沒事了。

牠跟著南舟離開了永無鎮，是理所當然的事情。世界繁華，固然很好，但牠只想待在南舟懷裡，分他的一口蘋果。

牠懵懂地看著江舫拒絕南舟的示好，看著江舫試圖把南舟推出去交朋友，看著他一次又一次把南舟推開，卻會在深夜間趁南舟熟睡時，長久且溫柔地望著南舟的面孔，直到江舫自己意識過來後，故作強硬地背過身去，好像這樣就能在兩人之間劃上一道難以逾越的楚河漢界。

南極星用牠的小腦袋瓜，是無論如何都分析不出來江舫的行為目的的。只覺得，江舫好像沒有南舟喜歡他那樣，那麼喜歡南舟。得出這一結論後，南極星很生氣，覺得江舫是瞎了狗眼。

在「。」舉隊進入那個充滿西方色彩的副本後，南舟去見了一次江舫，和他賞了一次月亮。在這之前，他們也經常做這樣的事情。南極星沒覺得有什麼，興沖沖地跑去旁邊的密林裡摘果子。

走時，一切如常。等南極星回來時，兩人之間的氣氛卻發生了微妙的變化。江舫沉默著去洗漱，南舟則坐在了窗邊，靜靜遙望著吊橋方向。

南極星帶了兩個小小的紅果子回來，一個含在嘴裡，一個抱在懷裡，本來是殷勤地想要跟南舟邀功，可察覺到氣氛有異後，就躲在外面的樹梢上，將樹尖尖壓得一搖一晃，盪鞦韆。

南舟很快與牠對視了。他把半身探出窗戶，伸出手臂，搭了一座橋。

南極星聽話地爬上了他的虎口，乖乖蹲好。因為牠發現南舟的情緒不高，即使南舟平時沒有什麼神情上的波動，南極星也能發現。

南舟問他：「南極星，我和舫哥分開，你跟著我，還是跟著他？」

南極星什麼也沒有說，先抱住了南舟的手腕，主動表明了立場，再用目光問他：……為什麼？

彼時，南舟只知道牠通人性，並不知道牠將來會有變成人形的一天。但他還是會好好地同牠解釋理由：「我要想辦法接近遊戲背後的力量。我想要變成人。」

南極星表示疑惑。牠覺得南舟已經很像人了，而且他比他們一路上走

162

來遇到的人形生物，都要溫柔、都要好、都要更好看。南極星蹭蹭他的手腕，含糊著叫了兩聲。做人又有什麼好的？

「維持現狀，就很好嗎？」南舟望著自己的手腳，「你看。我以前還是個小孩。我以後也會老。」

「我可能會死在流浪的路上，死在某一個怪物手裡，與其那個樣子，不如死在追求自由的路上。」

南極星抱著他的手，瞪著眼睛看他。

南舟和牠對視片刻，懂了牠的意思，用食指在他額頂上輕輕一點，「好，我不說死。」

南極星仍然氣鼓鼓的。

南舟：「好，我一直帶著你。去哪裡都帶著你。」

南極星這才高興了，開心地把紅果子往前一遞，打算和他一起分享。然後一人一鼠都被澀得讓人掉眼淚的果子弄麻了半邊腮幫子，被哭笑不得的江舫拉到盥洗室裡乖乖漱口。

兩個人夜談過後，似乎一切都沒有改變。他們依然一起起居、一起吃飯、一起討論副本任務。誰也不再談離開之後的事情。只是江舫注視著沉睡南舟的目光更加長久。

南極星無法解析那種複雜的目光，也無法判斷，江舫究竟是想要把南舟的形影更清晰地刻在腦海中，還是在用視線演練將南舟捆綁束縛起來的全過程。

南極星甚至在江舫的口袋裡發現過一副銀亮的手銬。牠想不通江舫想做什麼，索性不去想了。就算是手銬，對南舟來說，也是隨手一扭就能弄斷的，任何人都鎖不住他的心，除非肯用心來鎖。

南極星極少參與他們的副本流程。牠只會四腳朝天地睡覺，該吃飯的時候出來覓食，把肚子吃圓了，就繼續一枕酣甜。在情況緊急時，南舟才會把牠放出來，牠負責一口啃掉對方的頭，然後被南舟摁著擦擦嘴，就可以繼續睡覺了。

更何況，這次的副本劇情實在很平和。一個公爵、一個牧師，隔橋而居，互不打擾。兩邊相安無事。

南舟和江舫作為教堂這邊的神職人員，只要做一些分內的事情就好，以及每日去吊橋處，給兩人傳遞日常信物。

南極星連待在南舟身邊都覺得無聊，乾脆留在房間裡，大被一蓋，睡醒了就去餐廳找一點聖餐吃，再自己出去玩，抓著細細的樹藤蕩悠悠。牠不認為南舟會有什麼對付不了的人，因而睡得心安理得。也正因為此，當某日，教堂玻璃驟然被人砸碎時，南極星相當平靜。

牠一骨碌爬起身來，心裡緩慢地轉著「總算打起來了」的念頭，前爪伏在舒適柔軟的被面上，充分地伸了個懶腰，把自己的每一寸數據骨節都舒舒服服地伸展開來，才邁著小碎步出了房間，跳上散發著淡淡木香的旋轉樓梯扶手，優哉游哉地看向教堂裡破碎的聖母像。

牠看到，南舟的頭枕在聖母的頭顱碎片上，一口血斑斑點點地灑在地上，把他本就如光化來的皮膚更襯得慘白異常。南極星愣住了，牠的爪子不安地在樓梯扶手上踩了兩下，像是打算加速逃離這個可笑的噩夢。這是做夢吧？除了做夢，這個場景，有一絲一毫存在的合理性嗎？

在牠看向南舟時，南舟也看向了牠。他仰躺在地，對牠做了個手勢，示意牠快跑。南極星的動作僵住了，但牠很快反應了過來。

南極星深呼吸兩下，不再猶豫，掉頭衝回了臥室，從大開的窗戶上一躍而下，張開小而薄的滑翔翼，俯瞰著牠一覺醒來就突然間陷入煉獄的世間。牠向來聽話。南舟讓牠跑，沒讓牠幫忙，那就是他能應付。牠去，只能束手束腳。

那些陪他們留在教堂這邊的人，都死了。他們中的老好人，那個始終好脾氣的男人，面朝下倒在了草坪上。嘴賤人皮又頑劣、卻始終守在江舫身邊的耳釘男，倒在了臺階前。誠懇溫柔、待人溫和、經常會帶甜點給他吃的宋海凝，倒在了一棵樹下。

他們靜靜臥在地上，或俯或仰，死相不算太猙獰，只是脖子統一地以

$$F_1 = F_2 = G\,\frac{m_1 \times m_2}{r^2}$$

一個不可能的角度向側面扭曲著。

南極星跟跟蹌蹌地在一處樹杈上剎住了車，因為動作太急，險些翻下樹來。直至現在，牠還是覺得這是一個夢魘。有誰能傷到南舟？有誰能同時殺了這麼多人？到底發生了什麼事情？

打斷了南極星思緒的，是即使有層層林木阻擋，仍然無法忽視的熊熊黑煙。南極星提起一口氣，小炮彈一樣在林木間發力穿梭，很快抵達了能望見吊橋的地方。

連接兩岸的吊橋上燃起了衝天的大火。鐵鍊，麻繩，鋼鐵，木板，被統一地燒出了讓人牙酸的細響。吱——吱——

黑色的熱氣不斷向上升去。

在橋下，是深淵、是亂石、是湍急的河流。任何一個人從這樣的高度墜落下去，除了粉身碎骨，沒有第二條路好走。

橋東是教堂，橋西是公爵城堡。本該在教堂供職的江舫卻站在公爵城堡那一側，身著神職人員的服裝，立在隨時會崩塌的橋前，解散的銀色長髮被熱風掀起，隨時有被吞噬之險。他面頰上有血，目光遙望著教堂方向，目光複雜、決絕、狠戾。銀亮的斧尖一滴一滴，往下滴著血。看似猙獰，但那血似乎是從他手臂上落下的。

南極星一時困惑難解，腦中無論如何運算，也無法得出眼下的結果……為什麼會變成這樣？

06:00

前進一步，誰也不知道迎來的
究竟是線索，還是死亡

南極星知道，江舫是在等人。火應該不是他放的，因為他手裡有斧子。如果想要破壞用來固定橋索鐵鍊的木樁，沒有比這更簡單便利的工具了。斧子可以較為精準地控制斬斷橋索的時間，而火不能。他不需要靠放火來多此一舉。那麼，他就是在確保通路，等待著某個人來。

然而，人呢？本該和自己一起回到這裡的人呢？南極星心急如焚，頻頻回望。南舟難道沒有跑出來？

在樹杈上焦躁地踱過了兩個來回，差點在無意識中用爪子把樹枝刨斷後，牠索性順著樹幹一路溜下來，蹲在了樹下。

要相信南舟的能力，等在這裡，免得和他擦肩而過，就此失散嗎？還是，要回去救他？

南極星滿眼都是沾在潔白聖母像上的南舟的血。牠猛力甩了甩頭，強忍住滿心的恐慌，開始思考。

回去，牠並不確定自己能否幫上忙。對於在這個副本裡具體發生了什麼，牠只是一知半解，去了的話，說不定要幫倒忙。尤其是在看到那一地屍身上、明顯出自南舟之手的致命傷痕跡後，南極星覺得，如果自己妄動，極有可能會起到反作用。

回頭去找南舟，會延伸出無數條可能性，每一條都通向南極星難以預料的未知之境。橋那頭的江舫，卻是南舟唯一準確的坐標，只要南舟活著，他肯定會來到這裡……只是這橋眼看就要斷了。

赤練蛇一樣的火舌貪婪舔舐著橋身，木頭中的水分被快速榨乾，有幾塊被烤得縮水鬆動的木板，從被燒得簌簌發抖的鐵索間橫墜下去。

木板落下的聲音震耳欲聾。木板落入水中和亂石灘的聲音幾不可聞。那被燒得搖搖欲墜的橋又添了幾分殘破。深灰色的煙霧模糊了江舫的身影。一陣山風颳過，煙霧退場，火焰盛大。

南極星雖然是數據生物，但牠依然是生物，被數據植入了屬於生物的本能恐懼。牠怕火。牠無法代入江舫的視角，但一想到要和他一起置身那一片小型的火海中，即使隔了百公尺遠，南極星還是被一股虛假的熱力烤

得渾身發緊，好像渾身的毛毛都要蜷縮起來似的。

江舫並沒有察覺到南極星的存在。他只是靜靜立在那裡，彷彿把自己當做了一尊置身窯燒之中、受火鍛之刑的瓷器。

南極星則還是在進退之間，難以取捨。

短時間內的數據流轉量，完全超出一隻蜜袋鼯的腦容量應有的負荷。一時間，牠頭疼欲裂，氣得直跺前爪。

私下裡，牠的變人計劃已經醞釀很久。人腦子總比鼠腦子好用，南極星計劃著某一天要變成人，嚇南舟一跳，但今天不行。現在，反倒是這個不到半個巴掌大的小身軀更方便行動。

南極星舉爪猶豫許久，索性躍上樹去，選擇了往江舫的方向前進。牠的腦子靠不住，就去借江舫的。或許，他能給自己指明一個方向。是去，還是留，總好過自己在這裡不前不後，無能為力！

然而，在牠抵達距離吊橋最近的一棵樹，即將縱身躍下樹冠時，在江舫身後遙遙跑來一名隊員。

正滿心彷徨的南極星驟然一喜，還有人活著！

不過那名隊員神色慌亂近狂，「江哥，南哥有沒有來……」

江舫背對著他，答道：「沒有。」

他的聲音混合在火焰細碎的炙烤聲中，顯得格外冷清。

「那……」隊員喘息未平，欲言又止，將目光投向已經完全被火龍吞沒的吊橋，「……要等到什麼時候？」

江舫答得流暢：「等到他回來。」

隊員臉色鐵青，「江哥，可回來的是誰，你知道嗎？！」

江舫背對著他，「我看得出來。」

隊員一噎，又遙遙看了對岸一眼，「江哥，不是我不相信你，你真能認得出來嗎？」

江舫沒有說話。這似乎更助長了隊員的心火，他提高了聲音，面目都有了幾分猙獰扭曲，「你不是說過要帶我們回家嗎？不是說能讓我們活下

萬有引力6

來嗎？你……」

江舫掠了他一眼。極快極輕的一記眼光，也沒有什麼多餘的情緒。隨即，他提了提掌心的斧柄，調整到了一個最方便施力的位置。他的動作不緊不慢，相當和氣。因此，他手起斧落時，就是格外出人意料的。

那名隊員的一線頸血，隨銀光落處濺起。鮮血投入火中，讓那火的顏色一瞬間都變得怪異猙獰起來。火苗矮了一瞬，又騰地一下躥上半空。

那隊員的咽喉被江舫一斧砍斷，腦袋眼看就要險伶伶地順著斧鋒飛出。江舫動作極致溫柔地用掌心壓住了他的頭髮，替他壓穩了他的頭顱。

江舫一手扶住他的頭，一手用斧背抵住他的腰，把那半邊咽喉都被砍斷、血流不止的屍身平平放倒。隨著落勢、單膝跪倒在屍身前時，江舫的眸光被火映得詭譎不定。

江舫對屍身輕聲細語地講話：「你看，我認得出來的。」

待江舫再起身時，他的半張臉都濺染上了紅褐色的液體。他隨意地抬起右肩，擦了擦血，卻在這一轉頭間，察覺了什麼。他抬起眼來，望向南極星藏身的那棵樹。

南極星藏身在一片巨大的綠葉後，小小的胸膛一起一伏，前胸後背的毛統統炸了起來。

牠想起了一個非常關鍵的問題，在這之前，牠完全沒想過。

牠記得，江舫是有非常嚴重的恐高症的。只要靠近高低落差超過 20 公尺的地方，他就會胸悶氣短，心跳升速。南極星平時出來玩耍，探索過這座吊橋。上下的落差，足有百公尺。

江舫明明一直在橋東的教堂，甚至每次交接物資的時候，他都站在距離吊橋十幾公尺開外的地方，絕不靠近。所以，那座吊橋，他究竟是怎麼過去的？

南極星講故事的本事的確不高明。他使用的都是最基本的詞彙，但好
在場面清晰，情節抓心。在聽到這樣怪異的事情後，李銀航也不免起了一
身雞皮疙瘩。

她抓了抓自己作癢的手臂，「所以，他究竟是怎麼過去的？」他為什
麼會那樣乾脆地斬殺自己的隊友？

南極星說：「我想不通。」

他出於習慣地撒嬌：「妳也幫我……」話說到一半，馬上察覺到不
對，故意冷硬下語氣來，高冷道：「……想一想吧。」

李銀航摸著下巴，「你跟我講講，那是一個怎麼樣的副本吧。」

南極星湊近了一些，「我只知道大致的情況……」

兩個都不算特別聰明的人頭碰頭地研究起那個詭異的副本來。

相比之下，與他們一牆之隔的那兩個人，溝通就順暢了很多。

江舫言簡意賅：「我們過副本的時候，出了點麻煩。」

南舟趴在他的胳膊上，靜靜聽他說故事，問：「什麼樣的麻煩？」

「簡單說……我們遇上了兩個瘋子。」江舫單臂枕在腦後，偏頭看向
他，很是遺憾的樣子，「應該一開始全殺了。」

江舫的思緒回到了那個遙遠的午後。其實也不算很遠，因為他還能在
記憶中嗅到南舟領口散出的蘋果香。

在壓境的一層薄薄陰雲下，他們來到了新的副本中。

原本十幾人的隊伍，聚聚散散，分分合合，如今剩下十二人，正被一
條吊橋分割兩岸。那條吊橋約能供三人並肩同行，或者能容一架由矮腳馬
拉運的小車通行。

東岸藏在密林深處的教堂是哥德式的，尖頂直指蒼穹，與陰天、林葉
完美配合，自成一派光影藝術。另一邊，叢叢綠意掩映著一棟城堡，但因

為綠植繁密，只含羞帶怯地露出一個雪白又堂皇精緻的城堡尖兒。

南舟、江舫、宋海凝、耳釘男，還有其他兩名隊員在教堂一側。其他六名卻並沒有被系統分配到橋旁，不見影蹤，怕是被直接扔進了城堡。

遊戲的播報系統隨著試驗，正在發生肉眼可見的進步。那系統音發布任務的模式，已經和後來的正式版相差無幾。

【親愛的「。」隊玩家，你們好～】

【歡迎進入副本：橋】

【參與遊戲人數：12 人】

【副本性質：探險解謎】

系統講述故事的語調很是輕快，讓這個故事聽上去全然沒了恐怖性。

【基斯牧師和雪萊公爵是一對多年相交的好友。近來，教堂和城堡的人手不很夠用。他們雇傭了無所事事的遊民，給予了豐厚的報酬，讓他們做事。】

【他們的任務很簡單，每天只需要在連接教堂和城堡的吊橋中，幫這一對親密無間的好友搭建起友誼的橋梁。】

【啊，今天又是美好的一天。】

忽然間，系統的語調放緩了。

【還有，不要過橋。】

【不要過橋不要過橋不要過橋不要過橋不要過橋不要過橋。】

【遊戲在投放結束後即時開始。】

【遊戲時間為第七日到來時。】

【在時限結束前，活下來吧。】

江舫講述完規則後，瞄了一眼南舟，忍俊不禁：「……你問。」

為了不打斷江舫講話，南舟一直冷臉抿著嘴……像是一隻努力約束自己不要搗亂的貓。

得到江舫同意後，南舟輕輕呼出一口氣，好奇問道：「不讓過橋，又

172

怎麼送東西？」

江舫：「橋本身是可以走的。可以在橋中交接。」

南舟理解了：「那麼，是有什麼力量阻礙，不能越過橋的另一頭？」

江舫的回答卻出乎了他的預料：「可以。」

沒有阻擋東岸的人踏上西岸的圍欄，沒有橋的專門看守者，也沒有什麼恐怖的東西在橋旁徘徊。簡而言之，不存在任何阻攔的外力。但是，規則明明白白地告訴你，不要過橋、不要到那邊去。

和江舫一起躺在床上的南舟微閉上雙眼，想像自己正站在一座鐵索和木板構成的吊橋上。

一步一蕩，一步一響。鐵鍊緊繃，木板低吟，尤其在走到中央時，山風憑空加劇，吊橋開始左右搖晃。他往下看去，離自己腳下數十丈的河流由嶙峋碎石妝點，像是一條細長帶子，遙遙而過。

對這看一眼就會讓常人膝頭放軟的高度，南舟臉色變也不變一下。他注意到，兩側懸壁間幾無綠意，岩縫間甚至連一兩星可供彰顯生命頑強的綠意都不見。

南舟回望身後，又重望眼前，挑起眉來……怪事。兩邊的樹木都如此翁鬱，偏偏越靠近橋，植被就越稀疏。到了橋邊，乾脆什麼生機都不存了。一座橋，將東西岸劃分成了楚河漢界。

在思索之下，南舟很快抵達了橋的彼端。的確無人看守、無物阻攔。他抬手撫摸，空氣中也不存在任何阻隔感。他只需要抬起腳，然後落下，就可以輕輕鬆鬆地跨入西岸雪萊公爵的領地。

南舟想，如果過去的自己和現在的自己置換，站在這座橋上的是現在的自己，他會怎麼選擇呢？

如果是現在的自己的話，他會選擇掉頭，不去踏上西岸的土地。他們現在還沒有掌握足夠的情報，貿然觸犯明文的規則，對他們沒有好處。更何況，他們還有六個隊友不知去向。

即使是在【沙、沙、沙】中，南舟做出了收容 boss 的冒險行為，那

也是情急之下為了救孫國境性命的無奈之舉。就算失敗，按照 boss 殺人的順序，暫時也輪不到南舟死。

南舟的思路雖然向來天馬行空，但從不會賭命行事。

南舟努力揣摩著過去自己的心思，這感覺還挺奇妙。他向江舫確認：「我當時想要去西岸，但是沒去。是嗎？」

江舫點頭。

南舟問：「我的選擇是錯的嗎？」

江舫拍拍他的腦袋，以示安慰，「不是。」

南舟又問：「那麼，是哪一步出了問題？」

南舟並沒有繼續深入探索下去。

東岸六人在短暫的商議後達成了一致，準備先前往教堂。其他四人在前開路，南舟故意延宕了腳步，和江舫並肩而行。他跟在江舫身側，問道：「你怕高啊？」

江舫得體地對他微笑，「一點點。」

江舫不知道，南舟會偷偷細分他笑容的種類。南舟看得出來，江舫這張笑臉，是面對陌生人時特有的戒備型微笑。

南舟用心注視著他額角將落未落的一層細汗，回想自己剛才返回東岸時、江舫背對吊橋，背在身後、無意識緊握的雙手。

他輕聲道：「……喔。」南舟：「我都不知道。這幾天，如果要交接運送的貨物，就交給我吧。」

江舫望著前方，心不在焉地應道：「嗯。」

他耳朵其實聽得不是很清楚了，掌心裡密密麻麻，都是冷汗。他眼前反覆播放著父親墜入懸崖時、腳下鬆脫的那片泥土。父親的神情、父親的面目，統一是模糊的，他早就不記得。只有那一方泥土結構崩塌的全過程，以慢動作在他眼前反覆重播，異常清晰。然後，映入他眼簾的，就是那幾乎要把人的心臟一起拉扯著墮入的無底深淵。

　　當時的他，根本沒有意識到南舟在得不到他的回應後，停在了原處，
沉默地注視著他步步前進的背影。

　　其實，早在這時，南舟就做下了要和隊伍分開的決定。

　　抵達教堂後，他們各自換上了神職人員的衣服，隨即便緊鑼密鼓地開
始了調查。隊員們都習慣了在生死之間輾轉，面對這 cosplay 一樣的劇本
並沒有覺得壓力很大，反而都在調笑對方穿上這麼板正的衣服，看上去怪
裡怪氣。

　　他們也見到了基斯牧師。那是一個蒼白得驚人的青年，乍一看不像個
牧師，像個吸血鬼。他通身漆黑，脖子上懸掛著一個十字架，臉型瘦而
窄，眼底浮著微微的青影，再加上過長的睫毛和深陷的眼窩，他的上半張
臉顯得格外陰沉，頗有點不見天日的意思。那雙狹長的眼睛就漚在冷森森
的陰影裡，看人的時候頗讓人起瘮。

　　他話也相當少，交代了他們日常的工作，就離開了。

　　那些工作，無非是清潔打掃、晨昏禱告、準備聖餐等等。最重要的一
項，就是替他跑腿送信。

　　南舟很快拿到了第一份要送到對岸去的物品。兩瓶葡萄酒、一瓶聖
水、一瓶聖油、一瓶藥，和一封用火漆加封的信。

　　牧師一走，南舟直接拆了信，毫無愧疚。信裡面的問候乾巴巴的，和
牧師本人一樣寡淡無趣。不過，信中資訊不少，能提煉出的信息有四。

　　第一，雪萊公爵好古，酷愛收集「鼴蜥的牙齒」，最近基斯牧師得到
風聲，會有一樣新出土的「鼴蜥的牙齒」送到鎮上的博物陳列館來。

　　第二，雪萊公爵患了重病。

　　第三，雪萊公爵的「那個事情」，他認為很危險，建議公爵不要冒
險，他已經找到了更好的辦法，正在準備當中。

　　第四，公爵和牧師交接物品的時間是固定的。下次交換物品的時間，
還是每天下午的 4 點鐘。

　　閱讀完這封信後，宋海凝已經配合默契地偷來了牧師放在抽屜裡的火

漆印章,從旁徑直遞給南舟。南舟用新的火印覆蓋了舊火印,手法異常精準,銜接異常流暢。

他們之中還有個醫學生,叫華偲偲。他艱難地從棕色小藥瓶身上標注的成分表辨認出了功效,告訴南舟:「是抗腫瘤類藥物。」

南舟把一應物品都收拾了起來。江舫的心境也已平復,有條不紊地進行了下一步的安排。

宋海凝和其他兩人藉著打掃衛生的機會,一人負責一層,努力收集有價值的資訊。

江舫會帶著耳釘男去教堂周邊轉一轉。南舟則去橋旁交接物品。

下午4點,南舟準時出現在了橋東。另一名隊友早就蹲在了對面,一看到南舟,就遠遠地衝他舉起了胳膊,興奮地交相揮動。兩人在橋中央交匯,順利交接了物品。

相較於基斯牧師送去的滿滿一包物品,南舟拿到手的、雪萊公爵送來的物品,只是一個精緻的巴掌大小的匣子而已。

南舟問他:「東西看了嗎?」

「都看了。」

在南舟和江舫的耳濡目染下,隊友趙黎瑞從善如流,一一把送來的東西數來,「就一封信、一本畫書、一隻紙鶴而已。紙鶴我們都拆開來看了,什麼也沒有。信裡面也沒說什麼有意義的東西,只是單純的抱怨,說他很不舒服,他想念曾經健康的時候,也想和牧師一起去騎馬,去到什麼人都沒有的地方。」

南舟打開匣子,低頭確認信的內容。和嚴謹的牧師不同,大大咧咧的公爵先生根本連信都懶得封起來,直接敞著口送了過來,也省得他們花心思去偽裝拆信的痕跡了。

南舟問:「妳也一個人來嗎?」

趙黎瑞說:「城堡那邊很忙啊,那個公爵病歪歪的,起居飲食都離不開人。」

南舟又問：「城堡裡除了你們，還有什麼別的人嗎？」

趙黎瑞答：「有三個專業的醫生，小闞偷偷翻了他們的東西，發現他們三個都是腦科醫生。」

南舟：「雪萊是什麼樣的人？」

「他⋯⋯」隊友仔細回憶了一下，「挺瘦的，人也挺神經質的。」

南舟：「他會對你們發脾氣嗎？」

趙黎瑞摸摸後腦勺，「這倒也沒有⋯⋯主要是他病得那麼重，藥一把一把地吃，可他總是笑咪咪的，而且經常對著沒人的地方怪笑，笑得人瘆得慌。」

這些資訊，南舟如實地帶了回來，轉述給了江舫他們。

現在，江舫又詳盡地轉述回了南舟。

南舟摸著下巴頦，梳理了一下疑點，一一把心中的疑惑問了出來。

「為什麼城堡和教堂兩邊的人手會一起不夠用？」

「他們明明關係那麼好，牧師為什麼不親自去探望他？為什麼只讓我們去送信？」

「他們住在那麼高的山崖上，物資是怎麼運送進來的？有下山的路嗎？我們為什麼不可以下山？」

江舫望著他，輕聲感嘆：「一模一樣。」

彼時的南舟，和現在的南舟，所關注的問題幾乎一模一樣。這些問題，每一條都精準無比地指向了最終解謎的關鍵。

南舟滿心好奇：「我們還遺漏了什麼嗎？為什麼會輸？」

江舫答道：「因為這個副本，根本無解。」

南舟返回教堂，同隊友們坐在一起，梳理盤點一日下來積累的線索。

　　如今，經歷了無數生死，一路走來，南舟這名非人類已經獲得了隊員們全盤的信任。讓他單人去做最關鍵的接收物資這件事，已經足以證明這一點。

　　江舫將一張簡單的地形手繪圖放在中間，「我和班杭沿著吊橋找過，教堂四周都是懸崖峭壁。」

　　這是一片被獨立開闢出來的小天地，不為世俗打擾，專為雪萊公爵服務的。根據往期的出入日誌顯示，只有城堡裡的人會來這裡祈禱。

　　宋海凝問：「那下山的路就在吊橋那邊了？」

　　南舟：「我叫趙黎瑞去找。但是城堡裡日常工作繁忙，公爵重病，離不開人，他們要想找路，恐怕得等到所有人都休息了才能出來。」

　　「晚上啊。」隊伍裡最愛操心的華偲偲嘆了一聲，「那他們那邊會不會很危險？我們不是只要努力活到第七天就好了嗎？」在他看來，夜間行動，放在任何恐怖電影裡都是純粹的作死行為。

　　江舫輕描淡寫地提醒他：「我們是要『活』到第七天。」

　　副本性質是「探險解謎」，為此去冒一些額外的險是必要的，只有收集更多的線索，才能確保自己不會莫名其妙地死於某個根本未曾察覺的陷阱。南舟垂下眼睛，把對對岸六人的擔心藏匿得很妥當。他平靜道：「他們會有分寸。」

　　耳釘男班杭盤腿坐在地上，抱臂端詳著兩封被按記憶膳抄下來的書信，他問：「『鬣蜥的牙齒』是什麼？」

　　「恐龍化石吧。」他們之中年紀最大的人，29歲的關俊良還是有一些雜學知識的，「我記得恐龍化石剛被發現的時候，是叫這個名字的。」

　　班杭玩著自己已經褪色的耳釘，嘀嘀咕咕：「還挺浪漫。」

　　這個年代，擁有公爵之位，年紀輕輕，眼看著要死了，不惦記著趁著最後的時光好吃好玩，或是一心一意把病治好，倒是想看恐龍牙齒，還挺風雅。

　　第一天，萬事未明，他們即使有著無窮的問題，也只能暫寄心間。

$$F_1 = F_2 = G \frac{m_1 \times m_2}{r^2}$$

　　第一天夜間，華偲偲想趁著夜深一探教堂，結果不慎碰到江舫和南舟在樓頂的彩繪玻璃前談心，剛想打招呼，就被江舫呵斥了一聲「滾」。

　　華偲偲被罵得原地向後轉，乖乖下樓。等坐定在祈禱長椅上，他才把雙臂搭在木質椅背上，仰望著圓形穹隆上精緻的彩繪，嘆了一聲。唉，小情侶吵架，殃及池魚啊。

　　他母親是信教的，不過這個「教」的定義很是寬泛，帶有濃厚的實用主義色彩。父親被慢性病長年纏身，母親傾心照顧他之餘，常帶著年幼的小華去寺廟、道觀、教堂，求天南海北的神明，想讓父親的病痊癒。

　　年幼的時候，華偲偲不懂，卻也被母親許願時的虔誠感染，也有樣學樣，試圖復刻那份虔誠。等長大了，明白了此舉的意義，也從結果知道，醫生都治不好父親，何況是神。但他知道，母親需要一個地方來寄託她那顆千瘡百孔的心。於是，他依然跟著母親去各個地方許下那明知不可能實現的心願。

　　此時此刻，面對著神像，他慣性地雙掌合十，許了個願。希望老大和南哥別吵架了，好好過副本。根據他的觀影經驗，在各種故事裡，這種毫無道理、怪力亂神的任務總有窮盡之時，他們總有可以回家的一天……但願如此。

　　但願他們能和故事中的人一樣幸運。

　　祈禱完，華偲偲才後知後覺地想起來，完蛋，基督教不庇護同性戀。他習慣在各個地方許願，不小心許劈叉了，趕忙合十告罪，希望耶穌大人裝作沒聽到他剛才放的厥詞，剛才沒留神，現在馬上收回。

　　待他放下雙手，張開雙眼，才駭然發現，在耶穌受難的神像下，立著骨架一樣的基斯牧師。

　　在幽暗的燭影燈火中，瘦得彷彿像一具骷髏的基斯牧師周身被黑暗包裹著，唯有一雙眼睛，亮得宛如兩星鬼火。他看起來幾乎要和耶穌受難的十字架融為一體。

　　基斯牧師面對他，張開了嘴，渾身上下都包裹在黑暗中，唯有一口牙

齒整齊雪白得過分，他問：「你一個人嗎？」

華偲偲「啊」了一聲。

基斯牧師：「你，來一趟。我有事情找你。」

華偲偲又「啊」了一聲，才反應過來，手忙腳亂地想站起身，膝彎卻把條椅猛地懟後了一大截，發出了刺耳的動靜。他試圖發出聲響，告知其他人，這裡有情況。

正在隔壁的小走廊中研究畫作的宋海凝聽到正堂內傳來的動靜，快步趕來，「怎麼……？」

看到基斯牧師，她的腳步霎時一頓。

華偲偲如同看到救命稻草一般，馬上申請外援，他恭敬道：「牧師先生，您交代我的事情，我怕一個人辦不好，我們兩人一起去，怎麼樣？」

基斯牧師無可無不可地一點頭，便背過身去，整個人融入陰影間，向自己的辦公室走去。

華偲偲和宋海凝互對眼神，雙雙跟上。

脫離這個不大不小的尷尬處境後，華偲偲驚魂未定，連夜找上了剛剛睡下的南舟和江舫，把自己的遭遇學給了他們聽。

南舟問：「他讓你們做什麼？」

華偲偲拍著胸口，說：「他說他種的花開了，讓我明天早起摘上十幾朵，回來曬乾做成花包，過幾天後送給公爵先生。」

宋海凝被他拐去走了這一遭，笑話他道：「就這麼一點小事，你看你嚇成什麼樣子。」

華偲偲連連擺手，肯定道：「要是我一個人去，今晚我搞不好就回不來了！」

宋海凝拍了一下他的臉，「你給我呸呸呸！」

江舫輕聲重複：「花包？」

南舟看他：「怎麼了嗎？」

為求謹慎，江舫沒有把話說得太死：「他們有些過於親密了。」

$$F_1 = F_2 = G\frac{m_1 \times m_2}{r^2}$$

不僅是基斯牧師為他做花包的心，還有公爵信中那有意無意的撒嬌語氣，但南舟似乎對這一點並無質疑：「不是一開始就告訴我們，他們是朋友嗎？」

江舫聳聳肩，南舟不懂複雜的人際關係，可以理解。他暫時記下了這點，轉而問華宋兩人：「辦公室裡有什麼特別的東西嗎？」

據宋海凝說，他們幾乎調查了教堂內能調查的所有房間，只有幾個鎖頭蒙塵的房間打不開，也沒敢強拆。另外的沒能調查到的地點，就是牧師的個人臥室，同時也是他的辦公室。他出入必鎖門，明顯是不想要別人偷窺到他的私密之事。

辦公室唯一的通路，就是那扇門。甚至連原本該有窗戶的地方也被砌死，也不知道牧師大人是怎麼在這棺材一樣的房間裡辦公睡覺的。

「沒有。」華偲偲答道：「我們進去還沒有 1 分鐘就出來了，裡面的陳設大體上看來沒什麼問題，其他的……什麼都沒來得及看到。」

說到這裡，四人對視，一片緘默。做花包這種小事，花 1 分鐘就能說，這的確不值得專程叫人去那間密閉的辦公室裡……華偲偲剛才，可能真的躲過了一死。

儘管連華偲偲都不知道，自己究竟觸犯了什麼禁忌，才被基斯盯上。思來想去，心中微微一悸，不會是他在內心的許願被基斯聽到了吧？基斯難道是神本身？還是基斯覺得自己那個隨口許下的願望，褻瀆了他所信仰的神？

另一邊，南舟注意到華偲偲緊繃起來的神情，認為他是緊張，不由微嘆一聲，一本正經道：「要是我會開鎖就好了。」這樣他們就能神不知鬼不覺地侵入上鎖的房間。

江舫笑了。南舟轉移話題、試圖讓人放鬆下來的能力還是很差。但此時他們剛剛爭執過，江舫的笑只展開了一半，便收了回去。他溫聲卻客氣道：「以後可以慢慢學。」

宋海凝察覺他們兩人氣氛有異，不像平時那樣自然親密，不由得和華

181

偲偲互對了一個眼神。華偲偲衝她打了個手勢，讓她別問。

第一天，只起了這一點看似無關緊要的風波，一夜無事。

第二天下午，來吊橋邊交接的還是趙黎瑞。

趙黎瑞和南舟核對了一下各自手裡的物品。今天，牧師送來的是一瓶白葡萄酒、兩個麵包和一封信。信中依然是乾巴巴的安慰，讓他忍耐病痛，他在努力想辦法了，云云。

公爵又送了一只折紙動物來，附言道，他喝了牧師送來的酒，加了安眠藥，昨夜睡得不錯，頭痛得好了一些，今天吃了什麼、走了多遠的路，都是些家長里短的日常瑣事。以及，公爵很期待能在病好之後，和牧師先生一起去看「鬣蜥的牙齒」。

兩天，四封信，信息量已經足夠。兩個人，幾乎所有的話題都聚焦在「公爵的病」上了，公爵想要痊癒，牧師也一心想要給他治病。

飽覽電影的華偲偲第一個依常理提出疑問：「基斯他不會是要召喚惡魔吧？」很多宗教電影裡都有類似的情節。

牧師或是童年不幸，或是有急於完成的心願，而上帝和天使不回應他的禱告，他索性把自己獻給惡魔，讓惡魔替自己辦事。既然朋友雪萊公爵得了致命的重病，不管是出於友情還是愛情，基斯牧師說不定願意替他奉獻一切。

眼前的情節發展，與電影完美契合，而在這類電影中，總會存在一些倒楣蛋，用來做惡魔的祭品，他們或許就是那些倒楣蛋。

今天，他們也找到了證明這一點的證據。當然，線索不是從上鎖的房間裡找到的，是從他們作為副本人物的隨身「行李」中找到的。

結合從教堂中找到的本地信戳判斷，他們雖然是在附近的城鎮上招來教堂的，卻都有一個共同的特徵：他們並不是本地人，是從各個遙遠的鄉村來到城裡打算做工的。

這也就意味著，就算他們在這片被懸崖包圍的化外之地消失，也沒有親人能即時發現。這簡直就把「陰謀」兩字寫在了臉上。

$$F_1 = F_2 = G\ \frac{m_1 \times m_2}{r^2}$$

　　劇情推進到這裡，其他四人都鬆了一口氣。按照他們的經驗，既然已經知道了 boss 的目的，他們只需要結伴行動，不作死，不和 boss 單獨相處，並適當地運用道具防身，老老實實苟到第七天就好了。

　　江舫對此不置可否，他轉而問南舟：「下山的路找到了嗎？」

　　「城堡那邊是有一條下山道。」南舟答：「他們那邊嘗試走到了半山腰，遠遠看到了城鎮，但沒有嘗試繼續走下去，怕走出副本範圍，觸犯什麼禁忌。」

　　討論到這裡，大家心中都鬆弛了不少。這確實應該是一個簡單的副本，但是，仍有一個問題橫亙在所有人心中。為什麼規則裡反覆提及「不許過橋」呢？

　　這個要求，明晃晃地擺在那裡，像是一個誘惑，又像是一把懸在他們頭頂的利劍。他們應該聽從要求嗎？還是說，那個聲音，其實也是陰謀的一種？

　　前三天，他們雖然過得提心吊膽，卻相安無事，不僅是相安無事，還足夠清閒。教堂裡根本沒有外人來拜訪，也沒有任何可以聯繫外界的現代通訊工具，就連晚上供電，也是一小半靠電，大半靠燭火。

　　因此，基斯牧師根本不用去處理普通教堂常見的堂區事務，彌撒、祈禱等種種日常事務也不必他操勞。他一襲黑袍，天天專職於神龍見首不見尾，做一個神祕人。

　　至於他們這些被雇傭來的神職人員，每日的工作就是灑掃除塵，也不是什麼繁冗的活計，堪稱無所事事。

　　相較之下，每日來吊橋邊交接的趙黎瑞滿腹抱怨，說那名公爵要求頗多，身邊一時都離不開人，他們天天忙得腳不沾地，活脫脫就是個碎催，城堡裡任誰都能支使他們去跑腿。就算半夜睏得要死，他們還得去幫那幾名熬夜用功研究治療方案的醫生準備茶點。

　　趙黎瑞連出來送信都被限制了時間。城堡莊園裡是有馬的，但由於他不會騎馬，怕半路出個意外不小心摔死，他甚至得腿兒著跑來跑去，好節

省下時間，以最快的時間回去幹活。

第三天，陪著南舟一起去斷崖邊送信的華偲偲聽趙黎瑞喋喋不休地訴苦，隔著吊橋，笑嘻嘻地跟趙黎瑞逗悶子：「這多浪漫啊，那句詩怎麼吟來著──『那時候，車馬很慢，書信很遠，一生只夠愛一個人』……」

趙黎瑞翻了他一個白眼，「吟你個頭。」

南舟的要求則很簡單：「有機會，我要一匹馬。」

他想要試試去觸碰那個「不要過橋」的禁忌的界限。人不能過來，馬或許可以。

得到西岸的人都安然無恙的訊息，東岸的人自然是高興的。他們巴不得接下來的 4 天就這樣安然度過。

關俊良的老大哥屬性忍不住蠢蠢欲動，想去找基斯牧師談談，成立個支部，發展一下基層組織，說不定能從根本上解決基斯小同志的思想問題。當然，大家也就想想，並不抱著能用一顆紅心去打動一個非人 boss 的妄想。

在他們轉而討論起這次結束後要去安全點的哪個小酒吧裡喝酒時，南舟站在盥洗臺前，試圖和正在洗臉的江舫搭話：「舫哥？」

江舫從鏡子裡看他，「嗯？」

南舟：「我覺得這次任務有問題。」

江舫沒有說話，在等待他的後文，可南舟也沒有說出「問題」在哪裡。這是南舟第一次有不知該從哪裡下手的感覺。

以前的副本，鬼祟會在第一時間給他們製造難題，逼他們疲於奔命，將他們推至險境，讓他們不得不做出各種各樣的選擇。這個副本卻太過平和，平和得讓人根本沒有選擇的機會……不，他們還是有選擇的。他可以選擇，是否去打破這種虛假的和平。

今天，在趙黎瑞和華偲偲插科打諢時，南舟的目光始終望著趙黎瑞的背後……要嘗試著登上西岸嗎？

遊戲規則明確要求他們，不要過橋。那條吊橋便安安穩穩地在那裡，

隨風而動，安然無害。停在原地，不去冒險，固然是一種玩法。然而，前進一步，誰也不知道迎來的究竟是線索，還是死亡。

自吊橋折返後，南舟就想要捉隻活物，放到西岸去試試看。但副本的設計者顯然考慮到了這一點，提前堵死了這條路。他遍尋了那茂密的叢林，無蟲跡、無鳥鳴、無走獸，簡直乾淨得過了分。

南舟站在林間，仰起臉，任微灼的陽光篩過樹葉，灑金一樣細細落在他的面頰。儘管四周一片寧和，可他感受不到任何生命的氣息……平和，平和得恐怖。

彼時，南極星睡醒了，正在林間縱躍蹦跳著鍛煉身體，注意到南舟後，牠張開兩側的滑翔皮膜，準確地撲中了南舟的肩膀，唧唧地輕叫了兩聲。南舟用指端撫過牠額頂的細絨毛。

他帶著南極星，往吊橋方向走出兩步，又剎住了步伐。他迅速打消了放牠去探路的打算。還是算了。

南舟抱著胳膊，對江舫講他的想法：「南極星雖然理論上不算是我們中的一員，但我擔心，牠腦子不夠用，放牠過去會有危險。」

南極星正躺在床上呼呼大睡，要是聽到南舟這番高論，怕是要跳起來撓他個一臉花。

聽話聽音，江舫已經猜到了南舟想要做什麼。他目光中的內容隱隱發生了變化，他用沉默警告南舟，自己並不想聽他的計劃。

但南舟無視了他的警告，輕聲說：「明天以後，教堂這邊交給你，可以嗎？我想要去……」

江舫一言不發，把毛巾疊好，甩在了盥洗臺上。啪的一聲，不輕不重，濺起的小水珠落在了南舟的眼睛上。

江舫的聲音裡沒有多少怒意，只是純然的冷：「這就是你說的『準備離開』？」

南舟正在抬手擦眼睛，聞言略驚訝地抬了抬眉毛，望向了鏡中的江舫。兩人把鏡子當做媒介，只看著彼此的倒影。

萬有引力

江舫冷笑了一聲：「⋯⋯比我想像得早啊。」

他們對話的聲音不算小，外面熱熱鬧鬧的討論停了，班杭、宋海凝、關俊良、華偲偲大眼瞪小眼，寒蟬似地各自抱膝而坐，獨獨把一雙耳朵豎得老長⋯⋯怎麼吵架了？

「不是。」南舟試圖解釋：「至少要等這次副本過了之後。」

江舫：「你知道吊橋那邊是什麼嗎？」

南舟：「我不知道。」

江舫：「你過去後會遭遇什麼，你知道嗎？」

南舟：「我不知道。」

江舫：「所以，你打算送死？」

南舟困惑地皺起了眉毛，他不理解江舫突然而起的進攻性。自己是眾人中最強悍的一個，就算私自突破遊戲規則，懲罰也將歸於他一身，他覺得這很合理。

他認真想了想：「這是我走前能為你們做的最後一件事了。還有⋯⋯你讓我入隊，不就是做這個的嗎？」

他強悍，所以他該去冒險。這個邏輯很通暢，南舟並沒覺得有什麼不對，這話在江舫刻意維持的風度翩翩上猛然擊出了一道裂痕。

江舫哈地笑了一聲，笑容裡終於帶出了一點隱約的怒意了。

「你是這麼想的？我帶你出來，就是利用你？」

「那需要提前恭喜你嗎？恭喜你終於真正獲得了自由？」

南舟望著他，「我遇到你的時候，我就已經自由了。」

江舫轉過身來，直面了南舟。

兩人的眼光在空中交匯、交錯、交纏。

江舫輕聲詢問：「原來，你還是覺得我束縛了你，對嗎？」

南舟有些困惑：「沒有。我只是覺得這是應該的。」

江舫的聲音激烈了一些：「如果你覺得這是應該的，為什麼要走？」

南舟眨眨眼，似乎明白了他的心結所在：「舫哥，你如果不希望我

186

$$F_1 = F_2 = G \frac{m_1 \times m_2}{r^2}$$

走，你說就是了。」

江舫把手搭在盥洗臺旁，從毛巾上攥出的水，淋淋漓漓地沾濕了他的袖口。他平靜地壓抑著自己的心痛，竭力維持著最後一點紳士的表象，「我不攔你。那是你的選擇。我尊重朋友的選擇。」

南舟端詳著他的臉，半晌後，他搖了搖頭，直言：「你連假裝都裝得不像。」

江舫想要微笑，嘗試幾番，卻是枉然：「我沒有在假裝，我是真心的尊重你……」

南舟：「不是。我是說，你這樣看著我，好像你喜歡我一樣。」

江舫的呼吸驟然變急。外面的四個人連大氣都不敢出。

——我操。完蛋。

南極星被異常的動靜吵醒，睡眼惺忪地想要溜過來看看，被宋海凝眼疾手快地捉回懷裡，並迅速用一個蘋果堵住了嘴。

南舟：「我知道，對你來說，我只是你生命裡的一個過客，你不用對我做那樣的……」他比劃了一下，「社交禮儀。」

江舫的臉色越來越難看。

南舟：「你可以把我們之間的事情當成……」

他認真斟酌著能把江舫活活氣死的措辭，結合自己的生活經驗，努力寬慰著他：「……我是你的學生，和你學到了很多事情，見到了很多沒有見過的風景。我很感謝你，現在角色扮演結束了，我們就可以……唔——」然而，接下來的話，他無論如何也說不出來了。溫熱的觸感堵住了他的唇。

嘴唇的皮膚是最薄的，也是最敏感的。像是甘霖落在乾涸的泥土中，絲絲融合，灼熱又急切地要填充滿對方的一切。

每一寸的摩擦都帶著微小的電流，帶著絕頂的侵略性，一路燒到了腦神經。

很快，他們都從對方口中嘗到了一點血腥氣。

萬有引力

　　江舫和他分開的時候，在他唇畔發力咬了一記。他退後一步，把牙齒咬得咯咯作響，「我不會親吻我的學生。」

　　撂下這句話後，江舫大步跨出盥洗室，視瞠目結舌的四人為無物，徑直走到窗邊坐下。

　　即使再生氣，江舫也不會選擇擅自脫隊。

　　南舟則把自己悶在了盥洗室裡，沒有出來。誰也不知道他在對著鏡子裡自己微紅的嘴唇發呆。他不明白這個吻代表什麼，就像他不明白，在「紙金」街頭的糖果店前，江舫俯下身去，作勢要碰觸自己嘴唇的意義。

　　南舟籠統且模糊地想，應該是表示喜歡吧。江舫喜歡他，他是知道的。只是沒那麼喜歡，不然不會把他親得破了皮，出了血。

　　所有人都在沉默持續了一刻鐘後，聽到了南舟窸窣除去衣物，擰開熱水龍頭的聲音……他就地洗了個澡。

　　四人紛紛看向江舫，疑心他是被嫌棄了。但他們不敢說。江舫的臉上不見喜怒，只是下頜線繃得更緊了，手扶著的窗框吱扭地發出了一聲怪響……僅此而已。

　　這場無端的爭吵，開始和結束得都很莫名。在洶湧的暗潮之下，大家誰也不敢多問，索性閉嘴。

　　南舟也沒有因為這個奇怪的吻改變計劃。他本來打算在第四天交接完物資後，去探索西岸的。

　　而異變，正好也發生在第四天──原本該在規定時間內到吊橋交接的趙黎瑞，沒有來。

　　南舟以為他是因為城堡裡發生了什麼事情，耽擱了時間，於是倚靠著橋欄，低望著深谷，等著他來。

　　一個小時、兩個小時。西岸那邊的小路上，再沒有了趙黎瑞汗津津地一路奔來的身影。

　　南舟站到了日薄西山的時候。待四周的樹影都變成了冷慘慘的鬼影，無數枝杈宛如鬼手，絕望地從四面八方抓向南舟面龐時，他調轉步伐，轉

188

身回到了教堂。

基斯牧師正站在教堂門口，面目陰沉沉地浸在大門的陰影中，看起來和外牆的浮雕幾近融為一體。

南舟緩步迎向他，把他要送的東西原樣送回，並用陳述口吻道：「人沒有來。」

基斯牧師只淡淡道了一句：「是嗎？」

他沒有流露出絲毫的驚訝，平常地收回了自己的禮物，乾巴巴地道了一聲「多謝」，便像是一片孤魂，要往自己的辦公室裡蕩去。

南舟注視著他彷彿被刀硬生生劈去了一半的過分瘦削的身體，思忖片刻，快步趕上了他，「基斯先生，我有事找你。」

基斯先生回望向他。

不知道是不是錯覺，南舟覺得他露出了一點笑意，彷彿他等了這許久，終於從這六人密不可分的聯盟中尋到了一絲縫隙。

只是因為太久不笑，那笑容看起來像是用膠水硬生生貼糊上去的，局促又乾癟。

他假笑著說：「好的，我們去辦公室說吧。」

當夜，南舟把江舫他們搖醒了，開門見山：「我把基斯綁起來了。」

這發言過於爆炸，登時讓大家清醒了大半。但對於此，他們並沒有太多的驚訝。是南哥嘛，幹出什麼事都不奇怪。

耳釘男班杭揉了揉眼睛，口齒不清道：「他幹什麼了？」

「沒幹什麼。」南舟解釋說：「他剛進辦公室，就被我弄暈了。我先動的手。」

南舟以前在副本裡也沒少做劍走偏鋒的事情，隊員們雖然有點懵，倒也是接受良好。只有耳釘男班杭嘮叨了一句：「攻擊 NPC，沒事情吧？」

南舟眼睛也不眨一下，「他要雇外鄉人做事情，外鄉人起了貪念，看他孤身一人，想要打劫財物，也是符合正常邏輯的。」

大家互視一圈，了然點頭。啊，卑鄙的外鄉人，這設定也說得過去。

當他們在教堂內鋪開搜索一個小時後，昏厥的基斯牧師甦醒了過來。等明白自己是被自己雇來的打工仔綁架了後，他那張古井無波的撲克臉並沒有因此產生任何像樣的波動。

　　南舟也沒有再打暈他的打算。基斯可以說是唯一一個掌握了全域情況的人，他們如果想要問他更多的事情，不能光靠把他打暈。可惜基斯本人並沒有什麼傾訴欲，粽子似地躺在床上，死魚眼緊盯著天花板，把任人宰割的姿態擺得相當到位。

　　他們把華偲偲留下來，盯著他，嚴防他逃跑。臨走前，南舟把一根木棒交給了華偲偲，說：「有需要，打暈他。」

　　華偲偲咧著嘴，「太暴力了吧。萬一打死了呢？」

　　南舟一本正經：「那你輕點兒。」

　　送走南舟，華偲偲坐到了床邊，懷擁著木棍，望著床上紙片一樣瘦弱的基斯牧師。他知道，南舟交給他的任務是什麼，也知道南舟為什麼要當著基斯的面放狠話。一個唱紅臉，一個唱白臉嘛。

　　「沒事，我是和平主義者，不隨便打人。」

　　華偲偲本來就是個活潑又善心的小青年，扮演起寬慰者的角色也讓人有信服度。他俏皮地眨眨眼，「你放心。」

　　基斯牧師轉了轉黑沉沉的眼珠子，望向了華偲偲。

　　華偲偲摸摸臉頰，咧嘴笑了笑，「你想跟我聊聊嗎？」

　　基斯牧師注視著華偲偲的面孔一會兒，答非所問：「……對不起。你還不夠。」

　　華偲偲摸摸後腦杓，「……」啊？

　　他雖然不懂基斯牧師的意思，但隱約能猜到，他是嫌自己不夠格和他交談。華偲偲並不沮喪，對方只要不完全拒絕溝通，那就是有希望的嘛。

$$F_1 = F_2 = G \frac{m_1 \times m_2}{r^2}$$

　　另一邊，南舟用從基斯那裡搜來的鑰匙，打開了所有上鎖的門扉。眾人都覺得這是個簡單的副本，於是保持著愉快輕鬆的心情，一間間搜了過去，效率倒是不低。然而，奇怪的是，他們並沒有看到什麼詭譎的魔法陣，或是獻祭必需的邪惡物品，就連班杭篤定的「基斯搞不好是吸血鬼」論，都沒能找到一絲半點的證據。

　　那些鎖起來的「神祕」房間裡，不是陳列著壞掉的祈禱椅、朽爛的書架、用壞了的木梯，就是平時用不上的園藝工具。而基斯牧師不輕易示人的辦公室，裡面也只是擺著他日常所用的神學書籍而已。

　　任何曾經出現在他們腦中的邪惡畫面，都沒能在這間小教堂中找到。沒有暗格、沒有密道、沒有密室。教堂裡乾淨得奇特，也詭異。

　　越搜尋，大家越是一頭霧水。

　　宋海凝手摸著基斯辦公室內略略潮濕的書架，小聲嘀咕了一句：「這NPC就連一點任務道具都不提供給我們嗎？」

　　她認為，副本的本質，就和他們在現實裡玩的密室逃脫或是劇本殺差不多，怎麼也會象徵性留給他們一些線索卡或是任務道具吧？

　　他們手頭所有的線索都是似是而非，讓人頭痛得很。他們暗中觀察了這三天的信件來往，也只能看出幾件事：

　　公爵重病。牧師有治病的辦法，且在籌劃當中。公爵和牧師關係匪淺，甚至可以說是曖昧。

　　然而，從教堂內，他們根本找不出基斯所說的「治病之法」……難道，那話只是牧師隨便說說，來替重病的雪萊公爵寬心的？

　　宋海凝想，也許，他們的關係也並沒有那麼好？宋海凝開始腦補。雪萊公爵是本地的領主，統治力非比尋常，所以，牧師大人不得不假稱自己有治病之法，但實際上也只是在隨便應付罷了？

　　結合他們什麼都沒搜出的現狀，宋海凝越想越覺得自己的想法靠譜。

　　雪萊公爵今天沒派人來送信，說不定是病又重了，城堡那邊太忙，他們的隊友走不開身。搞不好明天，公爵就會派人向牧師索要治病之法。牧

師萬一給不出方法來，那肯定要背上一個欺騙公爵的罪名。而他們身為教堂現如今的一份子，肯定要和牧師一起吃掛落。

副本明文規定，不讓他們過橋，或許就是刻意設限，不讓他們逃出去。除非他們能把公爵派來的人都殺光。到時候，這就變成了一個靠武力平推的副本。

如果真是這個發展，他們就完全不用怕了。他們有南舟，而這個時代又不會存在太強力的遠程火器⋯⋯

然而，她才剛剛對進入書房的江舫說出「什麼有價值的都沒找到」，江舫便徑直問她：「他們之間往來的書信呢？」

在他們到來前，公爵和牧師顯然是按照一天一封的頻率來通信的。那麼，他們往來的書信呢？

宋海凝是專門負責搜索基斯的書房的，聞言，她愣了愣，肯定道：「我沒找到。」

江舫繼續問：「那這三天的書信呢？」

宋海凝也繼續搖頭，「沒有找到。」

江舫不懷疑宋海凝的判斷。宋海凝向來心細如塵。她說沒有找到，那就是把地板縫都摸過了。

江舫把目光投向了房間內的一處小壁爐，走過去，俯身在銀白色的爐灰中摸索。

宋海凝：「我都摸過了，裡面沒有藏東西。」

江舫吹掉了手上的浮塵，「再摸。」

宋海凝乖乖照指示做了，再次細細摸索了一圈。可她的確沒在鬆散的灰爐中摸出什麼來，不解其意地看向江舫。

江舫說：「有灰。」

宋海凝：「⋯⋯」

她起初有些疑惑。壁爐裡當然有灰，這話問得跟「垃圾桶裡為什麼有垃圾」一樣迷惑。但她的目光在壁爐裡的灰上停留 3 秒後，她的眼神也慢

$$F_1 = F_2 = G \frac{m_1 \times m_2}{r^2}$$

慢起了變化。

現在是夏天，壁爐裡就算有乾淨的灰，也該是幾個月前的了⋯⋯

江舫提醒她：「教堂日誌。」

宋海凝如夢方醒，小跑著出去，翻出了幾大摞材料。

這些天，他們能接觸的都是一些明面上的教堂事務。教堂日誌就是他們能接觸到的訊息之一，上面如實地記錄了幾月以來每一天教堂的事務。

這日誌可以說是又臭又長，看了等於沒看。當初，班杭沒翻兩頁就哈欠連天。宋海凝倒是忍著無聊，把近一年的日誌都看了。最終，她也只得出一個無聊的訊息——

之前，公爵每週都會來教堂做禮拜。從去年剛入冬開始，公爵病情發作，纏綿病榻，就沒再來過。

拿到日誌後，江舫也只是隨手翻了翻，並沒把它當成什麼重要的道具研究。但他卻早早注意到了一個細節——日誌裡，依照教堂內的溫度表，如實地記錄了每日的天氣和早晚氣溫。基斯牧師的性格相當一板一眼，這無聊的資料記錄，他竟然一日都沒有落過。

宋海凝以極快的速度把近六個月的記錄匆匆翻了個遍，發現此地氣候濕潤，冬日極短，在最冷的時候，也有 6、7℃。更別說現在已經是草木茂盛的盛夏。

按理說，早在二月份開始，教堂裡就根本沒有任何燒炭取暖的必要了。尤其是這間書房，不見天日，沒有窗戶，就是一間窒閉的囚籠。

壁爐裡的灰，恐怕早就應該因為四周茂盛植被所帶來的豐富水氣而結塊了，就像那因為潮濕而散發出奇特的木頭味道的書架一樣。

但是，壁爐裡的灰，結構鬆散，一抓一大把，顯然是一直在使用，才沒有板結成塊。而且這灰的顏色透著股清潔的感覺，不像是木柴火炭的顏色，倒像是⋯⋯紙張。

宋海凝心思急轉之下，已經明白了江舫的意思。

啟發過宋海凝後，江舫起身，言簡意賅地進行了指示：「再找。」

宋海凝利索道：「沒問題，老大。」

江舫往外走去，同時叮囑道：「還有，別把基斯當 NPC。NPC 可以提供給你線索，人卻會隱藏和銷毀線索，要把他當一個人……」

話說到此，他驟然一頓，想到了什麼。他用指腹摸一摸唇畔，但卻什麼也沒說，轉身去找下一個人了。

陷入困局的也不是只有宋海凝一個人。班杭找到了一個被鎖起來的小閣樓。閣樓的出入口在一處房間的天花板上，被與天花板同色的擋板牢牢鎖住。鈴鐺似的鎖頭懸在半空，像是藏匿起了一個亟待旁人探尋的祕密。鎖扣鑲嵌在天花板上，早已腐朽。

奇怪的是，整個教堂，只有這間小閣樓沒有鑰匙。班杭找來一方板凳墊腳，拽著鎖頭扯了又扯，由於找不到借力點，索性發了蠻力，東拉西拽地狠拊了一把，把整個擋板都硬生生扯了下來。

結果，他被兜頭轟下來的一線灰塵給迷得直跳腳，又被自動下落的伸縮木梯砸了頭。然而他費心巴力地忙活了一圈，閣樓之內並沒有什麼有價值的東西，除了密布的蛛絲外，空無一物。

班杭灰頭土臉地弓著腰，在閣樓內鑽了一圈，連咳帶嗽，卻什麼都沒能發現。他不死心，把頭探出擋板，正好看到南舟走到門口，出現在十步開外，立刻招呼道：「南哥，你上來看看。」他一頭一臉的兵荒馬亂，「我信不過我自己。」

南舟依樣踏上咯吱作響的樓梯，接過班杭手裡的一盞燭火，環視著這間逼仄骯髒的小屋。這裡沒有任何光源，只有一小方窗戶透進些許光亮，稀薄的月光用幾縷光芒托舉起了同樣稀薄的灰塵。南舟撩開那些圍繞著束線起舞的塵埃，宛如分花拂柳一樣，信步走到了閣樓中唯一的光源來處。

南舟單手扶上生銹的窗棱。從窗戶向外看去，南舟判斷，這裡應該是整座教堂，甚至整個東岸人力所及的至高點了。當然，只要沿著外壁攀援而上，爬上那哥德式的尖頂，還能到達最高的地方。

但在那裡，只會看得更遠，而不會是現在這樣，正好能看到那棲息在

$$F_1 = F_2 = G \frac{m_1 \times m_2}{r^2}$$

西岸群林深處白鴿一樣的華麗城堡的一扇窗戶……以及正對向這扇窗戶、定定注視著這邊的人影。

南舟心神一震，猛地吹熄了掌中的燭火。這距離太過遙遠，哪怕他窮盡目力，都不可能看清那邊的人是否是雪萊公爵。南舟隱於黑暗中，遙望著那邊的人影，心臟一寸寸收緊。

等在樓梯下的班杭察覺到閣樓的光芒消失，不由探了頭上來，發聲問道：「南哥，怎麼了？」

南舟步步退後，每退一步，心中就冒出一個念頭。班杭打開閣樓的異響，他們聽得清清楚楚，根本連 5 分鐘還沒超過，為什麼對方會站在對面城堡的窗戶前，彷彿專門在等著和他對望這一眼？

要麼，是兩邊有什麼心靈感應。要麼，是有人一直等在那裡，望著這扇窗，等待這裡有燈亮起。

南舟再退一步，嗅著這裡淡淡的腐朽的灰塵氣息……可是，這裡有什麼被關注的必要？

按照它的落灰程度，這裡起碼有半年時間沒有被人啟用過了。為什麼雪萊要派專人盯著一間幾乎不可能有燈亮起的房間？這個閣樓房間，究竟是做什麼用的？

南舟不知道。但他覺得，他們踏入了一個精心設計的陷阱。

基斯牧師平時就待在教堂裡，寸步不離。

如果他們沒有控制好基斯牧師，他們根本不可能在不驚動他的情況下，打開這間完全封閉的屋頂密室。

這裡完全沒有燈，想要進行搜索，就必須燃燈。點燈的話，對面就會馬上發現，這間閣樓裡有人。這倒像是……牧師借了他們的手，在向對岸發射某種信號一樣。

如果他們什麼都不做，就可能會因為手頭線索缺失而無法通關。

但如果他們一旦行動起來，試圖控制教堂，就必然會發現這個無法開啟的閣樓，必然會掌燈上來查看情況，必然會被死盯著這邊的、岸那邊的

人發現。

這是死局。

能解答南舟心中無窮問題的，此時此刻，只剩下了一個人。

南舟不理班杭的疑問，下了扶梯，正要去找基斯，忽然聽到外面傳來一陣騷亂。緊接著，是一聲變了調的呼喊。

「南哥！！班杭！！過來！！」是關俊良的聲音。

當南舟聞聲趕到那間關押基斯牧師的房間中時，江舫正蹲在基斯牧師的床前，手也剛剛從他的鼻端前撤開。江舫的聲音裡，透著難解的疑惑。

「……他死了。」

南舟快步上前，同步傳入他鼻端的，是一陣刺鼻的血腥氣。

基斯牧師身著深黑制服，佩戴著的十字架深深插入了他的心臟，只剩下一點銀質的尖端露在外面。從衣服的漩渦狀褶皺可以看出，當十字架沒入他的胸口時，兇手還把十字架擰了好幾圈，確保把他的心臟絞碎。相當殘毒的手法。

南舟環視了一圈眾人，心中濃重的陰雲升騰而起，「華偲偲呢？」

江舫沉聲道：「……他不見了。」

基斯死了。而華偲偲從教堂中消失了。

讓人頭皮發麻的緊張感以空氣為媒介，在教堂內迅速瀰漫開來。他們就算想要反抗、想要戰鬥，他們也得明白，他們對付的是什麼東西吧？

要知道，事前他們不是沒有準備的。華偲偲手上有木棒，身上有一整個道具庫。幾十個副本的經驗累積下來，不是所有的人都有本事能神不知鬼不覺地近他的身的。

當他做出「有危險」的判斷時，就算事發突然，不能即時做出攻擊動作，華偲偲總能弄出些動靜來吧。但他就這樣在小教堂中消失了，沒有血跡、沒有聲響。江舫進門來時，就只剩下一具被十字架洞穿胸口的身軀倒臥在床。

最重要的是，東岸除了他們幾個，明明不該有任何其他的活物。

$$F_1 = F_2 = G \frac{m_1 \times m_2}{r^2}$$

　　如果花了整整 4 天時間還不能確定這件事，他們這些人先前的副本就真的是白過了。

　　剛才對教堂內封閉房間的搜查，更加確證了這一點。教堂裡既然沒有藏人的地方，東岸除了他們，再加上基斯，應該只有七個人。

　　那麼，是誰可以悄悄潛入教堂，殺死基斯？又是誰有本事能讓一個年輕的男人像是一道蒸汽，悄無聲息地在有五個人穿梭往來的教堂中失蹤？

　　南舟說：「可能是有人過了橋，從西岸來了。」

　　江舫聳聳肩，「或是一直借住在東岸教堂的某個魔鬼。」

　　宋海凝被這兩人的推測駭出了一身雞皮疙瘩。她望著屍體，驚疑不定地問：「那我們現在要怎麼辦？」

　　江舫擺擺手，示意他們先出去，別分散行動，在外面等著。其他隊員在進入副本前都是普通人，留在這裡和屍體大眼瞪小眼，除了徒增焦慮之外沒有別的好處。

CHAPTER

07:00

生與死，是永遠不可能用一句
「習慣了」輕輕揭過的

宋海凝心神不屬，額頭上直冒冷汗。

基斯死了，這影響可是致命的。他們的主要任務就是幫助基斯和雪萊傳信。如果明天，公爵再派人去橋上送信交接，他們拿什麼去？難道拿落款是今日的信件去敷衍嗎？

南舟卻不在乎宋海凝的焦急。第四天公爵沒有來信，也就意味著信的內容不需修改，想去改日期落款又不困難。為求穩妥，他們甚至可以不送信，單送物。反正也沒有誰規定兩人必須每日一信，寒暑不斷。他們甚至可以謊稱，基斯摔斷了胳膊，沒法寫信，要他們傳口信。

相比於明天要面對的困窘，南舟更在意眼前的奇怪情景。

基斯牧師的雙手是被南舟親自綁縛在床欄上的，他胸口的一字形創口，血肉猙獰翻捲，但因為血都被封堵住了，流出來的反倒不多。

鑲嵌在他心臟內的十字架短而鈍，並不是一樣好武器。在和基斯短暫的交鋒中，南舟判斷，他這具身體看似瘦弱，但內裡隱藏的力氣著實不小……但對南舟來說，也不過只是在人類的正常區間值之內。

在雙手都被捆綁的情況下，基斯就算想要自殺，一個不長不短地掛在脖子上的十字架也絕不是最佳的武器。再加上考慮到要尊重他的信仰，因此在成功擒下他後，南舟摸走了他身上所有的東西，唯獨沒有取下那十字架……偏偏就是這最不可能的凶器，奪走了他的生命。

凶手沒帶刀、沒用槍，用著最粗糙最簡便的殺人方法，輕而易舉地殺死了這名核心 NPC。就算是某個應召而來的魔鬼幹的，這樣的殺人手法，也實在是太潦草了些。

南舟定定望著床上雙目微闔的屍身。少頃，他起身向外走去。江舫知道他要去哪裡，早一刻找到華偲偲，華偲偲就多一分的生還機會。

按理說，這種時候他們不應該分開行動。但以南舟的武力值來說，這一條規矩並不成立。

江舫並沒有別的叮囑要對南舟講，只輕聲說：「……小心。」

南舟：「知道。」

$$F_1 = F_2 = G\frac{m_1 \times m_2}{r^2}$$

　　江舫又強調了一遍：「我說的不僅是遇到怪物。如果遇見華偲偲，也要小心。」

　　南舟垂下眼睛，「……知道。」

　　他明白江舫在說什麼。

　　在他們眼皮之下悄無聲息地帶走華偲偲，其實毫無意義。

　　就像殺死基斯一樣，神不知鬼不覺地把華偲偲一起殺掉，明明是更簡單的事情，不是嗎？

　　房間內外的人，雖然都保持了沉默，但大家心中都有了一個共同的認知。華偲偲，有可能已經被奪舍了，甚至殺死基斯的人，就是他。

　　對於江舫的提醒，南舟平靜地點頭，「記住了，我會盡力救他的。」

　　留下這句話，他的身影在門口一閃，已然消失。

　　江舫的後半句話，在南舟走後，才輕聲道出口來：「……我的意思是，你要照顧好自己。」

　　話已出口，他也覺得自己可笑。江舫從來是冷情自私的，雖然這些隊員喊自己一聲老大，然而一旦出事，江舫只關心南舟的安危，南舟則比自己更在乎他們的生死。他搖了搖頭，驅趕開了無關的念頭，再次把目光轉向了床上的屍身。

　　基斯牧師的面部肌肉僵硬，牙齒咬得很死。

　　江舫翻開他的眼皮，和那已經失去焦距的一雙死人眼睛進行了一番對視。片刻之後，他臉色微微起了變化。他從那雙眼睛中，輕易地讀出了混合著痛楚的訝異。

　　人突遭驚變，橫死當場，眼裡有驚訝是再正常不過的。但是，在這樣的驚愕中死去的人，雙眼不可能這樣穩穩地閉合上！

　　江舫俯下身，細細找尋，果然找到了另外幾處證據：

　　在基斯牧師的額角鬢髮處和雙掌關節處，都蹭上了一星半點的血跡……就好像有一雙沾染著鮮血的手，在基斯死後，幫助驚痛難言的他合上眼睛。

　　江舫重新將目光投向了他胸口的致命傷處。這樣的傷勢，並不能達到一擊必殺的效果。如果基斯的意志稍稍堅定一點的話，如果基斯想的話，是可以留下一些有價值的、關於兇手的訊息的。

　　但是他沒有。

　　這也就意味著，那始作俑者一直在床邊，注視著床上的基斯牧師掙扎，甚至……會溫柔地握住他抵在床頭的雙手，阻止他留下什麼用來給他們提示的痕跡。直到他斷氣、直到他死不瞑目，而那人替他掩蓋好眼皮，好整以暇，轉身離開。

　　江舫搜遍了整張床。果不其然，在床頭後看到了一點指甲的劃痕——垂死的基斯牧師，的確是想要為他們留下一些什麼的。只是那具體的內容已經不可考了。

　　江舫步出了房間，面對了四張或迷茫、或驚恐、或不安的面容。他深吸一口氣，向他們提出了一個讓人毛骨悚然的假設：「我們的對手既然會消滅證據，也就是說，我們對於任務時間點的理解可能出現了偏差——基斯可能早就完成了召喚惡魔的儀式，銷毀了所有證據。」

　　「他，或者被他召喚出來的惡魔，早就等在這裡了——只是在等我們來而已。」

　　房間內的南極星兩爪一攤，睡得無比香甜，絲毫不知道外面的世界已經天翻地覆。

　　那個初見時逗弄著牠的鼻尖，問「為什麼要養小耗子啊」的愛笑青年，那個一心一意要結束遊戲、回到現世，生怕他的母親繼失去父親後又失去他的年輕人，已經無端消失，無蹤無影。

　　第四天的白晝結束了，他們迎來了第五天的日出。只是那白日被隱匿在漫天的霧帳下，也被虛化了，分不清日和月的分別。

基斯牧師死了，但他們還要做任務。

江舫一筆一劃地在教堂日誌上記錄。

今日天氣：大霧。

今日早 8 點氣溫：24 度。

一夜過去，他們的搜尋進展異常緩慢。教堂內外，都是如此。他們沒能在教堂內搜索到更有價值的線索，也沒能找回失蹤的華偲偲。這東岸雖然是絕壁一座，但要南舟一個人靠雙腿走遍，還是太吃力了。

天亮後，由於教堂已經被他們翻了個底朝天，再無其他痕跡可找，關俊良和班杭索性結伴出去搜索，留江舫和宋海凝留在教堂裡看家。

下午時分，南舟再次按照規定時間，兩手空空，第五次赴約，前往吊橋。這次，有人提前等在那裡了。但等待的人卻不是趙黎瑞，而是一個身量高大、執事模樣的陌生男人。他沉默地立在橋中，線條冷硬，像是一尊優雅健美穿著燕尾服的塑像。

在看清來者的面容後，南舟站住了腳步。為什麼不是趙黎瑞？南舟注意到，他手中什麼都沒有拿……所以說，要送的是口信？

手信和禮品，可以交給新人來送。口信，一定要是相對親近、可信賴的人來送。但是，這仍然無法打消南舟心頭升起的叢叢疑雲。

燕尾服摘下禮帽，對自己深鞠一躬，把禮數做了個十足十。

南舟則單刀直入：「平時和我們交接的人呢？」

燕尾服擺出十足的公事公辦的態度：「抱歉。前天夜裡，雪萊公爵突然病倒，城堡裡太忙了，沒有可以用來送信的人手，浪費了基斯牧師和您的時間，萬分抱歉。公爵昨天晚上才甦醒，沒有寫信的力氣，就拜託我來傳一句口信……」

南舟又想到了昨夜。那扇全教堂唯一能和對岸形成呼應的閣樓窗戶，那個和他遙遙相望的人影……疑影幢幢。

南舟給出了早就準備好的說辭：「基斯先生沒有寫信，只是問，公爵身體怎麼樣？」

　　「公爵先生也有話對基斯先生轉達。」燕尾服男人答話的口吻，也像是被銅澆鐵鑄過一樣：「他說，您的心意，他收到了。『那件事』，他會去做的。」

　　南舟問：「什麼事情？」

　　「我不知道。」燕尾服滴水不漏：「但是，公爵先生知道的事情，牧師先生一定知道。」

　　那名基斯牧師已經涼了快 24 小時了，就算他們有心要問，也根本是無從問起。想到這裡，南舟邁步跨上了吊橋。一步一晃、一步一進。

　　每進一步，南舟都在想，要不要把這名執事殺死在這裡。殺掉他，就沒有人能回去給公爵報信了。這樣的話，公爵應該會派人再來詢問。

　　公爵手下的僕役不多，能用來跑腿的應該是新人。南舟急需確認他對岸的隊友都安全無虞。

　　他更擔心，華偲偲因為某種原因，踏上了西岸。

　　或者，可以嘗試著把這個來自西岸、遊戲體系以外的人，強行拖上東岸，測試一下如果過橋，會有什麼懲罰或者限制？

　　但諸多念頭在他腦中轉過，也只是轉過。現在局勢還沒有惡化到不可控的局面，距離第七日還有兩天時間，他不能貿然殺死他，打草驚蛇。至於強拉他去東岸……

　　首先，這人不是玩家，未必會受到規則約束。其次，如果東岸只有南舟自己，平白多出了這麼一個實驗體，他一定會把他拖過去試一試。

　　可現在不行。東岸有他的朋友，還有他的隊員們。他不怕觸犯規則，怕的是連累別人。

　　因此，當立在燕尾服面前時，南舟的口吻還是一如既往的平穩冷淡，似乎他胸中醞釀著的那些險惡計劃渾然不存在似的：「公爵先生還有沒有別的話要說？」

　　燕尾服老神在在：「沒有了。」

　　南舟：「和我們一起來的人呢？」

$$F_1 = F_2 = G\frac{m_1 \times m_2}{r^2}$$

燕尾服施施然：「什麼人？抱歉，我只對公爵負責，不負責城堡的人事管理。」

南舟繼續追問：「『那件事』到底是指什麼？你不說清楚，我沒有辦法轉達。」

燕尾服依然堅持：「基斯先生一定知道。」

……對方顯然是油鹽不進。

然而，未等南舟問出「昨天夜裡到現在有沒有看到人過橋」，只聽到一聲慘叫，響徹山谷。

南舟臉色一冷。華偲偲的聲音！在東岸，在自己還沒來得及搜索的那片區域！

然而，燕尾服卻像是對這樣駭人的慘叫司空見慣了似的，把禮帽抵在胸口前，溫和地俯身行禮，「如果沒有別的事情，我就先回……」他的領帶被南舟一把擒住。方才的冷靜思考、精細盤算，如今全盤化為了冷淡的殺機。

南舟單手扯穩他的領帶，一腳踹上了他的膝蓋。燕尾服還沒來得及反應，整個人便失了重，被掀翻在吊橋護欄之外。他登時被收緊的領帶勒得臉紅脖子粗，那優雅從容的餘裕煙消雲散，雙眼暴凸，血絲綻滿。他喉嚨裡發出「嗬嗬」的氣音，徒勞地仰著脖子，去抓南舟的雙手，兩隻腳在空中亂蹬，企圖找到一個著力點。

南舟放任他掙扎夠了，把他往上一拎，讓他的腳尖勉強能踩到吊橋外緣的木板。

「……你要去哪裡？」

南舟沒察覺到，此時自己的口吻有多像江舫：「……我從頭問一遍。公爵先生還有沒有別的話要說？」

燕尾服剛被拽上來，連呼帶喘，喉嚨劇痛，直瞪著南舟，一時間半個字也說不出來。

南舟也沒有留給他呼救或是構思謊言的時間，一腳踹上了燕尾服的腳

尖。燕尾服腳下一滑，整副身軀再次被徹底拋出橋外，只有脖子上品質良好的領帶被纏在南舟指尖，維繫著他的一絲生機。可惜，那既是生機，又是死途。

吊橋扶手是木質的，長期暴露在山風的梳沐之下，根本無法長期負荷兩個成年男性的全副體重。漫漫流動的霧氣，把那原本就無法窺底的深谷延展出了個無邊無際的樣子。兩人置身在一片小規模的雲端之上，唯一的傍身之物，只有這座年久的老橋。

吱——吱——鋼筋、木板和繩索彼此糾纏、摩擦。鋼筋的低鳴、木板的慘叫、繩索的呻吟，無數危險的懸命之音，混合著來自胸腔內部驟然拔升的心跳頻率，更顯得動魄驚心。

南舟的思路很簡單。這個副本中的 NPC，既然有智慧，那麼也一定怕死。為了更好控制住燕尾服，讓他保持在一個不上不下的狀態，南舟的大半副身體都越過了欄杆，幾乎是倒懸在了半空中。

人瀕死前的力量格外巨大，燕尾服風度全無，用抵死掙命的力道，想從南舟手底爭得一點生機。但他面對的是南舟。面對萬仞深淵，他的面部肌肉都沒捨得動上一下。

南舟耐心地把人掛了個半死後，又把人撈了回來，問：「還記得我剛才的問題嗎？」

南舟的點把握得很準，恰好卡在燕尾服虛弱無力又不至於徹底失去理智、記憶和思維的邊緣。

吃了上一次的苦頭，燕尾服知道，如果自己再磨磨唧唧，他又會被毫不留情地一腳端下去，再吃上將近 1 分鐘的窒息之苦。他的上半身被南舟牢牢控制，以一個 45 度角後仰的姿態虛浮著躺在半空，渾身上下只有一雙腳的前三分之一可以挨著橋板。

求生的本能讓燕尾服隔著皮鞋，用腳趾徒勞地摳緊了木板。他連呼救的空隙都不敢留給自己，甫一恢復基本的呼吸能力，就嘶啞地吼出聲來：「公爵先生……咳咳咳……的確還有話說！」

$$F_1 = F_2 = G \frac{m_1 \times m_2}{r^2}$$

慌亂之下，時間有限，燕尾服一面不住咳嗽，一面把自己所知的一切事情都和盤托出。

不管那些內容是否經公爵交代、公爵又是否要求他傳遞。

「公爵說，羅德醫生不建議他做那種可怕的手術，因為太過危險，也是違背倫常的，這樣玷污上帝贈送給世人的禮物，必然會招致上帝的詛咒。但他是願意為基斯先生冒險的，只是怕基斯先生不高興。」

「我們公爵他從小就是這樣，很為別人著想。基斯先生是他教父德洛斯先生的兒子，基斯先生要求不許他做的事情，哪怕他忍著身體的病痛，也不會去做……」

「他說，牧師先生肯回心轉意，他真的很開心。」

「他說，他真的很想去看鬣蜥，所以他會努力讓自己的病好起來。」

「他說，希望能早一點和牧師先生見面……」

伴隨著燕尾服語無倫次的一陣告白，南舟困惑地皺起了眉頭。

他聽得出來，這位世襲的小公爵，很可能是和年輕的牧師有著非比尋常的深厚交情。

他們是朋友，所以關係好到能夠為對方去死。所以，為了朋友能活，基斯會做些什麼？為了自己能活，這位擅長「為別人著想」的公爵先生，又會有什麼動作？

聽燕尾服的意思，公爵是打算做一臺相當冒險的手術，好治療自己的腦疾。

「危險」。

「可怕」。

「違背倫常」……

能同時滿足這些形容詞的手術……南舟想，難道公爵打算做換腦手術，一勞永逸，徹底解決他的腦袋問題？而大腦的原材料就是他的隊員們？可為什麼公爵會突然提出要那位「羅德醫生」給自己做手術？

南舟一路溯源，大致勾勒出了劇情的走向。

　　在他們進入副本的第四天，公爵病發，沒能成功送信。得知公爵病況惡化，心懷陰謀的基斯故技重施，想要把南舟一人叫到辦公室裡去，目的未知，但必然不會是什麼好事。

　　既然是基斯想要動手，那南舟除了動手反制，再沒有更合理的應對之法了。於是，南舟控制了基斯，大家開始著手搜索教堂。那間塵封著黑暗的閣樓，自然而然被他們這群外來者開了封。而班杭帶著油燈、登上閣樓，為彼岸的公爵釋放了某種信號。南舟想，恐怕公爵和牧師之前達成過某種約定。

　　牧師封起了這間唯一能和公爵城堡遙相對望的閣樓，試圖為公爵尋找治病的辦法——這並不難猜，因為「公爵的腦病」是這個副本中目前可知的唯一核心矛盾。

　　在長期的摸索中，他擬定了自己的計劃，招徠了他們這些外鄉人進入教堂，用來達成某種不可告人的目的。按照舫哥的推斷，基斯可能早早就和惡魔做了交易。

　　惡魔一直徘徊在東岸的神聖之地中，只是缺少一個合適的祭品。

　　他先後嘗試叫華偲偲和南舟單獨前往辦公室，可能就是想要向惡魔獻祭落單的祭品。可惜，他沒來得及下手，就被南舟五花大綁到了床上。基斯牧師的計劃，至此應該是失敗了。

　　他由得他們四處探索，進入閣樓，替他掌上了那盞燈，向西岸發出了信號。他已經暴露，無法完成惡魔的獻祭，還不知道能不能活到第二天。

　　而如燕尾服所說，公爵是個固執而癡心的青年，一心聽從基斯的意見，如果不得到基斯允許，他甚至會乖乖地放任自己的病情一路惡化下去，也不肯做手術。

　　他要利用南舟他們這些外鄉人，向公爵發出訊號，允許公爵冒險去做換腦的手術。然後，基斯被惡魔殺死，付出了應有的代價。這一切的一切，都十分水到渠成，大體的邏輯也是通暢的。

　　可是，即使想到這裡，南舟的思維仍墮在五里迷障中，難以解脫……

$$F_1 = F_2 = G\,\frac{m_1 \times m_2}{r^2}$$

還有太多的事情解釋不通。

如果基斯叫他們前往辦公室，是為了把他們做祭品，那魔法陣呢？召喚陣呢？基斯的辦公室可是乾乾淨淨，什麼都沒有搜到的。

假使幕後黑手真的是惡魔，他殺死了基斯，又為什麼要帶走華偲偲，而不是當場殺死？

還有，剛才的那聲慘叫……那是華偲偲的聲音。滿打滿算，他失蹤了十幾個小時。惡魔要殺他，為什麼非要等到現在才……

懷著滿腔微澀不安的心緒，他又把燕尾服的腳尖往深淵下踢去。不過他極有技巧性，只踢了一側。燕尾服此時哪裡還有什麼體面可言，在感覺到身體有失衡的前兆時，他馬上失控地大叫起來，不等南舟提問，就自動地回答了他的下一個問題。

「我不知道誰是和你們一起來的人！！」燕尾服慘聲大叫：「如果你是說那些新人的話，他們都做著最簡單的服侍工作，他們的確是不歸我管轄的！」

事已至此，被逼至絕境的燕尾服，心志早已土崩瓦解，根本沒有撒謊的必要和餘裕了。

得到這樣不確定的答案，南舟的心境根本無法平復，擔憂他的隊友們。然而，他們偏偏不被允許登上西岸，不管有多少擔憂，也只能隔岸相望。束縛著他們的，是規則，也是未知。

南舟重複了他的第三個問題：「你說的『那件事』是什麼？」

燕尾服面色鐵青，竭力伸長手臂，終於勉強摳到了南舟的虎口，用指甲去摳挖他的皮肉，試圖維持身體的平衡。

「我不知道……」他喃喃自語，聲帶哭腔：「我用耶穌的名字起誓，我真的什麼都不知道……」

可他越是自語，神色就越是倉皇，眼中的瘋狂之意越是清晰。

南舟垂下眸光心想，或許他真的什麼都不知道了。那自己就需要思考下一步的行動了……應該怎麼處置燕尾服呢？

放他回去，必然是不可能的了。

南舟的餘光瞟向了東岸的土地。

與其滅口，或許，可以拿他做一下實驗……

不過，沒等他將心中的計劃醞釀圓滿，燕尾服就憑著最後一點氣力，狠厲地扳住了南舟的手掌，把整個身軀的力量都灌注在雙手上，單腳往後一蹬，縱身跳入了深淵之中！

擁有自我思考能力的獨立NPC燕尾服，做出了屬於他自己的判斷——他被這樣以命相威脅，吐露了這麼多消息，南舟不可能再放他回去，向公爵報信。所以南舟一定會在這裡殺他滅口，與其等著被殺，不如魚死網破！

因為是魚死網破，南舟受此一拉，身體也不由往前栽倒，腰腹砰的一聲重重撞在橋欄上。偏偏此時，欄杆終於是不堪重負，閦閦一聲，木板崩摧！南舟的身體隨慣性往前一栽，半個身體就順著重力，從破碎的橋欄間直栽了出去！

在腳掌被拉扯著、即將離開橋板時，南舟驟然感到橋板彼端傳來了一陣細微的震動。又有人上橋來了？

下一瞬，一隻手憑空伸來，窮盡渾身氣力，抓住了南舟的指腕，同時腰身一擰，死死抓住了另一側的橋欄。

下墜之勢稍減，南舟便憑藉著極強悍的腰力，用腳背勾住了殘破的橋欄，堪堪穩住了身形。

燕尾服本來就是強弩之末，手勁不足，隨著雷霆一樣的墜勢，自然無力支撐，不受控地鬆開了手。

待南舟再次定睛去看時，那件深黑的燕尾服只在深濃霧氣中揚起一角，便被吞噬殆盡，再無影蹤。

面對著撲面而來的濕漉漉的霧氣，南舟眨眨被沾濕的眼睫——啊，好危險。

他回過身去，順著死死握住自己另外一隻手的手腕，一路向上看去。

$$F_1 = F_2 = G\frac{m_1 \times m_2}{r^2}$$

南舟看到了面色煞白的江舫。

　　江舫閉上眼睛，竭力想像自己沒有身處在深淵之上，可這樣的自我催眠，對他這樣嫻熟的騙子起不到任何作用。護欄一角斷開，海流一樣向他湧來的山風，一點一點剝蝕著他的理智。他知覺全失，甚至不知道自己是否抓住了南舟。他抬起顫抖的手指，試著去觸摸和感知南舟皮膚的溫度。此時此刻，在萬丈深淵上，他是自己唯一可依靠的存在了。

　　南舟也馬上給予了回應。捉住了江舫的手腕，溫柔地拍拍，又摸了摸，「我沒事的。」他細細觀摩著江舫的面色，「你怕高？」

　　江舫死咬著牙關，眼尾沁出淡淡的紅意。

　　南舟沒有再去追尋燕尾服的身影，俯身把人抱起，一路回到了東岸。

　　江舫靠在他的懷裡，單手抓住了他的心口位置的衣服，把平整的那處揉出了一片皺褶⋯⋯像是撒嬌。

　　南舟望著江舫，心裡泛起了一點點奇妙的感覺。在他面前，江舫是從容的、紳士的，永遠擅長謀劃、永遠留有後路。這樣脆弱的江舫，他還是第一次見。

　　踏上堅實的泥土，南舟也後知後覺地鬆了一口氣，輕聲道：「剛才很危險。」

　　江舫沒有給予他回應，只是深一下淺一記地呼吸。

　　南舟抱膝蹲在他面前，像是一隻乖巧的貓科動物，「你這麼怕高，我都不知道。」

　　江舫這才鬆開咬得泛出了血腥氣的牙關，勉強開了個玩笑：「你不知道的事情多了。」

　　南舟用心望著他的臉，「既然知道危險，為什麼還要上橋救我？」

　　江舫單手撐著地面，試圖找回自己雙腿的知覺，聞言苦笑了一聲。他望著灰濛濛的霧天，淡色的瞳仁上似乎也蒙了一層不見情緒的淡霧，「我們是朋友啊。」

　　南舟沒有答話，只將指尖抵在他的手腕上，有節奏地來回摩挲，幫助

他的心跳以最快的速度回到正軌。

他問：「……你怎麼會突然到這裡來？」

江舫呼勻一口氣。剛才的慌亂、失態、看到南舟即將跌落深淵時心臟的絞痛和失重感，都被他好好地收拾了起來，滴水不漏。

他站起身來，「俊良他們找到華偲偲了。」

南舟的指尖一停，「在哪裡？」

話是這樣問，他已經想到了。而下一秒，江舫就指向了剛才燕尾服跌落下去的地方。

短短幾分鐘，這霧氣瀰漫的無底深谷，就吞吃下了兩條性命。

江舫沒有給自己太長的休息時間，他們抓緊時間返回了教堂。

此時的關俊良，仰躺在教堂大廳內祈禱的長椅上，手裡死死抓著一片碎裂的衣角，口眼緊閉，渾身顫抖，竟是昏迷了過去。

宋海凝一手給關俊良擦汗，另一手握著在教堂聖水中洗過的匕首，眉眼被襯得英氣又肅殺。

班杭也死死抓住他們手裡少有的驅魔道具，守在兩人身邊，擺出絕對的防衛姿態。

看到從教堂門口踏入的兩人，班杭和宋海凝的精神才為之一鬆，齊齊露出了求援的神情。即使這兩人兩手空空，而他們全副武裝。

南舟走上前來，俯身查看關俊良的情況。

江舫則把掌心被橋索勒傷的紅痕藏起，平靜道：「班杭，你再把情況說一遍。」

班杭頹然地往旁側長椅上一坐，胳膊撐在長腿上，一下下地撫摸著耳垂。這是他焦慮時的表現，耳釘上的釉光早就被他摸禿了。

他是和關俊良一起去找失蹤的華偲偲的。他們原本打定的主意是絕不

$$F_1 = F_2 = G\ \frac{m_1 \times m_2}{r^2}$$

分兵，尤其是在這大霧天，他們要是分開了，就是擎等著讓那隱匿在霧中、不知在何處的怪物各個擊破。

關俊良是他們隊伍中著名的老好人，對隊友生死的憂心忡忡遠勝於班杭，一路上一言不發。班杭實在受不了這樣的死氣沉沉，好像華偲偲真的死了一樣，就絞盡腦汁地琢磨著找點話題，好活躍活躍氣氛。他那蹩腳的冷笑話剛講到一半，關俊良忽然駐足，捉住了班杭的手腕。

「阿杭，你聽。」關俊良的語速驟然急促，問道：「……你聽到有人呼救嗎？」

班杭被他的語氣感染，馬上豎起耳朵去聽。

「救──命──」

一聲極輕極細的聲音寄在霧氣之上，飄蕩而來，讓人不由得平白起了一身雞皮疙瘩。

「是華子的聲音！」關俊良精神一振，「在懸崖邊！」他放聲大叫：「華子！是你嗎？」

那虛弱呼救的聲音一頓之後，又遙遙送來了新的訊息：「我……救我……」

班杭沒動。大霧、迷途、從霧裡傳來詭異的求救聲……太奇怪了。他相信就是傻逼。

但他忽略了，身邊的關俊良實在是個太好太好的人了……好到哪怕江舫叮囑過他們，要小心華偲偲可能被那不具名的「惡魔」附身了，他還是肯為了那「可能」之外的一絲希望去冒險。

關俊良見班杭鐵了心，不肯挪動一步，心一橫，獨身闖入了那漫天的濃霧之間。

班杭腳步一慢，不過幾秒，那人的身形竟已經被霧氣吞噬大半。

班杭急得冒了一頭冷汗，「哎！！老關！你別去！回來！」

關俊良的聲音從十幾公尺開外傳來：「你跟著我！」

班杭氣得一跺腳，又不可能把朋友扔下不管，只得壯著膽子，瞎子摸

213

象地跟著那聲音，闖入了前路未知的霧氣中。

班杭聽聲辨位的本事不如關俊良，像是沒頭蒼蠅似的，在霧氣中東一鑽、西一鑽，只單單被關俊良的聲音釣著，越走越是沒底。眼看已經來到懸崖邊，他愈發懷疑他們遇到了一個塞壬式的陷阱。

正是心浮氣躁時，他忽然聽到前方 20 公尺開外，傳來了關俊良驚喜的呼聲：「這裡！阿杭，華子在這裡！！」

班杭一愣，懷疑關俊良也被附身了，便猛然剎住了腳步，沒有前進。前方一片混亂之音。衣料摩擦聲、微弱的呢喃聲、關俊良的呼叫聲，像極了夢魘中才會出現的場景。

少頃，關俊良焦急無措的聲音再次響起，高聲呼救：「阿杭，快來幫忙，華子他……」

聽他的發音，好像真的在竭盡渾身氣力，要和那無底的深淵搶回一條命來。

班杭陷入了猶疑。難道華偲偲真的在崖邊，隨時可能墜崖？還是這又是一個局？他是不是要回去教堂，找到老大，還是留在這裡看看情況？

就是在這一瞬猶疑，霧氣深處，華偲偲突然啞著嗓子，發出了一聲聲嘶力竭的慘叫：「啊——」

而先於響徹深谷的慘叫聲響起的，是衣料的尖銳撕裂聲。慘叫之後，則是破開霧與風的下墜聲。沒有落地的聲音。

山谷太深，肉體支離破碎的悶響，是不足以從山谷深處回饋而來的。在那墜落聲消失在百尺開外後，周遭再無聲響。

班杭呆在了原地。

他的手腳迅速褪去溫度，面上血色漸無……不會吧？

半晌後，他僵硬了的肢體才勉強恢復了行動力，慌忙向前奔去。破開叢叢霧瘴，疾衝了幾十步後，他剎住了腳步，看到了跪倒在懸崖邊、神情木然的關俊良，手裡握著一塊殘布，正被回流的霧風吹得隨風搖擺，像是一塊寒磣的招魂幡……是華偲偲衣服的殘片。

$$F_1 = F_2 = G \frac{m_1 \times m_2}{r^2}$$

班杭的嘴角從僵木，逐漸開始不受控地抖動起來，眼眶也一波一波地泛上酸脹刺痛來。

難道，呼救是真的？華偲偲也是真的。不是騙局？那麼，剛才，他倘若肯放下戒心，肯來幫一把關俊良……

關俊良定定注視著掌心飄飛的碎布，撐在懸崖邊的手指不斷內合，抓起了一捧浮土，死死扣在掌心。

他盯著華偲偲墜崖的方向，似乎要窮盡全身力量，去看清華偲偲最後的模樣。然而落入他眼中的，只有一片蒼白的虛茫。

「為什麼……」

關俊良沒有看班杭，班杭卻知道，他是在對自己說話。他的語調裡，含著一股壓抑的冷淡：「……阿杭，為什麼不來幫我？」

話音落下，他作勢要站起身來，身體晃了兩下，閉著眼睛，面朝著萬仞懸崖，直直往前栽去。

班杭如夢初醒，搶前一步，死死抱住了暈倒的關俊良，雙臂哆嗦著擁抱著他，在崖邊徐徐坐倒。

班杭的描述顛三倒四，勉強還原了事情的原狀後，便勾下了頭，連續深呼吸了兩三記，像是被回憶的重壓逼迫得喘不過氣來。

他自言自語，話音中帶著難掩的悲痛：「華子以前說，如果他沒了，讓我回去跟他媽媽說，他的銀行卡密碼是他爸的生日。老子還答應他了，說要是他沒活著回去，就把他的錢全取了，一毛錢都不留。想孝敬老娘，滾回去自己孝敬去……」班杭以手撐頭，狠狠把頭髮揉亂，「媽的，這讓我回去怎麼跟人說啊？」

說話間，班杭的膝頭暈開了兩三滴深色的水跡。他抬起手肘，倉促地抹了抹臉，嗓音裡帶著滿滿的自嘲和惶恐：「他媽的……都已經死了這麼多人，我怎麼還是接受不了……」

生與死，是永遠不可能用一句「習慣了」輕輕揭過的。更何況，現在的窘境，完全是由於班杭的「不信」導致的。他忍不住去想，如果他能放

下一點戒心、如果能去幫幫關俊良，是不是華偲偲就能活、是不是……

聽了班杭的講述，南舟坐到了昏迷的關俊良的身邊，伸手去摸他的脈搏和額頭。關俊良的心跳得奇快，手指和額頭都是一片異常的冰涼，臉色一片灰敗。

南舟問宋海凝：「為什麼他會暈倒？」

他不理解。

宋海凝快速擦拭了一下眼角，逼迫自己從低落的情緒中走出。

「關哥他性格本來就是這樣的……」她理解南舟在人類情感這方面的輕微缺失，輕聲同他解釋：「眼睜睜看著偲偲墜崖，還是從他手裡……他接受不了……」

南舟「嗯」了一聲，不再提問，只是靜坐在關俊良身邊，不知在想些什麼。

教堂內陷入了絕對的靜寂。他們許久沒有發生這樣的減員事件了，對那痛楚早就陌生，因此當痛楚洶洶襲來時，他們根本無力抵抗。而當南舟把吊橋上發生的事情簡單告知眾人後，教堂內的氣氛愈發沉鬱。

班杭聽完全程，什麼也沒說，只是一腳踹歪了旁邊的一張條椅，把臉埋在了掌心中，發力揉搓起來。

南舟帶回的訊息，只代表著一件事——東西兩岸，都出事了。

因為他的猜忌，剛剛從眼前失去了一位朋友，班杭不想再失去任何一名隊友了。他啞著嗓子，輕聲詢問南舟：「我們……難道就這樣看著他們，不能救？」

南舟和江舫都沒有答他。話說出口，班杭自己也覺得荒謬，自己埋下頭去，不再多言。

他雖然莽撞，但早已不是剛剛進入遊戲的那個愣頭青。誰也不知道觸犯規則會有什麼後果，會不會讓對面的隊更加陷入難解的絕境。

可如果真的什麼都不做……他的耳畔又響起了下墜的風聲。

宋海凝實在不願意讓這樣的抑鬱情緒擴散開來，便主動嘗試尋找話

$$F_1 = F_2 = G\frac{m_1 \times m_2}{r^2}$$

題：「老大，你說，我們下一步要做什麼？真的要等著那個惡魔……一個個把我們殺死？就像殺死偲偲那樣……」

江舫接過話來：「很奇怪。」

宋海凝點頭附議：「是，我們到現在為止都不知道那個惡魔究竟是什麼目的……」

基斯牧師做事細緻，把所有的痕跡都掩蓋得太過完美。即使在焚毀的紙灰裡，宋海凝都沒能找到一絲半點的線索。

明明這次的副本劇情比以往任何一個副本都要簡單，核心的矛盾點也是換任何人來，都能輕易抓得住的——兩岸的主要 NPC 在談一場戀愛，但因為一方沉屙纏身，他們的感情又明顯不為當下的世界所容，他們只好各自尋求解決之道。線索清晰，劇情明確，但他們偏偏就是有一種無從下手、無處著力的局促感。

江舫卻打斷了宋海凝的話：「我說的『奇怪』是，華偲偲為什麼現在才死？」

這話說得讓班杭微微打了個哆嗦，但他冷靜下來後，也沒有覺出什麼不滿。他們跟著江舫，不是因為江舫看上去永遠和煦的笑容，而是因為在任何時候，他都能足夠冷冽清醒地處理一切突發事變。而他提出的質疑，也的確有理。

華偲偲被無聲無息地擄走了十幾個小時，難道她還能在懸崖邊掛上十幾個小時嗎？他們事先勘察過東岸的地形。懸崖邊無花無草無木，除了靠自己的一雙手，行將墜崖的人根本是無所憑依的。如果說華偲偲在那兒掛了十幾個小時等人來救，簡直是荒謬中的荒謬。

宋海凝推測：「惡魔是不是故意的……故意在關哥和阿杭走近的時候，把偲偲放在崖邊，關哥和阿杭因為懷疑未必會去，等偲偲力竭墜崖後，他們才會知道……」

電影裡的惡魔不都是這樣嗎？為了占據一具軀殼，不惜任何手段地搞事情、搞心態，製造恐怖事件，毫不手軟地抓住每一絲心靈空隙。

隨著推測的深入，她愈發擔憂起關俊良和班杭來。這兩人都親眼見證了朋友的墜亡，心理都受到了巨大的衝擊，會不會被惡魔鎖定為下一個目標呢⋯⋯

江舫不置可否，轉而問南舟：「你怎麼想？」

南舟把手搭在關俊良的手腕上，思考道：「如果是那樣的話，它真的很無聊。」

還深陷擔憂中的宋海凝沒能反應過來：「⋯⋯啊？」

南舟望著關俊良的臉，「像你說的，正常人聽到一個失蹤十幾小時的人在懸崖邊呼救，根本不會去崖邊看情況，更不會去救，他們只會覺得是陷阱而已。」

宋海凝想要反駁：「可是，關哥的性格⋯⋯」話說至此，她猛然一噎。那惡魔⋯⋯又怎麼會知道他們的性格？

當然，惡魔或許神通廣大，全知全能，或許它早就被基斯召喚而來，潛藏在他們周邊，暗自窺探觀察，在這幾天內摸透了他們的性情。可這樣一隻心機深沉的惡魔，如果有把握、有信心能騙關俊良到崖邊，費了這麼多周折，難道只是為了讓華偲偲死在他面前？就像南舟說的，如果惡魔的目的僅僅是這樣，合理之餘，未免也太過「無聊」。宋海凝愈發糊塗了。

「『不能過橋』⋯⋯」南舟喃喃念著那條被反覆提及的規則：「會和這件事有關嗎？」

從現在的局面看來，不管是惡魔，還是遊戲，都在一力促成他們去做「過橋」這件事。如果惡魔——當著他們的面殺害他們的好友，的確有可能讓他們惶恐不安，甚至為了保命，逃到西岸去。畢竟東岸是絕壁一座，沒有別的下山之路。他們想要遠離這片被惡魔支配的土地，只能過橋。

然而，「過橋」究竟會導致什麼後果？和這邊的怪力亂神相比，西岸那邊的故事畫風可以說是截然不同。這邊是由牧師主導的惡魔召喚，那邊是由醫生主導的科學怪人。就算過了橋，又能有什麼難以承擔的後果？

南舟不由地想到了，燕尾服執事在橋上脫口而出的話。

$$F_1 = F_2 = G \frac{m_1 \times m_2}{r^2}$$

『……玷污上帝贈送給世人的禮物，必然會招致上帝的詛咒。』

這是西岸那邊唯一和「神」相關聯的內容。什麼是「上帝贈送給世人的禮物」？「上帝的詛咒」又和「惡魔」有什麼關係？雪萊公爵，究竟想做什麼？

打破南舟思緒的，是遙遠處傳來的一聲悶響。四雙眼睛齊齊望向教堂周邊，就連南極星都被驚醒了，從2樓的臥室枕頭下顧湧顧湧地爬出來，睡眼朦朧地站在窗邊，眺望向對岸森林間搖曳的燈火。

南舟問：「什麼聲音？」

江舫立起身來，神色愈發沉重，簡短地答：「槍聲。」

話音甫畢，西岸方向傳來了第二聲槍響。

緊接著，是第三聲、第四聲。

「他們，在追捕什麼人？」

槍聲連珠一樣炸響在西岸。從敞開的教堂門看去，對面的森林間白朱流火，將西岸幽暗的樹林間創造出一片充滿殺意的不夜天。燧發槍、火繩槍、霰彈槍，各類槍響，亂七八糟地響成一團。

一場追殺，正在距離他們一橋之隔的地方發生。而被追殺的對象……完全可以想見。他們再樂觀，也不會相信那邊公爵城堡大半夜糾集人馬、槍聲雷動，是重病的公爵突發奇想，想打兔子玩兒。

班杭坐不住了。然而，他雙腿剛剛一動，就聽江舫說：「別動。」

班杭心如火灼：「可是那邊一定是他們……」

一想到自己的隊友正被人當做獵物合圍絞殺，他哪裡能坐得住？更何況，他的女朋友……

江舫冷靜地睋了他一眼，眼神裡是至絕的漠然和理性：「你出去，是打算過橋嗎？」

班杭一時語塞，一腔熱血漸漸冷卻。

規則。又是規則。規則要求他們不能過橋。規則把綜合實力最強的兩個領頭人都壓制在了東岸。規則要讓他們眼看著一路走來的兄弟姐妹，死

219

在他們眼前。規則在逼著他們⋯⋯**觸犯規則**。

圖窮匕見，獠牙漸露。他隱隱察覺了這副本背後的惡意，但還是無法無視那血淋淋的事情就這樣發生。

班杭心急如焚，咬牙道：「我們⋯⋯可以在橋邊接應⋯⋯萬一他們往我們這邊逃⋯⋯」

「要是聰明一點，他們該往鎮子下面逃。我們這邊是死路一條。」江舫冷靜地說。

班杭的聲音驟然抬高：「可下山的路如果被封了呢？！」

江舫無比理性地給出了兩種選擇：「那麼，他們要麼被抓，要麼被逼之下，選擇過橋。」

宋海凝死死抓著膝頭的衣服，埋著頭，聲音痛得發顫：「⋯⋯那，難道我們就只能這麼看著？」

「我是要去看。」江舫起身，邁步向外走去，「但你們不行。」

南舟很自覺地跟在他身後，同時指著昏迷的關俊良，吩咐其他兩人：「看好他。」

江舫頭也不回，「你也留下。」

南舟：「不能讓你一個⋯⋯」

江舫決然回身，把食指直戳在他的胸口，命令道：「你留下！」

這是江舫第一次對南舟使用命令的口吻，南舟察覺到他神情裡的某種東西，站住了腳步。儘管沒有證據，但南舟直覺，自己留在這裡，或許要比跟著他更合適。他只是慣性地⋯⋯不想讓江舫一個人而已。

目送著江舫大步離開教堂，南舟倒退幾步，卻撞到了一個人。他回過頭去，班杭站在他身後，雙目通紅，祈求地抓住了南舟的衣角，「南哥，求求你，跟老大去吧。」

南舟望著他，「我要照顧你們。」

班杭壓抑著激動的情緒，以致於表意顛三倒四：「我們兩個在這裡，還能彼此有個照應，萬一那個惡魔攻擊了老大，他落單⋯⋯」

$$F_1 = F_2 = G \frac{m_1 \times m_2}{r^2}$$

南舟說：「但關哥現在昏迷，留你們兩個在這裡也很危險。」

「不……」班杭神色倉皇地喃喃自語：「你放心，我會照顧好海凝和關哥的。」

南舟試圖勸慰他：「舫哥說得對，越少人去越好。對面有槍，人去得越多，目標越大，不要太擔心……」

然而，南舟越勸，班杭的臉色越是煞白難看。

「……求求你了，南哥，你去吧。」班杭沙啞著嗓子，痛得渾身發顫，甚至彎下了腰去，顫抖著輕聲道：「就算有人要過來，老大他……也絕對會放棄他們的……」

「規則明確說不讓過橋，可要是他們逃到橋邊，怎麼辦？」

「老大為了不觸犯規則，一定會……」

宋海凝從後拉住了班杭，輕聲制止他：「喂……別說了……」

只是，從宋海凝望向自己的眼神裡，南舟發現，她或許是認同江舫說的話的。

南舟低頭望向被班杭抓得發皺的前胸衣服，好奇道：「……我去了就會有用嗎？」

「有你在，你說不定會想出更好的辦法。」班杭嘶聲：「有你在……老大會收斂很多。」

他輕輕重複：「……南哥，他肯為了你收斂的。」

夜色如水。只是這水被白日裡未散的濃霧盡數吞沒。霧氣洗去了一切清晰的輪廓邊角，只留下一片混沌的殘影。對面的森林濕漉漉地融化在霧中，反暈出一片深黑的光景。

兩岸從崖邊開始，都有將近 50 公尺的開闊帶，沒有任何可供藏身的地方。江舫藏在距離橋邊最近的一棵林木邊，淡色的眼珠裡映著西岸森林

深處交錯亮起的火光，他把周遭的地形觀察一遍，冷冷揚了揚嘴角。班杭太過於想當然了。

在橋邊接應？他們敢在這樣的開闊地上公然露面，那就是給對岸送活靶子。他背靠著粗糙的林木，沒有回頭，只對著那沉鬱的黑暗哂笑一聲：「你來了？」

南舟從旁邊的樹上探出頭來。

江舫開門見山：「不是你自己想來的吧？」

南舟答非所問：「我是擔心你的。」

江舫遙望對岸，哂笑道：「不用替班杭扛雷。我知道，他和海凝都信不過我。」

這個副本的惡毒之處，到現在為止終於露出了它真正的面目。即使不提那語焉不詳的「惡魔」和「上帝詛咒」，它客觀上將 12 人的隊伍切割成東西兩岸，並定下了明確的「不許過橋」的死規則。說白了，就是遇到危險，不僅不允許互助，甚至他們還要為了維護這個規則，在極端條件下，被迫進行互殘互殺。

而兩岸的交流，又實在少得可憐。這對共歷生死、心又沒被錘煉到刀槍不入地步的普通人來說，是極度殘忍的折磨。儘管他們的內心不想這樣，但他們對彼此的信任，的確在規則的左右下搖搖欲墜了。

南舟扶著樹，垂下腳，輕輕晃蕩了兩下，「我相信你。」

江舫之所以不讓班杭來，只是因為擔心他一時熱血上頭，衝過橋去。

江舫笑了一聲，不置可否：「你相信我，還到這邊來盯著我？」

南舟：「我不是來盯著你的。我是來叫你回去的，我們換班。」

「你比班杭還不可信。」江舫說：「我一走，你就會到對岸去。」

南舟倒也不隱瞞自己的意圖：「嗯。你說得對。」

江舫：「我不同意。」

南舟：「我不是你的隊員。」

江舫：「我不是在跟隊員說話，我是在跟你說話。你去，我不同

$$F_1 = F_2 = G\,\frac{m_1 \times m_2}{r^2}$$

意。」話說到這裡，江舫發覺自己的語氣實在有些超過了。

他的耳尖微微發了紅，裝作無事，繼續道：「我們在西岸的隊員可以過來，我們在這邊接應他們，然後一起承擔後果。但我不希望我這邊的任何人過去冒險。」

「過橋就算有什麼後果，我來承擔。」南舟說：「我承擔得起。說不定也救得了他們。」

江舫神色一凜，語氣轉冷：「就算有什麼因果，那也不應該落在你的身上。」

南舟：「我沒關係。」

江舫：「我有關係。是我把你帶出來的。你就算要走，也要給我完完整整地走。」他深吸一口氣：「這是我對你的責任。我們……是最好的朋友，不是嗎？」

「我……」

南舟正欲接話，忽然聽到叢叢的腳步聲從西岸的森林中，一路朝著懸崖狂奔而來。

人在最絕望的時候，總是會投奔最信任的人。哪怕南舟曾經明確告訴過他們，東岸是無路可走的絕壁，西岸才是有生途的地方。更何況，如班杭所說，那條通往山下的路，是真的被堵死了。

一個鬢髮凌亂的女孩鑽出了樹林，撒開雙腿，掙著一條命，往吊橋方向跑來。雖然在巨霧中，只能辨出一個隱約的身影，但樹上的南舟還是一眼認出了她。蘇青窈。

南舟窮盡目力，能依稀辨認出她身上穿的是深黑的女僕服飾。她跑步的姿勢有些怪異，一隻胳膊萎靡無力地耷垂在身側，大概是中了流彈。她像是一隻被追獵的受傷小鳥，撲棱棱地搧動著翅膀，一路狂奔至吊橋邊，想也不想，一步跨上！

然而，橋身輕微的搖晃，把她從無邊的驚慌中喚醒了過來。她疾衝到橋中 1/4 處的時候，卻猛然剎住了腳步。

如果蘇青窈還是剛剛進入副本的菜鳥蘇青窈，肯定會哭著喊著、不顧一切地先逃過橋去，保住命再說。但現在，她不敢了。她如果過岸，就是觸犯了「不許過橋」的規則，甚至還可能把這些持槍的暴徒引到對岸去——她此刻的選擇，極有可能關係著全隊的生死存亡。

在她陷入短暫的猶豫中時，南舟身形一動，剛要跳下樹去接應，森林中就一瞬間鑽出了六、七個黑服的奴僕。能通過在森林中迂迴繞圈、和追擊者拉開幾十公尺的距離，對她來說，已經是極限了。

不過，那些人鑽出的距離還有這有近，且基本都位於吊橋南側。她如果跑得夠快，毫不猶豫地穿過橋來，是有機會在那些射程不很遠的槍口下逃生的。但是，這樣，她就必須要過橋，就會把災殃燒到東岸。

死，抑或生？究竟哪一條是死路，哪一條是生途？電光石火，半秒不到，蘇青窈便做出了她的選擇。

蘇青窈強行克服了自己對生的渴望，掉頭衝下了寄託著她僅存生機的吊橋！

她拉著裙襬，沿著懸崖奔逃，同時藉著山谷這臺大喇叭，放聲大喊：「老大！南哥！！那個公爵是個瘋子！」

「他們要拉我們去做手術，要開我們的腦袋！」

「康哥被他們抓進手術室了！闞哥也受了傷！！」

「趙哥和我一起逃出來的。他……」

隱在樹後、聽著蘇青窈越來越悲傷絕望的聲音，兩人一片沉默。林中原本分布雜亂的槍聲，現在只在蘇青窈背後響起。趙黎瑞，恐怕也是凶多吉少了。

她喊到這裡，也是喉頭發堵，雙腿發軟。她淚流滿面地哭喊：「救命！我不想死！！我才 24 歲！！」

即使如此，她逃離那座吊橋的速度沒有分毫減慢。她想要逃回森林，但是，一聲槍響，在她身後驟然響起。蘇青窈的步子一頓，身體一陣亂抖，往前踉蹌了兩步，以百米賽跑的起步式，雙手撐地，蹲到了地上。然

224

$$F_1 = F_2 = G \frac{m_1 \times m_2}{r^2}$$

而，她的終點，也是這裡了。

「把她撿回來，趁她沒有死透」的議論聲，隱隱約約地落入了她因為劇痛而耳鳴陣陣的耳中。她胸膛劇烈起伏，咬死了牙關，也發了狠。

——想帶我回去，還想趁我沒死透，拿我做實驗？你他媽的休想！

在呈扇形包合而來的包圍圈中，蘇青窈因為血液流失而漸趨無力的雙腿繃緊了肌肉，猛地一蹬地，朝著旁側的萬仞深淵，疾衝而去。她的身影被霧氣翻捲著吞噬。她沒有留下一句遺言，除了那句「我才 24 歲」。

西岸的後半夜，至此陷入了絕對的岑寂。東岸的森林中，兩人立於陰影之中，注視著蘇青窈消失的地方，再也說不出一句話。江舫的沉默，不只是由於眼睜睜看著隊友在眼前墜崖身亡⋯⋯她不惜用命送出的情報，他們其實早就分析出來了。

木已成舟。但他們還是有一點可以做的事情，只是這件事，靠江舫是做不到的。

江舫把手從樹身上撤下，「南舟，你⋯⋯」說話間，他仰頭望向空蕩蕩的樹梢。

然而，南舟已經不在那裡了。

他望向正前方。南舟不知何時，已經鬼魅一樣地立在了吊橋邊，漆黑的風衣一角被霧氣托在霧中，緩慢飄飛。

對岸的人也注意到了這高䠷詭異的鬼影，紛紛駐足，舉起了手中的槍，作戒備狀。

南舟態度平和地迎向那些黑眼睛一樣的槍口，開口道：「牧師先生說，把你們的火器借給我們五支。」

他的口吻相當理所當然。那霧氣中的幢幢人影彼此對望一眼，沒有要動的意思。

南舟說：「如果再有人逃到這邊來，我們需要自衛。」

「你們的警衛水準有問題，不然人不會逃出來。」

南舟靜望著對面，但餘光裡，始終有烙在對岸土地上、最終消失在懸

225

崖邊的一道赤紅血痕。觸目驚心，但他必須要嘗試無視。他說：「要是雪萊公爵在，他也會同意一切以基斯牧師的安全為先。」

這話還是有說服力的。領頭人在短暫的思考後，搜羅來了兩支長槍、三支短槍，授意一個年輕人交到南舟手上。

當年輕人走上吊橋時，南舟背在身後的手骨喀啦響了一聲。他望著年輕人向前邁動的足尖。

一步、兩步、四步、五步。

他距離東岸越來越近，似乎完全不在乎如果走過橋的話，東西岸會有什麼事情發生。他身後的十幾人也沒有要阻止他的意思。這也就意味著，如果剛才蘇青窈真的逃過橋來，這十幾條槍也會毫不猶豫地跟隨著她，一起把戰火燒到東岸。

南舟或許可以用蘇青窈作餌，擰斷他們的脖子，搶奪他們的武器，但接下來的兩日，東西兩岸將再無寧日。最關鍵的是，規則沒有任何主語，只是反覆強調「不許過橋」。誰知道放任對岸的這些 NPC 過橋，算不算打破規則？

看著逐漸接近的年輕人，南舟很想要試試看。可是，當那雙腳即將邁過橋時，南舟跨前一步，差點和他面貼面，阻攔他踏上了東岸的土地。

年輕的 NPC 被他突然的粗魯動作嚇得一怔，倒退了幾步，狐疑不滿地盯著他瞧。

南舟不理會他的不滿，向他伸出手來。

他把槍一股腦兒堆到了南舟懷裡，並問道：「我們有一位執事先生，下午來送信，你們見到他了嗎？」

南舟低著頭，一樣樣把槍披掛到了自己身上，「見到了，他捎來了公爵的口信。」

年輕 NPC 瞥了一眼破裂的橋欄，「可他一直沒有回到城堡。」

「我不知道。」南舟的語氣平鋪直敘，回道：「等找到他，你可以去問他。」

他伸出手，搭在了年輕 NPC 的肩膀上。遠距離火器到手、認真地猶豫一番是否要把他扔下去、徹底和對面撕破臉皮後，南舟拍了拍他，「告訴你們那邊的人，橋欄壞了，需要補一下了。」

這一夜很漫長，但終歸是過去了。

南極星吊在從長槍取下來的槍帶上，掛在窗戶邊，一下下盪著鞦韆。昨天牠本來想跟著南舟去看看情況，可南舟非叫牠守在教堂裡。

牠百無聊賴地等了一晚上，不僅沒等到對面的人打過來，還等回來了五支槍。牠自然把這東西當成了戰利品，認為昨晚或許是取得了了不得的勝利。畢竟之前一直是這樣的。

沒人對牠一隻小動物談起他們失去的朋友，所以南極星的心態還算平和。牠又被南舟委派了一個新任務：看守昏迷的關俊良。

其他人有事要商量。

南極星一隻鼠無聊，索性吊在槍帶上盪鞦韆，自娛自樂。牠不知道，這條槍帶所屬的槍上，或許就沾著蘇青窈的血。

在牠正百無聊賴地越盪越高時，床上的關俊良張開了眼睛。

南極星懶懶瞇著的眼睛驟然一亮，牠噔地跳下了槍帶，撲通一聲落在了枕頭上，嚇了關俊良一跳。

南極星興奮地：「唧！」你醒啦！

關俊良久久注視著枕上的南極星，目光冷得出奇。

南極星歪了歪腦袋，並不覺得多麼奇怪。關俊良昏迷了 12 個小時，一醒過來，腦子鏽鈍、反應遲緩，也不是什麼不可理解的事情。

他費力地把自己從床上支撐起來，看起來竟然是不顧自己還虛弱著的身體急著下地。

南極星三跳兩跳蹦到了床邊，張開了雙爪，作勢攔他，「唧！」不

行，你要再休息一會兒！

關俊良坐起來就耗費了極大的氣力，雙腳甫一落地，就用單手撐住頭，眩暈了好一陣。他抬起手，摸了摸南極星的額頭，動作溫柔，好像是在說「我沒事」。

南極星被他摸得很舒服，也乖巧回蹭了回去。

一開口，關俊良的聲音就是失水的沙啞，只能勉強聽出本音：「他們在哪裡？」

南極星用兩隻小爪子比比劃劃，「唧！」都在外面！

關俊良勉強笑了一聲。他的身體可能非常不適，笑容看起來像是硬擠出來的一樣為難，「聽不懂啊。」

南極星繞圈圈，「唧唧。」你在這裡好好休息啊。

關俊良：「我找他們有事。你能不能，幫我叫南舟來。」

南極星覺得哪裡不大對。但牠還是很盡職盡責地搖了搖頭，再次把短短的小爪子舉平，作一夫當關萬夫莫開狀。不行。牠的任務就是在這裡好好看著他，不能讓受到精神衝擊的病號到處亂跑。

關俊良注視著牠。

良久後，他輕嘆一聲：「好吧，那我再休息一會兒。」

南極星滿意地點點頭，又跳回了槍帶上，一邊搖搖盪盪，一邊監督關俊良有沒有閉上眼睛好好養精蓄銳。

在他目不轉睛的關注下，關俊良無奈地合上了眼睛。

南極星一邊抱著槍帶悠悠打晃，一邊想，剛才那種莫名其妙的違和感，到底是什麼？

在基斯的辦公室裡，班杭越過桌子，死死攫住了江舫的領子。

江舫冷著一張臉，由得他手掌發力，越勒越緊。

$$F_1 = F_2 = G \frac{m_1 \times m_2}{r^2}$$

宋海凝一夜未眠，臉色慘白，卻還是努力抓住班杭的手臂，想把他們兩人分開，「班杭，你冷靜一點……」

班杭慘笑一聲：「……『冷靜』？」

他和蘇青窈是情侶。在進入《萬有引力》前互不相識，他們是在彼此生命的末日中相愛的。

他死死盯著江舫，「宋海凝，你問問我們的老大，如果被追殺的是南哥、死的是南哥，他能冷靜嗎？」

先前一言不發、承受了他滔天怒火的江舫卻偏挑在這時候開了口：「不能。」

宋海凝急得直咬牙——老大，這種時候你好好閉嘴別拉仇恨行嗎？

班杭陰陽怪氣：「因為他比青窈更有利用價值是嗎？」

宋海凝失色，喊道：「班杭！」

聽南舟複述完昨晚橋邊的全程，她知道，不過橋是青窈自己的選擇。可她無法用「這是青窈自己選的道路」來安慰班杭。那太蒼白，也太殘忍。就像江舫，他也理解班杭的瘋狂，所以可以允許他將火氣傾瀉在自己身上。可有些埋怨一旦宣之於口，就太傷感情了。

「我說得不對嗎？！南哥更有價值，所以他不能死；青窈就是一個普通人，所以她可以被隨便犧牲！」

提到南舟，班杭愈發激憤痛苦，口不擇言：「南哥不是去了嗎？他為什麼不吸引火力，殺掉那些人？他做不到嗎？」

江舫抬起眼睛，和班杭眼裡那已經逐漸逼得他失去理智的熊熊暗火對視，「你的意思是，應該讓南舟過橋，或者去橋邊吸引火力？你認為他不會死？遊戲論壇裡那些殺死他的經驗帖，你覺得是怎麼來的？」

班杭一時難以回答，攥住江舫領口的手指慢慢發了僵。他最恨的，是其實他什麼都明白。他知道這次副本怪異奇特、知道那反覆強調的規則不可違背、知道以橋邊的開闊地形，但凡在那交火激烈的關上跑上去就是個活靶子、知道青窈為什麼放棄那對她而言唯一的生機，甚至知道，她是擔

229

心把危險引到自己身邊。

他都明白,只是不能接受。

班杭曾懷揣著一絲僥倖,覺得那「不准過橋」的規則可能只是騙他們的,可能就算過了橋,也什麼事情都不會發生。但是,如果規則是騙人的,青窈的死就毫無意義。而如果規則是真的,過橋真的會導致團滅,他就再沒了指責江舫的立場。

這種來回拉扯的矛盾感,足以把人逼瘋。在放任自己持續失控下去前,班杭鬆開了鉗制江舫的手,懷著一腔沸騰的痛楚,大步向外衝去。

南舟一直站在門口不發一語,和班杭錯肩而過時,南舟注意到了他已經淚流滿面。

江舫一指班杭離去的背影,宋海凝馬上會意,快步跟上。

CHAPTER

08:00

我只是想離你近一點，
不希望你是一個人

待兩人匆匆離去後，江舫往基斯牧師打了蠟的辦公桌上一倚，倦怠地合上了眼睛。

門外的南舟，直到確認班杭沒有亂跑，而是直奔著關俊良休息的房間去了，才放心地轉回了辦公室。他學著江舫的樣子，倚靠在了木桌邊。

江舫點了一支藏在抽屜裡的雪茄，銜在口中，嘴角掛著一點無奈的笑。「等這次副本結束之後，我恐怕就沒有什麼信用可言了。」江舫自嘲地輕哂一聲，「做老大沒意思，誰都留不住。」

南舟沒有接話。他也從雪茄盒子裡摸出了一支，不點燃，只是放在嘴邊叼著。

江舫拿著一匣火柴，「要試試抽菸嗎？」

「不。」南舟單用柔軟偏薄的嘴唇抿著雪茄，「我只是想離你近一點。我不希望你是一個人。」

江舫聳聳肩，「所以呢？你還是會走。」

「如果你不捨得我走，直接跟我說就好。」南舟直直望著江舫，「你沒有必要在別人面前毀掉你自己的形象，好讓我不放心你。」

江舫：「……」

他被這一記直球打了個始料未及，深深呼出一口煙，用吁出的雪白煙霧把自己的頭臉都遮蔽起來，「我？我會毀掉我自己嗎？」

南舟毫不留情地拆穿他，直言道：「昨晚的事情發生得太突然，我們的確不可能找到更好的辦法了。可你明明有更好的辦法跟班杭交代這件事，不是嗎？」

江舫：「……」

他索性把話題引回了正軌：「與其把時間浪費在這種話題上，我們不如想一想，副本要怎麼樣才能結束。」

南舟也隨他岔開話題，點一點頭，認同了他的看法：「這個副本從一開始就很奇怪。」

江舫問：「你指的是『不許過橋』？」

232

「不是。」南舟嚴肅地說：「你記得嗎？規則裡，對時間有一個奇怪的定義。」

江舫似有所悟，輕聲重複：「……『遊戲時間，為第七日到來時』。」

南舟繼續分析：「以前的遊戲，都會有一個比較明確的標準。第幾天、幾點、滿足什麼條件後，就可以結束。為什麼這次會用這麼一個籠統的時間概念？」

「『第七日到來時』……『第七日』。」

江舫低聲重複了兩遍後，隨手揉亂了自己鬆散的銀髮，輕搖了搖頭。南舟也聳聳肩。

這不過是個值得注意的疑點而已，目前還不知道有多少價值。想要從這個語焉不詳的時間點上尋求突破口，實在是太過勉強了，且極容易變成咬文嚼字的鑽牛角尖。

南舟拉著江舫步出了書房，和他一起來到了關俊良休息的房間。

在看到有人過來接班後，南極星就又心安理得地溜了號，去外面找吃的了。

班杭和宋海凝已經在房間裡了。班杭強忍難過，向甦醒的關俊良講述了蘇青窈昨夜被追殺至死的事情。說到難過處，班杭雙手撐在膝蓋上，喉嚨間發出了類似呻吟的哭音嘆息。

關俊良也似乎被他的情緒感染，閉上了眼睛，睫毛倦極地發著抖。

宋海凝用胳膊肘輕碰了碰班杭，衝他搖搖頭。關哥心腸是他們之中最軟的，但凡有一個隊友離世，他都會痛苦很久。他昨天剛剛親眼見證隊友墜崖，一醒來，又知道一名隊友離世，對他的精神會是很大的打擊。

只是，她心裡同樣清楚，關俊良應該有知情權，班杭也需要通過「講述」和「分享」這個動作，把積壓到了極限的情緒進行一點「洩洪」。

關俊良把自己埋進了被子，背對了他們，甕聲甕氣道：「……對不起，我睡一會兒。」

察覺到南舟和江舫他們走入房間，班杭低頭若無其事地用手背擦去淚

水，輕吸了兩下鼻子，再轉過身來時，也就只有睫毛上還帶著一點輕微的水氣了。

南舟提議道：「一起盤個思路吧。」

班杭微不可察地「嗯」了一聲。班杭也是隊裡的老人了，在釋放過後，也不是真不曉得輕重緩急。只是，為了照顧班杭的情緒，盤思路的主導人被江舫讓位給了南舟。

四人圍圈坐定，加上臥床休息的關俊良，一共五人。

南舟環視了他們，首先提議：「想想兩邊的目的吧。」

江舫：「先從牧師開始。」

宋海凝馬上跟上：「從我們找到的信裡，可以證明牧師和公爵關係不一般，那他的目的肯定是治好公爵的病……」

班杭說話還帶著一點淡淡的鼻音：「他召喚惡魔，不就是為了給對岸的公爵治病嗎？」

說到這裡，他又煩躁了起來。他們不是早就想到這一步了？

然而，因為「基斯牧師」這個 NPC 過於謹慎，把教堂內稍微有點價值的線索都銷毀得一乾二淨，他們現在還在鬼打牆……甚至連他「是否召喚了惡魔」這一點都有待商榷。

他們認為有「惡魔」存在，就是因為基斯牧師毫無道理地被十字架戳胸而死、而華偲偲無聲無息地在教堂內被擄走，在無緣無故地失蹤了十幾個小時後，又莫名其妙地出現在了懸崖邊。可說到底，這只是旁證，不是實錘。

基斯的書架上，和其他神職人員一樣，自然是有關於驅魔的書籍的。在發現這本書後，他們也沒有閒著，把所有書中提到與驅魔有關的物品都從教堂內外搜羅到手，放進了儲物槽，方便隨時取用。

偏偏那惡魔隱於黑暗，步步為營，把自己的形影藏得滴水不漏。如果沒人見過那惡魔的真容和形態，無法知道惡魔的姓名，找不到它真正恐懼的物品，那就不能完成驅魔儀式，還是白忙一場。

眼看盤劇情的進度又要陷入閉環，南舟輕聲念了一句：「……是嗎？
只是為了治病？」

這個問題問得眾人齊齊一愣。這……值得一問嗎？牧師不為了給公爵
治病，還能為了什麼？

南舟卻沒有就這個問題深挖下去，而是轉望向班杭，「還記得你發現
的那個閣樓嗎？」

班杭點頭。

「……執事告訴過我。」南舟說：「牧師和公爵有一個點燈的約定，
只要牧師同意他做手術，牧師就會在這間閣樓點燈。西岸收到信號，就會
對我們的人動手，捉他們去做手術的原材料。」

聞言，班杭不堪重負地深深埋下頭去，牙關也控制不住地咯咯發起抖
來……那間閣樓，是他發現的。南舟這樣絲絲入扣的分析，讓他不得不直
面他內心深處最不願意面對的事實：

讓蘇青窈死亡、甚至讓其他隊友都身陷險境的罪魁，其實有可能是自
己。他還記得自己當初發現這個隱蔽小閣樓時的得意，還覺得自己為副本
出了一份力。

當時的洋洋得意，如今化作千鈞的重壓，生生逼出了他的眼淚。

如果他那時候沒有打開閣樓的話……如果他沒有點燈去檢查的話……
西岸那邊的隊友，是不是到現在都能全員安然無恙？是不是自己的莽撞，
親手害死了他們？

班杭的心隨著思考的深入，一直向無盡的深淵裡墜去，直到南舟把手
掌壓在了他的膝上。

他的聲音清冷平靜，每個字落點清晰有節奏，帶著讓人不可忽視的力
量：「班杭，你看著我，回答我的問題。」

班杭抬起一片灰敗的眼睛，迷茫地望向他。

南舟問：「那個閣樓裡，是不是積了很重的灰？」

班杭遲緩地點頭。

「你當時怎麼打開閣樓的？」

班杭費力地轉動著眼睛，被迫去回憶自己的愚蠢，顫聲道：「我……強行打開的。」

為此，他扯壞了閣樓的擋板，還被落下的扶梯砸了腦袋。

南舟：「沒有鑰匙？」

班杭：「我找了，沒有。」

南舟再次發問：「……沒有？」

在南舟的反覆提問中，班杭終於肯在迷亂中勾出一點心神去進行理性思考了：「南哥，真沒有啊，我們不是把整個教堂都搜了個遍嗎？所有重要的鑰匙都在基斯身上，我還特意拿著鑰匙去比對過，沒有一把能對得上閣樓鑰匙的……」

宋海凝突然明白了什麼，猛地一拍班杭的大腿，拍得班杭臉都白了。她強行抑制住激動，可情緒早已溢於言表：「所以說，牧師和公爵很久之前就做好了這個約定。但牧師其實根本沒打算履約，也沒打算爬到閣樓上去點燈！」

南舟相當平靜：「所以教堂裡找不到鑰匙。他恐怕早就處理了。」

這一點，在那墜崖的執事身上也得到了印證。他說過，公爵要做的手術違背倫常，極度危險。以他們的感情，牧師不會允許公爵冒著生命危險去做手術，但同樣不會坐視公爵因病而亡。

所以，牧師一定是求助了某種超自然的力量，暗自籌劃著某個計劃。他一度想要叫華偲偲到自己辦公室裡，大概就是要讓他成為計劃的一部分。因為宋海凝半路殺出，才沒能順利執行。由此可知，那陰謀一定是要和人單獨相處時才能更方便執行。後來，他試圖在南舟身上故技重施，結果慘遭翻車。

南舟總結：「所以，點燈根本是發生在基斯意料之外的事情，可又是我們必須要去做的事情。」

對於正常玩家，在遊戲場景中存在「客觀上可供探索、但因為封鎖暫

時不可探索」的部分，那是必然得要去看看的。尤其是這個副本裡有用的線索實在太少。如果不主動出擊，他們只能坐以待斃。

最終，他們不管是坑蒙拐騙偷，都是要設法打開那些關著的門的。

就像南舟之前推測的那樣，閣樓完全黑暗，除了月光之外毫無光源，他們想要看清楚內部的構造，就必須點燈。一旦點燈，那他們就是在變相地往西岸傳遞信號，從而誘發了西岸玩家們逼命的危機。

這是在副本開始前就埋下的暗雷，是在步步誘導下的必然走向。除非他們選擇毫無作為，任這位召喚來了超自然力量的牧師魚肉，西岸才能安然無恙。否則，動必生亂。

「這就是副本的邏輯。它故意把我們分割開來，也不會放任我們哪一方獨善其身。」

想明白了這一點，讓班杭感覺稍稍有了些撥雲見日的感覺。但撥開一層雲霧後，之後仍是五里長霧。他嘀咕道：「那這能說明什麼呢？惡魔究竟是什麼？」

宋海凝合理推測：「難道根本沒有惡魔？牧師其實是西岸的人殺的？」她條分縷析道：「這個年代背景，再加上宗教背景，是不會容許牧師和公爵這樣曖昧的關係存在的，難道是西岸有人護著公爵，想殺了牧師，替公爵挽回一點名譽？」

她自己說完，自己也無奈地搖搖頭，否決了自己的這點猜測。這理由的確充分，可惜實操性不夠。潛入教堂、殺死基斯、擄走看守者華偲偲，在別人手底下或許可行。在南舟和江舫眼皮子底下完成這一連串動作，還能做到悄無聲息，那就是地獄級難度。

南舟提出了疑問：「我不懷疑基斯是因為某種超自然的力量死去的。我的疑問是，惡魔為什麼非要在那個時間點殺死基斯？」

「惡魔的邏輯，一般是要召喚者獻祭生命吧？一開始，基斯很大機率選擇的是獻祭我們，可他明明只是被綁，我們也沒有流露出要殺死他的意圖，他更不是沒有反殺的機會，惡魔為什麼那麼著急要殺掉他？」

237

聯想起剛才的閣樓問題，宋海凝的思路愈發清晰，「難不成他在用自己的生命詛咒我們？因為我們有可能去閣樓點燈發信號，我們不知道會發生什麼，但他知道，一旦公爵看到閣樓亮燈，就會去選擇犯險？！」

南舟點頭，「那個時候，最著急的，的確應該是他。」

班杭：「……要是為了詛咒我們，他召喚惡魔，選擇自殺，拿自己給惡魔做祭品可以理解，可惡魔為什麼既沒有阻止我們搜教堂，也沒有跑去西岸報信，反而把沒有參與搜查的偲偲帶走了？」

南舟：「想要更準確地做出判斷，我需要更多的情報。」

以南舟的目光為風向，所有人的視線都轉移到了此刻在床上靜靜旁聽的關俊良。

南舟問：「俊良，你說說看，昨天在懸崖邊，你到底見到了什麼？」

關俊良在宋海凝攙扶下，勉強用枕頭墊背，從床上坐正了身體。短短十數小時，他原本文弱的氣質被萎靡感大片侵蝕，原本高大的身軀裡彷彿棲息了一個孱弱的靈魂，整個人明明沒有絲毫變化，卻在視覺上單薄了一大圈。

他的用詞和嗓音一樣，都是乾巴巴的言簡意賅：「我和班杭聽到了偲偲的呼救聲，趕到了崖邊，可班杭不願去……」

聞言，班杭肩膀一震。關俊良的話，再度勾起了那段他不願面對的回憶。是，他不僅私自打開閣樓，害了對面的隊友，還間接害死了華偲偲。倘若他不那麼多疑，倘若……他完全忽視了，在那徹天的大霧中，忽然聽到有人求救，有戒備心才是最正常的。

「我勸不動班杭，又怕偲偲撐不住，只能一個人去了。」

在講述中，關俊良的嗓音漸趨沉痛壓抑。他雙手抱頭，把大半張臉埋在支起的膝蓋中，「偲偲吊在崖邊，他向我求救，我抓住了他，可單憑我一個人，我真的……我做不到。」

「我一直在求班杭，可他一直遠遠站著——我求他，我說偲偲是真的，我抓到他了，千真萬確。他的手是熱的，他明明那時候還活著……」

$F_1 = F_2 = G \dfrac{m_1 \times m_2}{r^2}$

他原本低落萎靡的語氣，隨著講述節節攀升，也讓班杭愈發痛苦難堪。就在距離那情緒的高潮點僅有一步之遙時……

「停。」南舟打斷了他：「俊良，你再講一遍，華偲偲是怎麼吊在懸崖邊的？」

關俊良：「……」

他一滴眼淚剛湧出眼眶，重重砸落膝頭，另一滴就被南舟冷淡的態度生生憋了回去。

「是……他的手扒靠在懸崖旁邊一塊凸起的石頭上。」

「身上有很明顯的外傷嗎？」

「……應該沒有。」

「哦。」平淡至極地應了一聲後，南舟側過身來，「班杭。」

班杭沒有反應。關俊良的講述聲，就像是從百尺懸霧中飄飄蕩蕩而來，入了他的腦，卻沒能入他的心。班杭眼前播放著大霧漫天的場景，以及那噩夢似的，從濃霧深處傳來的一聲慘叫。屬於他朋友的慘叫聲。

「……班杭。」

直到南舟叫他第二聲，他才陡然從幻夢中轉醒，呆呆地反應不過來：「……啊？」

南舟：「俊良說的都沒有問題嗎？有沒有要補充的？」

班杭精神仍是恍惚：「我不知道，大概、大概……」

話說到此，班杭也察覺自己狀態實在有異。不等別人下手，他自己先掄圓胳膊，下了死力氣，照自己臉上重重掄了一巴掌，又發力揉搓了自己的面頰，把緊繃滾熱的肌肉搓到發木。有了這一巴掌助陣，剛才那些話語和資訊，才後知後覺滲入他的意識和心內。

班杭記得，自己發覺情況不對、跟蹌著來到崖邊時，只瞥見了關俊良掌心裡飄飛著華偲偲的衣服殘片。赤黃交加的貧瘠砂石地邊沿，布滿指甲的細細抓撓痕跡。

崖邊缺失了一塊岩石，從斷裂面來看，這石頭根基也不算深，只是在

這鬆散砂岩中勉強扎根。而順著霧雲翻捲的崖壁下望，可以看到岩壁上有兩個被腳尖蹬踹出的落足點，但只是薄薄一點凹陷。如果雙臂脫力，單憑這兩個淺薄的落足點，是根本無法阻止軀體的下落的。

把這些痕跡綜合起來，不難在腦中勾勒出一副混雜著濃重絕望感的地獄繪卷——

華偲偲在死前，被拋棄在萬丈深淵的邊緣，上下不得，只能靠著這一塊稍動一下就會篩下細細砂石、搖撼不止的石頭，雙腳蹬著崖壁，靠著求生欲和伴生而來的巨大恐懼，苦等著救援，最後還是沒能逃過被深淵吞噬的命運⋯⋯

在班杭被自己的聯想逼到面色慘白之際，他聽到南舟問關俊良：「華偲偲當時抓住了岩石？」

關俊良：「是。」

南舟：「他的嗓子壞掉了？」

關俊良：「⋯⋯沒有。他還能說話。」

南舟：「那他為什麼不叫人？」

關俊良：「⋯⋯有可能他的嗓子受傷了，你可以問班杭，他的呼救聲真的很小⋯⋯」

南舟：「他墜崖時的慘叫聲我在吊橋這邊也聽得見。他嗓子並沒有傷到，為什麼不大聲呼救？」

關俊良微微嚥了一口口水，「我想，正常人的話，用手臂支撐身體大部分的重量，持續十幾個小時，實在太困難⋯⋯所以，那惡魔可能在把他擄走很久之後，才把他推下懸崖，我們找到那附近的時候，他才剛剛開始呼救⋯⋯」

聽起來是合情合理的。

南舟繼續追問：「既然他剛醒，那證明體力還充足，他為什麼不引體向上翻上來？」

關俊良：「那裡的土質很鬆散，他亂動的話，有可能會掉下去。」

$$F_1 = F_2 = G \frac{m_1 \times m_2}{r^2}$$

南舟：「那你怎麼還活著？」

關俊良：「……啊？」

南舟伸出手來，在床沿上輕劃了一條線，把床和地板之間的落差模擬成了一道小型的懸崖。

他圈住了一塊地，「從受力和發力的角度講，想要更快地拉一個墜崖的人上來，你就必須和他一起站在那片『鬆散』的土地上。」

「如果那塊地皮堅固到能撐起兩個成年男人，他為什麼不趁著力氣還足，翻身上來？」

「如果那塊地的地質鬆散到了一用力就會垮塌的地步，那你站在了那上面，施加了兩個人的力，你就不應該還活著，會和他一起掉下去。」

「但這兩種可能都沒有發生。」

「事實是，他死了，你還活著。」

南舟調子冷清，卻步步緊逼，話語的節奏越來越快。就連班杭也從自我仇恨的情緒中被迫走出，有些詫異地看著南舟一個個接續不斷的問題，把關俊良逼得臉色蒼白。

「俊良，再回答我一次。」南舟的眼珠黑而幽深，「華偲偲墜崖的時候，到底受傷了嗎？」

關俊良埋下了頭，「霧太濃，我其實沒看清……」

「啊，這就合理了。」南舟把那片被自己的指尖劃得凌亂了的床單撫平，「他沒有受傷的話，怎麼會不跟你配合呢？兩個人好好配合的話，他應該是可以被救上來的。」

南舟低了低頭，「對不起，俊良，我剛才懷疑你了。」

聽到南舟這樣誠摯道歉，關俊良緊縮著的肩頸肌肉才稍稍鬆弛下來。他坐在床上，稍歪著頭，虛弱又溫和地寬慰他：「我知道的，南舟，沒事，這些天發生了這麼多事情，你應該懷疑的。但是請你相信我，因為我們是隊友……」

這本是溫情無比的一席話，可房間內陷入了一片詭異的沉默。就連宋

海凝和班杭望向關俊良的目光，都出現了些許的動搖和驚疑。

「……錯了。」南舟在床邊坐下，扶著關俊良的肩膀，輕輕拍了兩記，「這位先生，你可能不知道，俊良的年紀雖然比我大，但他是會叫我南哥的。」

言罷，南舟腳尖點地，輕巧後移。下一瞬，一道蓄滿殺機的尖鋒從關俊良的被子中橫揮而出，堪堪好在距離南舟咽喉半寸處掠過！那是關俊良隨身攜帶的防身短刀！

江舫在盤點思路的環節，全程幾乎是一言不發，卻在這時完美地和南舟後退的動作打上了配合。一潑聖水毫無保留，一滴不剩，全部澆到了「關俊良」的臉上！

「關俊良」登時痛苦慘嚎起來，臉皮宛如被澆了硫酸，嘶嘶地冒起薄煙來。他的身體以一個可怖扭曲的角度反弓倒張，頸部著床，頸骨發出咯咯的脆響，整個人的軀幹呈拱橋狀，不住痙攣起來。

南舟回身看向瞠目結舌的班杭和宋海凝，問道：「那本驅魔的書在誰那裡？」

說著，他又抬手往「關俊良」的胸口澆了一瓶聖水。刺刺拉拉的皮肉灼燒聲伴隨著愈發慘烈的慘叫聲，刺得人耳膜發痛。

「……快點找到驅魔的辦法。我們只能用聖水，控制不了他太久，這還是俊良的身體，我們要對他好一點。」

宋海凝急忙從儲物格裡掏出來那本驅魔的厚厚典籍，顫抖著手翻了十好幾頁，才崩潰地喊出聲來：「惡魔太多了！」

基斯牧師實在太過謹慎，整本驅魔典籍乾乾淨淨，連個折角都沒有，更別說是有價值的筆記了。七十二個惡魔，每一個惡魔都有自己相對應的畏懼的物品。誰知道基斯召喚的是哪一個惡魔？！誰知道這個惡魔在不在典籍之列？難道要一個個試過去？

聖水的煉製本來就需要祈禱之力加持，對「關俊良」的威脅，持續不到半分鐘就出現了顯而易見的消退。如果時間耽誤太過，關俊良的身體恐

$$F_1 = F_2 = G \frac{m_1 \times m_2}{r^2}$$

怕會在這惡魔離去前，被聖水毀壞得面目全非！

江舫見宋海凝在慌亂之下，明顯是失去了定力，做事沒章法，直接下令：「翻到目錄。」

宋海凝慌亂抬頭，「啊？」

江舫：「把惡魔的名字全都念一遍。」

在驅魔故事裡，驅魔時一定要念對惡魔的名字。通常情況下，主角們會因為死活找不到惡魔的名字而導致龍套、炮灰大批大批死亡，最後時刻，他們才會根據一些蛛絲馬跡，找到惡魔的真實名字，在千鈞一髮之際成功驅魔。

江舫不管那些。報菜名如果能驅魔，他們不介意用這種更簡便的方式把惡魔送回地獄。

宋海凝馬上翻到目錄，用指尖指著文字，一行行快速誦念下來。

此時，「關俊良」原本溫良的神情已經被劇痛下的瘋狂取代。他被聖水的威力鎖鋼在床上，動彈不得。用怨毒的眼神注視了一會兒宋海凝，他才偏過臉來，死死盯住南舟，嘶啞難聽的嗓音中難掩冰冷的惡毒：「你該慶幸，剛才，只差一點……」

南舟想了想，才明白過來他指的是他險些把自己割喉的事情。

他平靜道：「以你起手的力量，最多也只能揮到那裡了，我不用多退，因為沒有必要。」

聞言，「關俊良」咧開嘴，露出了一口森森白牙，「你很出色……我很喜歡。」

下一刻，他突然慘嚎出聲。他的大腿位置嫋嫋冒起了新的煙霧，掙扎得愈發慘烈，像是被宋海凝的聲音活活灼傷了。

奏效了！！宋海凝馬上定位到了剛才念過的惡魔名字。

「你的名字叫做佛拉士，是所羅門王七十二柱魔神中的第三十一位，你能讓人隱身，讓人不死，可以復原一切珍貴的失物……」

沒錯，就是這個！對上號了！基斯的目的，不就是想要修復他摯愛的

公爵的大腦嗎？這些天，他們也惡補了許多宗教知識。隨著宋海凝的聲聲誦念，「關俊良」的眼珠暴凸，抵死做著最後的掙扎，身體多處湧出滾滾濃煙。佛拉士所恐懼的柏樹枝，被放在了他的額頭上。

宋海凝把手指懸在「關俊良」赤紅的額頭皮膚上方，「……以聖父聖子聖靈之名，我詛咒你永陷地獄的烈火！」

伴隨著一聲淒厲的嘶喊，關俊良緊繃著的軀幹軟軟落回了床鋪，閉著雙目，昏死了過去。

「……送走了嗎？」

宋海凝掩住口，後知後覺地泛起了恐懼感。

她望望南舟，又望望江舫，想從他們口中得到一個令人安心的答案，「……我們這邊，算是結束了嗎？」

無人能對此給出一個確鑿的答案，就連南舟也不能做出定論。影影綽綽間，他還是覺得有什麼東西被他們忽略了。譬如，為什麼惡魔要把華偲偲藏匿十數小時後，扔到崖邊？

在滔天巨霧裡，哪怕傳來同伴的呼救聲，他們這些在副本中摸爬滾打許久的人，心早就冷了硬了，一般都會認為這是陷阱，從而選擇無視或者觀望。當然，心軟又護犢子的關俊良的確是個特例。

可如果沒人去呢？那就讓華偲偲在崖邊吊著？放任他墜崖？還是惡魔打算一釣不成，回收再利用？以及，那魔鬼究竟是怎麼成功上到關俊良的身的？

根據這些天對宗教知識的臨時惡補，南舟發現，惡魔不是想附身誰就能附身誰的。要麼是對方主動開放身體，對惡魔進行邀請，要麼是惡魔趁人心神薄弱時，趁虛而入。這也是惡魔格外喜歡裝鬼嚇人、逼得人精神衰弱的原因。當時，一心想要拯救夥伴的關俊良，心神能算是薄弱嗎？

當然，操縱華偲偲墜崖，讓朋友慘死在關俊良眼前，或許就是惡魔動搖關俊良心神的辦法。可惡魔明明手握華偲偲的性命，華偲偲必然也因為恐懼心神不寧，為什麼不乾脆上了他的身？

還有一些看似是細枝末節、無關大局的小事，讓南舟的心始終無法徹底安定下來。

見兩個主心骨都各有心思，班杭試探著問：「那……我們下一步要做什麼？」

江舫和南舟對了一下目光，都從對方眼裡讀出了一點決心。兩人同時開口。

江舫：「毀橋。」

南舟：「過橋。」

班杭、宋海凝：「……」

學霸考後對答案失敗現場。而他們兩個學渣完全沒有思路，只有旁聽的資格。

江舫聳聳肩，「這好像是我們第一次在副本中有分歧。」

南舟想了想，答道：「不是。」

江舫：「哪一次？我都不記得了。」

南舟有些詫異：「你怎麼能不記得呢？你親我的時候，就沒有徵求我的同意。這不算分歧嗎？」

江舫：「……」

班杭和宋海凝同時望天。

眼見江舫的鎖骨都開始泛紅，南舟旁若無人地拍拍江舫的肩膀，「沒有在怪你，就是有點痛，下次可以輕一點嗎？」

班杭沒能忍住，爆發出了一連串驚天動地的咳嗽。

另一邊，南舟安撫江舫的手還沒來得及收回，便被江舫輕輕攥住了手腕，「我想聽聽你要過橋的理由。」

南舟就這樣毫無知覺地保持著被江舫半攬入懷的姿勢，開始了他的分析：「『不讓過橋』的這個規定，不是東西岸原本有的。」

教堂日誌裡明確記錄，東西岸先前來往密切，走動頻繁。可以說，教堂的存在，就是專為雪萊公爵及其城堡人員們服務的。兩岸交流轉少，是

在公爵罹患腦病之後。即使在那時之後的一段時間，教堂的訪客也不是完全斷絕。城堡中仍有虔誠的基督徒，會走過吊橋，每週前來做禮拜。只是，後來連這種走動，也隨著公爵沉屙日重，漸漸沒了。

當初讀到這裡，南舟就覺得古怪。公爵重病，藥石罔效，他手底下忠誠的僕人執事們，難道不應該更加寄希望於神靈？就像華偲偲的母親想要祈禱各路神明救一救她的丈夫一樣。

第一天傳信時，南舟就問過趙黎瑞城堡的人事安排。因為日常工作太忙，通過幾日的走動，趙黎瑞總算在第三天給出了一個大致的名單。和教堂日誌裡的到訪名單進行比對後，果然，城堡內的那些曾經的虔誠信徒，現如今已經不在城堡內工作。

據趙黎瑞打探到的消息，這是因為公爵重病，城堡內的薪金吃緊，所以遣散裁撤了一批人……專門針對信徒們的遣散。挺有意思。

「不管是城堡，還是教堂，都沒有派人專門盯著那座橋。沒有路卡，沒有值守的人，也沒有陷阱。」南舟繼續道：「城堡那邊更是完全沒有『不能過橋』的概念。昨天那個來送槍的人，如果沒有我攔著，他肯定已經上了東岸。」

班杭完全糊塗了：「這……什麼意思？其實是可以過橋的？規則在騙我們？」

南舟搖頭，「規則可以玩文字遊戲，但那個要求，根本沒有任何文字遊戲的餘地。」

江舫緊接著補充：「也就是說，『不讓過橋』，意味著必然有危險；換言之，一旦過橋，就會發生超出我們掌控上限的事情。」

宋海凝似乎找到了一點思路：「……東岸的牧師在召喚惡魔；西岸的公爵做了會招致『上帝的詛咒』的手術……」

南舟點頭，「東西兩岸，原本是兩個相互獨立的詛咒點位。基斯召喚惡魔，而我們為了深入調查，綁架了基斯，不小心點亮了閣樓裡的燈，釋放出了讓雪萊做手術的訊號。原本只有東岸一環的詛咒鏈，就聯通上了西

岸，『橋』成了兩個詛咒的唯一通路。」

　　江舫接過話來：「……這時候，如果有活物過橋呢？」

　　其餘兩人起先沒能明白，可在想明白這句話背後的險毒後，登時渾身透寒。他們從未想過，「橋」還有這種意義。

　　如果以這個思路思考下去……壁壘一旦被人為打破，兩岸的詛咒成功融合，那種雜交後的力量，恐怕就不是他們把人控制住後、再念一段驅魔文字就能輕易解決的了。

　　江舫看向南舟：「所以把橋毀掉，才是一勞永逸。」

　　南舟看回去，「這邊的詛咒已經解決了，兩岸的詛咒應該已經失去了融合的機會。就像東岸可以驅魔一樣，西岸的詛咒一定也有解決的辦法，而且說不定比我們這邊更簡單。」

　　班杭和宋海凝同時默默點頭。他們都認同南舟的說法，他們這邊是有惡魔元素的玄學，那邊則是完全可以靠人力解決的科學怪人事件……只要把醫生打暈強制停止手術就行了。

　　蘇青窈、趙黎瑞他們肯定也有過這樣的機會。但是由於前期線索過少，他們又被公爵折騰著做這做那，根本找不到能順暢溝通資訊的機會。為了最大限度地保證安全，也因為他們那邊沒有南舟這樣的武力碾壓狂人，他們自然會選擇最穩妥的辦法，跟著劇情先走，等發生危險，再隨機應變。

　　然而，那夜閣樓點燈的事件，誰也預料不到。身處東岸的南舟他們，沒法及時通知遠在城堡的其他人。公爵突然毫無預兆地發難翻臉，西岸的隊友們必然也是始料未及。

　　青窈墜崖，被拉進手術室的老康、小闞和同樣被追殺的黎瑞恐怕也是凶多吉少……其他三人，說不定還能救。只是他們難以自救。

　　南舟想過橋，就是想著，能救下一個算一個。

　　送走了這隻惡魔，班杭和宋海凝正是情緒高漲時，一聽到還有救人的可能，雙眼放光，摩拳擦掌。

江舫的一句話，給這興奮的兩人兜頭潑上了一盆冷水：「你們真的覺得我們這邊結束了嗎？」

被這麼一問，兩人也不確定了起來。

「……應該……吧？」

南舟：「舫哥，你在懷疑什麼？有依據嗎？」

江舫坦然答道：「依據？沒有。直覺而已。」

其實，南舟也覺得事情不能十拿九穩，總差一著。可和江舫一樣，他的判斷毫無依據。那麼，他反倒不那麼擔心了。既然沒有依據，那就說明仍然有去對岸冒險一試的價值。

南舟給出理由：「對面還有我們的三個隊友。」

江舫不為所動：「我會數數。」

南舟：「我認為有百分之一的風險，值得去試試。」

江舫：「我認為不值得。把橋毀掉，徹底斷絕詛咒壁壘被打破的可能，才是最穩妥的。」

南舟提出了一個客觀存在的問題：「你想要毀橋，可沒有我幫忙，你怎麼毀？」

江舫笑了笑，「我是恐高，但這裡還有班杭。」

班杭發自內心地不想毀橋，所以麻利地站隊南舟：「我們是不是也應該確保一條後路？把橋斷了，我們真的就困死在東岸了。」

江舫依舊冷淡理智：「距離第七天還有大半天。我寧願兩邊隔絕，各自自救，也不……」

眼看兩人僵持不下，忽然，南舟用食指抵住了江舫的唇畔，「噓。」

江舫乖乖噤聲，同時挑起一邊眉毛。

南舟豎起耳朵，側耳細聽了一陣動靜，果斷下令：「海凝，留下來看著俊良。」

言罷，他將一支火繩槍從儲物槽中取出，一把丟到宋海凝懷中，隨即風衣一擺，幾步快進，消失在了房門口。

　　江舫緊隨其後。班杭也取出了自己儲物槽中的槍枝，一腳踏出門外、一腳留在門內，擺出了十足的防衛姿態。

　　可只往外看了一眼，他就僵住了。

　　從臥房位置，穿過盤曲的樓梯，他清晰地看到，一道被黑色包裹的身影，逆光立在了教堂門口。一個陌生人。

　　一個不該出現在東岸的人。

　　一個……西岸人。

　　他們看不清來人的面容，來人卻將他們看了個清清楚楚。那人面對著站在最前面的南舟，摘下了自己的禮帽，抵在胸前，微鞠一躬……很眼熟的行禮動作。顯然是和那位墜崖執事接受過同款的禮儀培訓。

　　這位西岸的城堡來客溫柔地開了口：「您好。請問基斯牧師在嗎？」

　　「我是雪萊公爵的執事哈里斯，為基斯牧師帶來了很好的消息。」

　　「公爵的手術，完成了。」

　　公爵的手術結束了。

　　也有活人打破了壁壘，過橋來了。

　　可是，所謂的上帝之詛並沒有發生。想像中的風雲變色、天地倒轉，完全沒有出現。天還是那片天，地還是那片地。熬過了昨天的大霧，這片天地如今是徹底地雲開霧散了。絲棉一樣的雲鬆弛舒適地飄浮在天際，帶著一股懶洋洋的愜意氛圍。

　　南舟凝視了那人良久，旋即步下樓梯。

　　來送信的人仍然笑得禮貌而疏離，「我想要親自見一見基斯牧師，轉達給他這個好消息。」

　　南舟走到他面前，同樣禮貌地給予了回答：「好的，請跟我來。」

　　然後，他一記手刀，乾淨俐落地斜砍到了報信人的側頸。咚的一聲，那人應聲軟倒，無聲無息地昏厥了過去。南舟接過了險些從他右手滑落的禮帽，蓋在了他的臉上，同時回頭，望向江舫。

　　之前，注意到城堡的人對「過橋」一事毫無芥蒂，南舟就已經意識

到，如果他們不派人守著橋，那邊的人有隨時會過橋來的可能。可當時為了提防那能力不明的惡魔，他們要提起十萬分的小心警惕，不可能在這種關頭再分散人手，去看守吊橋。

現在，最糟糕的事情發生了。他們這邊的危機剛剛解除，城堡那邊已經有人過了橋。就算真有什麼詛咒的壁壘，此時大概也被此人打破。

事已至此，江舫輕嘆了一聲：「……好，我們可以試著過橋。」可很快又提出了一個附加條件：「南舟，你想辦法，送我過去吧。」

南舟第一時間否定：「放你一個人去那邊，我不放心。」

江舫：「你去，我也不放心。」

南舟橫攬著昏迷的訪客，沉默。

經過一番審慎的思考，他確信自己沒明白江舫的意思，認真提問：「我有哪裡不值得放心的嗎？」

江舫溫存地拍了拍他的臉，「南舟，你不夠狠心。」

南舟有些困惑，順著他撫摸的力道慣性地蹭了蹭，「我殺過人。」

江舫一步邁近南舟，銀色的陰影帶著股刀鋒的銳氣，迎面切下。他微微低頭，俯視南舟懷裡昏迷的訪客，聲線壓得既輕又柔：「……那殺了他。就現在。」

訪客現在不能說話，不然說的話肯定要多難聽有多難聽。即使數十步開外的班杭，聽了他的話，也是驟然一凜，起了一身雞皮疙瘩。

南舟看了那毫無反抗能力的訪客一眼，沒有動彈。

江舫袖口一動，一把刀口狹長輕薄的細刃從他袖口滑出。從細刃初現，到寒光平揮至訪客的咽喉，用時不到半秒。南舟一把捂住訪客的喉口位置，往後急退半步，堪堪避開了江舫的刀鋒。

這一擊的落空，江舫顯然早有預料。他將短刀挽了個漂亮的刀花，放回了儲物槽，平淡道：「這就是我的理由。」

南舟沉默。他明白江舫的意思了。

「我承認，你比我更懂得怎麼殺人。」收起刀鋒後，江舫還是用那雙

$$F_1 = F_2 = G\frac{m_1 \times m_2}{r^2}$$

溫和可親的笑眼溫柔注視著南舟，「可我更瞭解你。那邊就算被詛咒侵染，多數人恐怕也是和那個執事一樣，是不知道到底發生了什麼事情的普通人。」

那名墜崖執事，論身分已經算是公爵的貼身執事，可根據他在生死關頭時的表現可知，關於那詛咒的真相，他仍是不完全知曉。

也就是說，西岸的大多數人，極有可能只是忠於公爵，對詛咒一事一無所知的無辜打工人。

因為完全不明確對岸「詛咒」的內容，任何一個人都有可能是傳染源，面對任何突發情況，都絕不容許任何留情。極端時刻，他們甚至要主動出擊，遏制「詛咒」進行人傳人的侵染。

南舟在主動殺人這方面，確實是決心不足。然而，南舟還是不肯放棄：「我可以試一試。」

江舫笑問：「他們如果不殺你，把你當做東岸的客人，對你溫柔禮貌，你會捨得殺他們？」

南舟答：「我會打暈他們。」

江舫：「我會一擊斃命。那邊少一個人，這邊就少一分麻煩。」

說著，他用剛才揮刀的手溫柔地捏一捏南舟的肩膀，春風化雨，體貼入微，「你不要擔心我，我會儘量給我們減少壓力的。」

南舟抿嘴，「我不能放你一個人在西岸。」

他只可能把江舫帶去西岸，不能在橋邊等他。俊良、海凝、班杭，都還需要他。把江舫帶到西岸，就意味著江舫必須要孤軍奮戰了。

聽他這樣說，江舫的語調忽然出現了明顯的低落：「……那你就放心把我一個人留下？」

江舫說完便偏過了臉去，用玩笑的腔調繼續道：「你總該讓我提前適應一下一個人探路的感覺吧。」

南舟眨眨眼，不知道江舫為什麼又將話題扯到這裡，就事論事道：「不一樣的。那個時候，你就不是一個人了。你會有班杭、有俊良、

251

有……」

不等他說完，江舫已經先於他走入了外面的陽光中。他對南舟伸出手來，「走吧。沒有你，我過不去的。」

南舟垂下眼睛，思索數秒，轉頭叫：「班杭。」

班杭抱著槍，顛顛地跟了過來。南舟把昏迷的訪客轉交給班杭，順手往他臉上潑了一點剩下的聖水。那人毫無反應，無色無味的水液順著他的面頰流匯入他的衣領。

本來心裡沒底的班杭一看這樣就放了心……沒被聖水傷害，那就是人。是人他就不虛了。

南舟囑咐他：「把他綁起來。手、眼睛和嘴，都堵好。」

吩咐過後，他順手又在昏迷訪客的脖子上重重敲打了一記，給班杭補上了一劑定心丸後，他邁步向外走去。

「看好家。我……很快回來。」

南舟很快趕上了往吊橋方向前進的江舫，和他並肩而行。

南舟說：「我還是不贊成你去。」

江舫步伐不停，語帶笑意：「那你可以在橋邊扔下我，自己一個人過去啊。」

南舟沒有接話，只是取出一把短槍，遞給了他。江舫接過，喀啦一聲拉響槍栓。槍是老槍，但保養得宜，手感不差。

他說：「對面應該是有練習射擊的習慣，這一點值得小心。」

南舟：「嗯。」

江舫熟練地校正準星，「既然已經有火繩槍、霰彈槍這類槍械，說明現在至少是十六到十七世紀了。」

南舟還沒有構建起對外部世界歷史的系統認知，於是認真提問：「雪萊公爵肯做針對大腦的專科手術，在這個時代算不算超前？」

「腦科手術的歷史很悠久了。」江舫答：「史前就有部落為了給生病的人『驅魔』，給活人做大腦鑽孔手術。一直到十九世紀還有為治療精神

$$F_1 = F_2 = G \frac{m_1 \times m_2}{r^2}$$

疾病進行的腦白質切除術⋯⋯」

南舟若有所思：「唔⋯⋯」

「⋯⋯很可疑，是不是？」江舫說：「古往今來，開顱的理由太多了。雪萊公爵做開顱的理由已經算是所有離譜理由裡最正當的那一種了。可是，為了治病而已，為什麼會被稱作『上帝的詛咒』？」

不過，他也只是提出一個讓他費解的疑問，並不知道答案。這也是他到東岸去要完成的調查內容之一。

說著，江舫把槍放回儲物槽，把兩把短刀別到了腰側懸掛的鯊皮刀鞘，用神職人員厚重端莊的長袍蓋住。

在長期的真人遊戲中，他們原本在虛擬遊戲中積累下的子彈早已被消耗殆盡。這個年代的子彈，也無法適配他們已有的槍械。槍的動靜也太大，不到萬不得已，沒有動用的必要，還是匕首最順手。

在距離崖邊還有 100 公尺的地方，江舫便站定了步伐，他的呼吸是壓抑過後才能勉強保持的平靜。南舟主動向前一步，在他面前半蹲下身，單手垂在身側，向他招了一招。

江舫攬住了他的脖子，把眼睛埋在他的肩頸處，主動剝奪了自己所有對外界的感知力，「辛苦了。」

在邁上橋時，南舟並沒有提醒江舫，擔心他緊張。

他儘量將步伐壓得輕穩無聲，即使踏上吊橋，也努力走出了如履平地的感覺。可惜，江舫的神經實在過於敏銳了。從南舟踏上吊橋的那一刻，他抱住南舟頸項的手就開始打顫，呼吸漸變急促。

察知他身體的變化，南舟有意加快了步速，可速度一快，吊橋便開始不受控的搖晃。

江舫咬住了南舟的衣領側面，發出一聲低不可聞的悶哼。南舟馬上放慢步伐，江舫的呼吸果然平穩了很多。但溫熱的氣流還是一下下如有實質地摩挲著他的後頸，帶有餘悸的心跳抵著他的後背，咚咚作響，敲得南舟骨頭都痛了。

南舟輕聲問：「為什麼這麼怕？」

江舫「哈」地笑了一聲，透著一股顫抖的勉強。

南舟：「不想說的話，我們可以說一點別的事情。」

「我會告訴你的。」江舫說：「……等以後，找一個很好的夜晚，我會原原本本講給你聽……所以你不要亂動，等我回來。」

南舟提醒他：「可我要走了。」

江舫替他摘去了髮間的一片葉子。他的聲音很低，低到弱不可聞：「……不走了，行嗎？」

南舟：「可以。可是，你最後總要回家的。」

江舫身體微妙地一震，隨即悶悶地笑出聲來。

「對啊，我是要回家的。」

經過這段對話，江舫才意識到，南舟不是不懂自己的若即若離、患得患失的。相反，他太明白了。

只是因為他們之間隔著的世界太過遙遠。

最後，很有可能不是南舟要丟下江舫，反倒是江舫要帶著南舟這些日子結識的所有人，離開他，回到屬於江舫的世界。早晚有一天，南舟還是要孤身一人。

南舟說：「你說，你提前適應一下一個人探路的感覺。其實，我也要重新開始適應沒有你的日子了。」

說到這裡，他們也抵達了吊橋的彼端。南舟捂住江舫的眼睛，回手兜攬住他的腰身，將人腳踏實地地放在西岸。南舟撤開手，還了他光明。

兩人久久對視，終是無言。隨即，他們幾乎是同時抬手，推了對方的肩膀一把。他們藉著力道轉身，背道而行，各自奔向自己的目標。

南舟在行出幾步後，回過身來，默默注視著江舫離去的背影。或許……是最後一次這樣看著他的背影了。而江舫感到了從身後投來的視線，卻強逼著自己，不要回哪怕一次頭。

從現在開始，他要習慣了。

　　江舫一路行來，沒有任何阻礙。

　　穿林而行時，過於寬大的神服下襬掠過灌木，發出簌簌的響聲。林中沒有任何人聲獸跡，靜得可怕。

　　江舫又想到了南舟的發現……這個副本，從一開始就最大限度地隔絕了生物過橋的可能性。也就是說，當兩岸的詛咒徹底成型後，任何生物過橋，都有可能打破兩岸的詛咒壁壘。

　　終於，那隱於密林深處的白色城堡大門，出現在了江舫眼前。城堡大門是厚重的紅木製造，近 3 公尺高，門側屹立著兩尊巨像，從兩側垂目，靜靜俯視著江舫這位不請自來的不速之客。奇怪的是，這扇門是虛掩著的，好像是有什麼祕密，從這個縫隙中偷溜了出去。

　　江舫觀察了 10 分鐘左右，無人從中走出，也無人走近。微敞開門的城堡內，也是一片怪異的死寂。

　　略高的眉弓阻擋了陽光，讓江舫的眼睛裡透著深不見底的冷光。他走上前去，拎起雕鏤著聖子像的銅門環，叩響了門扉。

　　「您好。」江舫抬高了一點聲音：「是基斯牧師派我們過來探望公爵先生的。」

　　門後回應他的，依然是久久的沉默。江舫捉住門環，準備將門推開。門縫開啟的下一秒，異變陡生！一名廚子打扮的男人手持血染的菜刀，怪嚎著衝出來，見到江舫，如見鬼怪，不由分說，抬手就是一砍！

　　江舫一個輕巧的返身，用寬大的黑色長袍蒙住了來人的臉，狠狠撐身一絞。頓時，緊封的袍面上，來人的五官被勒得清晰分明。

　　江舫反手奪過他的菜刀，順手丟掉，從背後鬼魅一樣近身抱住他壯碩的腰身，貼著近乎窒息的男人的耳朵，柔聲詢問：「告訴我，這裡發生什麼事情了？」

　　可是來人的精神顯然已經徹底崩潰，隔著袍子，狂亂地亂動亂叫：

「惡魔！惡魔！還給我，把我的身體還給我！」

江舫嘆息一聲，說不通了。隨即，他果斷摀住了來人的嘴巴，抽出腰間匕首，在來人心臟上猛刺了兩刀。確保他的痛苦迅速結束後，江舫擦了擦自己面頰上濺上的熱血，回身望向東岸。

說起來，什麼叫「把我的身體還給我」？

東岸。

宋海凝端詳著關俊良被聖水灼燒得通紅熟爛的半張臉，實在心疼，又不忍心他一醒來會看到這張臉，索性把床頭的鏡子倒扣了下去。

等她做完這個小動作，一抬眼，就看到關俊良的眼皮彈動了一下。他試圖睜開眼，卻被瞬間湧入的光芒刺了一下。即使閉得即時，仍然有一顆大而圓的淚珠順著他的眼角滑下。

宋海凝眼疾手快，一把扯上窗簾，歡呼一聲：「關哥，你醒啦？！」

關俊良半闔著眼皮，啞著聲音開口：「我……」剛一開口，就扯到了面頰上還新鮮的創口，疼得一抖。

宋海凝急忙去按他的肩膀，一疊聲安撫：「別動別動，你臉上有傷……不過不要緊，都過去了，都會好的。」

「……南哥他們呢？」關俊良的聲音壓得很低：「我有事情……要告訴他們。」

「他們有事暫時要出去一會兒。南哥應該很快就回來了。」

宋海凝溫柔地拍撫著他的胳膊，「你先好好休息，有什麼事情，等南哥回來再說，啊。」

關俊良撐起自己的上半身，胳膊還在不住顫抖，顫聲道：「我去……找他們……」

宋海凝見他實在急切，於心不忍：「有什麼事情，你先跟我講嘛。」

$$F_1 = F_2 = G\frac{m_1 \times m_2}{r^2}$$

關俊良：「那妳靠近一點……」

宋海凝依言，溫柔地捉住了他的手，「關哥，你說，我……」

下一秒，她眼前驟然一黑。等她恢復意識時，天地倒換，物我兩分，臉頰上傳來了火燒火燎的炙痛。

緊接著，她看到了這世上最可怖的事情。

她看到了，自己坐在床邊，垂頭望著躺在床上的她自己……甚至連她眼裡的溫柔都沒來得及消散，「她」就用這樣一半含著溫柔，一半含著冷漠的眼神，盯著自己，目不轉睛。

宋海凝想要張嘴，聲帶的輕微震顫，卻讓四肢百骸都傳來撕心的疼痛。「你是……」她用關俊良的聲音斷續著發出疑問：「你不是……」

雖然話說得艱難，但她的震驚早已溢於言表——你是誰？……如果是惡魔，你不是已經被我們驅逐走了嗎？難道是驅逐失敗了？是哪一個環節錯了？

想到這裡，她腦中驟然劃過一道靈光。不對！！不是這樣的！

自己突然和躺在床上的關俊良交換了位置，一定是因為惡魔的力量。然而，被他們「驅逐」的惡魔佛拉士，能力明明是讓人不死，復原一切珍貴的失物。而能夠實現交換的是……是……

她想要高聲呼救，可關俊良這具身體，被聖水摧殘得太過嚴重。而且，因為過於恐懼，她徹底失了聲。用盡全身力氣，想要向同伴示警，可一股氣流死死頂住了咽喉，讓她一字難出。

此時的「宋海凝」俯身，輕柔地撫摸了「關俊良」的額頭，「猜錯了。是阿米，所羅門王七十二柱魔神中位列五十八位的魔神，軀體是熊熊燃燒的火焰，擁有的……是能與人交換人類生命力的能力。」

「宋海凝」渾身發抖——可你根本不是什麼佛拉士，也不是什麼阿米！如果……如果他擁有「交換」能力的話……如果墜下懸崖的不是「華偲偲」的話……如果這就是惡魔能夠無聲無息地在南舟眼皮底下用十字架殺死「基斯」又非帶走華偲偲不可的理由……那在她眼前、棲息在自己體

257

內的靈魂，就是⋯⋯

　　基斯牧師用指背慈悲地貼上了「關俊良」的臉頰，父親一般輕撫了兩下，「安息吧，孩子，你是個善良的人會上天堂的，而我會在地獄裡為妳祝福、為妳祈禱。」

　　南舟站在主色調為黑的教堂建築前，神色沉鬱。

　　他自小生活在一個死亡隨時降臨的封閉世界裡，那種在野蠻世界裡生長出的第六感，讓他在距離教堂十數公尺開外立住了腳步。

　　因為江舫在他身後的西岸，因此南舟難以判斷，那股充滿不祥意味的第六感，到底是來自他的身前，還是身後⋯⋯或許，他們真的忽略了什麼重要的東西？

　　巨獸一樣的教堂，將充滿壓迫感的尖尖影子靜靜懸壓在他頭上。太陽微微後移，讓十字架的光芒投射到了南舟的身上，將他蒼白漂亮的面容正好從中剖開，一分為二。南舟仰頭，看向了那扇閣樓的窗。

　　那個唯一可以和西岸對望的地方。

　　基斯牧師把唯一能看到城堡的地方鎖了起來，扔掉了鑰匙，又把自己砌進不見光的書房。他幾乎把所有教堂內的事情都交給他們做，順便把自己活成一座與世隔絕的孤城。

　　當初困住基斯時，剛剛進入書房，撲面而來的無形壓抑就像是一塊巨石，死死壓住了他的胸口。

　　班杭的概括則更為直接：「好傢伙，這是監獄還是棺材？」

　　人說在工作時看看風景，可以舒緩身心。但基斯竟是連這點愉悅的空隙都不留給自己。

　　他把自己的身心一道牢牢封鎖起來，逼著自己不去看望生病的摯友，甚至連在黑暗中遙望對方一眼的餘裕都不留給自己，偏執又沉默地和這世

$$F_1 = F_2 = G\frac{m_1 \times m_2}{r^2}$$

界進行對抗。

　　他想要獨自作戰，甚至為此不惜把自己的朋友都排斥在外的理由，究竟是什麼？

　　南舟想，基斯全力對抗的，不只是惡魔，還有他的信仰。在基斯的腦子中，大概也有一座橋。他可以守在這處的岸邊，堅守他那遙遠而尊貴、永遠不會為一個凡人、一個信徒投以一瞥的神明。

　　他的愛人會以他的朋友之名死去。此後他的每一段光陰、每一個瞬息，都是燦爛、輝煌而孤獨的。而當他跨過那座橋，他就將和惡魔為伍，永墮黑暗。

　　最後，基斯做出了選擇，因此他無顏面對他的神明。他召喚了惡魔，讓惡魔的靈魂踐踏了神聖的領土，甚至有可能用先前的信徒完成了獻祭也說不定。教堂由此變得空蕩了。

　　或許是惡魔需要新的供奉，所以才會有南舟他們的到來。西岸的公爵城堡是唯一連接著山下小鎮的地方。但那個時候，西岸還是一片平和，並沒有什麼詛咒。所以當他們這些外來客，經由西岸單向進入東岸時，並沒有實現詛咒病毒的傳播。

　　基斯簡單教導他們如何填寫日誌、如何祈禱、如何製作聖水，然後就又把自己孤身封入那個沉默的世界，伺機……

　　南舟被十字架上的鍍銀薄層刺得瞇起眼睛的同時，腦中陡然浮現出一個念頭。邏輯推進到這裡，的確是無懈可擊的。但是，基斯不肯從事神學工作，把自己封閉起來，難道只有「無顏面對神明」這一個理由嗎？僅僅是因為愧疚……而已嗎？

　　南舟垂下的眼睫，在他的面容上投射下了長短不一的陰影。思考間，南舟聽到身後傳來腳步聲。因為是熟悉的腳步，他沒有在第一時間用眼睛去確認。而後，拉動槍栓的聲音，清脆地從南舟的神經上碾過，瞬間調動了他體內的每一塊肌肉。

　　「把手舉起來。」

是班杭的聲音……緊張到連聲帶都跟著繃緊的聲音，

南舟聽話地舉起手，回過頭來，正對上了一個指住他額頭的漆黑槍口。班杭下巴位置有一道鮮血淋漓的割傷，白骨森森地從血肉間翻出。要是刀口再低幾寸，他的氣管恐怕也會像這樣翻出來了。

南舟冷靜詢問：「你還好嗎？」

班杭臉色鐵青，可握槍的手異常穩當。因為下巴上的割裂傷過於嚴重，班杭張嘴有些困難，所以他講話的腔調和以往也有了明顯的差別。

他把每一個字都活生生地咬出了血氣：「不許動。我們之間的距離足夠我拿槍崩掉你。你就算用了南哥的身體，我也有把握在你靠近我的時候殺了你……不信，你就試試。」

南舟嘆了一聲：「放心，我不試。發生了什麼？」

別的不說，南舟是相信他有傷到自己的能力的。

班杭平時雖然嬉皮笑臉，但在玩槍上格外有天賦。他的準頭和速度，都不是常人能比擬的。

面對態度良好的南舟，班杭的戒心卻強得超乎尋常：「你告訴我，我們是什麼時候遇見的？」

南舟反問：「你說，我們是什麼時候遇見的？！」

班杭倒退一步，發燙的指尖把扳機的下陷控制在一個微妙的臨界點，「現在是我在問你！」

南舟倒也不打算和他多加爭辯，回道：「在【永畫】裡。是你們先找到我的。」

班杭：「老大最喜歡給你做什麼？」

南舟：「甜點。」

班杭：「你最大的弱點是什麼？」

南舟：「滿月。」

班杭的態度在問出第二個問題時已經有了軟化，臉色漸漸轉好，得到最後一個問題的答案後，竟然脫力地一屁股跌坐在地上，把槍放在身側，

大口大口地喘息起來。

「還好……」他語無倫次地呢喃：「還好你還在……」

南舟走到他身前，蹲下身來，「發生了什麼？」

班杭原本渙散的眼神驟然緊縮，一把攥緊了南舟的衣袖。即使在這個時候，他也知道要和老大的人保持一定的肢體距離。

「我剛把那個西岸來的人安置好，才一回房，海凝……她突然攻擊了我，我差一點，差一點就……」他渾身發顫起來，「沒有成功……沒有成功……那個惡魔又開始胡亂附身了！」

「我們失敗了……」他直直望著南舟，語帶哭腔：「……老大要怎麼辦？他一個人過去了西邊啊……」

這個問題讓南舟的心臟產生了微妙的刺痛。可他的反應依然準確而平淡：「不要看不起你們老大。」他又問：「海凝人呢？」

說人人到。

宋海凝扶著頭，渾身是血，搖搖晃晃地從教堂內走了出來。

看到宋海凝，班杭氣息一窒，慌亂地再度摸起手裡的槍，急撤幾步，瞄準了宋海凝。待她看清眼前這兩人，陡然發出一聲尖叫：「快離開他！南哥！他是基斯！離他遠一點！！」

南舟困惑了。他站在這兩人中間，消化著這一瞬之間堪稱爆炸的信息量。基斯？在這兜頭籠罩而來的疑雲間，南舟心思一動，再次抬頭，望向了那銀光熠熠、審判一樣立於整個東岸最高點的十字架。

他眼神一動，終於意識到，那股不祥的第六感來源於哪裡了。

它不在東岸，也不在西岸，也不在這劍拔弩張的兩人之間。

問題在於，十字架的影子，過去了這麼久，為什麼沒有移動？為什麼還和他送江舫出教堂時的影子……一樣長？

　　江舫跨過了在城堡的雲母地板上猶自抽搐的男人身體，順勢從他的身體裡拔出了鮮血淋漓的匕首，用一旁的窗簾隨手擦淨。

　　男人死不瞑目，渾身在 5 秒鐘內被短匕首割出了十二處深淺均勻的創傷，最致命的一處在咽喉。男人的眼睛上也有輕微的燒灼傷口。

　　在察覺到「把我的身體還給我」這句話背後的信息量後，江舫就用自己身上僅剩的聖水兌了水，進行了一番簡單的測試。

　　實驗證明，西岸城堡內的瘋病，當真是摻雜了東岸的惡魔詛咒。把聖水潑到西岸的人身上，他們也會受傷。由此，江舫知道，他們並沒有成功驅散惡魔。那惡魔仍然以某種形式存在於東岸的聖地之上，而且已經被那個訪客打破，讓東西兩岸的詛咒連通起來了。

　　只是，江舫沒有回頭的打算。事已至此，他也無法回頭了，那條漫長的吊橋，足以要了他的命。正如南舟所擔憂的那樣，一語成讖，江舫獨身一人，被困死在了這瘋人院一樣的西岸。

　　與其思退，不如前進。只要保證最後一個倒下的不是自己就行了，不是嗎？

　　城堡面積的確廣大。城堡內的主人品味不壞，一樓設有專門的繪畫室和手工坊，而且從各種器具來看，公爵先生相當酷愛製作金屬擺件。正廳內就擺放著一隻約有人體積大的金屬翼龍，展翅欲飛。下方的底座，雕刻著它的創造者的名字。

　　雪萊，一個和詩人一樣浪漫的名字。

　　城堡內走動的人員不少，而且房間也不像東岸教堂一樣神神祕祕，恨不得把每一間房門都鎖起來。按理說，西岸隊友們的調查不會像他們那樣難以推進。可惜，他們的角色是僕役，而且還要侍奉一個病了的公爵，日日忙碌奔走，這大大攤薄了他們調查可用資訊的時間。

　　而不知道是否是巧合，身處西岸的都是執行力有餘、決斷力不足的普通隊員。他們不會像班杭那樣擁有格外突出的單項能力，也不會像他那樣情緒化，卻也實在缺少一個能夠指揮下令的主心骨。

$$F_1 = F_2 = G \frac{m_1 \times m_2}{r^2}$$

　　所以，前幾天，他們的推進程度異常緩慢，以至於錯失了最有價值的訊息。比如說，公爵的日記。

　　江舫徒手砸碎了書房書桌左上角那把唯一上了鎖的抽屜，用沾滿血的手拿起表皮華貴鎏金的日記本，沒有留給自己詳看的時間，便徑直向外走去。江舫的身影穿行在寂靜的城堡內，光可鑑人的地板映出了他毫無笑意的面容。沒有任何觀眾，他也沒有矯飾自己的必要了。

　　他一面尋找隊員、一面規避不知會何時何地竄出來的瘋子、一面用沾血的指尖翻開了日記本。

　　扉頁的第一句話是：我願與你相戀在任何一段時間內。可是，可是，不能是現在。

　　讀到這句話時，江舫正沿著臺階拾級而上。在右腳邁上上一級臺階時，他不由得駐足……「時間」？

　　而在他低頭看日記的時候，在盤旋樓梯的上面，探出來了一張慘白的面孔，掌心持刀，靜靜地、自上而下地注視著江舫。

CHAPTER

09:00

時間是一條由
過去、現在、將來、永恆
和永不組成的無窮無盡的經線

江舫在潔淨的日記本上留下了鮮紅骯髒的指印。

公爵先生不擅長長篇大論。

所謂日記，不過一日一記，兩三句話，隨便抒發些內心的體悟罷了，但措辭是相當優美浪漫的。

上帝說要有光，於是，在第一日，便有了光。

第七日，上帝累了，停止了工作，準備給世界放個假。

我也可以以他的名義，昂首挺胸又心懷鬼胎地去見你了。

你今日笑了，因為我在門框上絆了一跤。特此一記。

在第七封信送過去後，你終於來了，可你來得太突然，我給你準備的漿果都壞了大半，你也不在意。

你就是這點不好，我猜不出你到底會在意什麼。

鎮上的博物陳列館很有趣，可你不許我牽手，說那不莊重，我便被減了 2/3 的快樂。

我後來不服氣，偷偷牽了你的衣角，你不知道。

……或許你是知道的。

從背後望著你的時候，我感覺我是自由的，這就夠了。

頭很痛，藥很苦。我向執事先生大發脾氣，事後也有乖乖道歉。可我感覺，我終究不是我了。我會變成一個瘋子，一具屍體，那樣，我是不是就真的永遠失去你了呢？

腦袋裡的腫瘤讓我看不清光了。可我每天總要在陽臺上坐一會兒，看看你的閣樓裡，有沒有亮燈。

你或許能允准我那個瘋狂的想法，或許永遠不會。

你十七歲的時候告訴我，我們是不能相戀的朋友。

那我就到你的信仰誕生之前，在耶穌誕生前，去愛你。

江舫心中的預感越來越強烈。這位浪漫又堅韌、喁喁地在日記中訴說著自己對牧師那見不得天日的愛戀的公爵先生，或許比他想像的還要瘋狂上百倍。

而副本本身之外的陰謀，也終於露出了它全部的猙獰爪牙。最具有價值的線索全部被放在西岸，配上了相對平庸求穩的玩家。

而自己和南舟，被困到了大部分情報和情緒都或被銷毀、或被藏匿的東岸，即使有百般的能力，也受阻於那座明文規定不許跨越的橋，無處施展。他們的情報網，就這樣被一道橋生生斬斷。

江舫不信這會是巧合，他對一切事物都抱有懷疑。因此，他根本沒有忽略那道從他頭頂上方投下的目光。他只在揣測，那人究竟打算什麼時候動手？

然而，不等他把自己當做誘餌的計劃成型，伴隨著一聲慘叫，一腔熱血狂飆而下。剛才躲在樓梯上方、打算偷襲的男人身體傾出護欄，從樓上墜下，手持的尖刃磕碰在江舫眼前的扶手上，噹的一聲，發出讓人牙齒發酸的悶響。

江舫仰頭望去，卻見一個熟悉的人身體軟綿綿往前一趴，倒靠在了雕花的鐵樓欄上。剛才那一下出其不意的攻擊，已經耗盡了他僅有的氣力——闞博文。他的隊員，從第一個副本，就和宋海凝一起跟著他的人。

江舫以最快的速度來到了他的身前，也以最快的速度確認了他虛弱的原因。

他原本一頭茂密的天然捲髮被盡數剃光。雪白的頭皮上，被鑿開了一個邊長為 3cm 的等邊三角形豁口，創口四周已經紅腫發膿，有水液順著他的後頸流下。

他的命運完全可以預見，一隻被試驗過的小白鼠，沒人肯花心思為他縫合腦袋上的傷口。

江舫沒有任何猶豫，用自己的身體接住了他即將從鐵欄上失衡滑落的身體。在抱緊他的一瞬間，江舫保證，自己清晰地聽到了他身上發出細微的「咕嘰」一聲……或許是腦漿翻湧的聲音。

他睜著已經喪失了大半情緒的眼睛，看向江舫，這個在他醒後唯一看起來是正常人的人，低聲問道：「你是誰？」

不是「我是誰」，而是「你是誰」。江舫敏銳地察覺到，他沒有失憶。也就是說，他做的並不是傳說中的腦白質切除手術。

　　而在從日記裡讀出公爵的真實意圖後，江舫也不會天真地以為，公爵做開顱手術，只是想冒險治好自己的腦癌，或是想切除腦白質，像這個時代所流行的普世價值觀那樣，「治癒」自己的「同性戀癖」。公爵想要的東西，更浪漫、更富有想像力，也更恐怖。

　　為了驗證這一點，江舫柔和了目光，向闞博文釋出了自己的善意。江舫把一隻手壓在胸口，用最溫柔的語氣，面對著他將死的友人：「你不要害怕，我叫江舫。」

　　闞博文把前額抵在江舫肩膀，喃喃道：「我姓闞……闞是門字框，裡面一個勇敢的敢……這個字你認得嗎？好多人不認得。」

　　說著，他的身體就要往下滑。

　　江舫手中的日記本順勢掉落在了樓梯上，沒有去撿這重要的道具，而是用膝蓋抵住了闞博文的一側膝蓋，嗅著從他腦後傳來的腐敗氣息，保持了沉默。

　　這段自我介紹，是他們第一次見面時發生的。幾乎一模一樣，一字未改。闞博文，總是在致力於向別人解釋他那複雜少見的姓氏。

　　闞博文輕聲問江舫：「我為什麼會在這裡啊？」

　　江舫溫和地拍著他的後背，「你覺得你應該在哪裡？」

　　闞博文望向了江舫身後的虛空世界，喃喃道：「我應該……應該在試課，我第一次去大學試課，挺緊張的，下面都是學生，旁邊還有倒數計時和計分板……」

　　闞博文是大學助教。「試課」，也許是他長達 26 年的人生中的某個片段。而現在，他的大腦已經被人打開過，伴隨著無數記憶，在這夏日裡靜靜地腐爛。

　　他講述完這段話，自己也覺得語無倫次，於是便羞赧地微笑了，「我，我是在做夢吧？」

$$F_1 = F_2 = G \frac{m_1 \times m_2}{r^2}$$

　　江舫嘆息一聲，身體前傾，匕首無聲無息地從鯊皮刀鞘中滑出。他應道：「是的，只是做夢而已。」

　　話罷，一刃沾著鮮血的薄鋒，刺穿他的血肉，將闞博文的胸腔徹底洞穿。尖端也在擁抱中，沒入了江舫的右胸口。

　　兩人的血肉交融在了一起。

　　死亡降臨得如此之快。闞博文在死前，嘴角還掛著一絲未來得及消散的淡淡微笑。江舫抱著他的肩膀，扶他慢慢坐穩在樓梯上，餘光也落到了日記本上。

　　可原本在扉頁上用墨水寫就的情話，居然發生了奇妙的變化。那句「我願與你相戀在任何一段時間內」，被另外一句嶄新的話所替代。

　　時間是一條由過去、現在、將來、永恆和永不組成的無窮無盡的經線。

　　這句話聽起來很耳熟。

　　江舫轉過臉來，注視著闞博文嘴角的一點笑容。旋即，他用沾著他新鮮血液的手指，撫過了他的眼皮。

　　「……謝謝。」

　　大概沒人能想到，在這樣的狀態下，闞博文居然能甦醒過來。他要謝謝闞博文，創造了一個小小的奇跡，也以一個確鑿的事實，為江舫驗證了那個最大的困惑。

　　等江舫走到凌亂的手術準備室，真正拿到了三名這個時代頂尖的腦科醫師留下的手術資料，他也終於明白，何為「上帝的詛咒」。

　　那句關於時間的箴言，是波赫士說的。

　　生於十九世紀，故於二十世紀的波赫士。

　　時間是一條由過去、現在、將來、永恆和永不組成的無窮無盡的經線。

　　十七世紀的雪萊公爵，把這句話寫在了自己的日記本上。

　　他的構想，充滿了對上帝的冒犯和大膽的狂想。他知道，自己即使病

癒，面對的也還是無法面對自己信仰的基斯牧師。

他們之間永遠隔著一個上帝。

所以，他想，既然解決不了信仰問題，那就解決信仰本身——雪萊想要通過手術破壞的，就是關於時間這條「經線」上的內容。

他要弄壞自己的視交叉上核，以及海馬體中的時間細胞。這兩樣物質，一個是大腦的時針、一個是大腦的分針。那麼，他的意識將從上帝創造的正常世界中解放出來，徹底失去肉體對時間的束縛和限制，任時間在體內自由穿梭。

他冒著死亡的風險，試圖把自己的意識製作成一臺時間穿梭的機器，讓他可以任意回到一個時間點。在兩人還年輕時、在兩人白髮蒼蒼時、在耶穌誕生前、在白堊紀。他的精神將徹底掙脫時間的束縛，自由自在地和他的愛人相戀。

這種藐視時間的行為，才是真正招致上帝詛咒的原因。

放在現實裡，雪萊公爵這樣荒誕的行為一定會因為種種原因招致失敗。比如說技術不足，醫生無法完成。比如說術中各種突發的情況。比如說術後的難以預料的併發症。

可是，這裡畢竟是被創造出來的副本，被假設出的故事。副本的最終目的，就是為了給玩家「服務」。

所以，兩個在副本中相戀的瘋狂 NPC 的計劃，一定具有其可實現性，才會對他們這些玩家造成真實的威脅。是副本的機制，確保了雪萊那充滿了荒誕和血腥色彩的愛情設想必然成真。

雪萊公爵大概已經完成了一次乃至數次的時空旅行。他從二十世紀帶回了波赫士的箴言，回到了更過去的某個時刻，改寫了這本日記本的扉頁。這已經驗證了雪萊公爵的成功。

怪不得，副本用了那樣一個奇怪的表述，來對他們的遊戲時間進行限定——遊戲時間為第七日到來時。

當雪萊公爵的計劃徹底成型的那一天，西岸和東岸的時空，將因為上

$$F_1 = F_2 = G\,\frac{m_1 \times m_2}{r^2}$$

帝和惡魔的雙重詛咒，陷入徹底的亂流，屬於他們的第七日，就永遠不會到來了。

兩岸的詛咒既然已經開始融合，那麼，是不是只要殺死公爵，就能夠解決一切呢？

如果說雪萊的願望是從時間上消滅兩人的隔閡，為了形成一定的對應關係，基斯的想法，就是從空間上……

想到這裡，江舫面色陡然一變，將手中資料一推，轉身跑出準備室。他要去找城堡內還有可能活著的、可以過橋的隊友！

南舟所在的東岸有危險！

自從南舟他們踏上東岸的土地的那一刻起，其實就沒有什麼惡魔存在了。東岸只有基斯牧師，以及一顆早就埋下了破土的惡魔之種的靈魂。

雪萊，是基斯少年時期時邂逅的一個夢。他騎著新買的小矮腳馬，從城堡內偷溜出來玩耍。馬還沒有經過完全的馴化，將他掀翻在一片亂石嶙峋的路溝，摔斷了小腿。而基斯和父親恰好要到雪萊公爵新設的東岸教堂裡去。

基斯撿到了一個灰頭土臉的小公爵。而在他蹲下身給小公爵包紮時，少年雙眼亮晶晶地望著他，拍拍他的肩。基斯抬頭，發現他橫叼著一枝原本別在自己胸口的玫瑰花。

雪萊小小年紀，過度浪漫和騷包的天性已經嶄露頭角，「謝謝您幫我，年輕的牧師先生。」

基斯：「……」冷淡地回道：「玫瑰有刺。」

雪萊：「……」

他吐出了玫瑰，耳朵都隱隱沮喪地垂了下來：「哦。」

相較於冷淡無欲、一板一眼的基斯，雪萊就是一個沒有心事、快快樂

樂的貴族少年。

　　基斯在父親的教導下，很早就學會了主持禮拜工作。只有這個貴族少年坐在最前排，又最不認真，單單獨望著他，溫情脈脈。

　　基斯不是開不出玫瑰的木頭。他懂公爵眼裡的內容，也明白少年的執著在得不到回應後，會很快消散。

　　他以為自己報之以沉默，他就會明白。

　　雪萊也的確沒有多讓他煩悶，沒有逼他背棄他的信仰，甚至沒有對他提起「愛」這個詞彙。

　　只是偶爾會在逛博物館時，偷偷牽起他的衣襬。只是在一起狩獵時，會不顧一切地留他很晚，拉他看他最新發現的一顆星星。只是和他約定了，如果他有什麼事情想要找自己，給自己寫信，他的信使會不分晝夜，永遠為他服務。只是這樣……而已。

　　父親去世後，基斯便接管了這間小小的教堂，也接管了父親虔誠的信仰。他的信仰，明確告訴基斯要知愛圖報，卻又明確地不允許這段感情發生在一個同性的男人身上。

　　於是，基斯唯一能做的，就是拒絕一切婚姻的可能。他想，即使雪萊將來有了妻子，他也會終身不娶。

　　偶爾，他也會在懺悔中自問，自己這樣的感情，到底算是什麼？那答案分明是有的，但他選擇不去揭破。

　　在一次外出踏青中，和他有說有笑的雪萊不慎再次墜馬。這次卻不是什麼滑稽的意外。

　　經檢查，他的腦中生了一顆腫瘤。

　　在那之後的很長一段時間，基斯放下一切，日夜祈禱，求神賜福於祂的子民。但大抵是因為雪萊在多次的祈禱中都別有所圖，眼中也從來沒有上帝，只有那個被十字架的聖光沐浴的青年……

　　總之，神不肯庇佑這樣心思不純的子民。雪萊的病勢，一天比一天壞了。基斯將抗腫瘤的藥物送到神前，讓科學和神學雙重加持，也無法挽救

雪萊分毫。

某日，他去西岸城堡看望了雪萊。

在他到訪時，雪萊正處在高燒的折磨和昏眩中。正因為精神失守，他向基斯講述了他的計劃……那個瘋狂的、不顧一切的、必然會招致詛咒的時間旅行計劃。

基斯坐在他的床邊，用指尖輕輕搭著他的手背，傾聽著他驚世駭俗的構想。沒有譴責、沒有追問，也沒有拂袖而去。基斯留在城堡裡，一夜未歸，放棄了每日必做的彌撒。

夜間，雪萊燒退，轉醒過來，也意識到自己說錯話了，於是他笑得很不好意思，捉著基斯的手說：「我也許是真的瘋了。」

基斯不留任何情面，說：「是的。愛情讓你發瘋。」

這是他們之間第一次提到「愛情」。

有意思的是，居然是基斯率先提出。

「很抱歉，我不懂什麼是愛情。」基斯說。

雪萊笑了起來，金色的鬈髮一顫一顫，像是一隻活潑的小羊羔，「你不用懂啦。愛情，那是屬於我一個人的世界，不會去打擾你的。」

基斯立起身，「你的世界，我早就活在裡面了。不是嗎？」

年輕的公爵先生愣住了。

「你什麼都不要做。」基斯平靜地望著他，「我有另一種辦法，會給你找到一具全新的、完全健康的身體。」

這聽起來太像是天方夜譚。但公爵先生還是乖乖點頭了，「可是，你一定會成功嗎？」

基斯指向他房間的對岸，那是教堂閣樓的位置，說：「如果我失敗了，我會點亮閣樓的燈。到那時候，你想做什麼都行。但在那之前，我們不要見面了，只用書信聯繫。」

雪萊迷惑地抬起臉，望向他，「為什麼？」

基斯：「我留給你足夠的時間，忘記我現在這張臉。」

雪萊眨眨眼睛，「為什麼？多麼英俊。」

基斯：「下一次見面的時候，也許就不是這一張臉了。」

雪萊不明白，但是他信任基斯，於是他再次點下了頭，「我不見你。也不叫其他人去見你。你專心做你的事情。」

基斯扳住了他的肩膀，定定望向他，「答應我。不要去做冒犯上帝的事情。」

——我一個人，就好。

「放心吧。」公爵先生露出了蒼白虛弱的微笑，「我答應你。假使你不允許的話，我死了，也不做手術。」

從那之後，再也沒有人踏上東岸。雪萊甚至遣散了城堡內忠誠的教徒們，斷絕了任何人前往東岸的可能。

在基斯牧師也將教堂內所有的神職人員送走後，他召喚了惡魔阿米，與它進行了交易。

他用上帝忠誠的信徒的靈魂為代價，換取了惡魔的力量。隨後，他就送走了惡魔。

然而，從此刻起，他便與惡魔無異。

他無法再碰觸任何聖器聖物，聖水對他來說是硫酸，十字架會引發無窮的心悸。在教堂內的每一分、每一秒，都宛如置身地獄的烈火。

他面無表情地承受著應該承受的一切，這是他背叛神明應受的苦楚。但正是因為這樣的苦楚，讓他意識到，神明明是存在的。神既然存在，卻寧肯見他墮落，也不肯幫助他分毫。他用這存在於每時每刻的、烈火焚身一樣的痛苦，堅定他要投身黑暗的決心。

阿米的能力是置換生命力的術法。現在，雪萊需要一具健康的身體，然而，不經過親身的測試，基斯不敢把這術法用在雪萊身上。可惜，東岸已經沒有人能供他實驗了。

於是，他寫信給雪萊，請他為自己招徠一批新的神職人員。條件是來自外地的年輕人，無親無故最好。

$$F_1 = F_2 = G \frac{m_1 \times m_2}{r^2}$$

雪萊沒有詢問他的理由。

在他信件送出的第三天，六名新的年輕人，就穿過了那座久無人穿越的吊橋，來到了他的教堂門口。

接下來，基斯發現，這六人的目的不純，總是在教堂中調查逡巡，似乎別有心思。但他不在乎，基斯從一開始，就看上了他們中那個沉默寡言的美麗青年。

原因無他。經過細緻的觀察，基斯確信，他的身體強度超乎尋常，是他們六人中最出色的一個。雪萊病過一場，所以，基斯希望雪萊能擁有這世上最健康的身體。

只是，他還只是試探著想要動手時，先動手的人，居然是這些外來人。基斯被綁了起來，而這些外來者，開始搜索他的教堂。

那些舊日的、充滿罪惡的痕跡早就被他湮滅。就連他和雪萊的通信也早被他銷毀……基斯連這樣一點溫情的空隙都不肯留給叛神的自己。

但他依然在這條絕路上走得頭也不回。現在，他需要掙脫束縛，求一條生路。

當他們留下華偲偲看顧自己時，基斯用一句語焉不詳的「對不起，你還不夠」，成功勾起了華偲偲的興趣。基斯不斷用言語誘導他靠近，從而觸碰到了華偲偲的皮膚。

下一刻，生命力用惡魔的方式，完成了第一次交接。他來到了一具嶄新的軀殼內，掌控生命流動的感覺並不美妙，頭痛眩暈，四肢無力，胃部像是被人用手掏撐了一遍，都是逆神而為的併發症。但基斯很明白自己應該做什麼。

基斯抓起原本掛在「基斯」脖子上的十字架，一手堵嘴，另一隻手在刺骨的灼痛中，將尖端狠狠戳入了現在這個「基斯」的胸口。

十指連心，但基斯並不覺得有任何痛楚。陡然落入新身體中的華偲偲，甚至還沒來得及發出一聲呻吟，便伴隨著心臟被攪碎的痛楚，以及難以言說的詫異，死在了基斯的體內。

　　基斯拖著新到手的軀體，被十字架重傷的手掌，無聲且麻木地步出了教堂。外面，起霧了。霧氣成了他最好的屏障，讓他有了施展下一步計劃的空間。

　　他知道，這些人全面搜查教堂，必然已經在黑暗的閣樓上亮過了燈。這具身體可以湊合著用，他本來想連夜過橋去，阻止雪萊的瀆神行為，也好搶在這群人過橋前帶他離開，避免他們傷害雪萊。然而，一個發現，延緩了他的腳步……基斯發現，這具新身體有些特殊。當他不經意的一個抬手、喚醒了一個沉睡的浮空顯示幕時，他站在夜色中，回望向了燈火輝煌的教堂。

　　這個顯示幕裡，充斥著太多基斯看不懂的神妙物品。以基斯固有的認知，他想，這些人，或許是魔鬼的使者。但他們有限制。

　　根據面板一角顯示的所謂「遊戲規則」，惡魔不允許他們過橋。也就是說，雪萊至少暫時不會有危險。而且，他現在趕去，真的還來得及阻止那個執拗、頑固的雪萊嗎？

　　一旦開弓，就再也不會有回頭箭了。

　　他想，或許可以留在東岸，完成那個最終的目標……進入那個叫做「南舟」的、完美的容器。就算他手術失敗，自己也可以搶在最糟的結局發生之前，為他獻上這份稍微有些意義的禮物。

　　他掉過頭來，重新投入了東岸的大霧之中。

　　霧氣成了他最好的屏障，基斯大大方方地躲藏在霧中，等待著時機成熟，等待著南舟找到自己。

　　在聽到從霧裡傳來的腳步聲時，他悄無聲息地躍下懸崖，把自己吊在了崖邊。腳下是無底的深淵，無數細碎鬆動的砂石從他緊抓的岩石周邊篩落。在這逼命的死境中，基斯的心卻是平靜的。他知道，在以大霧為背景的世界，別人可能會有顧忌，但那個強悍而出眾的南舟一定會救人。因為他強，所以他無所畏懼。

　　只要成功接觸到他的皮膚，超過 3 秒鐘……

$$F_1 = F_2 = G \frac{m_1 \times m_2}{r^2}$$

誰想到，從霧裡衝過來救他的，會是一個其貌不揚的溫柔男人。在看清他這張本不屬於自己的面容時，男人的神情是失去之物失而復得的絕頂驚喜。

基斯記得他的名字，關俊良。

關俊良不顧危險，跪在崖邊，著急地衝自己伸出手來，「偎偎！抓住我的手！」

那一刻，基斯有所動搖。他……或許不該傷害這樣的一個人。

可是，以華偎偎的身分被關俊良救回去，他難以解釋自己那突然的失蹤，以及他究竟是被什麼力量帶走的。一旦行差踏錯，必然前功盡棄。他已經走上了這條絕路，想要回頭，已經太遲。

於是，基斯用被十字架灼傷的手，握住了關俊良溫暖寬厚的手掌。關俊良心中一喜，用盡全身力氣，雙膝著地，雙臂一道緊繃用力，連他的手掌和袖子一起握在手中。

短暫的數秒過後。乾坤逆轉，上下易位。

他跪伏在崖邊，於天旋地轉之際，憂傷又平靜地望向了那雙滿含詫異的眼睛。手掌被強大的重力牽引，從他掌心滑落，墮入了萬丈深淵。一聲後知後覺的慘叫，從十數公尺開外響起，又被翻騰的霧氣吞噬殆盡。在那之後，基斯的指尖唯剩一塊衣料的殘片。

然而，南舟他們實在太過聰明，基斯也無法承繼身體所有者的記憶，他的身分險些被識破了。好在，他用了十幾個小時的時間，大致瞭解了他們身上那些「神跡」的用途。

關俊良身上的倉庫內攜帶有聖水。而此刻已經淪為半個魔鬼的他，對聖水有極強烈的反應，也熟知其他魔神的相關訊息。他把阿米的能力，張冠李戴到了「惡魔佛拉士」身上，同時無聲無息地從關俊良的倉庫裡取出並捏破了聖水瓶子，把自己燒了個遍體鱗傷之餘，作極力的痛苦掙扎狀，隨後力竭「昏厥」，假裝那魔鬼已經被驅趕離開。

在假裝昏迷時，基斯領略著從身體的每個角落傳來的滅頂痛楚，冷靜

萬有引力

地想，他或許，可以再換一具身體了。

面對劍拔弩張的兩人，南舟通過宋海凝顫抖著隱含著無窮痛苦的描述，以及這些時日他們的見聞，還原了她的遭遇。

據她所說，她被基斯強制交換到了關俊良體內後，剛一得知他的真實身分，便被他活活打暈。醒來後，她又回到了自己的身體，床上的關俊良卻已然沒了呼吸。

望著自己滿手的血腥，她慌了神，昏昏沉沉地走出來，便看到南舟和班杭摟摟抱抱，驚懼之餘，已經顧不得其他了。

江舫走了、關哥沒了，那基斯還能在誰的身上？她失聲大喊：「快離開他！南哥！他是基斯！離他遠一點！！」

班杭馬上抓到了她話語間的漏洞。

「妳說那個基斯牧師能轉移生命力，妳被他轉移到關哥身上，接著妳被打暈，醒來後，妳又回到了自己體內……可他有什麼理由非要讓妳活著不可？」

班杭激動得渾身發顫，幾次都險些咬到自己舌頭。

「還有，妳說，關哥也……也沒了，那基斯能把自己的靈魂交換到哪裡去？」

宋海凝手中同樣握有一把短槍。

聽到他說關俊良「沒了」，她心火沸灼，將一口白牙咬得咯咯作響，手心滾燙，指尖冰冷。

她的性情向來是隊伍中最溫馴的。只有當有人傷害到她的朋友，她才會變成一頭暴烈又凶狠的獅子。

她渾身蓄滿怒氣，厲聲道：「南哥剛才送舫哥去了對岸，這段時間教堂裡只有你和我……」

278

南舟善意提醒：「樓上還有一個。」

他還記得那人的名字，來報信的執事，名叫哈里斯的。這也是第一個打破兩岸詛咒壁壘的人。

他突然的插話，把宋海凝原本順著血直往上湧的情緒徑直打斷了。她垂下透出血絲的眼睛，讓熱血退潮，留給了大腦思考的空間。

班杭則一動不動地用準星瞄著宋海凝的腦袋，答道：「南哥，你放心，我把他捆得好好的，我也搜了身，他身上是乾淨的，什麼都沒帶。」

南舟：「哦。」

應過一聲後，他往旁邊退了一步，從兩人的爭端中讓出了個位置，順勢在草坪上坐下了。

班杭：「……」

他猜想過南舟的種種反應，卻沒想到這一條。

「請。」南舟把手肘撐在膝蓋上，禮貌道：「我不干涉你們，你們吵出一個結果來，然後告訴我。總之誰對誰開槍，我都幫人收屍就是了。」

班杭、宋海凝：「……」

簡單粗暴。但這樣的確是最奏效、最快讓他們冷靜下來的方式。他們不可能僅僅因為對彼此有懷疑，就毫不猶豫地選擇火拚。

班杭抹了抹乾涸的嘴巴，往旁邊唾了一口並不存在的唾沫，把槍口稍稍下壓，率先做出了退讓，「……媽的。」

而從初醒的暈眩和驚懼中回歸鎮定的宋海凝，也提出了自證身分最簡單的方式：「班杭，說點我們都知道的事情。」

剛才經過一次測試的班杭熟練道：「妳以前暗戀過老大。」

宋海凝也毫不留情地揭了班杭的傷疤：「你第一次過靈異副本的時候褲子都被那個女鬼拽掉了。」

兩人大眼瞪小眼地望了對方一陣，同時如釋重負地放下武器，異口同聲地：「操。」

可就算勉強證實了對方沒有被替換，宋海凝還是保持了一點警惕：

「南哥,你確定基斯在人體遷移的時候不會讀取我們的記憶嗎?」

班杭翻了個白眼,「拜託!姐姐,他如果真能讀取記憶,他扮演關哥能失敗嗎?!」

眼見鬥爭已然消弭,南舟便指著地上的影子,把自己的發現告訴了他們。兩人不出意外地瞠目結舌了。

南舟分析:「基斯招來魔鬼,是想要給他的朋友換一個身體,可現在時間看起來也出了問題……」

牧師和公爵,一個背離了自己的主,選擇與惡魔為伍。另一個則設法破壞了時間的流速。

從某種意義上來說,盤桓在這東岸教堂的恐怕也不是什麼「惡魔」,同樣也是神的詛咒。

聽明白南舟的意思後,班杭咬牙,猜測道:「這算什麼?兩岸的詛咒開始融合了?」

事實證明,他們先前的確是被基斯的演技蒙蔽了。再加上他們分身乏術,實在沒有辦法分兵守橋,兩岸的詛咒,已經被徹底打破。

「可是不對勁啊。」宋海凝提出疑問:「時間都停止前進了,可我們怎麼還能行動?」

她比劃了一下,說:「按照常理,時間如果出了問題,我們不也該定在原地才對嗎?」

聞言,班杭好不容易平復下來的心情又開始躁動起來。他求助地望向南舟,「南哥,我們現在要怎麼辦?」

南舟站起身來,拍拍身上的草屑,「匯合。」

班杭:「去西岸嗎?」

「是。」南舟說:「我不放心他一個人。」

緊接著,他又補充了一系列問題:「還有,基斯如果不在我們中間,他能去哪裡?」

「像魂魄一樣飄著嗎?」

$$F_1 = F_2 = G\,\frac{m_1 \times m_2}{r^2}$$

「他能維持這樣多久？」

「他要和人交換身體，到底需要什麼條件？像和海凝那樣的肢體接觸嗎？具體需要多少秒？」

這些問題，已經問得那兩人渾身僵直了，而南舟還有更多的問題沒有問出來。

西岸的公爵，到底做了什麼？他的作為會對東岸有什麼影響？兩岸的詛咒融合後，到底會產生什麼樣的異變？無論如何，對現在的他們來說，集體行動，離開東岸的土地，是最好的選擇了。

南舟說：「等我把俊良帶出來。華偲偲已經找不回來了，俊良的身體絕不能丟。」

宋海凝想要張嘴，卻什麼聲音都沒發出來。話音未罷，他似有所感，轉頭望向了橋的方向。

班杭驀然回首，不由得瞪大了眼睛，「橋……」

吊橋方向，騰起熊熊的烈火，沖天的黑煙在空中交織攀升，作龍蛇舞。吊橋西岸，站著銀髮持斧的江舫，他的身後，還站著另外一個隊員，雪白的面色被沖天的火光映得彷彿是充了血。

作為小白鼠，他是相當幸運的。那關於時間穿越的手術在闞博文身上成功之後，他就只是被囚禁起來，惶惶不安地等待著最終命運的降臨。

直到囚禁他的牢室外傳來人們驚惶發瘋的聲音、直到江舫敲落了囚禁他的門鎖。

他輕聲問江舫：「我們……真的要把橋燒了嗎？」

「他們看到橋著火，絕對會第一時間過來，城堡著火都不會起到這樣的效果，比你過去送信要快得多。」

江舫面無表情地餵他吃了一劑定心丸，說：「放心，這橋很堅固沒有那麼快燒斷。」

隊員聞言，把頭埋得更低了……江舫本來沒有放火燒橋的必要。是他不願意過橋，才逼得江舫非這樣做不可。

　　不願過橋的原因很簡單。在聽完江舫描述的那個關於「詛咒」的可能，他畏縮了。他不願相信事情會有江舫設想的那麼壞，但是江舫的推測，的確嚇到了他。

　　按照江舫的本意，也並不想告訴隊員自己關於這詛咒融合結果的設想，但如果放任他一無所知地過去，反倒極有可能成為那個被利用的變數。果然，在聽完他的描述後，隊員動搖了：「我一個人過去嗎？」

　　在接觸到他的眼神後，江舫神情一定，「是啊，如果南舟都搞不定，你去也只是白白送死而已。」

　　他如釋重負地鬆了一口氣，末了，自己卻又羞慚起來。

　　他諾諾道：「那南哥他們要怎麼辦？」

　　江舫：「我們過不去，就叫他過來。」

　　於是，這才有了他縱火燒橋的舉動。

　　為了給自己的逃避找一個合情合理的藉口，隊員積極請戰道：「我……回城堡看看，再找找有沒有活著的人。」

　　江舫眼望著對面，神色冷淡：「嗯。注意安全。」

　　隊員微鬆了一口氣，手持槍械，轉身投入樹林。他試圖用奔跑來消解心中的不安，滿腦子卻都迴蕩著江舫剛才和自己的對話。那種心悸盤桓心頭，始終無法抹去。

　　「舫哥，你說……什麼？」

　　「我說，兩岸詛咒的效力已經開始融合了。你也看到了，西岸城堡裡的人發瘋，就是因為碰觸到了別人的身體，持續數秒，靈魂就可能實現交換，以這些人的認知，根本不可能知道這是因為什麼，只以為自己遇到了魔鬼。這種空間上的交換，不是公爵的行為帶來的時間詛咒，是東岸的基斯帶來的空間詛咒。」

　　「而西岸城堡裡的公爵有穿越時間的能力，他的思維不受時間限制，可以穿越到任何一個時間點。所以，他有許可權看到我們為了對付他們，採取的一系列舉動。」

$F_1 = F_2 = G \dfrac{m_1 \times m_2}{r^2}$

江舫說：「……所以，公爵可以在任何能接觸到基斯的時間點，提前去提醒基斯，防備我們接下來的一切動作。」

「基斯掌控空間，而公爵掌控時間，你到對岸去，對方會預料到；你不過去，對方也能預料到。」說到這裡，江舫注視著他，「我想讓你去一趟東岸，提醒他們，小心身邊的所有人，小心一切可能的碰觸。」

「可就算是這樣，也許基斯也能預料得到呢？」

即使已經過去了十數分鐘，隊員仍記得，聽到江舫這番分析時，他內心那種恐慌和震撼混合的感覺。

他不願單獨過橋，去面對這樣未知的前景。

在隊員心神激蕩，魂不守舍之際，一棵樹後陡然躥出一個瘋癲的黑影，一把抓住了他的腳踝。這具身體內裡的靈魂不知道易過幾任主人，軀殼卻已經是遍體鱗傷。

隊員被他抓握得猝不及防，大叫一聲，倒地瘋了似地拚命蹬腿。

也許是過去了幾秒鐘，也許是過去了幾個世紀，他總算掙脫了那雙鐵鉗一樣的手。

那人仰面朝天，渾身微微痙攣，像是虛弱已極的樣子。而隊員手腳發軟，匍匐著往外倉皇爬出幾步後，忽然僵在了原地。

他似乎明白，為什麼僅僅只是換了一個身體，那些人就會瘋癲至此了。而這也是他留在世上的，最後一個清醒的念頭了。

關於公爵，江舫的想法沒有錯。

公爵成了這兩岸的世界序列中一架脫軌的列車，駕駛著這輛車子，他可以在自己的時空之軌上任意穿梭。他和這世界所有的時間逆向而行。

公爵先生不討厭這種感覺，他向來是喜歡冒險的。如果沒有基斯，以他的性格，是不會把自己宥於這片華貴卻單調的城堡裡。一切只是為了離

萬有引力

他近一些，再近一些。

他的肉體會因為跨越了太長的時間維度而消亡，但他的精神，因為受到了詛咒，而永遠存續。

他有時會將這座標拉得極長，長到可以用時間的觸鬚輕輕拍打那遠古食草龍的尾巴尖。那伸長脖子去啃食樹葉的龍回過頭去，卻只看到草葉搖晃，晨露熹微。

這是屬於雪萊公爵一個人的旅行。當然，也是一場註定孤獨的旅程。

他也知道基斯現如今面臨的局面。他當然會無條件地去跨越時間的屏障，去幫助他的情人。

江舫考慮到了這一層，但他卻沒能考慮到，當屬於基斯的詛咒以病毒形式蔓延開來後，會產生怎樣的混亂和變體。他只是籠統地覺得不安。

站在岸邊的江舫，把手探進口袋裡，握住了那雙本來打算用來鎖住南舟的手銬。

──快過來。到我身邊來。

望著燃燒的吊橋，南舟當機立斷，做出了選擇：「我們過去！」

對了，他們也不能忘記帶走俊良的身體。可是，當他還未轉身時，一道陰影忽地直投向了他的後背。

專屬於人體的熱源，喚醒了南舟最原始的攻擊性。

他猛然轉身，以最快速度擒住來人衣領，乾脆俐落地扼斷了背後來襲之人的脖頸。但在頸骨碎裂的前一秒，南舟看清了來人的面龐。然而力量已經釋出，覆水難收……是關俊良。

被凌空拋來的是關俊良尚帶著熱意的屍身。關俊良的靈魂早已隨著華偲偲的身體一道墜入深谷，現在的他，不過是一具空蕩蕩的軀殼。可是南舟仍然能清晰地感到，他的骨頭是如何在自己手下挫斷。

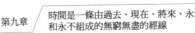

　　因為失去了頭顱的支撐，他身體軟軟傾倒，跪伏在了南舟身前……這樣溫柔的人，死時也是面目全非。原本一直帶笑的面龐，被聖水腐蝕得千瘡百孔。

　　而拋出關俊良屍身的，居然是站在臺階上的「宋海凝」！她臉色慘白地露齒而笑，看向南舟，像是一個猙獰的鬼怪。她一直把關俊良的屍身藏在倉庫裡！

　　電光石火間，南舟將他們中最好的大哥的屍體面朝下推向草地，腳一點地，向「宋海凝」大步衝去！

　　「宋海凝」並不開槍，反而跳下臺階，向橋對岸逃去！但她的奔跑速度實在有限得很，在她路過一棵樹時，南舟一把捉住她的後領。本來，他只想打暈她的。但她靈活地在南舟的懷裡轉過身來，手中的短槍槍口，反指上了南舟的心臟。在肋骨碰觸到堅硬的槍口時，南舟當即立斷，一把扭斷了她的脖子。

　　她的身軀一軟，槍口順著南舟的胸膛緩緩上移，一路滑指到了南舟的咽喉位置。到死，她也沒有扣下扳機，而她的眼中，是南舟難以讀懂的痛楚和不解。

　　南舟扶著她的腰，把她癱軟的身軀放平在草坪上，和她眼中最後殘存的死光對視。他記得，自己提到要帶關俊良的屍體一起走時，她是想要說些什麼的。

　　是。宋海凝一向是細心又重情的。於公於私、於情於理，她不會把關俊良的屍體單獨留在樓上，放在隨身倉庫內，實際上是最保險的舉動。但在南舟提出要回去找他的屍體時，她明明想說什麼，卻被堵住了喉嚨。

　　「……為什麼？」南舟心中疑惑，輕聲問宋海凝：「妳能扔屍體，為什麼不殺我？」

　　另一邊的班杭呆呆望著這瞬息間發生的一切。他望一望地上的關俊良，又看一看已經頸骨折斷的宋海凝，「……海凝？」

　　事發突然，太過突然了。彷彿前一秒，他們還在彼此懷疑，互相揭

285

短，謀劃前途，彷彿他們還有未來、還有希望。

下一秒，她向南舟擲出了關俊良的屍體。

再下一秒，她死在了南舟懷裡。

隨著時間的流逝，班杭終於理解了眼前發生的一切，他的面部肌肉抖動抽搐個不停。

他實在不知道面對這樣的情景，該要擺出怎樣的神情，但他的嗓音已經飽浸了痛苦：「怎麼會？……她被基斯附身了？可是，基斯又怎麼會知道我們之間的事……」

他的話語卡殼了。那麼，這是不是意味著，基斯其實是有讀取記憶的能力的？還是有別的什麼理由——他還沒來得及反應過來，腦中便轟然響了一聲。下一秒，班杭眼睜睜看著自己的手拉上了槍栓。

而南舟也聽到從自己身後傳來的子彈上膛的輕響。南舟的黑色長髮被一陣長風掀起，他回頭，定定看向了班杭。

班杭意識到發生了什麼後，臉色煞白。在短暫的恐懼和無措後，他端著槍，伸出雙手，向南舟踉蹌著走去。

他啞聲道：「南、南哥……」

他夢遊一樣走出數步，才用槍口狠狠抵住地面，逼迫自己半蹲下身，曲彎膝蓋。不要再往前了……求求了……他似乎在和身體裡的另一股力量角力，用力得渾身都在發抖，「我的身體，我的腦子……南哥，我，我不對勁……我腦子裡有另外一個人的聲音……」

因為情緒激動，他的眼周皮膚逐漸變得鮮紅。

班杭把聲音死死壓在喉嚨裡，像是怕驚動腦中的呢喃，用近乎耳語的音量低聲道：「他，讓我殺了你……」

南舟向他邁出一步，「班杭，丟掉槍。」

班杭帶著哭腔，雙手又在角力中慢慢舉起槍，對準了南舟的腦袋，肌肉繃得直發顫。他搖著頭，抑聲道：「我丟不掉……我丟不掉。」

眼前的場景，堪稱詭異。

$$F_1 = F_2 = G\frac{m_1 \times m_2}{r^2}$$

　　南舟望著他一步步走向自己，步伐蹣跚，雙眼渙散。班杭一邊前進，一邊把眼睛挪向了瞄準鏡，食指搭扣在了扳機。可與他動作中滿含的殺機相比，他的瞳孔中正在發生一場絕望的地震。

　　在徹底明白發生了什麼後，班杭的聲帶發著顫，低聲道：「南哥，殺了我……」聲如蚊蚋。也是聲如驚雷。

　　南舟把宋海凝背靠樹木放下，向他一步步走來。南舟確信，他和海凝一樣都被基斯寄生了。

　　既然他能控制生命力的流向，自然也能控制……流量。

　　基斯的生命力，正像是一個寄生生物，分批分量，靜靜蟄伏在他的隊員們身上。要殺死基斯，就要先殺死他們。這就是基斯的算盤嗎？基斯以為自己不會殺他們嗎？南舟的掌心寸寸握緊。

　　「南哥，你動手的時候……快一點。」班杭的耳釘在不變的日色間熠熠生輝，這一點明亮，讓他的面色愈發慘白，「南哥，我其實特別怕疼，也怕死……」

　　南舟平靜道：「你不會死。我能救你。」

　　殺海凝，是因為如果他不動手，她體內的一部分基斯，一定會操控海凝扣動扳機。

　　就算打暈她，那暫時昏迷過去的，恐怕也是屬於海凝的意志。

　　「我害怕它跑到你身上。」班杭沒有理會南舟的許諾，他帶著哭腔，用近乎呻吟的語調說：「我剛才只抓住了你一下，我也不知道有幾秒鐘，我……我沒有害死你吧？」

　　南舟寬慰他：「你忘記了，我不是人的。」

　　他是書裡的人，他早就被病毒寄生侵染，他的生命力是光賦予的。基斯或許早就看上了他，但實際上，基斯根本無法掠奪他的身體。南舟實際上是他們之中最安全的那個。

　　南舟繼續道：「你努力控制住你的身體。我打暈你，我放你到倉庫，帶你去西岸。」

287

班杭身體不住發抖，「時間已經不再前進了，我們要怎麼出去？我們要怎麼……活到第七天？」

南舟寬慰他：「總會有辦法的。」

班杭：「我的身體裡，一輩子都會藏著這麼一個人嗎？」

南舟重複：「出了副本，我們就會沒事。會有辦法的。」

班杭突然慘笑出聲：「南哥，別騙我了。你沒辦法。」他在教堂雪白聖潔的臺階前站定了。

南舟注視著班杭，不知道這句話是由班杭說出，還是由基斯說出……是的，他沒有辦法。他沒有辦法保證，他把班杭帶離副本，基斯就會從他體內自動剔除。畢竟他這個鬼魅，就是這麼被舫哥帶出副本的，如果副本有這樣的「自潔」能力，第一個會被系統清除掉的就是自己。

班杭哭中帶著笑：「……所以，南哥，殺了我吧。」

南舟走到了他的身前。兩人身處潔白的臺階和巨大的彩色玻璃的交界處，像是一副旖旎溫柔的油畫。

他淚盈於睫，仰頭望著南舟，「我留在這裡，陪青窈。」

南舟面無表情地望著他，從心臟深處泛出絞痛。

事已至此，班杭的顫抖已經停止了。

他從南舟眼裡看到了決心，於是溫和地對他露出笑容，「我，雖然一開始很怕你，但真的很高興認識你，南……」

南舟動作利索，一把擰斷了他的頸骨。他確信，自己動手很快，班杭在死前，不會感受到任何痛楚。

班杭身體失去了自主的力量，軟綿綿地向前傾倒，倚在南舟身上，不再呼吸。

南舟攬著他的頭，在心裡問：基斯，你就是這樣愛你的朋友的嗎？這就是你們的友情嗎？你寧願靠寄生活著嗎？

可是，不等他從殺死隊友的痛苦中回神，南舟的神經猛然一動，剛要回身撤退，便被一股當胸而來的巨大的衝擊力掀翻了。他撞碎了玻璃，並

$$F_1 = F_2 = G \frac{m_1 \times m_2}{r^2}$$

撞上了佇立窗側的聖母像。南舟的身軀和聖母像，一起在教堂內部的地面上支離破碎了。

南舟面對著天花板上神聖的宗教漆畫，看到了從自己肺部位置逸散出的陣陣硝煙。彈片在他的臟腑內四下彈跳，肆意切割著他的血肉。南舟咬牙忍耐，繃緊了身體，以免在蜷身間刺激彈片切割入自己的心臟……他真的討厭突然襲擊。

剛才，在回過頭的剎那，他確信，自己看到了那個西岸訪客的臉。他背後行雲遼闊，鑲嵌著光的暈輪，愈加反襯得他臉色慘白，嘴角滲血，虛弱已極，看起來只有三分之一的命在。但這三分之一的命，已經足夠支撐他開槍。

南舟想，原來沒有分成兩份，而是三份。那個打破了兩岸詛咒的送信人的到來，也是有意義的。

當基斯完成了「被驅魔」的表演，還滯留在關俊良受傷的身體中時，他的腦中開始不受控地創生出新的記憶。

小公爵的出現，比他原有的記憶中更早。在他還是比少年更年輕的少年、在附近的另一座教堂任職時，一個纖細的身影帶著美麗夕陽的餘韻，自外走入。

他穿著深紅色的夫拉克，卻戴著少女才會戴的歐式面紗，緩步來到他的面前，金色的鬈髮在陽光下煥發出爍爍的美麗光澤。

他輕聲說：「我來見你了。」

穿著樸素的黑色神學制服的少年基斯回過頭，「你是誰？」

來人沒有回答他的問題，而是發表了一番奇怪的言論。

「將來會有這樣的一天。」少年話音溫柔：「為了應付一個難以應付的人，你需要把自己的生命分成三份，進入三個人的身體，每人一份。」

289

基斯有些詫異：「抱歉，我是神的子民，不是惡魔。我不會擁有那樣的能力。」

少年的神情有些憂鬱，「……我多希望你一直是。」

這實在是太像一份怪異的預言了。基斯想，大概是邪教徒吧，這個漂亮神祕的少年，像是一個帶來詛咒的巫師，可又委實不像巫師。

少年基斯本來想驅趕他，但他又想聽他說得更多一些，畢竟他瘋得實在很有特色。

邪惡的少年繼續娓娓道來：「每一個生命，都會視自己為唯一的存在。當有兩個生命源同時存在於體內時，就一定會爭奪身體的主導權。」

「到那時，你需要悄悄躲起來，不要爭，躲在那兩具身體的某個地方，只在必要的時候搶占一些肢體的控制權就好。為了自己的朋友，那個人會殺死自己的朋友。」

少年牧師望著少年巫師，尷尬地微笑著。他聽不懂具體的內容，卻已經聽出了破綻。

「等一等、等一等。」基斯疑惑地追問：「你說，我要把我的生命……分成三份？」

少年巫師：「是的。」

基斯：「可是，你說，我要躲在兩個人的身體裡。那，第三個人去哪裡了？」

「第三個人被綁在閣樓上，是我送過去的。」少年巫師眨了眨眼睛，笑得溫柔，「我在做手術前，會給他留信。我成功之後，他就會去找你送信，他就是我給你尋找的轉機。」

基斯又問：「我既然擁有侵占別人軀體的能力，為什麼不侵占那個『難以應付的人』？」

少年巫師有問必答：「因為他是特殊的。你根本沒有辦法奪取他的身體。等那個難應付的人受傷後，你不要和他正面衝突，馬上離開，他是很屬害的存在，你不要靠近他。」

基斯好脾氣又困惑地搖搖頭，「我為什麼要這麼做呢？」

少年巫師用湛藍的眼睛望向了他，「因為……你是愛我的。」

少年基斯不明白，並在小巫師離開後，迅速淡忘了這件事。後來，他和父親離開了原先的教堂，要到新的教堂去，專門為服務公爵一家。

然後，便是那場邂逅了。

小公爵從他的矮腳馬上墜下，跌入了那道深溝。在為小公爵包紮時，少年基斯注視著小公爵的眼睛，比以前多了一句問候：「……我們以前是不是在哪裡見過？」

小公爵不說話，只是用他天真的藍眼睛望著他。

基斯便不再多言，只低聲道：「我以前見過一個人，和你有一樣的藍眼睛。」

小公爵握著他的手，輕聲說：「藍眼睛有很多。以後，你的生命裡，會有很多很多的藍眼睛。」

現在，他終於完全懂得了雪萊的意思，時間已經告訴了他最優解。他也知道，自己不需要再交換什麼身體了。因為他的愛人，正存於永恆的時間之中，沒有比現在這具身體更完美的身體了，也沒有更完美的世界了。而當初的雪萊，給出他的辦法，的確是最有效的。

在打暈宋海凝，並奪取了她的身體後，基斯就用宋海凝的身體靠近了班杭，在暗中分給了他三分之一的生命力。然後，在班杭有所覺察前，他主動攻擊了班杭，用刀刃劃爛了他的下巴。

班杭驚懼之下，逃出了教堂，又不敢一個人輕舉妄動，就在教堂外等著南舟一起行動。

隨即，基斯用「宋海凝」的身體，來到被班杭囚禁的哈里斯執事面前，把昏迷的他解綁，並拖到了已經成為空殼的關俊良的面前。

他和在關俊良體內昏迷的宋海凝，再度交換了身體。重新進入關俊良體內後，他窮盡力氣，抓住了一旁哈里斯的手。

哈里斯的靈魂進入了關俊良，他的靈魂進入了哈裡斯的身體。

完成這接力棒一樣的傳遞後，他無聲無息地割斷了關俊良的喉嚨，讓哈里斯的生命葬送在了一個陌生人的體內。基斯又將自己三分之一的生命分給了宋海凝。

　　然後，在極端的虛弱中，基斯拖著南舟從對岸騙來的槍，利用自己對教堂的熟悉，一步一步，慢慢繞出了後門。

　　他獨自完成了這一場沉默的生命接力，把自己的生命均攤給了三個人。他接下來，只有一件事情要做。

　　雪萊告訴他，要殺死那個「難以應付的人」。

　　他們兩個人從小一起狩獵，基斯被雪萊訓練出了出色的用槍能力。而在傷到南舟後，他沒有補槍，而是按照雪萊留給他的指示，用槍枝撐著身體，一步一步，轉身投入樹林之中。他沒有必要去查看南舟是否還活著，因為時間告訴他，他是必勝的。

　　被樓下撞碎玻璃的巨大響動驚動，南極星乍然甦醒，猛地一抖毛，清醒了過來……出了什麼事了？

　　南極星只認為，南舟讓牠跑，那就是他能應付得了。但南極星從沒有想過，其實，他是知道自己可能活不久了。

　　牠見過南舟在無數次本該致命的襲擊中活過來。每當南極星找到他的時候，南舟都會躲在角落裡默默舔舐傷口。

　　但南極星忘了，他們早已經離開了【永晝】。自由的代價，便是遠離了能夠讓他死裡逃生的力量。

　　江舫站在被火焰吞噬的吊橋西岸，目視教堂，等待許久。他也清晰地聽到了神聖之地間傳來的一聲槍響，在山谷和他的心間震盪出了圈圈回音，但也只讓江舫的嘴角輕輕牽動了一下。他不去花心思妄斷那裡發生的一切，他絕不自尋煩惱。

$$F_1 = F_2 = G\,\frac{m_1 \times m_2}{r^2}$$

在這等待的時間裡，足以讓江舫把這場副本的陰謀剖析個遍。沒錯，江舫發現，這裡根本不是一個公平的副本。

正常的副本，不會刻意隱瞞重要資訊，不會有這樣巧合的人員分割，NPC 不會擁有這樣的自由度，更不該出現 99% 踩上死局的情況……這更類似一個清除計劃。將他們十二個人有區別地拆分開來，就是清除計劃的第一步。

江舫無藥可治的恐高症。

南舟雖然願意冒險，但不會拿所有人的安全去賭的行事原則。

隊員們在無數生死考驗中養成的不同處事風格。

背後的力量依照他們的性格，把他們精準地切割了開來，把願意冒險的人放在線索匱乏的東岸，把謹慎小心的人放在忙碌而不得閒的西岸。而這個「副本」的性質是冒險解謎。

最初呈現在他們面前的，只是一個看似普通的愛情故事。從一開始，副本就在鼓勵他們進行探索。他們手中的線索也實在稀缺，只能通過不斷的探索，總結出相應的規律，發現在這個世界觀中確實存在神魔體系，進而才能得出結論：

副本之所以不允許他們過橋，是因為這兩岸分別做出了冒犯時間、空間規則的行為。

「過橋」的行為，會打破壁壘，讓兩岸形成時空失控的亂流。

兩岸的時間也將徹底停擺，不再前進。任何人的肢體接觸，都會導致靈魂不定向、不定量的流竄。

如果資訊對等，線索可查，這也不失為一個有趣的副本。可令人作嘔的是，這「副本」中的劇情走向、人物設定，可以說，一切的一切，都在誘導他們走向一個必然的結果。

身處東岸的南舟他們一旦開始選擇「冒險」，打開那間封鎖起來的黑暗閣樓必然會點燈。那麼，他們就會因為公爵和牧師那個不為人知的約定，達成「公爵做手術」這一詛咒形成的必要條件。

　　當然，他們也可以什麼都不做，拒絕探索，專心做他們的神職人員。但那樣的話，充滿野心的基斯仍然會嘗試奪取他們的身體。當他們中開始有人犧牲後，他們也還是會對教堂進行探索，並打開那間上鎖的閣樓，點燈查看……閉環。

　　至於那些身處西岸公爵城堡的隊員們，如果還是像這回一樣，放棄一切探索和野心，專心做職責範圍之內的事情的話，當公爵接收到對岸「閣樓亮燈」的訊號，準備執行自己的手術計劃後，西岸的隊員們必然會淪為殼中之物。

　　而如果他們一開始把戒心拉滿，在城堡中暗地開展調查，公爵同樣會第一時間察覺。畢竟公爵雇傭他們，就是讓他們來做小白鼠的。

　　之所以給他們安排繁重的勞動，就是在刻意壓榨他們的活動時間和範圍。如果小白鼠心思不定，蠢蠢欲動，做出什麼影響公爵計劃的行為，他們必然遭殃。

　　別的不說，他們一旦被控制，每日的送信工作是肯定要換人做的。

　　那麼，不管身在東岸教堂的他們原先是打算按兵不動，還是和基斯周旋，在發現隊友有危險後，也還是會採取行動……結果還是要點燈，還是要一往無前地走向那個死局。

　　東岸與西岸，互相影響、互相策應，最終殊途同歸。

　　從頭到尾梳理下來，江舫可以確信，他們落入了一個徹頭徹尾的陷阱之中。遊戲背後的力量，把他們這些玩家強行拉入了各種各樣的副本。

　　江舫親眼見證著他們身上的系統越來越完備，規則也越來越完善。注意到這一點後，江舫猜想，他們這些被迫招募來的測試員，總會有結束工作的一天。到那時，他們有可能得歸自由，也可能被隨手銷毀。

　　看來，那背後之人為他們安排的結果是後者。

　　他們這些兢兢業業的測試人員，不論死活，將被永遠困在一個副本的第六日。至於副本結束的第七天，永遠不會到。

　　多麼殘酷的結局。

　　火焰愈熾，挾裹著一波波的熱浪，讓江舫彷彿置身於一輪明亮的太陽中。他一身神職人員的黑衣，置身其間，像極了一枚太陽黑子。他冷靜地等待著南舟的到來，但他等來的只是那名去而復返的隊友。

　　他的話音急切，絕口不提他先前要去尋找的其他人，而是開口問道：「要等到什麼時候？」

　　江舫說：「等到他回來。」

　　隊友的話音中帶著異常的緊繃感，質疑道：「江哥，可回來的是誰，你知道嗎？！」

　　即使是背對著他，江舫也聽得出來他話音中那股怪異的神經質。他平淡地回應：「我看得出來。」

　　這話不是說謊。他感覺得到，回來的人，已經不是他的隊友了……或者說，不完全是。

　　他仍保有自己的神智和記憶，但有些不純淨的東西融入了他的體內，和他共同擠在這一具狹小的肉軀內。

　　因為意識到了這一點，所以他才陷入了絕頂的恐慌。極力想要逃離這個被詛咒的地方，但又不敢一個人逃離，只好回來找人作陪。

　　江舫背對著他，攥緊了斧把。

　　他……已經不是他了。

　　果然，在無論如何都無法勸江舫和他一起走後，隊友抓狂了起來。

　　「你不是說過要帶我們回家嗎？不是說能讓我們活下來嗎？你……」

　　他不得不抓狂。那個在森林裡蟄伏的瘋子，體內融合了七、八個人的意識。通過皮膚接觸，他腦中被導入了三、四個不同的聲音，那些人一齊嘶啞地慘叫起來，像是一群失窩的老鴰，在這嶄新的身體裡絕望地哀鳴。吵著要回家的，問他是怎麼回事的，哭泣著向神明祈禱的……

　　眾聲鼎沸，逼人發瘋。

　　他頭疼欲裂，掙著一條命，奔回江舫身旁，尖銳地抱怨、懇求，想要讓江舫和他一起離開。

他距離徹底崩潰，只有一線之隔。

最終，止絕了他腦中沸騰諸多念頭的，是江舫精準無比地揮來的一斧。喉管被齊齊斬斷，可見他下手有多麼狠辣直接。

江舫扶著他將掉未掉的腦袋，帶著滿面的血跡，將他的隊友妥善放平到了地上。

隊友最恐懼的死亡到來了，可他心中是一片寧和的澄明——因為他腦中的吵嚷聲全部止息了。他想要對江舫道一聲謝，可即使是一個最簡單的音節，他也發不出來了。

殺死自己的隊友，無論如何不是一件愉快的事情。而他留下的最後一句遺言，也啟發了江舫的思路。

「……回家。」

江舫輕聲同空氣說話，對那或許再也聽不到的人說話。

的確，他還有回家的機會。下山的通路就在西岸，他可以選擇逃離這裡，去往山下的小鎮。詛咒或許只會停留在這高山之巔的東西兩岸。神不會因為兩個子民的悖逆，就選擇放棄整個世界……大概吧。至少，不能算是毫無希望。

吊橋被燒出了細微的斷裂聲，帶著火焰的橋板化作流星，不斷向無底的深谷中傾瀉而去。這一場盛大的火災已經接近了尾聲，繩子燒得將斷了，南舟還沒有來。是什麼耽擱了他？剛才的那一聲槍聲嗎？

江舫垂下眼睛，心平氣和地思考著自己的退路。如果南舟不在了，離開詛咒的範圍，或許停滯的時間就會開始轉動，第七日就會來臨，他還是能活的、他還是能回家的。江舫太知道一個人該怎麼活下去。

想到這裡，江舫望向掌心上跳動的火光。火映亮他的指背，射穿他的骨肉，薄薄地暈透了一層。

「我的意思是，頭腦要清醒，不要談一開始就沒結果的戀愛。」

「我不是亞當，我這種人，是不會把自己的肋骨給別人的。」

「所以……我們兩個，只做朋友，好嗎？」

$$F_1 = F_2 = G \frac{m_1 \times m_2}{r^2}$$

「動心……不是可以在我們之間發生的事情。」

「是啊，如果你是人……」

看，江舫什麼都懂得。

和虛擬人物發生感情，是一件再愚蠢不過的事情。轉身離開，他又可以回到那荒唐、自由又漫長的歲月中，一擲千金，隨興而為。

可是，那一切的故步自封，都抵不過心尖一動。

江舫放開了掌心沾血的斧頭，對自己說：「不回家了。」

CHAPTER

10:00

他只是想要
一隻永恆的蝴蝶

萬有引力

　　在江舫踏上吊橋的一瞬，吊橋發出了不堪重負的吱嘎聲。它經不起長時間的焚燒，繩索以最先燃火的西岸開始崩解，整條吊橋橫著落下深淵。

　　以江舫的反射神經，他足以在身體失重前跳回西岸。然而，他運用他的反射神經，用原本打算困住南舟的手銬，套入了燒得赤紅的鐵鍊環扣，把自己的身體和吊橋鎖在了一起。

　　下一瞬，他隨著鬆脫的吊橋，狠狠撞向了對面的崖壁。儘管有雙腿做了緩衝，一線鮮血還是從他的嘴角緩緩流下。肋骨斷了兩根，或者三根，他也算不清楚了。

　　他咳出一口血水後，強忍著從胸腔處泛起的劇痛，攀著那些鬆動滾燙的木板，和被炙烤得滾燙發焦的繩索，一路向上攀援而去。

　　橫向的吊橋變成了燃火的天梯，一路從地獄延伸，焚焚而上，他再也沒有回頭路可以走。腳下是曾吞噬了他父親的萬丈深淵。

　　江舫沒有低頭，只望著上方的那一線雪白的天空，四周是燒得他睜不開眼睛的猩紅烈火。

　　他想，我一定是瘋了。

　　他想到了墜崖的父親，為了愛情瘋狂的母親，想著自己現在的瘋狂，究竟是因為言傳身教，還是血脈相遺。最終，無窮的畫面的盡頭，是南舟那張從窗戶探出來的臉，而他蹲在窗戶下，為南舟種下了那棵蘋果樹。

　　從那時起，他就著了相，得了病，一病至今，才得以清醒。

　　現在，他要去找他了。

　　江舫被火灼傷的手從深淵中探出，抓緊了崖邊的一片泥土，重新站上了東岸的土地。

　　江舫強撐著滿身傷勢，往教堂方向跑去。他踩過碎裂的彩色玻璃，那些玻璃在他腳下破裂，綻出咯吱咯吱的細響。然後，他看到了倒在破碎聖母像碎片中、染了血的南舟。

　　但在江舫自己的描述裡，這件事很平淡，很簡單。

　　他攬著南舟的腰，溫和道：「……後來啊，橋塌了，我回來救你，沒

$$F_1 = F_2 = G \frac{m_1 \times m_2}{r^2}$$

能救到。」

南舟披著被子，和他一起面對著月亮，聽江舫慢慢講完了這個漫長的故事。

江舫卻怕南舟聽得渴了，遞來一罐微溫的橘子汽水，單手啟開，遞給他。南舟接過來，喝了一口。因為還是不大熟悉罐裝飲料的構造，他的嘴角流下了一點帶汽的水液。

江舫抬手，很自然地替他擦了擦嘴角。隨即，他的指尖頓住了。

這個動作喚醒了他久遠的記憶。

他彷彿再次回到了那個教堂，萬千日光透過破碎的彩色玻璃，將兩人的面目分割得光影明晰。

膝蓋下是粗糲破碎的瓷片，聖母染血的頭顱歪靠在他的膝旁。

南舟面頰上污染了大片的血污，被江舫扶起身來時，他一頭凌亂的黑髮自然披落，整個人像是一頭溫馴的小羊，將腦袋抵到了他的胸口，嘴角淅淅瀝瀝地垂落下鮮紅的血。

江舫還是來得太晚。南舟的血幾乎流乾了，現在像極了真正的一個紙人，就連重量都輕了許多……

江舫略粗糙的指腹在南舟沾了一點汽水的下巴上停留片刻，開始逐漸上移，溫柔地試圖擦去記憶裡那些血污。

南舟：「……嗯？」

他有些迷茫地應承著江舫突如其來的溫情和撫摸，渾然不知他在為另一個時空中那個狼狽不堪的自己細心而徒勞地做清理。

教堂之中，江舫托住他的下巴，咬破道具中的血瓶，用舌尖撬開他發冷的齒關，一點點渡給他。他的口中也有自己的血。

兩人在神的矚目下，唇齒交融，交換著背德的、帶血的親吻。

教堂中的南舟意識模糊地「唔」了一聲，面色蒼白，流露出平時罕見的、紙一樣的脆弱感。

現實中的南舟，在江舫突如其來的親吻中迷惑了。

　　兩個時空中的南舟，不約而同地把手掌抵到了江舫的心口，喉嚨間無意識發出「嗯」、「唔」的低吟。

　　教堂中的江舫結束了這個親吻後，平靜地把南舟被血染得濕漉漉的頭髮理齊，別在耳後，輕聲對南舟耳語：「你不是說要走嗎？」

　　「我不困住你了，你起來，我送你走……我們一起走。」

　　他想要起身，卻因為胸口肋骨重傷，又和傷重的南舟一起跪倒在滿地的狼藉中。

　　江舫覺得自己這時的無能為力可笑至極。於是他埋在南舟帶血的髮間，和他擺出天鵝交頸一樣的姿勢，同時輕笑出聲。

　　他說話的節奏不緊張，連咬字都是又輕又柔，隱約帶著股神經質的病感：「南舟，你還醒著嗎？跟我說說話吧。」

　　他懷裡的人不答話，倚靠著他，呼吸漸輕。

　　江舫動作溫存地將他往自己懷裡送了送，卻異常凶狠地咬上了南舟的後頸。他用盡了渾身的氣力，咬得心臟都開始發疼發痠，像是野獸給自己的愛侶做上永久的標記。齒間的血腥氣滿溢開來。

　　南舟果然被疼痛喚醒，弓了弓腰，半闔著的眼睛張開了些，低聲道：「……舫哥？」

　　因為他的額頭被磕傷，一縷鮮血流經他的眼睛，打濕了他的睫毛，從眼角蜿蜒滑落，顯得異常美麗而易毀。

　　此刻，南舟每說一個字都會牽扯到受傷的臟腑。但他說得很慢，因此聽不出什麼疼痛的餘音來：「你……西岸，怎麼過來的？」

　　江舫照他額心輕輕親了一口，不去回答他的問題：「你會好起來的。我再餵你一點補血的藥，把你放到倉庫裡，我帶你走。」

　　說著，他剛要動作，南舟卻扯住了他的袖子。

　　「……倉庫真的很小。」南舟的聲音放得很低：「不要放我進去，我害怕。」

　　江舫一時怔忡。力量強大到好像無所不能的南舟，說他害怕。

$$F_1 = F_2 = G \frac{m_1 \times m_2}{r^2}$$

　　江舫以前理所當然地把他放在倉庫裡，而南舟從不提獨自一人蹲在那狹小的倉庫空間，像是囚犯一樣等著被人拉出來放風的痛苦。

　　南舟只是為了給那時還恐懼著他的力量的隊員們一個安心。江舫知道他可能會不舒服，卻也聽之任之。

　　自己真的不是一個好的⋯⋯朋友。

　　「我不想一個人死在那裡。」南舟說。

　　江舫：「你不會死。」

　　南舟：「嗯。」

　　這明明是再蹩腳不過的謊言。南舟一直撐著一口氣不肯死，在等來江舫後，這口不肯散去的氣息也慢慢從他破碎的肺腑間離散。

　　但越是到這種地步，他們越不願用實話去傷害對方。

　　江舫：「等我們出去，我給你種一棵新的蘋果樹。」

　　南舟：「嗯。」

　　江舫：「我帶你去認識新的朋友，我跟你講我的故事。」

　　南舟：「⋯⋯嗯。」

　　江舫：「我給你做飯。你喜歡吃什麼？」

　　南舟沒有再回答。

　　江舫輕輕搖他的身體，「哎，南舟。」

　　南舟用安慰的語調，伏在他懷裡低低道：「舫哥，我不喜歡你了。你不要難過。」

　　他怕江舫因為無法還他的愛而愧疚，臨走之前，便好心地把這枷鎖也扯了開來，對他一晃，說，都還給你，我走啦。但他們都在撒謊，江舫知道。

　　說完這句話，南舟搭在江舫心口的手掌便失卻了力氣，緩緩滑下，被江舫搶先一步死死壓在了胸口處，不允許它跌落。

　　他用燒傷的手心緊貼著南舟冰冷的指掌，保持著長時間的沉默，就像他以往面對南舟的每次沉默一樣。

許久過後，江舫發出了一聲低低的悶笑。笑聲漸漸變得連貫，卻是一樣的痛徹心扉。

等到笑夠了、笑累了，他把南舟的身軀抱在懷裡，強撐著胸前的骨痛，搖晃著站起身來。他沒有陷入癲狂或是崩潰。他甚至在穿過叢叢的長椅時，沒有用膝蓋撞歪任何一張。

他橫抱著南舟，和他一起走入無限的夏日暖陽中。把他的身體放平在茵綠的草坪間後，江舫撫過他血色盡無的面頰，想起了南舟動念離開的原因——「我想要離開你們，去找別的辦法，接近『那個力量』。」

思及此，江舫眯著眼睛，望向了天頂那一穹烈日。和那日光對視許久，他開了口。

「喂，你們聽得見嗎？」

「你們覺得，這是結果嗎？」

「你們認為我能接受嗎？」

江舫看起來像是一個溫柔的文瘋子，神經已然崩壞，只能靠著自言自語宣洩感情。然而，他的話卻是萬分的邏輯謹然。

接下來，他一鳴驚人：「公爵先生，你聽得到我說話吧？」

他沒有向那背後的力量乞饒，而是徑直道：「你是不是覺得我們很奇怪？不管你怎麼提前操作，東西兩岸招來的工人，總是我們這麼一群人，就像你的腦病一樣，是必然會發生的事件。」

「我們完全是在你的時間管理之外的存在，好像是從另外一個時空直接空降來的……應該很叫你頭痛吧。」

江舫按住受傷的胸口，嗆咳兩聲。一口氣說了這麼多話，他也有些氣力難支，胸腔深處又翻出血腥氣來。他勉強把腰背挺直，換來了一陣帶著痛意的喘息。

「就算現在……我也不是完全逃不掉。」

「東岸有樹、有工具，我總建得起來一座新橋……是，我是怕高，但我剛才也從西岸過來了。」

$$F_1 = F_2 = G \frac{m_1 \times m_2}{r^2}$$

「反正現在東岸只有一個基斯，他為了對付南舟，透支了起碼一半以上的生命力，現在恐怕也不敢貿然出頭攻擊我，是不是？」

「我什麼都沒有了，所以，我可以冒一切險。」

「我可以嘗試離開詛咒的範圍，我也可以召喚惡魔上身，我還可以找到基斯，殺了他──不接觸到他而殺了他的辦法，我有的是。」

「公爵先生，我知道，你可以修正時間線，你可以到更遠的過去，告訴基斯，讓他要對付我們，就要先殺一個銀髮的人，但如果我提前死了，你們面對的就不是一個發瘋的我，而是一個發瘋的南舟。你意料之外的變數會越來越多。」

「我猜，現在的局面，是你計算了千遍、萬遍，能達成的最好的結局了，是不是？」

江舫深吸了一口氣：「你只要不阻止我，或者，你肯幫我，我就不去打擾你。你和基斯是願意一起受詛咒、下地獄，都隨你。」

「我現在……只想帶著我朋友回西岸，下山去。」

江舫的話沒有得到任何回應，似乎只是說給了這山間諸風聽。

然而，江舫的三言兩語，卻是拉了那無時不在、無處不在的公爵，做了他的臨時盟友。公爵是個瘋子沒錯，但他骨子裡屬於瘋子的那點浪漫，完全可以利用。

顯然，那背後的力量也知道江舫這一番話語中的厲害。一旦交易達成，江舫就極有可能再度脫出副本，這就和他們最初的計劃不同了。

剎那間，物換星移。

江舫身邊的景物次第退去，宛如遊戲崩潰、重開、讀取。南舟不見了、他的隊友們的屍身不見了、教堂也不見了。四周浮現出魚鱗狀的亂碼，又重新構建出一個嶄新的臨時場景──一處連綿不絕的山坡，一棵參天的古樹，一個緋紅漫天的新世界。除此之外，別無他物。

江舫靠著那棵古樹緩緩坐下，閉目許久，才忍過了一陣要命的昏眩。

他笑道：「我替你們賣命到現在，任務要結束了，你們就打算把我扔

在這裡？」

　　沒人回應他。

　　「可惜，我沒那麼好打發。」

　　「不如我們開誠布公，談點條件吧。」

　　「你們總不想你們的測試服……因為一直存在一個不肯老實去死的人，沒辦法驗收成功吧？」

　　正常世界的遊戲測試，如果直到正式服開啟前，還存在著一個四處流竄、不聽使喚的測試人員，是一件大大的麻煩事。

　　江舫也不擔心自己的行為會招致抹殺。如果他們的生命真的可以像簡單的數據一樣一鍵刪除，那背後的力量為什麼不在完成所有的遊戲試驗後直接抹殺，還要專門費時費力，把他們丟進一個麻煩且無解的副本裡？

　　當然，就算會死、就算真的被丟棄在這片無邊的曠野中，江舫也不在乎。畢竟他已經沒什麼好在乎的了。

　　江舫舔了舔嘴唇，「……條件好的話，我可以少給你們找點麻煩。再說，我玩到現在，要一點補償，合情合理。」

　　同時同刻，高維《萬有引力》測試服辦公室內，主管拍下了板，「地球正式服開啟之後，我們會上線許願系統，刺激玩家產生遊玩的動力。他既然有要求，那在他身上先測試一下無妨。」

　　有高維測試員提出異議：「他要是許了什麼太大的願望……」

　　「沒事，測試服而已，還有調整的空間。」主管的言語帶著倨傲和高高在上的冰冷：「這願望是他自己求來的，他當然得付出等值的代價。如果他的野心太大，我們也可以不滿足他。」

　　緋紅的天際上，豁然睜開了一隻巨大的血眼。

　　「喔，這可不好。」江舫和那隻獨眼對視片刻，笑著自言自語：「下

$$F_1 = F_2 = G\frac{m_1 \times m_2}{r^2}$$

次最好弄個卡通許願池，看到的人接受度能高一點兒。」

血眼不理會他的挑剔，發出了低沉的問詢聲，連尾音都帶著厚重的「嗡嗡」聲：「作為走到最後的測試服人員，江舫，你可以許下一個願望，但是，你的願望，需要用相應的代價來交換。」

江舫喘出一口氣，流利地說出了他早就醞釀好的心願：「我許願，不管南舟在哪裡，我都能和他以同樣的生命形式重逢。」

「代價是……我可以為你們一直做測試，直到《萬有引力》結束運營，不再需要我。」

測試服辦公室中，主管望著回傳的畫面，閉目沉思一陣。

很狡猾的條件。這個代號江舫的人類，雖然至今不知高維的存在，但他恐怕已經觸及到了真相的邊緣。

高維在原有的廢棄副本上、接管了《萬有引力》作為世界觀基礎，構建了大型的副本世界。

江舫則是根據不斷完善的遊戲系統，猜測到《萬有引力》不會就此終結。它的遊戲版圖必然會擴大，最終會擴展到普通人類身上。於是他把話說得極為圓滑，字裡行間，就是既拒絕被投入其他的遊戲之中，單為《萬有引力》做測試，決不離開這片他已經熟悉了基本規則的遊戲圈，又要他們把南舟帶回他的身邊，和他完成那一場必然的「重逢」。

可這小聰明又有什麼用呢？彼時，這位主管先生並不覺得江舫能翻出什麼風浪來。他看到的是一隻螞蟻，不知死活地擺著觸角，叫囂著要和他們搏鬥。

如果風車有生命，看舉著破爛長矛要與它搏鬥的唐吉訶德，恐怕也是和這位主管先生一樣的心情……可笑。

與坦然望向自己、絲毫不覺自身滑稽的江舫，主管先生突然產生了一個有趣的想法。

他對自己手下的研究員們說：「我有一個好主意。」說著，主管瞇起眸光，語氣顯然是深深陶醉於自己妙手偶得的奇思了。

　　南舟的身軀無所憑依，飄蕩搖曳，彷彿是在疏朗的銀河輝光中進行一場無目的的放舟。

　　他的思緒也和身體一樣，在廣闊的天地間開出一片浮萍。

　　但南舟總覺得，有一根思緒的線牽絆著他，始終不肯放他徹底的自由。在察覺到那根線的存在意義之前，他就率先呢喃出聲：「舫哥……」

　　這一聲自語，讓他乍然從幻夢中跌落，重重往下一墮，身軀霎時從地上彈起。

　　一棵樹、一片曠野，以及一灘熟爛透紅的夕陽。他這邊的景象，與江舫那邊的一模一樣。但這裡沒有江舫，只有他孤身一人。

　　南舟抬手撫了撫胸口。血跡尚新鮮溫熱，可胸口的疼痛已經消失，這是件好事。

　　在他失去知覺前，那劣質的彈片已經在他的內臟內揉開，隨著血管和肌肉運動，切割開了他身體臟器的每一處。

　　突然，一個小而溫熱的身體猛地跳上了他的肩膀，驚喜交集地「唧」了一聲。南舟沒能弄清眼前的情況，但還是主動摸了摸牠額頂的絨毛。

　　「……南極星？」

　　南極星是跟著江舫同步回到教堂的。牠認為江舫很快會把南舟帶出來，所以牠警醒地守在了外面，做了小小的警衛員，想要彌補自己這幾天貪睡貪玩惹出的禍。

　　後來，江舫的確出現了……但卻帶著南舟的屍身。

　　還沒等南極星從這夢魘一樣的驚痛中回過神來，江舫便開始對天空自言自語，狀似瘋癲。奇異的是，隨著他的話語，江舫的身形慢慢消失在了空氣中。

　　在江舫無端消失後，南極星才跌跌撞撞地逃下樹，一路橫衝直撞而來，沒頭沒腦地撞上了南舟尚溫熱的身體。牠恍惚地蹲在南舟身旁，舉起

308

$$F_1 = F_2 = G\, \frac{m_1 \times m_2}{r^2}$$

小爪子，輕輕摸摸他的臉，細小的爪尖很快被鮮血漬染。而南舟沒有任何要回應牠的意思。

一股遲鈍又陌生的疼痛席捲了南極星的心臟。這種疼痛讓牠陷入了狂態。牠狠咬著南舟的袖口，猛力甩了甩腦袋，試圖將他喚醒——不許你睡！起來！

南舟卻動也不動。他不再在自己吵他睡覺時，閉著眼睛用食指去彈牠的腦門了。

南極星正眼淚汪汪地咬著他的袖口、六神無主時，一股無可違抗的力量，把南舟連帶著南極星，拽入了一片混沌之中……

在安慰了險些應激的南極星後，南舟扶著樹，試圖站起身來。

就在此時，從那爛番茄一樣的血紅天空間，一雙眼皮霍然彈開，露出了巨大的瞳孔。

在這盛大的視覺奇觀背後，是手握揚聲器的主管先生。

他用清好的嗓子，悠悠道：「南舟先生，恭喜你走到這裡。你有機會領取一次心願獎勵。」

南舟疑惑地皺起了眉毛。面對如此天降好運，他虛心提問道：「為什麼？我明明已經死了。」

主管先生：「……」

南舟的反應過於平淡，可以說沒有取悅到他。按理說，死裡逃生，又獲得一次許願的機會，都該先趕快抓住，再問其他吧？不過主管先生並不氣餒。他的上帝視角，足夠他編出似模似樣的謊言。

「因為江舫救了你。他和角色人物基斯牧師做了同樣的事情，他召喚了惡魔艾米，把自己的生命力無償讓渡給了你。恭喜，南舟先生，你成為了唯一的通關者。」

南舟低下了頭。主管先生把鏡頭對準了南舟，渴望看到他臉上的驚惶、挫敗和痛苦，並期待著自己循循善誘後的結果。

南舟的愧疚，一定會驅使他做出自己想要的那個選擇。這樣，占盡主

動權的自己，才好向他提出那個富有創意的「代價」。

南極星聽他放屁，急得「唧唧」亂叫。

——他胡說八道！江舫明明是自行消失的！

十數秒後，南舟抬起了頭。

他平靜道：「你說謊。我死得很快，他根本來不及。再說，如果他這樣做，他現在就該在我的身體裡。」

主管先生：「……」

還沒等他想好下一套說辭，就聽南舟清清冷冷地開口詢問：「所以，你想要我做什麼呢？」

被拆穿了謊言的主管先生冷下了聲音：「……你有什麼願望嗎？」

南舟開口就說：「我想要所有隊員都回到我的身邊。」

「你願意為此付出什麼代價？」

「我為什麼要付出代價？」南舟反問：「你說我是活到最後一個的人，享有獎勵。既然是獎勵，為什麼要有代價？」

主管先生高傲道：「很抱歉告知你，你的心願並沒那麼值錢。你最多只能交換單數的人命，而且，就算是要換回一個人，你也必須支付一定的代價，來填補這中間的差額。」

南舟：「這樣。那你為什麼要管強買強賣叫獎勵呢？」

主管先生從鼻子裡淡淡地哼了一聲。實際上，他已經很不高興了。

他們所在的文明，創造了地球和這片浩瀚的宇宙星系。他們是地球的造物主，而南舟是從低等生物筆下誕生出的低等生物，是至卑賤的東西。誰會把這樣低等的 NPC 當做可以平起平坐、討價還價的對象呢？

主管先生說：「你可以不做。」

南舟聳聳肩，「你也沒有給我別的選擇。」

「我想要舫哥回到我身邊。」在確認對方來者不善後，南舟仍然沒有絲毫停頓，更換了自己的願望，並問：「你想要什麼代價？」

終於引入主題了。

$$F_1 = F_2 = G \frac{m_1 \times m_2}{r^2}$$

主管先生輕笑一聲，「我想要你的記憶……放心，其他的我不動分毫，只要你和江舫相關的所有記憶。」

這下，南舟是真的詫異了，「為什麼？」

主管先生給出了一個冠冕堂皇的理由：「我們一直對你很感興趣。你從出生開始，就生活在一個不具備任何情感回應的封閉空間，在這樣的情況下，你是怎麼會產生感情？所以，你和江舫相關的記憶，對我們來說具有相當的研究價值。」

南舟合理懷疑道：「可是，如果你消除了我關於舫哥的全部記憶，等同於我將忘記這段時間發生的所有事情，包括許願本身。那你如果反悔，該怎麼辦？」

主管先生：「……」

他如果有肺的話，大概現在已經炸了。

現在，江舫的願望已經成真。他們在生死邊緣，把南舟撿了回來。

他來誆騙南舟，屬於典型的空手套白狼。但他還不屑於去愚弄一隻小白鼠，他只是想讓遊戲變得有趣一點，可南舟的反應，讓他恨不得把這個人重新弄死算了。

主管先生拒絕回答南舟的問題。

而南舟久等不到回音，便埋下頭去，靜靜沉思。他並不相信這個半途冒出的怪眼。再說，如果在沒有記憶的情況下，和江舫再見，自己依然不是真實的人，「再見」這件事，是否值得？

很快，南舟得出了他的答案。

押上一切，能再見他一面，又怎麼能說不值得。

「好。」他說：「好，我用我的記憶，交換和他再次遇見。」他補充道：「我要儘快。」

那雙怪眼因為得逞，笑得微微瞇了起來，「好的。交易成功。」

南舟靠著樹，輕輕坐了下來。他沒有趁著這最後的時間，去復盤溫習自己遇見江舫後的所有記憶。他望向了自己的手腕，腦中浮現出江舫那次

帶他去「紙金」酒吧時的場景。

那時，他表示，自己喜歡 DJ 手臂上紋繡的藍閃蝶。江舫告訴他，那很疼，所有的圖案，都要用帶墨的小針一點點刺出來。他在自己的右手腕上畫了一隻蝶蛹，並祝禱道：「南舟，等遇到你真正喜歡的人，它才會變成蝴蝶。」

現在，此時此刻。南舟蘸著自己衣襟上還未乾的血，在右手手腕上繪製了一隻蝴蝶。

他把頭仰靠到堅硬的樹皮上，在心底問自己：「那我什麼時候才能變成蝴蝶呢？」

他其實早就變成蝴蝶了。在江舫身邊的時候、握著他的手的時候、睡在他身邊的時候，南舟只感覺像是有一整個蝴蝶的巢穴，在他的胃部裡過著一個絢爛的春天。

而在他的思緒陷入浪漫的遐想中時，一團解析過後的數據，緩緩從他腦中拔根而起。屬於江舫的形影，則在南舟的記憶中緩緩下沉。

提取記憶的過程偏於繁雜。高維人要先將南舟的部分記憶進行編碼，有序篩出他的大腦，經過《萬有引力》這層低等級的數據網路後，才能提純出更高維度的數據。

南極星在躁動過後，也安靜了下來，牠一直靜守在南舟身邊，不知在思考什麼。而當那完整的數據團脫出南舟、開始進行優化時，南極星突然有了動作。

牠極力撲衝過去，小小的身形閃過了那閃著綺光的光團，撲了個空後，牠像是一架失控的滑翔機，狼狽至極地栽到了地上，連滾了好幾圈，騰起了一小團塵霧。

誰也不知道，這高維人眼中絕對的低等生物看似徒勞好笑的一撲一衝，在瞬息之間，運用牠數據生物的能力，復刻了那段被提取的記憶，並把自己決絕地一切為二。

一半帶著南舟的記憶，帶著暴戾、冷淡的自己，闖入了數據的亂流，

$$F_1 = F_2 = G\frac{m_1 \times m_2}{r^2}$$

把自己蟄伏了起來。另一半的牠則留在了南舟身邊，明明摔得七葷八素，卻為他保留了全部的溫柔和忠誠。

小小蜜袋鼯的奇幻冒險，就此展開。但此時，誰都不知道牠付出了什麼？就連南舟也不知道。

當怪眼閉闔起來後，南舟茫然地坐在恢復了正常的曠野之中，看看天、看看南極星、看看自己。他想，為什麼我會在這裡？

南舟記得，久無玩家造訪的永無鎮裡忽然來了一群人。而他坐在這群人躲藏的房間屋頂上，追著自己掉落的蘋果，跳上了陽臺。在那之後的事情，他全部記不得了。

南舟摸遍了身上的角角落落，始終沒有找到任何能夠提醒、啟發他的東西。在願望交易達成的瞬間，他渾身上下除了衣物，片甲不存。他只剩下一隻昏迷的南極星，灰頭土臉地倒在地上。他把南極星揣在了懷裡，同時警惕地觀察著四周。

沒有人跡，徒留風聲，像極了他此刻空曠惶然的心境……只有腕上的血蝴蝶在提醒他，他應該經歷了一段不尋常的冒險。

南舟呆望著腕上乾涸的血跡。血跡乾過後，會脫落。在巨大的迷茫和不安中，南舟本能地想要保留下它。在他睜開眼後，這是他看到的第一樣不屬於原本的自己的東西。它看起來，真像一個信物——一隻來歷不明的蝴蝶、一段來歷不明的愛情。

他低下頭，從領口處上取下一枚金色的領針。他記得在哪裡聽到過，用針頭淬墨，可以做一個漂亮的刺青。可究竟是在哪本書裡看到的，南舟已然忘懷。

他只是想要一隻永恆的蝴蝶，能長久地提醒他，他曾經歷過一場漫長的、奇特的冒險。

江舫和南舟，在他們相遇的中繼站裡等待。他們背靠著同一棵樹的東西兩側，各自而坐。明明是同一個場景中，卻在全然不同的時空。

在東邊樹下的江舫閉上眼睛，任長風吹亂他散開的銀髮。

萬有引力

　　西邊樹下的南舟在被拔除記憶後，思維混沌，精神恍惚，只有一點若有若無的信念支撐著他，在自己神經富集的手腕上，刺下了 5127 針。一隻硬幣大小的黑色蝴蝶，在他腕上展翅欲飛。

　　他與他坐在同一棵樹下，蔓也糾纏、根也纏繞。

　　他們彼此卻都不知曉。

　　手握南舟的記憶，主管先生志得意滿。雖然過程稍有曲折，好在結果是圓滿的。

　　他得意地向兩個手下炫耀自己的博學：「他們兩個，像不像那部經典的悲劇《麥琪的禮物》？」

　　最近也在研究地球文化的研究員 A 想要否定上司的意見。在他看來，《麥琪的禮物》並不是悲劇。但他想了想，聰明地選擇了閉嘴。

　　另一位研究員 B 對地球文學不甚瞭解，好奇詢問：「那是一個什麼樣的故事？」

　　「沒什麼，不值得花時間去閱讀，一對蠢貨的故事而已。一對貧窮的夫妻想要送給對方禮物，卻根本不張嘴問對方需要什麼，導致了一個愚蠢的結果。」

　　主管先生用一種極諷刺的厭惡口吻道：「也不知道是什麼低等生物，會把這樣的故事當做經典。」

　　研究員 A 試圖岔開話題：「我們要怎麼滿足江舫的願望，把他也變成光魅嗎？」

　　主管先生直接反問：「你是蠢貨嗎？」

　　傻子才會再製造一隻光魅出來。光魅這種 NPC，缺點明顯，但在非月圓之夜的時候，不管是體能、反應力，都堪稱 bug，他們何必要再製造出一隻怪物來？

314

主管先生說：「既然江舫他要『相同的生命形式』，那就給他一個人形 NPC 的身分就好。」

研究員 B 詢問：「那麼，他們的相遇要怎麼安排？」

主管先生：「等到正式開服後，把他們安排在後半程入場，確保他們沒有爭奪區服第一的機會。然後，再給他們一個有趣的試煉副本。」

他笑嘻嘻地把玩著掌心南舟的記憶，像皮球似地捏了幾下那柔軟灰色的光團，便隨手扔進了數據垃圾站，任那段寶貴的記憶，被絞殺在垃圾站的亂流中。

「他們兩個不是都喜歡賣弄聰明嗎？」他嘲弄地冷笑道：「好，我給他們這個機會。」

「您的意思是……」

「南舟現在沒有關於江舫的任何記憶，記憶抽離也對他的精神造成了嚴重的傷害，除非脫離那個地方，這種影響才會消失。」

「所以，等正式開服、進入副本後，對南舟來說，他就是好好地在小鎮裡待著，突然空降到了這個地方。」

主管先生興奮地比劃起來，「到時候，我需要一個密閉的空間，需要限時，需要玩家彼此懷疑、彼此攻擊的環節，需要一個猜錯即死的賭命遊戲——南舟如果真的夠聰明，那他一定會發現，江舫和他一樣，也是一個『外來者』。」

「那南舟就會親自送江舫去死。」

「想想看，江舫放棄自己的身分，救了南舟；南舟也為了救他，放棄了自己的記憶。結果，在他們相遇的第一面，南舟就殺了江舫……」

主管先生為自己這個天才的想法傾倒，擲地有聲，眉飛色舞：「這才是精彩又有意思的『麥琪的禮物』啊，不是嗎？」

如果讓高傲的主管先生親眼見證現在正在發生的一切，他恐怕會羞憤欲死，自戳雙目。但他早就沒心思去看了。

誰都不會想到，在他一時興起之下，玩的「私放兩個測試人員進入正

式服自相殘殺」的遊戲，會激起多麼駭人的波浪。

在南舟和江舫經歷九十九人賽、一騎絕塵地奪冠，逼得高維一方不得不提早放棄「朝暉」這隊擺在明面上的棋子，把「亞當」推上檯面，這位主管先生就已經在最底層的三類人數據工廠裡預定了一席工位。

當然，針對這位倒楣的主管先生的追責程式早就啟動了。起因是南舟他們的第二個副本【沙、沙、沙】。

「可以收容副本 boss 進入倉庫」這個 bug，早在江舫嘗試把南舟帶出永無鎮時，就已經被檢測出來了。可是，為了能在最後為他們預定的死亡副本中成功回收他們，主管先生再次聰明地發揮了奇特的主觀能動性，沒有對這個 bug 進行修復。

當東西兩岸的詛咒被活物打破，兩股病毒式的詛咒力量開始交織著進化傳遞後，這些玩家只要彼此觸碰，靈魂就會發生無序的傳遞。

這種靈魂之間的互相侵染是無解的，能以效率最大化的方式，迅速把這些已經失去了利用價值的測試期玩家打掃乾淨。就算他們出了副本，他們也會帶出別人的靈魂。多麼絕望、多麼有趣啊。

效果也一如主管先生期待的那樣精彩。

結果，主管先生一時高興，徹底陶醉在了自己的天才之中，以至於忘記了去修正這個 bug。

而忘記的結果，就是反手送給了南舟和江舫一個 boss，讓他們以極快的速度彌補了前期的分數劣勢，並順手拆了一個本來大有可為的新副本。在贊助商先生的雷霆之怒下，這位聰明的主管先生被灰頭土臉地從號稱「雲端」的一等區域中掃地出門，扔到了三等世界的數據工廠中。

當然，遊戲中的南舟和江舫是不知道這些的。

在主管先生如同喪家之犬一樣被押入工廠時，他們用副本 boss 完成

了和系統的一次交易，正在松鼠鎮的廣場上看煙火。

　　恐怕在接收到驅逐令時，這位主管先生也不明白，自己究竟是在哪一步做錯了？

　　或許能和他的困惑有所共鳴的，只有現在和江舫、南舟一牆之隔的李銀航和南極星。

　　雖然南極星已經盡力把副本中的劇情進行了還原，但因為南極星表達能力實在欠佳，外加他所知的資訊殘缺不全，他越講，李銀航越是一頭霧水。南極星抱膝靠床，洩氣地嘀咕道：「……到最後我還是不明白發生了什麼？」

　　盤腿坐在床上的李銀航，安慰地從後面拍拍他的肩膀，「沒事，我也不懂啦。」

　　南極星沮喪地把下巴墊在膝頭，柔軟的金髮順著耳廓垂落，他小聲說：「我想去看看南舟。」

　　李銀航看了一眼窗外西沉的月色，「太晚了，他們應該都睡下了。」

　　南極星把頭埋得很低，「……我又離開他了。」

　　李銀航隱約明白了他的意思，心頭不由一軟——按他自己的描述，以前的南極星我行我素，貪睡好吃，經常脫隊行動，不聽指揮。

　　可自從在大巴車遇到他們後，李銀航眼中的南極星是一直黏著南舟不肯放的小鼠鼠。不是南舟親口要求的話，牠甚至不肯離開他太遠。

　　南極星失去南舟的時間，加起來總共也沒有 1 分鐘，可這卻成了他長久以來深埋於心的恐懼。

　　李銀航不由想到，在那個由江舫和南舟一手構建起來的【末日症候群】的世界裡，南極星被他們暫時關在了儲物櫃裡。在脫困後，牠衝他們一頓亂叫，渾身炸毛，氣得直發抖，用一個蘋果才哄好。

　　可現在回想起來，李銀航後知後覺地察覺到了當時在南極星眼裡氾濫的點點波光。那時的牠，根本不知道外界發生了什麼，一味撓牆，也沒人能聽得到牠的呼叫。牠再一次被孤零零地拋棄在了一個陌生的地方……就

像南舟傷重而死，牠卻無論如何也喚不醒他時一樣。

還有，他們在安全點內被追殺、要靠藏入南極星的嘴巴躲過圍剿時，李銀航清楚地記得，自己曾從牠的眼睛裡讀到了一種怪異的憂鬱神色。

要知道，跟著南舟的這一半南極星，是擁有著全部的記憶的。牠知道，自己用掉一次能力，就會衰弱一點，相應的，另外一個自己就會更強，就會帶著屬於南舟的記憶，回到南舟身邊。

牠的憂鬱，是源自於不捨——南極星不捨得讓他的朋友南舟，記起來「他曾經死過」這件事。

想通了這一點後，李銀航放低聲音，哄著沒有安全感的小鼴鼠：「他們現在好好的，就在隔壁呢。」

南極星沒有說話，只是乖巧地被她摸了頭。

李銀航又問：「不信的話，我陪你去看看他們？」

出乎她意料的，南極星又搖搖頭。

「他們有話說。」他悶悶道：「我不去了，明天早上再去。」

李銀航從後面推一推他的腦袋，「那就睡覺了。」

她注意到，聽到「睡覺」兩個字，南極星的耳朵猛地動了兩下。他即時把整張臉都埋入了臂彎深處。但李銀航還是捕捉到了他面頰上波光粼粼的金紋薄光。

南極星甕聲甕氣道：「妳等會兒，不要看我，我馬上就變回去。」

李銀航自顧自躺好，笑說：「沒事的。我等你。」

經過這番交談，李銀航已經對南極星有了充分的理解。不管明天早上醒來，南極星是人形還是鼠形，她都不會再有任何不安。

在一個小小身影爬上床來、墊好枕頭，酣然入夢後，李銀航動手把一個蘋果擺在了枕邊。

蘋果的芬芳氣息瀰漫開來，她希望在南極星的夢裡，能開出一樹蓊鬱漂亮的蘋果花來。

一牆之隔的另一間臥室中。

江舫和南舟又各自躺回了床上。復盤這個漫長的故事，消耗了他們太多的精力。

現在塵埃落定，他們也自在舒適地合被而臥，各自沉默。

江舫摩挲著南舟的小腹。以前，為了看管南舟，他和南舟同床共枕的時間也不少，只是一顆心總是在自我拷問、自我拉扯，得不到全部的自由。現在，心結漸消後，小時候從他父親那裡耳濡目染而來的許多溫情技巧，便自然而然地無師自通了。

在放鬆狀態下，南舟的腹肌是溫軟有彈性的。江舫摸貓一樣撫摸著南舟，想要更多瞭解他的身體。

可自從聽過江舫許過的願望後，南舟就不說話了。

江舫擔心他會不高興，已經把一切說得儘量柔和婉轉，見他態度有異，若有所思，便也不講話，靜靜等他發問，並針對他可能提出的問題擬好了一篇完整的腹稿。

南舟是真的思考了很久過後，才開口問道：「所以，你其實早就不是人了，是嗎？」

——這件事還是打擊到他了？

江舫剛想出言安慰，就聽南舟一針見血道：「那，真相龍舌蘭，在你身上應該是不起作用的。」

江舫：「……」

他驀地脹紅了臉。

南舟望向江舫的眼中，是清凌凌的一片澄澈：「所以，在【腦侵】糖果屋的森林裡，你對我說的那些話，其實，都是你自己想說的？」

再然後，南舟發出了靈魂的拷問：「為什麼不直接跟我說呢？」

想明白這一點後，盤桓南舟心底許久的諸多疑點便一齊有了解答。

　　【真相龍舌蘭】結合了「酒後吐真言」的俗語，按理說，效用應該類似於吐真劑，總得有人提問，才能派上用場。可南舟記得清清楚楚，江舫在偷偷服用了龍舌蘭後，是毫無預兆地開始了一場真心吐露……自己明明什麼都還沒來得及問呢。

　　而自己在明確詢問他「你做了什麼選擇？許了什麼願？」時，江舫居然能在「道具控制」之下緘口不言，也是一個不大不小的破綻。

　　在知道這酒對他並沒有作用後，一切疑問便迎刃而解了。那場看似是在不受控的情況下進行的表白，實則包裹著一顆難得莽撞的真心。

　　這瓶【真相龍舌蘭】直到用盡的前夕，南舟才知曉它真正的「真相」。它被南舟用來點火助燃，又被江舫利用來借託真心，再被用來當作試探那對小夫妻是否為人的工具，可以說從頭至尾，都沒能真正派上它應有的用場……可那又有什麼關係呢？

　　江舫別過了面孔，耳廓熱得驚人，需要小幅度地吐氣，才能勉強穩住呼吸的節奏。

　　「啊，我知道了。」南舟不顧他的窘迫，得出了最終結論：「你需要找個藉口，才能說出來你喜歡我。」

　　江舫終於是被逼得方寸大亂，窘迫地抬起臉來，正要解釋些什麼，南舟卻主動欺近了過來，吻住了他的唇。

　　南舟是很喜歡和江舫做這種事的。因為江舫的嘴唇很獨特，除了生得好看之外，還越親越紅潤。

　　對南舟來說，江舫是個天然的調色盤，身上總有著諸多讓他移不開眼睛的光彩，需要他開發探索。

　　強行親吻過後，南舟稍稍鬆開了對江舫的挾制。

　　「沒事，這件事等天亮後我就會忘掉了。」他正色道：「你就讓我親一親吧。」

　　南舟是被高維的主管欺騙了，放棄了和江舫相處的全部記憶。這種「放棄」是終生制的，無可逆轉的。屬於他的這段記憶，將註定留下永久

$$F_1 = F_2 = G \frac{m_1 \times m_2}{r^2}$$

性的空白。

　　即使有人事後想要填補，被填補上去的內容也會被他慢慢淡忘。這也是他明明曾在【腦侵】世界中夢見過和江舫的過往，醒來後又全盤遺忘的原因。

　　聽了他的撫慰，江舫心中的溫情上泛，反扣住了他的肩膀，「那，至少現在，記住和我接吻的理由吧。」

　　南舟回答：「這個不用記。」

　　因為喜歡。

　　因為想和他做朋友。

　　因為……是江舫。

　　南舟睜著眼睛，認真領略體會了接下來長達 3 分鐘的親吻。他注意到江舫微挑的眉毛、淡色的睫毛，又搗亂地用指尖輕觸了一下江舫帶著笑意、稍稍上揚的唇角……一舉一動，都充滿了好奇又旖旎的情愫。

　　江舫握住了他搗亂的手，也握到了他腕部振翅的蝴蝶。江舫用指腹徐徐按壓著那處的浮凸，又慢慢和他分離開來，明知故問：「還記得這個是怎麼來的嗎？」

　　江舫曾和南舟一起在【腦侵】的童話小紅帽中，複習過兩人在「紙金」酒吧中的一段經歷。他能猜到這隻蝴蝶對南舟來說意味著什麼。

　　南舟搖搖頭，「我不記得了。」

　　他給自己刺下蝴蝶的初心，也和喜歡過江舫的記憶一道被高維人盡數掠奪走了。

　　江舫說：「我可能知道。」

　　聽他這樣說，南舟便安心等待著他的回答。

　　江舫又說：「可是我不告訴你。」

　　被釣起了好奇心的南舟：「……」

　　他莫名感覺，江舫是因為剛才自己戳破他的真心，故意捉弄欺負自己。南舟一雙漆黑的眼睛望定了江舫，不大熟練地試圖撒嬌。但因為他實

在不擅長，聲音還是冷冷清清的：「告訴我吧。」

江舫不答，只低頭親吻了他的刺青。

南舟只覺一點酥意順著脈搏一路蔓延至心臟，指尖滾燙，心尖發麻，連素來平穩的呼吸也不由加重了許多。他不自覺地抬起左手，反覆撫摸江舫戴有 choker 的側頸。

江舫另一手握住了他的手，坦然誘導著他加深這個撫摸。

江舫自己，和這個刻骨銘心的瘡疤，都是父母之愛的副產品。現在，他再沒有那種難以面對的羞恥感。因為江舫喜歡南舟。

簡簡單單，如此而已。

南舟想再多守著江舫一會兒，想要將那記憶在腦中停留得更久更長。可偏偏越是在意，越是易睏。他認認真真地抓握著江舫的手指，把頭靠在他的肩膀上。

江舫以這個角度垂目看向南舟，神情一動，眼窩便隱隱刺痛起來。眼前的一幕，和南舟鮮血淋漓地靠在自己懷裡的場景巧妙重疊了。滾燙腥鹹的血水順著眉骨流入眼底的痛楚，讓他不受控地瞇起了眼睛。

江舫的心跳漸急，靠在他身上的南舟自然第一時間察覺。他也不問緣由，只是輕輕用手掌抵著他的胸口，叩門似地輕敲了兩下，小聲對他的心臟道：「噓。」

江舫覺得好笑，心緒被他的小動作安撫了不少，便低下頭去，細細碎碎地親他的頭髮。

以往那些自認為做不出的情態，如今隨著情緒釋解，這些溫情脈脈的小動作，江舫做來無比自然。

可惜他媚眼拋得再好，對面的南舟也領會不到多少。他只籠統地覺得這一切都很好，具體好在哪裡，他也說不出來。

南舟報告：「我要睡了。」

江舫摸著他的手心，「嗯。」

南舟有些捨不得，喃喃問道：「我明天早起，是不是你對我說的話，

$$F_1 = F_2 = G \frac{m_1 \times m_2}{r^2}$$

我就全忘掉了？」

江舫極順暢道：「哪怕連你都忘記了自己，我也會幫你記起來。」

他自己說完這話，自己倒先笑了。

「這話我說過的，是不是？」

南舟點頭。在【沙、沙、沙】的副本裡，江舫就用同樣的話寬慰過自己。而他說過的每一句話，江舫都在努力實現。

南舟閉上了眼睛，心底是一片難得的安寧。

在他們握著手睡去時，高維空間內卻是一片混亂。

這份混亂，並不完全是因為刺殺「立方舟」的行動失敗，而是他們終於找到了「斗轉」一役功敗垂成的緣由。

按理說，兩組高維人聯手玩「國王遊戲」，只要再插入一個合適的荷官做主持人，他們不是完全沒有翻盤的機會。結果，原本預定好的結果，原本是「1+1=2」級別的簡單操作，竟然就這麼出了差錯，讓一個易水歌橫空搶去了。

他們溯源追查下去，駭然發現，居然是從曲金沙投資建造的「紙金」的新信號塔內發射的信號，實現了高維人對世界頻道的阻塞和干擾！

現如今的《萬有引力》，是建立在過去《萬有引力》的版本基礎之上的。《萬有引力》本身的存在，也幾乎觸及世界的真相，是地球人探索更高維度而邁出的第一步。

當然，這不是有意為之，且這在地球人看來精妙的先進技術，落在高維人眼裡，就是一片簡陋的茅草房罷了。

但是萬丈高樓畢竟不能平地而起。再說，地球副本對他們來說。早就老得不能再老，裡面又充斥著無數難以操控的新生命，一時之間，高維人竟然不知道該怎樣下手才好。

經過一番討論，他們索性就勢劫持了《萬有引力》的一處波段，扣押下了一批身處安全點中的玩家意識，然後才循序漸進，以「鏽都」、「紙金」、「家園島」、「古城邦」、「松鼠小鎮」五處安全點作為地基，和他們手中的其他世界副本打通管道，以此搭建起了驕人的高樓大廈。不過，無論如何，「安全點」始終是系統中的薄弱點。

　　高維人對此也不甚在意。這群人類玩家是被他們網羅來的一群雜魚，光是要活著爭取氧氣，就要拚盡全力了，就算是看他們蟻聚在一起，籌劃著要建什麼信號站，和外面聯絡，高維人也是憂慮的少，一笑置之的多，權當是這些人自知爭不了第一，索性組織閒散人手，給他們找些事情做，也能避免一些人玩到後面，心態失衡，在安全點內打砸搶燒，率性胡為……就像其他國家的區服裡出現的情況一樣。在那些區服裡，即使是最平和的「家園島」，械鬥火拚也是從未消停。

　　相比之下，江舫和南舟所處的中國區服雖然也偶有爭端和矛盾爆發，但已經算是相當和諧的了。然而，高維人本來當他們這些玩家是在打發時間過家家，建立的塔也是輕輕一推就能傾覆的沙上之塔，誰能想到他們真正想要搭建的卻是通天的巴別塔？

　　在《舊約》的故事裡，上帝為了避免凡人登上天，便為人們設下了語言作為壁壘，讓原本想要建造巴別塔的人們因為語言不通，難以理解彼此，陷入了無謂的毆鬥和爭論，最終悻悻地各自散去，大事難成。

　　偏偏這回全反了過來。這些玩家最開始驚懼、慌亂，彼此懷疑，磕磕絆絆地走到如今的地步，反倒擰成了一股繩，用「上帝」散給他們的各樣物品，重新搭起了天梯。而頗具魔幻色彩的是，現代的巴別塔，居然是信號基站的模樣。

　　信號塔雖然不能影響到高維人，卻能干擾高維人對「安全點」下達的種種指令，這也就意味著，高維人對安全點的控制力大大降低了。不僅僅是對「立方舟」，他們對普通玩家的限制都被大大削弱了！

　　高維人心裡著急，在查明問題來源後，自然是要馬上著手搗毀信號

$$F_1 = F_2 = G \frac{m_1 \times m_2}{r^2}$$

塔。可是他們現在能在遊戲中使用的人手，算來算去，竟然只剩下那對廢柴小夫妻。

他們倆則硬是打定主意，把沒心沒肺的本領發揮到了極致，在昨晚「立方舟」和「如夢」他們賭生賭死時，兩人在附近的一家迪廳內蹦了小半夜野迪，喝了一肚子酒，現在關了通訊器，睡得香甜，絕不去做送死的事情。

現在遊戲行將結束，又是眾目睽睽之下，再想安插合適的人手進去，根本來不及了。

當一眾鏡頭又驚又怒地對準了這一切的始作俑者易水歌時，他正站在天臺上，靠著欄杆抽菸。

他穿著黑色的高領毛衣，但是衣領不知為何有些鬆垮，領口下垂，脖子上有細微的抓痕和淡紅的吻痕。

他有節奏地咬著過濾嘴，簌簌抖落菸灰之餘，目光始終落在百公尺之外的信號塔上。忽然間，他目光一轉，瞄準了斜上方一處鏡頭。

他眸中千絲萬縷，隱光流轉，因為道具的緣故，一雙眼已經不大像人眼，當他坦蕩蕩和人對視時，總不由得讓人心裡打個突。

隱形的鏡頭多如蜂巢，他可能只是隨便往天際望了一眼，恰好對上了眼。然而，高維人的自我安慰還沒結束，就見易水歌從口袋裡摸出來了一個簡易的信號增幅器。

他信手一按，七、八個鏡頭驟然在半空中顯形，完全失去了控制，斷翅鳥一樣墜落，啪啪落在地上，潰散成了一團一團數據的飛灰。

易水歌叼著菸捲，帶著一種惡作劇成功的孩子氣，一挑眉，衝半空中粲然一笑。

高維人大駭之餘，連總導演也對這樣逐漸失控的情勢應對失措，張口結舌。

「慌什麼？」一個冷淡威嚴的機械音適時地在演播室響起：「易水歌不重要。不需要再觀測他。只要『立方舟』不贏，他們大可以在安全點裡

安安穩穩地待著，想待多久都可以，直到氧氣耗盡。」

　　開口的是從不現身的《萬有引力》的主策劃。

　　他用三兩句話就迅速安撫好了略顯洶湧的情緒：「給『立方舟』的副本，我們已經初步選擇了五個。」

　　聽到他這樣說，總導演也稍稍打起了點精神，問道：「比起教堂的那個怎麼樣？」

　　作為導演，他會提前通覽策劃提供的副本內容，並進行統籌的安排規劃，預估情節和高潮點，確保跟拍工作及時到位，節目內容起、承、轉、合引人入勝。

　　但是教堂副本作為副本本身，確實不公平。警告不詳，線索寥寥，NPC還具有超強的自由度，除非南舟和江舫他們開了天眼，不等公爵和牧師有所動作，東西兩岸就一起發難，把兩人直接殺了，否則任情節發展下去，最終結果仍會是殊途同歸。

　　說白了，那個副本本身就是用來清除測試人員的，也沒有旁人觀摩，只有幾名測試服的主管人員冷眼旁觀著他們的垂死掙扎，與現在的情況迥然不同。

　　節目組因為動作頻頻，本就惹來了觀眾們的疑竇，無數雙眼睛盯著他們看，要是再在副本難度上出現明顯的失衡，恐怕更要得罪玩家了。

　　主策劃不答，只是冷冷一笑。

　　當初江舫帶著南舟，整整十二個人的大隊伍，每個人都經驗老到，即使是經驗最不足的一個，好歹也經歷過十六、七個副本。相比之下，現在這五人隊伍，完全就是一個拼拼湊湊的破爛隊。

　　江舫和南舟本來就不是什麼不可殺死的存在。李銀航則完全是一條應聲蟲。陳夙峰剛剛在一個副本裡死了搭檔，能力頂多能算是及格線以上。元明清，就算他把「立方舟」當成脫罪的倚仗，卻也不敢真的和高維對著幹，「立方舟」也不可能真的信任他，這一來一回，他原本的能力就起碼減了五成。

326

$$F_1 = F_2 = G \frac{m_1 \times m_2}{r^2}$$

就算把那隻老鼠加上，這支臨時隊伍，在總策劃的眼裡，也不過是幾個烏合之眾。敢招尖出頭，跟高維作對，他們一定會後悔的。

一夜過去，南舟徐徐睜開眼睛。

他的大腦構造本就與正常人不同，精神易感脆弱，再加上曾經被剝奪過一段記憶，睡眠品質極差，除非有緊急事態，往往要在床上發呆幾十分鐘，才會全部甦醒過來。

不過，很快，這種懶怠無力的感覺，被一點外力打破。

有人輕輕吻了他的面頰，「早安。」

南舟低低「嗯」了一聲，努力重啟精神之餘，客氣回覆：「早安。」

江舫：「還記得昨天晚上的事情嗎？」

南舟沙著嗓子重複：「……昨晚？」

……看樣子是忘了。

江舫反倒舒了一口氣，泛紅的面色稍稍轉為正常。

他輕言輕語地跟他講話：「那至少還記得我是誰吧？」

南舟點點頭，又把臉埋在他身上避光。這小動物一樣的習性惹得江舫一陣笑，攬住他的肩膀，一個翻身，把他抱上身來，讓他趴在自己身上。

南舟沒醒的時候，由得人磋磨揉捏，也只呆呆地趴著不動，不過醒來的速度也快了許多。

不到一刻鐘，他便徹底清醒了過來。

兩個人一起去 NPC 早餐店裡買了早餐。

外間的人早就起來了，陳夙峰靜靜疊好毯子，元明清則是一臉的若有所思。倒是李銀航和南極星，因為熬到了後半夜，現在睡得不知今夕何年，南極星更是乾脆睡得現了人形。兩個人被叫醒吃早餐時，都頂著一頭蓬鬆亂髮和惺忪睡眼，倒也有趣。

幾人剛坐定，熱氣騰騰的早餐袋還未拆開，元明清就迫不及待地提出了意見。

「總策劃現在肯定在挑選副本。時間拖得越長越麻煩。」元明清開門見山：「我建議，我們最好馬上進副本。」

李銀航剛接過芒果班戟，一口還沒咬下去，聽了這話，食欲頓時大減。偏偏元明清的提醒，儘管不合時宜，卻沒有任何問題。

昨天晚上，是一場腦力大戰後必要的休息和放鬆。一夜過去，他們必須調整心態，盡全力去應對最後一場大戰。他們已經走到了這裡，絕不容絲毫放鬆懈怠，一著不慎，之前的一切努力都將付諸東流。

李銀航本來就不會小看任何一個副本，尤其是昨天晚上，她從南極星口中大致領教了什麼是真正的高難度副本，更加不敢小覷這最後一關的考驗。一時之間，眾多擔憂和不安一齊湧了上來。

李銀航猜想道：「他會把我們分開嗎？」

元明清：「可能。」

李銀航想了想又問：「會把我們放進對立的陣營嗎？不是你死就是我活的那種？」

元明清：「也有可能。」

李銀航悄悄嚥了口口水，「那……」

元明清打斷了她：「消去我們所有人的記憶、封掉道具庫、從頭開始，一切都有可能。」

李銀航：「……」

她忙給自己塞了一大口班戟壓壓驚。

蜜袋鼯狀的南極星則蹲在她的肩膀上，用細長的尾巴一下下拍著她的後背，怕她噎著。

恐嚇完李銀航，元明清剛要去拿牛奶，就接觸到了南舟目不轉睛地盯著他的視線。緊跟著，江舫也輕笑了一聲。元明清動作一停，這才意識到，自己那點小心思是根本瞞不過這兩個人的。

$$F_1 = F_2 = G \frac{m_1 \times m_2}{r^2}$$

　　元明清其實最瞭解高維人的思路——如果他們還是四個人的話，高維人必然會把他們塞入 2V2 的副本中，且極有可能是南舟一隊、江舫一隊，兩邊角逐，不死不休。

　　江舫在「斗轉」賭場中毫不猶豫地吸納陳夙峰入隊，既是履行他們當時在競技場內對陳夙峰的承諾，也是為了打破高維陷害他們玩 PVP 的可能。除去自己把自己變成了個 bug 的南極星，此時的「立方舟」是滿五人的奇數整編制，這時候再想玩 2V2 的套路，從公平角度考慮，在人數上就沒法實現了。

　　高維人恐怕也不會提前料到，連著獻祭了幾支隊伍，他們也沒能攔住「立方舟」。

　　陳夙峰這個第五人還是臨時加入的。所以他們不能量體裁衣，馬上製作出一個針對性極強的副本，只能在已有的副本中挑挑揀揀，臨時加急選出一個差不多的副本。

　　也就是說，高維人很有可能還沒準備好，趁這個機會以最快速度加入遊戲，反倒有可能提高一點勝率。

　　元明清的想法當然有他的道理。可他不直接說出自己的推想，反而故意誇大高維人的能力和事態的嚴重性，原因說來也是無奈。

　　他既擔心「立方舟」贏了「斗轉」賭局後，大肆休息，留給高維人太多準備時間。又擔心「立方舟」的其他人懷疑自己一味催促他們進副本，是別有用心。他們畢竟不是一條船上的人，這條難以逾越的身分鴻溝橫在他們中間，讓他們「隊友」的關係始終蒙了一層隔閡。

　　要說能毫無保留地信任彼此，「立方舟」敢說，元明清也不會信。所以他只好處處留一手，不敢坦坦蕩蕩地拿真心出來跟他們交換……結果還是被看破了。

　　元明清知道，自己帶著這樣邊緣化的心態，與「立方舟」合力過最後的關卡，是非常危險的。

　　可心態問題，就算意識到了，又怎麼能輕易控制得住？

昨天晚上，元明清一路盤算，一夜未眠。

李銀航單人作戰能力和心態都是隊伍裡的天坑。南舟和江舫這一路連勝下來，順風順水，恐怕會低看高維人一眼。元明清自己……他始終擔心自己不受信任，等自己危機臨頭的時候，恐怕也不能夠全盤信任他們。

元明清越分析越是心亂如麻，索性把目光投向了陳夙峰，詢問他的意見：「你怎麼想？」

「問我嗎？我隨意。」

陳夙峰專注地用叉子給所有人的麵包上一一抹上果醬，動作之認真，彷彿這就是當前他最重要的事情，什麼高維人，都不那麼重要了，「什麼時候都可以。」

這個回答也不能讓元明清滿意。他還記得，昨天的「斗轉」之中，陳夙峰和人用俄羅斯輪盤賭賭命時，每一槍都開出了自盡的氣勢，一舉一動裡都是絕頂的瘋氣。

可現在，他就安安靜靜地坐在那裡，像個乖巧聽話的男大學生。明眼人都看得出來，他心裡壓抑著一股湃然的情緒，就像是一處活火山，不知道什麼時候會爆發出來。

說白了，每個人都或多或少地有自己的問題。元明清越是盤算，越覺得他們的勝算有限，需要在進入副本前好好磨合。

可如果時間再耽誤下去，又給高維人針對他們準備的時間。

兩難。

（未完待續）

作者獨家訪談最終彈，
最後才能公開的設定搶先看

（編按：礙於篇幅及分冊安排，本期訪談提早一集釋出，大量內容涉及劇透，不喜被提前劇透的讀者，建議等看完最後一集後再回來閱讀，謝謝。）

Q23：請問您都如何設計書中的副本地圖，有找什麼參考資料嗎？書中有哪個是寫來特別燒腦的副本嗎？以及個人最滿意的是哪個副本？

A23：倒是沒有什麼參考資料啦，最燒腦的副本應該是讓南舟和江舫折戟的古堡教堂副本，那是個無解的副本，要做到「看似合理的無解」本身就是一種挑戰了。

　　我最滿意的副本是最後的「螞蟻」副本，莫比烏斯帶的設計，放棄自我才能得到的勝利。還有和第一個「小明的日常」副本呼應的破局方法，我覺得還算完成得比較好的。

Q24：書中出場角色眾多，其中有沒有您比較偏好的配角？為什麼？如果還有篇幅，您會想再多著墨誰的故事？

A24：陳夙峰。

　　其實故事中出現的所有配角我都很喜歡，包括沈潔小分隊、「青銅」、謝相玉和易水歌我都比較喜歡，但他們的故事剛剛好，不需要更多了。

　　如果還有篇幅，我應該給陳夙峰一個額外的副本，但仔細想

想，他的人物發展也很完整，出場——對虞退思和哥哥不同的感情鋪陳——失去虞退思——性格變得極端——為了救虞退思和哥哥犧牲自己，好像也是加無可加，再多會有累贅的嫌疑，所以，希望他從情感的網中解脫後能安心自由吧。

Q25：在追文途中曾一直擔心故事架構搞得這麼大，結局要怎麼收尾？結果結局在緊張感動之餘還有淡淡的感傷遺憾，相信很多人最後都會對陳夙峰這個固執又沒安全感卻被迫一夜長大的大男孩感到心疼，雖然書中出場的戲份不算多，但絕對令人難忘，所以最後一定要留個篇幅來談談這個角色。
請問您眼中的陳夙峰是個怎樣的人？怎麼會想到給他安排了這個遺憾的結局？

A25：我眼裡的陳夙峰是一個「不合時宜」的人。
在他哥哥陳夙夜和虞退思在一起的時候，他因為處在叛逆期，扮演著一個不合時宜的「拆散者」角色。
這間接導致他們踏上了那場死亡之旅。
車禍後，他迅速成熟，但他和虞退思走過千難萬險，有那麼一點可能修成正果的時候，虞退思因為他力所不及，死亡。
在臨時併入「立方舟」，即將達成完美結局的時候，他的同理心，讓一匹豺狼混進了隊伍。
他每一次的選擇站在他自己的立場上都沒有錯，但卻因為命運、高維人、他人的惡毒，把他一次次推向深淵。
連著三次的墜落，讓他把「不合時宜」的錯歸結給了自己，所以他最後毀滅了自己。

他其實可以達成他和虞退思的完美結局，但強烈的自罪感讓他最終放棄了自己，讓自己的消失換來哥哥和虞退思的 happy ending。

最可悲的是他真的換成了。

沒有他，他的哥哥和虞退思真的會過得更好。

所以，對他來說，最讓他安心的大概就是「從沒來過」。

Q26：這部作品中有沒有什麼讓您寫完後很滿意的情節？寫起來特別開心的情節？以及寫得特別痛苦的情節？為什麼？

A26：寫完很滿意的情節，是江舫認清自己的心意，為了南舟攀爬著火的天梯的情景。

寫起來特別開心的情節，是南舟來到現世後，在高樓上用噴漆噴江舫的名字，但被巡夜的員警當做自殺勸下來。

一往無前的雙向奔赴就是最美好的。

寫得特別痛苦的就是恐怖情節了。

對我這種資深怕黑患者來說，這可以說是沉浸式恐怖了。

Q27：接著想來談談南極星這個我都不知該稱「他」還是「牠」的角色，一直以為這是作為「定情物」而存在的團寵，只負責賣萌及調節故事氣氛，不料後面發生天翻地覆的變化，甚至很期待能看到他和李銀航後續的故事（笑）。這個腦洞和安排實在太厲害啦，當初怎麼會想到做此安排？您眼中的南極星是個怎樣的「人」？

A27：南極星是一個 boss，一段凌厲、凶猛、無感情的程

式，也是陪伴了南舟很久的朋友。

我在文裡有詳細描述過南極星是如何在陪伴中被一點點賦予人格的，正是因為這段經歷，他才甘願為了南舟，把自己解離成兩部分，保護了南舟的記憶，即使後來那段記憶已經用不到了——南舟忘記了那段被江舫若即若離對待的感情，擁有了更幸福、更穩定的感情體驗。

所以，我希望這個小小的衛士能夠一直作為朋友陪在南舟身邊，即使在離開《萬有引力》之後。

但高維人給的願望太少也珍貴，想要把他帶出去很困難。

因為他和南舟的「人物性質」完全不同。

南舟是真正的漫畫人物，南極星是人造的程式。

所以為了萬無一失的 happy ending，那個凶惡又容易害羞、一直在尋找自己丟失的另一半的「邵明哲」就出現了。

Q28：坦白說，一開始在本書看到有「高維人」出現時，曾經很擔心故事是否會開始變得荒腔走板，結果隨著劇情發展，不僅被說服了高維人的設定，甚至還滿同情唐宋、元明清這兩位高維玩家的，所以最後也想請您談談這兩位原本只是來等著躺贏，結果被放生的高維玩家，怎麼想到這個設定的？您怎麼看這兩位角色？故事結尾沒提到元明清的下場，他回到高維世界後可能會發生什麼事嗎？

A28：唐宋和元明清能比較直觀地代表高維人的傲慢。

他們只是來找刺激加工作的，地球人的死亡、痛苦、絕望在高維人看來不過是刺激感官和情緒的養料，有點像我們看 3A 大

作裡的遊戲角色一樣，不大當真，但有的時候難免被感動到。
後來元明清被利益和需求捆綁，成了「立方舟」的組員，也算
是狠狠打擊了高維人的傲慢了。
番外裡提到了他們，元明清在確保自己的身分資訊不被洩露，
去數據工廠拼湊唐宋去了。

（完）

i 小說 047

萬有引力6

國家圖書館出版品預行編目（CIP）資料

萬有引力 / 騎鯨南去著. -- 初版. -- 臺北市：愛呦文
創有限公司, 2024.5-
    冊；　公分. -- (i小說；47-)
ISBN 978-626-98197-4-4(第6冊：平裝)

857.7   112022042

愛呦文創

作　　　者	騎鯨南去
封 面 繪 圖	黑色豆腐
責 任 編 輯	高章敏
特 約 編 輯	楊惠晴
文 字 校 對	劉綺文
版　　　權	Yuvia Hsiang
行 銷 企 劃	羅婷婷

發 　行 　人	高章敏
出　　　版	愛呦文創有限公司
地　　　址	10691台北市忠孝東路四段59號10-2樓
電　　　話	（886）2-25287229
郵 電 信 箱	iyao.service@gmail.com
愛呦粉絲團	https://www.facebook.com/iyao.book

總 　經 　銷	聯合發行股份有限公司
電　　　話	（886）2-29178022
地　　　址	231新北市新店區寶橋路235巷6弄6號2樓

美 術 設 計	廖婉禎
內 頁 排 版	陳佩君
印　　　刷	沐春行銷創意有限公司
初 版 一 刷	2024年5月
定　　　價	360元
Ｉ Ｓ Ｂ Ｎ	978-626-98197-4-4

©原著書名《萬有引力[無限流]》由北京晉江原創網絡科技有限公司授權出版

愛呦文創